Sophie Haemmerli-Marti Ebigs Für

Sofie Haemmerli-Marti.

Sophie Haemmerli-Marti # Ebigs Für

Ausgewählte Werke

mit Biografie in Wort und Bild

Baden-Verlag CH-5405 Baden

Herausgeber-Team:
Claudia Storz, Marianne Blattner-Geissberger, Paul Bieger, Rolf Bürli,
Heinz Meier, Josef Rennhard, Dominik Sauerländer.

2., unveränderte Auflage 2006

Originalcopyright © by: Verlag Sauerländer, Aarau, Haupt Verlag AG, Bern
und der Pro Argovia.
Die Urheber- und Reproduktionsrechte (ab Originalvorlagen) bleiben
den Verlagen Sauerländer und Haupt vorbehalten.

© 2003 für neue Texte bei den Autoren und Herausgebern

Tonaufnahmen: Andreas Fleck, Zürich
Buchgestaltung: Paul Bieger, Brugg
Schutzumschlag: Thomas Küng, Luzern

ISBN 3-85545-867-7

Gesamtherstellung: buag Grafisches Unternehmen AG,
CH-5405 Baden-Dättwil
Erschienen ist das Werk im Baden-Verlag, CH-5405 Baden-Dättwil

Dank

Die Herausgebenden sowie der Baden-Verlag danken folgenden Institutionen und Unternehmen, die mit ihrer finanziellen und ideellen Unterstützung die Herausgabe dieses Buches ermöglicht haben:

Regierungsrat des Kantons Aargau
Ortsbürgergemeinden Lenzburg, Othmarsingen, Würenlos

Die Gemeinden Baden, Ennetbaden, Dürrenäsch, Küttigen, Oftringen, Staufen, Thalheim, Unterkulm, Villigen, Villnachern, Windisch

Hypothekarbank Lenzburg; Gemeinnütziger Frauenverein Lenzburg; Aargauischer Gemeinnütziger Frauenverein; Lehrmittelverlag des Kantons Aargau

Pro Helvetia Schweizer Kulturstiftung; Hans und Lina Blattner-Stiftung Aarau; Ernst Göhner Stiftung Zug; Fondation Emmy Ineichen Muri AG; Koch-Berner-Stiftung Villmergen; Max Marti-Horber-Stiftung Othmarsingen; Migros-Kulturprozent; Josef Müller Stiftung Muri AG; Familien Vontobel-Stiftung Zürich; Jubiläumsstiftung der Zürich Versicherungs-Gruppe

Roche AG Sisseln; Kernkraftwerk Leibstadt AG

AZ Medien Gruppe; Amrhein Treuhand AG Aarau; Burger Söhne Burg; buag Grafisches Unternehmen AG, Baden-Dättwil;
Stefan Irniger Treuhand Eggenwil; Gebr. Knecht AG Windisch;
Siegfried Holding AG Zofingen

Des Weiteren danken die Herausgebenden folgenden Einzelpersonen für ihre wertvolle Mithilfe bei der Recherche und der Abklärung von Detailfragen: Maja Bretschger-Kelterborn, Heidi Neuenschwander, Christine Salm und Geschwister, Walter Labhart, Werner Schmid.

Vorwort

*O Härz, du ebige Bändeljud, hesch immer noni gnue… Samichlaus du liebe
Ma, gäll i muess kei Ruete ha… Jo eusi zwöi Chätzli sind tusigi Frätzli…
Suech dini Totne ned dunde im Grab, suech si bi Sunne und Stärne.*

Diese Sprachbilder sind mir eingeprägt, gehören zu meinem Lebensvorrat.
Sophie Haemmerli-Marti hat sie geschaffen.
Wie Wegmarken tauchen sie immer irgendwo auf – obwohl alle ihre Werke bis heute vergriffen waren – in Todesanzeigen zum Beispiel:

*Suech dini Totne nid dunde im Grab, suech si bi Sunne und Stärne.
Wüsch dine Auge de Ärdestaub ab, so gsehscht i di ebige Färne.*

Einmal brauchte ich die Texte dringend – hatten Erika Burkart und Silja Walter, unsere *Grandes Dames de la Poésie* im Kanton, überhaupt noch andere Vorgängerinnen? – da fand ich sie nirgends. Ausgeliehen, vergriffen, vergessen. Das zeigt einerseits, dass das Gedächtnis treuer ist als der Markt, andrerseits, wie schnell Bücher und Schreibende von der Bildfläche verschwinden.
Sophie Haemmerli-Marti steckt bei vielen Literaturkritikern in einer zu engen Schublade: Sonntagsverse, Gebrauchslyrik, Knittelverse… geschrieben von einer wohlbetuchten Arztfrau in Lenzburg – das etwa glauben sie vom Leben und Werk zu wissen. Von Marianne Blattner-Geissberger, einer Urgrossnichte der Haemmerlis, erfuhr ich mehr über Schreiborte und Lebensstationen. Da gab es nicht nur die Bauerntochter in Othmarsingen, die Primarlehrerin in Oetlikon, die vierfache Mutter und Arztfrau in Lenzburg, da gab es – nach dem plötzlichen Unfalltod des Arztgatten – auch die Witwe Sophie Haemmerli-Marti in Zürich. Ich erfuhr, dass der Tod ab dem 20. Lebensjahr der Autorin allgegenwärtig war. Er raubte Mutter, Brüder, grosse und kleine Patienten und viel zu früh auch den Ehemann Max Haemmerli mitten aus seiner Arbeit. Das Schreiben über Blumen und Kinder kann als ein Anreden gegen das Verwelken verstanden werden.

*Wone Freud durs Läbe goht, gschwind es Leid dernäbe stoht.
Möchtisch goge Blüemli günne, nimm si hüt, morn sind si nümme.
Hämmer is i d Auge gseh, müemmer wider Abschid neh.*

In der Bezirksschule Lenzburg und im Seminar in Aarau wurden Oden und Balladen auswendig gelernt und interpretiert. Sophies erste literarische Versuche waren folgerichtig schriftdeutsch. Sie verfasste formal korrekte Hexameter und Distichen, nahm antike Mythen auf und lehnte sich an zeitgenössische und klassische männliche Vorbilder an. Gottfried Keller lebte zu der Zeit noch und sagte von sich, er schreibe *deutsche* Literatur. Mundart war keine Schriftsprache. Einzig August Steiger und Jost Winteler warnten, dass die Mundart vom Aussterben bedroht sei. Steiger schrieb etwa 1910 in seinem Büchlein «Sprachlicher Heimatschutz in der deutschen Schweiz», alle dächten, Mundarten seien Verkehrshindernisse und verdienten darum den Untergang. Prosa und Lyrik in Dialekt zu schreiben brauchte Mut und war neu. Riskant auch, wenn eine Frau dies tat. Sophie Haemmerli-Marti war belesen und stellte hohe Ansprüche an sich selbst. So dachte sie daran, einmal unter dem Sammeltitel *Psyche* ihre hochdeutschen Gedichte zu publizieren, um den Erwartungen der Literaturkritiker zu genügen. Ihre Mundartgedichte erschienen ihr lang als etwas Vorläufiges.

Schon früh inspirierten ihre Vierzeiler, Kinderverse und Epigramme namhafte Komponisten. Sie seien Sprachmusik, haben Paul Hindemith, Irma Levaillant und Otto Müller argumentiert und schufen Lieder und Kanons:

S Bluescht verweiht und d Zit verrünnt, s git es Für, wo ebig brünnt,
s git e Glascht, wo nie vergoht: D Liebi zündt no übere Tod.

Ihre Metaphern sind einfach und stimmig. Ihre Verben prägnant, ihre Reime oft überraschend und gewitzt. Vor allem aber ihre singenden Vokale haben Komponierende bewegt, so dass immer wieder Neuauflagen ihrer Lyrikbände gedruckt werden mussten und viele Tausende verkauft wurden. Musiker, Maler und Schreibende wurden zu Brieffreunden, so erhielt sie etwa auch Besuch von Carl Spitteler, dem späteren Nobelpreisträger, und ihr langjähriger Briefwechsel mit ihm sparte hitzige Argumente nicht aus. –
Sie war privilegiert und sie war keine Chronistin. Es gibt wenig politische Lyrik von ihr und diese fand kaum Verbreitung. Also ist es an der Zeit, in einer Neuauflage auf Gedichte wie *Chreihe, De Chrieg, D Kanone, De Nachtzug* hinzuweisen.
Besonders auch, weil die Autorin da ausgetretene Pfade verlässt und zu offeneren Formen findet.

D Kanone chrache vom Elsiss här:
«Schwer – schwer – isch eusers Läbe. De Hunger tuet weh,
und rot lit s Bluet uf em wisse Schnee.»

1928 wurde Sophie Haemmerli-Marti eingeladen, als erste Frau in Lenzburg zum Jugendfest zu sprechen. Sie forderte in einem langen, programmatischen Gedicht unter anderem auch auf, den Frauen mehr politische Rechte zuzugestehen. Die Rede evozierte einen Aufruhr, nicht nur unter den Magistraten Lenzburgs, sondern auch unter den Frauen der gehobenen Schicht. Ebenfalls vor dem zweiten Weltkrieg – und vor der letzten gescheiterten Abstimmung zum Frauenstimmrecht – schrieb sie folgende Zeilen:

Was e Frau im Hus sell gälte, chunnt s meischt uf si sälber a.
Ma und Frau sind Doppelwälte: D Liebi muess si zämeha. (…)
D Frau im Staat: di flöttischt Büri gilt nid, was der underscht Chnächt:
As si schaffi, schwigi, stüri, das isch ihres Bürgerrächt. (…)
Tüend ech d Sunne nid verhänke: s Schwizerland brucht Ma und Frau.
Lönd is rote, hälfe, dänke – und lo stimme lönd is au!

Mein letztes Argument für eine Neuauflage ausgewählter Texte von Sophie Haemmerli-Marti ist historio-linguistischer Natur. Der schweizerdeutsche Wortschatz verliert seine Vielfalt und gleicht sich dem deutschen an. (Auch deshalb haben wir Christine Salm, die die Lyrikerin als Kind gut gekannt hat, gebeten für die CD vorzulesen. Jüngere Menschen in Othmarsingen sagen etwa nicht mehr *ebig*, sondern *ewig*).
Kopfzerbrechen hat uns Herausgebenden einzig das Wort *nieder* und *niedere* gemacht, das semantisch homonym in zwei Bedeutungen vorkommt, manchmal von der Lyrikerin selbst aber auch als *njeder* präzisiert steht. Wir haben im gegebenen Fall *nieder* (= ein jeder), um es von nieder (= weiter unten) zu unterscheiden, stets als *njeder* gedruckt.

Njeders Wort wird witers treit, lot e Spur dehinde:
s Sömli, wo de Wind verweiht, git e mächtigi Linde.

Aarau, im Juli 2003, Claudia Storz, Schriftstellerin

Gedichte

Chindeliedli 11

Im Bluescht 83

Allerseele 107

Läbessprüch 127

Rägeboge 137

Passionssprüch 151

Deheim und dusse 157

Chindeliedli

Wandered, mini Liedli,
Wine Sunnestrahl
I di teufschte Chräche,
Über Bärg und Tal.

Weihed Freud i d Härze
Mitem Maiewind,
Grüessed eusi Gspane:
D Müettere und d Chind.

Ufe Wäg

Vill Schöns und Guets gits uf der Wält,
Und jedem mues mers lo:
De freut en Helge, dise s Gält,
Eis luegt de Stärne no,

Und mänge reist mit Müei und Not,
Wo fröndi Länder sind –
Mir gfallt halt nüt so, früe und spot,
Wi eusers wätters Chind.

I sueche i der neue Seel
Und luege si z verstoh,
Bald findi wenig, mängisch vill.
Gohts euch nid au eso?

Ihr Müetterli im ganze Land,
Jung, alt, arm oder rich,
Euch längi allne hüt mi Hand:
Mir hänās jo alli glich!

Und wenn ihr ghöre, was mis Chind
Tuet tribe Tag und Nacht,
So lached denn und säged gschwind:
Jo, mis hets au so gmacht!

Wiegechind

Do lits as wines Roseblatt,
Mis Chindli, chli und fin.
Us sine blaue Äuglene
Glänzt luter Sunneschin.

Es het no nüt so Wichtigs z tue,
Isch müslistill und frei
Und lost uf Tön, wo niemer ghört
As nume es elei.

Jez streckts di runde Händli uf
Und dreiht si här und he:
«Gänd achtig», seit s Grosmüetterli,
«S cha drin sis Bildli gseh!»

Plange

Mitem chline Händli
Gablets nochem Pfänndli,
Büschelet sis Müli,
Grümselet, bhüetis trüli!
Mit de Auge gluschtets,
Mitem Züngli chuschtets,
Zablet mit de Beine,
Fallt schier us der Zeine:
Alls, wo d nume bruchsch, mi Schatz,
Het im Gütterli inne Platz.

De erscht Spaziergang

Am erschte warme Früeligstag,
Wo cho isch übernacht,
Do hani mit mim chline Chind
Der erscht Spaziergang gmacht.

Potztusig, wi macht d Wält e Gstat
Im heitergrüene Rock!
Es njeders Eschtli treit sis Bluescht
Und jede Haselstock.

«Gott grüess di», pfifts vom Lindebaum
Und usem Schlehehag.
Vill Geissegiseli stöhnd parat
Und rüefe Guetetag.

Du liebi schöni Maiewält,
Wi hesch mi du hüt gfreut!
D Sunne het eusers Chindli gchüsst
Und Säge uf is gstreut.

Chuderwältsch

Ebigslangi neui Gschichte
Tuet is eusers Chindli brichte.
S goht as wi am Redli gspunne,
S lauft wi abeme Röhrebrunne,
S weis di gheimschte Wundersache,
S macht is z briegge fascht und z lache.
D Sunne lost durs Pfeischter zue:
«Ihr verstöhnds, das isch jo gnue!»

Muetterfreud

Kei Freud dunkt mi schöner,
Keis Glück eso gross,
As wenn i cha wiege
Mis Chindli im Schoos,

As wenns mer tuet ligge
So lind und so warm
Wines Öpfelbaumblüeschtli
So früsch i mim Arm.

I bricht em und sing em
Und drückes a d Bruscht:
Jez ghörts halt no mine
Und niemerem suscht.

Taufi

Du schneewisses Chindli,
Wines Blüeschtli gsehsch us.
Bald lüte iez d Glogge,
Denn treit di di Gotte
Zum Gartetor us.

Du schneewisses Chindli,
So frei und so chli:
Ame Sundig im Maie
Ziehmmer schön i der Reihe
Dur d Chilegass i.

Du schneewisses Chindli,
Blib immer so früsch!
Gang im Liebgott etgäge
Uf all dine Wäge,
Wi d hüt ggange bisch.

Bluttmüsli

Chömed au und lueged gschwind
Eusers tusigwätters Chind,
Wi se si cha rode:
S Lintuech, d Dechi, alles furt,
D Windle, d Strümpfli und de Gurt
Brägle ufe Bode.

Und jez wird das Lumpegschir
Vo der Freud fascht zhindevür,
Weiht mit alle Viere,
Chreiht haupthöchlige derzue –
So, jez isches aber gnue,
Tue di au schiniere.

Zfride

Lueged au do eusem Chindli zue:
Gnagets bim Wätter nid a sim Schue!
Spöter, do setts denn scho Zucker si,
Aber so zfride wirds nümme derbi.

Gischpel

Noch allem tuets gable,
Noch allem tuets zable
Und macht, bis s es het,
Du Gischpel, du Gaschpel,
Du ebige Haschpel,
Marsch mit der is Bett.

Gvätterle

Lueget au dert, eusers Schätzli
Gvätterlet miteme Blätzli,
Schnufet derzue wines Bärli:
Hesches so wichtig, du Närli?

Errot

Es isch so wiss wi Hälfebei,
Es isch so hert as wine Stei,
Es gügglet zumene Müli us,
En Lärme gits im ganze Hus,
Und jedes wott das Wunder gseh.
Was meineder, was hets do gge?
D Grosmuetter schlot vor Freud i d Händ:
«Nei luged, eusers Chind het Zänd!»

Im Bad

Lueged, wine grosse Fisch
Do im Wasser inne isch,
Winer gablet, winer schwablet
Und mit alle viere zablet.
Flotsche chaner, nid zum Gspass,
Macht is alli tropfetnass,
Chreiht und juchset frei dernäbe,
Mag e gwüss schier nümme bhebe.
Und schwer ischer, guet zäh Pfund,
Arm und Beindli chugelrund.
Aber s Bade macht em Durscht:
Use mit dem läbige Burscht!

So gross

Wi gross isch s Chindli? «So gross.»
Es höcklet uf miner Schoos,
Streckt d Ärmli, so wit as s cha,
Es meint si, mer gseht ems a.

«Mach: bitti, bitti, mis Chind!»
Es tätschlet i d Händli gschwind
Und luegt mi gar chündig a,
S wett uf der Stell öppis ha.

«Wink mitem Füschtli: Chumm chumm!»
Es dreiht si fascht zringselum,
Vor Freud chunnts ganz usem Gleus.
All Morge lehrts öppis Neus.

Mim Chind sini Äugli

Mim Chind sini Äugli
Sind blau wi de See,
So heiter und luter,
Mer cha si drin gseh.

Und wemmer wett luege,
Was alles drin wer,
So fund mer kei Bode:
S isch teuf wines Meer.

Bald schints drus wie Sunne,
Bald tröpfelets lis:
Halb isches scho d Ärde,
Halb no s Paredies.

Maiebluescht

Wi schint is hütt d Sunne
So heiter und warm!
I gohne dur d Matte,
Mis Chind ufem Arm.

Es luegt ganz verstunet
Is Öpfelbluescht ue,
Ghört d Imbeli surre
Und juchset derzue.

Jez streckts sini Ärmli,
Alles alles wetts ha:
D Bäum, d Blueme, de Himel
Mit de Wülklene dra.

Sunnechind

Wer tuet so fin mole,
Wis z Rom kei Künschtler cha?
Das isch im Früelig d Sunne.
Chuum längt si s Chindli a,

So hets em roti Bäggli
Und guldigi Hörli gmacht,
Und wärchet anem ume
Vom Morge früeh bis znacht.

Es gspürt si Himelsmuetter
Und stunet zuenere ue:
Si git em s Härz voll Sunne,
S het siner Läbtig gnue.

Was dänkts

Was dänkt ächt eusers Chindli,
Wenns i sim Bettli isch,
Und wenns tuet umeschnogge
Und gvätterle hinderem Tisch?

Was goht im Chöpfli inne?
Mer wärdes woll verneh,
Wenns einisch afoht rede.
Das wird es Gwaschel ge.

Lehre laufe

Chumm au, mis Schätzeli, gschwind,
S mues der nid förchte, mis Chind!
Lueg, wi d eleigge chauscht stoh!
Nume en Alauf jez gno:

Eis – zwöi – drü – fall mer nid um,
Meiteli, tue nid so dumm,
Gleitig mach no e Schritt:
Gsehsch jo, du chausches, wenn d witt!

Wer isches

Es trämpelet uf de Steine
Mit chline dicke Beine,
Es häderet übers Hübeli
Und rugelet wines Chübeli,
Es waschlet alles durenand,
Bringt Stei und Blüemli i der Hand,
Denn wider lits ganz ful im Gras:
Erroted, wer isch das?

Es Wunder

Mängs Chimli lit no zobe do
Ganz still und tuet kei Schnuf,
Am Morge chunnt e Sunnestrahl
Und weckts zum Läbe uf.

Und was im Bode gschlofe het
Und gläge isch wi tod,
Das streckt di grüene Blettli us
Und s Chröndli wiss und rot:

So isch es Wunder jezig gscheh
Am Chindli übernacht
Und het i siner Möntscheseel
E ganze Früelig gmacht.

De erscht Schritt

De erscht Schritt eleigge,
Der erscht Schritt durs Land,
Wi tuet mer druf plange,
Jez wetts mer fascht bange,
Und i geb der gärn d Hand.

De erscht Schritt is Läbe,
De hesch jez scho to.
Wi lang wirds no dure,
So ziesch us de Mure,
Und mir luege der no.

Sundigmorge

I weiss nid, eb i wache,
I weis nid, ischs e Traum:
Tuet scho s Bufinkli rätschle
Uf eusem Birebaum?

Es tönt so fin und lislig
Wi useme frönde Land
Dur euse Sundigmorge
Vo äne a der Wand.

S git nume eis uf Ärde,
Wo sones Stimmli het:
Dert singt sis Morgeliedli
Mis Chindli i sim Bett.

Es schloft

Mit rote Bägglene schloft mis Chind,
Und sini Hörli falle lind
Uf d Stirne über d Auge.
Es schnufet lis. I glaube,
De Schlof mues heilig si.

So schloft im Winter Wald und Fäld,
So schloft e ganzi neui Wält.
Inwändig aber wibt und schafft
Lislig e fröndi Geischterchraft,
Denn stoht de Früelig do.

Mit rote Bägglene schlof, mis Chind,
Will d Zite no zum Schlofe sind.
Du lächlisch, ghörsch gwüss Himelstön.
Isch d Nacht so gsägnet, o wi schön
Mues erscht de Morge si!

Flattierbüsi

Flattiere cha mis Meiteli,
Mer wird so weich wi Anke.
S cha niemer heusche so wi es
Und keis so ordlig danke:
«Es Ärfeli, es Drückerli,
Es Liebeli, es guets,
Es Äli und zwöi Schmützeli – »
«Es tuets – es tuets – es tuets!»

Neui Schue

Hüt bini so froh, so froh,
I chas gar nid säge!
Neui Schüeli hani jo,
Höckle uf der Stäge,

Luege, wi di gäle Chnöpf
A der Sunne glänze
Und di lange Bändelzöpf
Näbenabe schwänzle.

Jez marschieri überue,
Nime Schritt grossmächtig:
O di schöne neue Schue
Girpse au so prächtig!

Muetterli

I weis mer schier nid z hälfe
Vor luter Glück und Freud:
Hüt het mer eusers Chindli
S erscht Mol de Name gseit.

Wenn Ängel tete singe,
Es chönnt nid schöner si,
As wenns vom chline Müli
S erscht Mol tönt: «Muetterli!»

De Sunnestrahl

I d Stube chunnt e Sunnestrahl
Und tanzet a der Wand.
Gschwind juchset s Chind und längt derno
Mit siner chline Hand.

Doch d Sunne lot si nid lo foh,
Si zwitzeret hin und här,
Und s Chindli luegt ere trurig no,
Und s Händli blibt em leer.

S goht eusereim pretzis wi dir.
Wer s Läbe kennt, verstohts:
Grad was am allerischönschte wer,
Wenn ds alängscht, so vergohts.

I d Schuel

De Schuelsack a Rügge,
En Öpfel i d Hand,
Es früsch gglettets Scheubeli,
E gsunde Verstand,

So reiset mis Chindli
Luschtig dervo
Und lot mi eleigge.
Wi wirds em ächt goh?

Chuderwältsch

Zwöi chlini Beindli zäberle
Dur d Stube uf und ab.
Es chlises Müli däderlet
As wines Mülirad:

Das waschlet und guschlet,
S chunnt niemer meh z schlag,
Das gablet und juflet
De ganz lieb lang Tag!

E sones chrotte Trämpeli
Het gwüss no niemer gseh:
Du Chuderwältsch, du Stämpfeli,
Tuet s Müli nonig weh?

Troscht

Mis Muetterli het briegget,
Und i weis nid worum.
Es sitzt und luegt zum Pfeischter us
Und gseht doch nume s Nochbers Hus
Und chehrt si gar nid um.

I ha si zert und gmüedet:
«Muetterli, lueg mi a –»
Es battet nüt – do chunnts mer z Sinn:
Alls libermänts im Täschli inn,
Das mues mis Müetti ha.

I schleikes weidli vüre:
En Öpfel, rund und gross,
Zwo Nüss, e Stei vo Chatzeguld –
Gottlob, si lachet, i bi gschuld,
Und nimmt mi gschwind uf d Schoos.

Im Traum

Mis Chindli lächlet im Schlof.
Es gseht halt im Schlofe, im Wache
No luter fründligi Sache,
Kei Chumber plogets, kei Strof.

De Mon luegt zum Pfeischterli i.
Er schmützlets uf d Stirne und d Auge.
Am Morge, do wirds denn glaube,
En Ängel seig binem gsi.

Mis Ditti

Mis Ditti heisst Lisi,
Het sidigi Hoor,
Es roserots Röckli
Und es Scheubeli dervor.

Het Äugli wi Chralle
Und schneewissi Zänd,
Het Bäggli wi Rösli
Und munzigi Händ.

Jez setzis a Bode
Und lueges rächt a:
Mis Ditti, mis Schätzli,
Muesch es Schmützeli ha!

S Loch im Sack

O je, i hanes Loch im Sack!
Was mues i ächt au mache?
Wo tueni jez de Grümpel hi
Und mini vile Sache?

I ha probiert und gchnüpft all Wäg,
S wott eifach nid verhebe.
Wenns amen Ort verwirflet isch,
So chrachets scho dernäbe.

Jez gohni zum Grosmüetti ue
Und will si goge froge:
Die büezt mer gwüss de Bumpel zue
Mit ihrer dicke Nodle.

Mi Grosätti

Grosvatter, Grosätti
Mitem schneewisse Bart,
Mit der dopplete Brülle
Goht mit mer uf d Fahrt.

Er nimmt mi uf d Achsle,
I rüefe trab trab,
Denn gumpe mer d Stube
Duruf und durab.

Er tuet mi nid balge,
Er tuet mi nid schlo,
Und hätti gärn öppis,
So seit er: «Jo, jo!»

Und alles isch rächt,
Was sis Meiteli tuet.
Jo, bi mim Grosätti,
Do hanis halt guet!

Storeheini

Store Storeheini
Mit dine lange Beine:
Will der cho es Liedli singe,
As d mer tuesch es Brüederli bringe,
Wott der goge Zucker streue,
Wott es wisses Hömmeli neie,
Wott es Wiegeli härestelle,
S Bäppli rüere mitem Chelle,
Wott es Läufterli offe lo,
As d chausch hübscheli inecho.

Obestärn

Grosmüetterli im Himel,
Wi hani di so gärn!
All Tag, wenns afoht nachte
Und vürchunnt Stärn a Stärn,

So suechi mir vo allne
De schönscht und heiterscht us,
Er glitzeret us de Wulke
Grad über eusem Hus.

Er stoht für mi eleigge
Dert obe uf der Wacht.
Denn rüefi lislig ufe:
«Grosmüetterli, guetnacht!»

D Neieri

Müetti, fädle d Nodle i,
Es pressiert erschröckli,
S mues bis zobe fertig si,
Mis neu Dittiröckli.

Weidli s Fingerhüetli här
Und es Fäckli Side
Und di roschtig Raggerischeer,
Asi s Züg cha schnide.

Bändeli, Chnöpf und Rüscheli dra
Vomene rote Blätzli:
Lueged jez mis Ditteli a,
Isches nid es Frätzli?

Es Brüederli

Alli Gschpändli zringselume
Händ es Brüederli übercho.
Wenn i au so eis chönnt gschweige,
Das müesst aber luschtig goh.

Wettem luege, wettem singe,
Wettem Gvätterligschirli ge,
Wetts im Wägeli umestosse,
Und i lies em nüt lo gscheh.

Und wenns gross wer und chönnt springe,
Giengemer zäme uf und drus –
S isch e Storch derhär cho z flüge,
Het e Boge gmacht ums Hus.

Gschichtli

Wer weis mer es Gschichtli,
Gits öppe hüt keis?
O liebe Grosätti,
Verzell mer doch eis:

Vo Hase und Füchse,
Vo Marder und Reh,
Vo böse Wildsäune
Und Ferte im Schnee!

Und wenni denn gross bi,
Darfi mit der is Holz,
Ufem tupfete Schimel,
Graduf wine Bolz!

S Vatterli

Es git doch im Läbe
Kei schöneri Stund,
As wenn wider zobe
Mis Vatterli chunnt!

Er isch halt e liebe,
Er isch euse Schatz,
Und uf sine Chneune
Isch mir de liebscht Platz.

Denn tuenem flattiere
Und luegene a,
Und s Müetti chunnt zuenis,
Wott au öppis ha.

S bös Wort

I weis es Wort, s isch nume chli
Und doch für mi no z schwer.
I staggle, wennis säge sett,
Und dreihes hin und här.
Doch winis dreihe, s battet nüt,
Zletscht hanis doch no gseit,
Und s isch mer fascht nid usegrütscht
Säb Wörtli: «S isch mer leid!»

Es weis kei Möntsch, wi drang as s goht,
Wi weh as s eim cha tue!
Und wenns au einisch dusse isch,
So lots eim erscht kei Rue.
Es brönnt und würgt eim s Hälsli uf:
«Nei, hättis doch nid gseit –
O bis nid trurig, Müetterli,
Gwüss, gwüss, es isch mer leid!»

De Hansli Mohr

De freinischt Gschpane, woni ha,
Im schwarze Chruselhoor,
De wohnt im Hüsli änedra
Und heisst de Hansli Mohr.

Chuum as i früe verwachet bi,
So stoht er scho am Hag,
Er lachet mitem ganze Gsicht
Und rüeft mer Guetetag.

Er het es Zeie i der Hand,
Und was er suscht no bringt:
Buechnüssli, Müscheli, Aaresand,
Wo mer im Steibruch findt.

Er gumpet übers Garbeseil
Und seit mer Sprüchli vor:
Er wer mer nid um alles feil,
Mi Nochber Hansli Mohr.

Lehre schribe

Ue – abe – ue,
Jez lueged mer zue:
Es Tüpfli druf hi,
Denn isches en i.
Der n het zwöi Bei,
Das weis i elei,
Ganz rund isch der o,
De wämmer lo goh,
Zwöi Strichli druf ue –
Und iez hani gnue!

Barri

De Barri, de Barri
Springt hindermer no,
Er isch euse Wächter,
Cha alles verstoh.

Cha bälle und gumpe
Wi zhindevür,
Und znacht tuet er schlofe
Vor miner Tür.

Het Auge wi Stärne,
Es Fäl wine Leu,
Het vier Bei zum Springe
Und ich nume zwöi.

De Chemifäger

De Chemifäger isch im Hus,
Das git mer jez es Wäse!
Er butzt is alli Öfe us
Mit sim verstrupfte Bäse.

Im Chemi obe singt er eis,
Und pfift, de luschtig Fäger,
Und wenn er obenabe chunnt,
So glänzt er wine Neger.

Jez goht er witer um es Hus,
Schwänkt s Bäseli wine Flagge.
Doch eusi Chöchi, s isch e Grus,
Het ganz e schwarze Bagge!

Lisme

«Inestäche, umeschlo» –
Dänked, lisme chani scho.
Ha e grosse Rugel Wulle
Dörfe go bim Chremer hole,
Lisme drus im Ditti Strümpf.
Nodle hani au scho fünf.
Tue no anderi schöni Sache
Denn fürs Wienechtschindli mache,
Aber langsam gohts halt no –
«Durezie und abelo.»

«Inestäche, umeschlo» –
S chunnt mer keis bim Lisme no.
Cha di rächte und di lätze,
Ha vom Börtli scho e Fätze,
Mise allipott am Bei,
S Strümpfli chunnt mer scho a d Chneu.
Gumpet mer e Lätsch uf d Site,
Het das wäger nüt z bidüte,
D Muetter hilft mer e wider foh –
«Durezieh und abelo.»

S Bächli

Bächli, chlises Bächli,
Nimm mis Schiffli mit.
Hesch es grüsligs Sächli:
Goht di Reis so wit?

Träg mis grüen grüen Blettli
Ines anders Land.
Müessti nid is Bettli,
Giengemer mitenand.

Im Summer

Blüemli uf de Matte
Günni wiss und rot,
Grueie denn im Schatte,
Bis de Tag vergoht.

Wissi Wülkli jage
Eis im andere no,
Wett si möge froge:
Darf i mitech cho?

D Sunne luegt dur d Eschtli
Ab der Gisliflue.
S Finkepaar bim Näschtli
Treit sis Fuetter zue.

Göhmmer zobe ume,
Glitzeret mänge Stärn.
Summer, liebe Summer,
Wi hani di so gärn!

S Müsli

Chlini Mus i der Falle,
Wi durisch mi du.
I ha au nid gfolget,
Ha gschneugget wi du.

Chlini Mus i der Falle,
Lueg nid trurig dri:
I läng der mis Zobig
Zum Gitterli i.

Im Winter

Im Winter, im Winter
Gohts bodeluschtig zue:
De Schlitte go sueche
Ufe Eschterig ue.

D Pelzchappe uf d Ohre
Und Händsche agleit,
Denn heidruff a Schlossbärg:
S het gschneit, es het gschneit!

Märli

I wett, i wer e Königin,
Denn hätti guldigi Röckli,
Es Scheubeli vo Silberzüg,
Es Chröndli ufem Chöpfli,
E langi Schleppe hindeno,
So wetti grad z Wisite goh.

I wett, i wer e Königin,
Denn chönnti Chüechli ässe.
I miech e ganzi Zeine voll
Und tet kei Zucker mässe.
Und alli Chinde näbena,
Die müesste vo de Chüechlene ha.

I wett, i wer e Königin,
Denn chönnti Gutsche rite
Und kummidiere linggs und rächts:
«He, wänder ächt uf d Site?»
Und ging de Hansli juscht verbi,
So seit i: «Wottisch König si?»

De Götti

Mi Götti isch e grosse Ma,
Er chunnt fascht a der Türe a,
Er het e Bart – chumm lueg und gschaus –
So prächtig wi de Sämichlaus!

Mi Götti isch e glehrte Ma,
S git nüt, wo er nid wüsse cha,
Er lehrt di gross und chline Lüt
Und macht no mänge Dumme gschidt.

Mi Götti isch e guete Ma,
Wott nüt für ihn eleigge ha.
Er isch so luter wine Schib
Und geb eim s Hömmli abem Lib.

E Frog

Mis Chindli wott jez schlofe.
S het sis Gibättli gseit
Und sini chline Händli
Im Schlof no zämegleit.

Uf einisch lüpfts sis Chöpfli
Und luegt gäg eusi Wand:
«Tüend s Vatterli und d Muetter
Au bätte mitenand?»

De Sundig

De Sundig, de Sundig,
Wi freuemi druf:
Am Morge tuets lüte,
Denn stöhmmer gschwind uf,
Und s Müetti git vüre,
Was jedes mues ha:
Es schneewisses Hömmeli
Leggemer a.

De Sundig, de Sundig
Stoht scho vor der Tür.
Denn darf mer nid lärme,
Aber singe derfür.
Und d Sunne, si schint is
No einisch so schön.
Mer folge gar ordlig,
Mache gar niemer höhn.

De Sundig, de Sundig
Hani dorum so gärn,
Er schint eim dur d Wuche
Wine fründlige Stärn.
Mer wänd nid go rite,
Mer mache kei Reis:
Denn blibt euse Vatter
De ganz Tag bi eus.

Schneeglöggli lüt!

Schneeglöggli lüt,
De Früelig chunnt no hüt.
Er het es Chränzli ufem Chopf
Und i der Hand e guldige Stock.
Schneeglöggli lüt,
De Früelig chunnt no hüt.

Schneeglöggli lüt,
De Winter isch scho wit.
Er isch verstört zum Land us grönnt,
Und d Sunne het em Löcher brönnt.
Schneeglöggli lüt,
De Winter isch scho wit.

Schneeglöggli lüt,
Es git en anderi Zit,
Voll Finkeschlag und Merzestaub
Und Chriesibluescht und Buechelaub.
Schneeglöggli lüt,
Es git en anderi Zit.

Balge

Ha mis Meiteli müesse balge,
Wills mer umegmulet het:
«Wart, i will der lehre folge,
Zie di ab und gang is Bett.»
S Chind vertrückt di dicke Träne,
Wonem usegchugelet sind,
Schlänggeret d Züpfli wi zwe Fähne:
«Ischt ächt – s Balge – au e Sünd?»

D Bäsi

«Es isch erbärmli», chlagt is d Bäsi,
«Wi gli sind d Möntsche wüescht und alt!
Chuum isch de Summer rächt vergange,
So wirds veruss und dinne chalt.»

«Bis zfride», het si s Chindli tröschtet,
«Wenn d jez au grumpfig worde bisch,
So gseht mer doch no a de Schärbe,
Wi s Chacheli ame schön gsi isch!»

Herbschtlaub

Grossi, guldigi Summervögel
Flüge über d Strosse,
Flüge usem Wald ufs Fäld:
«Jez guetnacht du schöni Wält,
Mir wänd goge schlofe».
Ihre Summer isch verbi,
Ihri Freud vergange.
Über Nacht chas Winter si,
S heisst, es gäb en lange.
Dorum grueie si dertund,
Anders chunnt a d Reihe:
D Chnoschpechindli, brun und rund,
Traume scho vom Maie.

Im Winter

Liebgottchäberli, flüg nid us,
Blib bi eus im warme Hus.
Dusse tetischt jo verfrüre,
Chönntischt au de Wäg verlüre,
Chämischt nid i Himel ue.
Lueg, i höckle bi der zue,
Und i will der z äsen bringe:
Seisch mer denn, wi d Ängeli singe.

Früeligstaufi

De Früelig, de Früelig,
Im Winter sis Chind,
De wämmer go taufe.
Si Götti heisst Wind.

Si Gotte isch d Sunne,
D Nacht badets im Tau,
Und es blüemelets Röckli,
Das git si em au.

Vill Lüt hämmer glade,
De Tisch blibt nid leer,
Wit chöme si z flüge
Über d Länder und s Meer.

Los: d Orgele bruset,
Und d Chile goht a:
De Liebgott chunnt sälber
E Predig cho ha.

D Summervögel

Zwöi jungi Summervögeli sind
Dur d Matte gfloge
Und händ us allne Blueme gschwind
De Hung usgsoge.

Do chunnt es Humbeli derhär
Und brummlet: «Lumpe,
Tüend, wi wenns all Tag Sundig wer
Und Zit zum Gumpe.

Ihr wärded öppe gli emol
Scho zähmer wärde,
Wenns nachtet, isch ech nümme wohl,
Denn müender stärbe.»

Do händ di beede weidli gmacht
Und sind vertrunne:
Si dänke: s isch no lang bis znacht,
Und jez schint d Sunne!

Schlofliedli

Es singt es Vögeli abem Baum:
Schlof, Meiteli schlof!
Mis Chindli het en schöne Traum,
Schlof, Meiteli schlof!
Es gseht en Matt voll Blueme stoh
Und springt de Summervöglene no,
Schlof, Meiteli schlof.

Es rüeft en Ägerschte abem Dach:
«Schlof, Meiteli schlof!
Es goht nid lang, bisch wider wach,
Schlof, Meiteli, schlof!
Denn sind die Blueme alli gno
Und d Summervögeli au dervo –
Schlof, Meiteli schlof!»

Giburtstag

Juhe, e Gugelhupf
Het s Müetti bache!
Drü Liechtli brünne druff,
Woni verwache.

Es wisses Scheubeli,
S Glöggli zum Lüte,
Roti Pantöffeli –
Was hets z bidüte?

D Grosmuetter singt

Spinn, spinn, Redli spinn,
Ha scho vill im Chäschtli inn,
Mues für eusers Meiteli sorge,
Tue scho spinne früe am Morge,
Will denn s Garn zum Wäber neh,
S mues fürs Chind es Hömmeli ge.

Lauf, lauf, Redli lauf,
Ha im Chind es Wägeli gchauft,
Gohne mitem go spaziere,
Tuenes zu de Blüemlene füere,
Zeig em d Matte, d Bäum und s Fäld,
Säg em: lueg, so schön isch d Wält!

Spuel, spuel, Redli spuel,
Wenns denn gross isch, gohts i d Schuel.
Zobe uf der Türeselle
Tuenem mängi Gschicht verzelle.
Gohni zletschte au i d Rue,
Drückt mir s Chindli d Auge zue.

Ufe Wäg

Wandered, mini Liedli,
Wine Sunnestrahl
I di teufschte Chräche,
Über Bärg und Tal.

Weihed Freud i d Härze
Mitem Maiewind,
Grüessed eusi Gspane:
D Müettere und d Chind.

Z Välte übers Ammes Hus

Z Välte übers Ammes Hus
Flügt de Storch zum Pfeischter us,
Flügt und butzt de Schnabel ab,
Dänkt: s isch doch en herte Schlag,
Wenn esone stolzne Vatter
Meint, er heig de Bueb im Gatter,
Und de Storch bringt halt es Meitli!
Minetwäge! – Jezig weidli
Flügi go es anders hole,
Aber das mues goh wi gstole.
S isch en Plog mit dene Chinde!
Ha no mängs im Weier hinde,
Alli mues i bis am Morge
Go i Hus und Hei versorge,
Alles planget, bis i chume.
Bini do – so – glaubets nume,
Hani gmeint, s seig alles rächt,
Gohts mer mängisch doch no schlächt.

Wältundergang

S rumplet i der Chindestube,
S Chindli stoht verschrocke do,
Und d Landcharte lit am Bode:
«Muetter, Muetter, d Wält het glo!»

Eusi zwöi Chätzli

Jo eusi zwöi Chätzli
Sind tusigi Frätzli,
Händ schneewissi Tätzli
Und Chreueli dra,

Händ spitzigi Öhrli
Und sidigi Hörli,
Und s goht e kes Jöhrli,
So föhnd si scho a:

Si schliche durs Hüsli
Und packe di Müsli
Und ploge si grüsli –
Wer gsechenes a?

De Meitlistorch

«Vatterli, gäll du bisch zfride?
Lueg, i wer jo sälber froh,
Wenn der chönnt es Büebli zeige,
Aber s isch jez halt eso.»

«Aber Frau, was seisch für Sache!
Wer wett jez nid zfride si?
S gitt jo uf der ganze Ärde
Niemer, wos so het win i!

Luschtig gohni furt go schaffe,
Luschtig chumi wider hei.
Ame het eis Schätzeli gwartet,
Aber jez denn warte zwöi!»

De Sunneschin

Was trämpelet veruss im Gang,
Wer böpperlet a d Türe?
En luschtige Dreirebehöch
Chunnt lislig hindefüre.

Es streckt di beide Ärmli us
Und lächlet gägmer ine:
Do ischs, wi wenn im ganze Hus
Tet d Sunne afo schine.

S gaxet es Hüendli

S gaxet es Hüendli,
S gaxe glaub zwöi,
S tönt ab der Brügi
Grad usem Heu.

Chömed cho luege:
Hanis nid gseit?
Jezig gits Chüechli,
Jo, si händ gleit!

Schössli bschnide

Schössli bschnide, Schössli bschnide,
Tuet gar weh de Räbe,
Aber wemmers lies lo blibe,
Gebs im Herbscht kei Säge.

Schössli bschnide, Schössli bschnide,
D Chinde möges gwahre!
Aber lies mer alles tribe,
Chönnt mer eis erfahre!

Chöchele

Mis Änneli, mis Änneli,
Das tusigwätters Chind,
Es chöchelet im Pfänneli
Und rüert de Chelle gschwind.

Es rüert en um und singt derzue:
«Juhe, mis Bäppli südt,
S isch nume Härd und Wasser gnue,
Doch besser nützti nüt!»

Dittiwösch

Rible, rible, rible,
D Möse wänd nid lo.
Seipfe dra, as s schumet,
Schwänke hindenoh.

Rible, rible, rible,
Suber isch mis Züg.
Gschwind vors Hus go hänke:
A der Sunne flüg!

Holderihoh

Hüt am Morge: Holderihoh,
Znacht es heisses Chöpfli,
Füessli, wo nid möge gstoh,
Und e Schranz im Röckli.

D Stäge ab, was hesch was gisch,
D Stäge uf cho brüele:
Meiteli, lue, wer z hitzig isch,
Mues emol verchüele!

Fürwärch

Ragete flügen obsi,
S Chind het si nid verrodt,
«Halt», rüefts a Himel ufe,
«Si brönne de Liebgott!»

Buebe und Meitli

«Höred uf mit Schnädere,
Höred uf mit Brichte,
Furt uf d Bäum go chlädere,
Das goht über Gschichte.»

«Aber s chönnt e Büle ge
Und verrissni Hose?» –
«Euserein chem niene he,
Wemmer euch wett lose!»

D Gatschuballe

S Chind het e Gatschuballe,
Die gumpet em nid gnue.
Si sett halt flüge, flüge,
Fascht bis a Himel ue.

Es leit si ufen Ofe
Und wills no besser ha,
Macht gschwind es Fürli drunder –
«Was gilts, das tribt si a!»

Si brünnt. Es Hämpfeli Äsche
Isch alles, was mer händ,
Und Löcher i der Scheube
Und choleschwarzi Händ.

De Lätz

«Wer wett so Auge mache,
No amene Jugedfescht!
Gschwind, Meiteli, tuemer lache
Und heb di Tänzer fescht!»

Es drückt de Chranz uf d Locke,
Er isch em ganz verrütscht,
Und hignet frei erschrocke:
«I – ha – de Lätz verwütscht!»

De Schuelerbank

I weis es Meiteli, s goht i d Schuel,
Das het allwäg e gspässige Stuel,
Es rangget eisder hi und här,
Wie wener ganz voll Gufe wer.

Denn guggets gschwind zum Pfeischter us
De Spatze no ufs Nochbers Hus,
Bisst Öpfel a, schlüft undere Bank,
Wenns lütet, rüefts: Gottlob und Dank!

Es rönnt wis Bisiwätter hei:
«Juhe, am Nomittag isch frei,
Das Lehre lauft mer afig no,
Morn weis i doch nüt meh dervo!»

Lächle

Di grosse Lüt sind lieb und guet,
So lang si alles händ.
Wenns böset, lotene de Muet,
Und s Rüeme het es Änd.

So machts mis Chindli wäger nid.
Gäb was em s Läbe bringt:
Es lächlet, wemmer em öppis git
Und – wemmer ems wider nimmt.

Herr Maie

Du liebe Herr Maie,
Du machsch is vill Freud,
Hesch is s Wägli und d Matte
voll Chriesibluescht gstreut.

Hesch d Sunne lo schine
Übers Fäld und durs Hus,
Staffiersch t jede Egge
Mit Viöndlene us.

Und d Rehli und d Hase
Händs au scho verno,
De Gugger heigs gschroue:
De Maie seig cho!

Schlitte

«Ruess, Ruess,
Für en Batze Buess!»
Eusi Schlitte chöme z flüge,
Lönd lo lädere, lönd lo stübe,
Über wissi Watte
Suse mer dur d Matte.

«Ruess, Ruess,
Für en Batze Buess!»
Zämeputscht und überschlage:
Nid go jommere, nid go chlage,
Mir sind nid vo Side,
Möges scho verlide.

Es chunnt e Riter gritte

Es chunnt e Riter gritte
Im nagelneue Schlitte,
Es chunnt es Glöggli z lüte,
Was het das ächt z bidüte?
Reinuf, reinab,
Galopp und Trab –
Hesch mer e niene gseh:
So lisch im Schnee!

Sagmähl

Mis Chindli het sis Ditti verheit,
Wos allewil wieget und umetreit.
Es stuunet ufs Sagmähl, wo usefallt,
Und s Grosi tröschtets: «So gohts eim halt.»

Im Chind sis Läbe verlürt de Glanz.
Was abenand isch, wird nümme ganz.
Es hignet und leit de Chopf ufe Tisch:
«I ha – welle gseh – was drininne isch.»

De Stei

En grosse Stei lit ufem Wäg:
Eis vonis brucht e fürne Stäg,
Das ander macht en chline Rank,
S dritt luegt en a und tuet kei Wank.
Doch eusers Chli springt weidli zue
Und lüpft e ufnes Mürli ue
Mit aller Chraft. Do hani dänkt:
Wer weis, wo das no äne längt.
Du rumischt us der Wält, der ruche,
No mänge Stei. Mer chönes bruche!

Sämichlaus

Sämichlaus, du liebe Ma,
Gäll, i mues ke Ruete ha?
Gäll, du tuesch nid mit mer balge?
Will denn allewile folge!
Will im Müetti ordlig lose,
Will denn nümme d Milch verchosle,
Will denn d Scheube nümm vernetze,
Nümme mit der Türe schletze,
Will nid mit de Chinde zangge,
Will bim Tisch nid umerangge,
Will jez nümme d Nuss ufbisse,
Will au nid de Rock verrisse,
Alli böse, wüeschte Sache
Wotti gwüss jez nümme mache.
Sämichlaus, du liebe Ma,
Gäll i mues ke Ruete ha?

Er chunnt

Er chunnt, er chunnt, wo schlüfi he?
Er het en Ruete, die tuet weh,
Er het en lange wisse Bart
Und wätteret, as mer zämefahrt!
Gschwind, gschwind i säben Egge,
Dert will i mi verstecke.

Er chunnt, er chunnt, er polderet scho
Dur d Stägen uf, jez isch er do:
«Isch niemer ächt deheime?» – Nei,
Herr Sämichlaus, gang nume hei,
Denn tuets is wider wohle,
De Sack, de lach lo trole!

Chlauschlöpfe

De Götti het mer en Geisle gmacht
Vo Rischten und vo Chuder,
Jez tueni chlöpfe Tag und Nacht,
Es git eim frei en Schuder:

    Linggs, rächts, chehr di um,
    Gradusen jez und zringseldum,
    Los, wis suset ob de Chöpfe:
    S Härz zum Lib us chönnti chlöpfe!

Es tätscht, mer het no nüt so ghört,
D Lüt rönnen use, wi verstört,
Und meine, es heig gschosse.
Si chömen uf de Rosse:

    Linggs, rächts, chehr di um,
    Gradusen jez und zringseldum,
    D Chreie flüge furt i Schare,
    Dasmol bschüssts, ihr wärdets gwahre!

Niggi Näggi

Sämichläusli Niggi Näggi
Het en Bart wi eusen Ätti.
Het en Sack voll Züg und Plunder
Und en hasligi Ruete drunder,
Het es Eseli vor sim Chare,
Tuet s Land uf und abe fahre,
Bringt de Meitlene schöni Sache
Und tuet d Buebe zfolge mache,
Sämichläusli Niggi Näggi,
Het en Bart wi eusen Ätti.

Chumm roll

Sämichlaus, chumm roll, roll, roll,
Hesch di Sack jo gstacket voll,
Öpfel, Nuss und Cheschtene drunder,
Aber s macht mer echli Chumber,
Wi das mit der Rueten isch?
Wart, i schlüfe hindere Tisch!

Sämichlaus, chumm roll, roll, roll,
Mir sind brav, du weisches woll:
Schlofe chönemer znacht wi d Dachse
Und tüend vorem sälber wachse,
Luege gärn bim Schaffe zue,
Ässe Möre Brot derzue.

Es Glöggli

Wer lütet veruss?
«Ha Chrömli und Nuss,
Trompeten und Trumbe
Ganz Wäge voll dunde,
Ha Scheubeli und Söckli,
Und Ditti und Röckli,
Ha Tischli und Stüeli,
Ha Schöfli und Chüeli,
Ha Gschirli und Pfänndli,
Ha Züber und Ständli,
Ha Büecher mit Hölge
Für d Chinde, wo folge» –
Chumm nume dohi,
Denn isch es für mi!

Chumm los

Sämichlaus, chumm los no gschwind:
Gsehsch hüt öppe s Wienechtschind,
Wenns tuet zoben uf di warte
Vorem Hag bim Tannegarte?
Säg em, as mer grüsli plange,
S heig scho s erscht mol gschneit,
Und mis Ditti seig efange
Zringseldume verheit.

Im Gusel

Mer sind hüt alli zhindevür
Und wüsse nid was mache:
De Sämichlaus stoht vor der Tür,
Jez isch is nümm ums Lache!

Er het en grosse Habersack,
En Stäcken und e Ruete,
Nimmt bösi Bueben anes Pack,
Git Chrömli i de guete,

Rüeft: «Händer gfolget?» – Jo, jo, jo,
Stell numen ab di Bängel,
Mer wüssen eusers Sprüchli scho,
Und sind so brav wi d Ängel!

Adväntsliecht

Dur Schnee und Näbel und glisserigs Biecht
Zündt us de Wulke es zitterigs Liecht.
Es trout si nid füre, de Wäg isch vermacht:
Mir wänd der e bahne, heiligi Nacht!

Drü Ängeli

Drü Ängeli gänd enandere d Hand
Und flüge der Ärde zue.
Dert under der schwarze Wulkewand
Gits öppe z schaffe gnue:

Eis tröchnet alli Tränen ab,
Wo falle Stund für Stund:
S wird heiter über jedem Grab,
Di Chrankne wärde gsund.

Das ander löscht di böse Wort
In eusne Härzen us,
S isch schwer, es chunnt fascht a kes Bort,
Und s mues i jedes Hus.

S dritt goht de chline Chindlene no
Und streichlet si und seit:
«Ihr händ es Liechtli übercho,
Das zündt i d Ebigkeit.»

Drü Ängeli gänd enandere d Hand,
Si göhnd i Himel i,
Und dunden isch im Ärdeland
De Heiligobe gsi!

Heiligobe

Es schneit verusse lis und lind,
Und dur de Schnee flügt s Wienechtschind.
Es treit es Bäumli i der Hand
Und böpperlet a d Lädeliwand:
«Tüend uf, tüend uf, i chume grad,
Sind alli brav? Und schön parat?»

En heitere Schin lit ufem Hus.
En Ängel flügt zum Pfeischter us.

Im Winter

Wi wers doch au im Winter
So trurig und so schwer,
Wenn nid s lieb Wienechtschindli
Uf d Ärde gfloge wer,

Wenn nid sis Tannebäumli
Dur Tag und Wuchen us
Is hinderscht Eggeli zündti
Vom allerchlinschte Hus!

O liebe Wienechtsängel,
Chumm emel gärn und gschwind,
Du triffscht en heiteri Stube
Und luter bravi Chind.

Ebs lütet

«Wenns numen au scho Obe wer,
Wi wird is s Warte hüt so schwer!
S het jedi Stund es Zäntnergwicht,
Grosvatterli, verzell en Gschicht!»

«So chömed, jedes ufnes Chneu,
Lueged, ebs ehnder sächsi schlöi,
Und reded mer nid eisder dri,
S mues vo den alte Schwyzere si.»

Und undereinisch, zmitzt drininn,
Tönts obenabe: Gling, gling, gling.
Es njeders rönnt, es weis nid wie,
Dur d Stägen uf i Himel ie!

Plange

I wett, es wer scho Obe,
I wett, es wer scho Nacht:
Denn het mis färndrig Ditti
En nagelneui Tracht,

Denn schmöckts vo Hung und Cherze
Und früschem Tannechris,
Denn chüschelets vor de Türe,
Denn ghört mer d Wienechtswis!

Und was durs Johr verbroche,
Isch alles wider gmacht:
I wett, es wer scho Obe,
I wett, es wer scho Nacht.

D Wienechtsgschicht

Z Bethlihem, am Heiligobe,
Isch de Himel heiter worde.
Hinderem Wulkenumhang vüre
Luege d Ängeli us der Türe,
Singen uf di feischter Ärde:
«Hüt müend alli sälig wärde,
Jez goht niemer meh verlore,
Euse Heiland isch gibore!»
D Hirte händs im Fäld uss ghört,
Und si lose, ganz verstört,
Bis si zletscht das Chindli finde
Inere Chrüpf inn i de Windle.
Uf de Chneune sind si gläge
Und händ bättet um si Säge.
D Maria dänkt drüber no:
«Wi mues das no use cho?»

Bethlihem

I weis es chlises Dörfli
Wit furt im Morgeland,
Das isch sid tusig Johre
Fascht jedem Chind bikannt.

Es Liecht isch dert ufggange,
Azündt vom liebe Gott,
Mer cha si dra go werme,
So vill a jedes wott.

Für d Möntschen isch das Liechtli
Meh wärt as Guet und Galt.
Zletscht wirds denn zunere Sunne
Und schint der ganze Wält!

De Schleier

Es fallt e wisse Schleier
Ganz lislig hüt ufs Land,
De händ is d Ängeli gwobe
Mit ihrer liebe Hand.

Si händ mängs guldigs Stärndli
Zäntume dri verstreut
Und hie und do im Zettel
E schwarze Fade gleit.

Es njeders Möntschechindli
Verwütscht en Teil dervo:
I wett, du hätsch von allne
S schönscht Blätzli übercho.

No öppis lo

Jez isch er verbi, euse Wienechtstraum,
Und leer stoht wider de Tannebaum.
Mer händ en use i Garte treit,
Veruse is Wätter, wos Fätze schneit.
Mitlidig luegtem s Chindli no:
«Mer wänd em no öppis Guldigs lo!»

Undererem Wienechtsbaum

*Zwöi Meiteli singe bim Chrüpfli zue vorem Baum
«Im blaue blaue Himelsbett», komponiert vom
Carl Hess*

S Anneli:
O Gritli, lueg de Wienechtsbaum!
I bi ganz überno:
Isch ächt dermit dur d Himelsstross
Es Ängeli abecho?

S Gritli:
Hets vo de Stärndlene d Liechtli gholt
Und si a d Eschtli ghänkt?

S Anneli:
Hets zmitzt im schöne Paredis
An eus zwöi Schwöschterli dänkt?

S Gritli:
Was hanget do am Tannechris?
Es Wiehnechtschindlihoor!
S isch sälber i der Stube gsi,
Jez weis is gwüss, s isch wohr!

S Anneli:
Und do lit jo si Schleier no
Und deckt es Bettli zue!

S Gritli:
S chli Jesuschindli lit drininn
Und luegt as Bäumli ue!

S Anneli:
Grad wis säbmol bim Eseli zue
Im Stal inn gläge isch
Und nid emol es Bett gha het,
Kes Stüeli und ke Tisch!

D Muetter:
Und doch, mer tuscheti de Stal
Nid um nes Königshus!
Für alli Möntsche uf der Wält
Goht dert de Säge us:
S isch undereinisch heiter gsi
Durs Land und s Fäld und s Holz,
S het keis me welle trurig si
Und niemer bös und stolz.

S Gritli:
Jo weisch no, wimer gjuchset händ,
Wos einisch gheisse het,
Es seig es Brüederli zuenis cho
Is Chindewagebett?

D Muetter:
Jez chausch der dänke, wi das erscht
En Freud het müesse si,
S Chrischtchindli isch no tusigmol
So lieb wi s Brüederli gsi!
Es Gsichtli hets gha wine Ros,
Drum heisst au s Lied eso.
Mer wänd grad singe mitenand,
Es ghörts im Himel no:

(*Lied: «Es ist ein Ros entsprungen»*)

S Gritli:
Vo was isch sone heitere Schin
Vom Himel abe cho?

S Anneli:
He weisches nid, vom grosse Stärn,
Wo über Bethlihem
Zmitzt i der Nacht isch blibe stoh,
Wi wenn scho d Sunne chem?

D Muetter:
Und i sim heiterhele Schin,
Do het mer d Ängeli gseh,
Wo i der Höchi gsunge händ:
«Ihr Möntsche, tüends verneh,
De Heiland isch gibore hüt,
Lit z Bethlihem im Strau –»

S Anneli:
Do ghöres d Hirte ufem Fäld
Und di drei Weisen au –

D Muetter:
Si händ no nie so guete Bricht
Vom Himel här verno,
Si chöme z laufe z scharewis
Und d Schöfli hindeno:

(Lied: «Ihr Hirten, erwacht»)

S Anneli:
Und withär usem Morgeland

Mit Guld und Edelstei
Isch no en Negerkönig cho –

D Muetter (verzellt):
Denn göhnd si wider hei,
Und zelle i der ganze Wält
Vo ihrer heilige Nacht.
D Maria aber het elei
Bi ihrem Chindli gwacht.
Und z letschte falle d Auge zue
Der liebschte Muetter au.
Do, wo si rüeig gschlofe händ,
So fallt en Schin ufs Strau
Und molet gschwind es grosses Chrüz
Uf d Muetter und de Sohn:
«Das isch denn zletschte vo der Wält
Der Liebi ihre Lohn!»
Di Zwöi händ nüt vo allem gwüsst.
Wo si verwachet sind,
Schint d Sunne dur das offnig Dach
Ufs heilig Jesuschind.

S Gritli:
O weri doch au binem gsi
Und hätt em öppis gge!
Mis Dittiwägeli – s Helgebuech –

S Anneli:
Denn giengemer zuenem he
Und seite: Darfsch nid trurig si,
Mer gvätterle mitenand –

S Gritli:
Mer mache Hüttli usem Strau
Und Schlösser usem Sand.

D Muetter:
Und tete nie vergeuschtig si?
Und händlete nid drum,
Eb eis so lieb wi s ander wer?

S Gritli:
Mer seite: Heiland chumm,
Di Vatter isch en Zimberma,
Het Brätt und Hölzli gnue –

S Anneli:
Mer boute a der Himelsstadt,
Und d Maria luegti zue!

D Stärndliwisite

*Zwöi Ängeli mit blutte Füesslene chöme i ihre
Guldstärndlihömmlene ufe Wienechtsbaum zue*

S Chind:
Nei Vatter, Muetter, lueged do!
Sind nid zwöi Stärndli abecho?
Si düssele juscht zur Türe i,
Die müend ganz früsch vom Himel si!

S Obestärndli:
Gott grüess ech alli mitenand!
I bine Bott vom Stärneland,
Bi mitem Gspändli uf der Reis,
Mer chöme ufem guldige Gleus!

S Morgestärndli:
De Liebgott het is nid gärn glo –

S Obestärndli:
Mer händ en chline Urlaub gno.
Mer händ jo beidi bis dohi
Kei Wienechtsbaum vo nochem gseh
Und nume juscht dur d Schibe i
Es bitzeli chönne gluschtig si.
Hüt zobe aber, woni wott
Guetnacht go säge im Liebgott
Und gseh ha, winer zfride isch
Mitsannt em Heiland hinderem Tisch,
So hanem gschwind es Schmützli gge
Und hane gfrogt: Erlaubsches, he,
Darf ich uf d Ärde abegoh
Es einzigs Mol? I wer so froh!

S Morgestärndli:
Do hani grüeft: I au, i au –

S Obestärndli:
«He lach si goh», seit do e Frau,
S isch glaub im Heiland d Muetter gsi,
Maria heisst si, «göhnd echli!»

S Morgestärndli:
Potztusig simmer abegrönnt!

S Obestärndli:
Und hätte fascht de Rock verbrönnt
An allne Bäumlene underwägs,
Wo azündt sind –
Was hesch au, sägs?

S Morgestärndli:
Do blibe wämmer, Schwöschterli!
Wott bi de liebe Chindere si,
Wott mit de schöne Sache gvätterle,
Wott mit em Wägeli umerättere,
Wott höckele zum Bäumli he,
Wott s Ditti gschwind ufs Ärmli neh,
I gibes jo denn wider zrugg –

S Chind:
Lachs nid lo trole! Hebs nid lugg –

S Obestärndli:
Und ich – wett für mis Läbe gärn
Das Hölgebuech ha –

S Chind:
Was? e Stärn?

S Obestärndli:
He jo, i cha halt nüt derfür!
Jez simmer einisch Chind wi ihr,
Mer tanze ume Wienechtsbaum
Und meine, s seig en schöne Traum.
Morn stöhmmer wider uf der Wacht
Und gänd uf d Himelsstrosse acht
Und zelle euse Stärndlene alle,
Wis eim tüei bi de Möntsche gfalle,
Wil euse Herrgott a dem Tag
Glost het uf ihri ebig Chlag
Und s eige Chindli här gge het
Uf Bethlihem is Chrippebett.

S Chindli:
De Heiland het Giburtstag hüt?

S Obestärndli:
He jo, drum freuesi all Lüt!
Es sind jez bald zwöitusig Johr
– d Sunne weis alles bime Hoor –
Sid säbem heitere Morgerot,
Wo eusem Himel nümm vergoht.
Und doch gits hüt no Rich und Arm,
Und Nid und Hass, as Gott erbarm,
Vo Züri abe bis uf Bärn,
Won er doch gseit het: Händ ech gärn!

S Morgestärndli:
Jez müemmer aber weidli goh!

S Obestärndli:
Gschwind gschwind – i mues der Sunne no –

S Chind:
Oheie, mue das würkli si?
I cha mi fascht nid schicke dri!
S isch schön gsi, z plaudere mit de Stärne,
Wo besser zünde as Latärne,
Und öppis wüsse vom Liebgott,
Mer nehme all Tag sone Bott!
Es isch eim grad, i weis nid wie,
Mer gsäch echli i Himel ie!

S Morgestärndli:
Mer blibe do! Das wer en Streich!

S Obestärndli:
Es gfiel mer grüsli guet bi euch,
Doch d Stärndli folge halt ufs Wort!

S Chind:
So lonech aber doch nid furt!
Mer gänd enand no einisch d Hand
Und singe s Christlied mitenand!

(Lied: «Drü Ängeli gänd enandere d Hand!»
Melodie vom Carl Hess)

Hüt isch Silväschter

Hüt isch Silväschter, und morn isch Neujohr,
S bringt mer es Ditti mit langem Hoor,
S bringt mer en Rock und es Scheubeli derzue,
Gmoleti Chrömli und neui Schue.

Hüt isch Silväschter – mer schmöckts im Hus:
D Muetter tuet bachen, und i trölen us.
Si leit mer en blätzete Ermelschurz a,
Denn darfi targge, so vill i cha!

Silväschterfür

Hüt göhmmer am zwölfi uf d Gisliflue
Mit zämebättlete Stude,
Die schleikemer alli bis zoberscht ue,
S mues läderen, ass eim drab gruset,
S mues zünde bis zunderscht is Baselland,
S Silväschterfür vo der Jurawand.

Denn schüttlesi dunden enandere d Händ
Und dänke: bim tusige Wätter,
So lang as mer settigi Buebe händ,
Goht s Schwizerland nid usem Ätter.
Jez Gschmeus und Chnebel und Tannechris dri,
S mues äneha bis am Morgen am drü!

Silväschterobe

S alt Johr chunnt müed am Obe hei
Und lot si nider uf ne Stei.
Es treit en Burdi hert und schwer,
Und d Täsche sind em alli leer:

«I ha mit beede Hände gge,
Si hänjds nid gachtet, s tuet mer weh.
Und mängem hani öppis gno,
Wo nümme cha i d Ornig cho.»

Am Wältetürli chlopfets a:
Do föhnd all Glogge zlüten a,
Und miteme früsche Chranz im Hoor
Stoht uf der Selle s jung Neujohr.

Es treit si Chunkle still vora
Und chnüpft di neue Fäden a:
«Muetter, du hesch di Zettel gleit,
Jez gruei us i der Ebigkeit!»

Zum neue Johr

I wünsch ech Glück zum neue Johr:
Vor Chumber und Gfohr,
Vor Hunger und Not,
Vor Chranket und Tod,
Vor Hagel und Blitz,
Vor Chelti und Hitz,
Vor grosser Sünd,
Vor eme faltsche Fründ,
Vor Tüflen und Nare
Well ech Gott biwahre.

Neujohrsspruch

I euse zwölf heilige Nächte
Tüend d Ängel mit Tüflene fächte.
O hälfet, ihr Möntsche uf Ärde,
As di Böse nid Meischter wärde.
Tüend Frucht vom Läbesbaum sammle,
Tüend eui Bruscht nid verrammle.
Tüend Härz und Niere usfäge
Und fülled si noche mit Säge.
Tüend d Woret und s Rächt nid vertreihe,
Kes Uchrut i Weize säie.
Sind s Herrgotts Striter und Chnächte
I euse zwölf heilige Nächte!

Chlausbrunne

E liebe Ma, das isch er gsi:
Het Brot usteilt a Gross und Chli,
Het armi Chinde zämegläse,
Het d Hüser gfäget mit sim Bäse,
Het d Lüt glehrt bätte zum Liebgott
Und allne Möntsche s Gwüsse grodt.
Vom Morgeland här isch er cho,
Tuet z Länzburg ufem Brunne stoh.

Spitz uf Gupf und Ei ewägg

Spitz uf Gupf und Ei ewägg!
Über d Ille schlicht e Schnägg.
Über s Gärtli blost e Wind,
Usem Fründ gits morn e Find.
Usem Lache gits e Bach:
S Rätsche isch e bösi Sach,
D Faltschheit isch e wüeschti Zägg,
Spitz uf Gupf und Ei ewägg.

Zum feufte Giburtstag

Feuf Finger hämmer a der Hand,
Chunnt jede useme andere Land:
De Dume isch vo Afrika,
Z Egipte het er Manna gha.
Zeigfinger wist uf Indie he,
Dert het er s Buddhabüebli gseh.
Z Amerika de Mittelfinger
Hets bi de Indianere ringer.
Guldfinger vo Australie här
Isch Schiffli gfahre übers Meer.
Vo Griecheland chunnt euse Chli,
Vor Troja isch er Wächter gsi –

Und alli feuf wi ufne Schlag
Sind hüt derbi am grosse Tag,
Si schlönd de Zettel i fürs Läbe
Und tüend Goldfädeli inewäbe.

Ritirössli

Ritirössli, Ritirössli,
Träg mi zum Dornröslischlössli,
Über d Hübel, über d Bärge
Zum Schneewittli mit de Zwärge,
Is Rotchäppelis Zauberwald.
Wenn de Wolf chunnt, mache mer halt,
Göhnd de Jäger goge hole,
Mues de Wolf i Brunne trole,
Höckle as Grosmuetters Tisch,
Ässe Chrömli, Züpf und Fisch.

Quäcksilberfüessli und Rubelchopf

Quäcksilberfüessli und Rubelchopf,
S Müli wi Blettli vom Rosechnopf,
S Züngli so gleitig wi s Mülirad,
Auge wi Brombeeri usem Hag,
Distelfinkstimmli, wenns bättle wott,
Gottesgnadmeiteli, bhüet di Gott.

De Hansli will uf Reise goh

De Hansli will uf Reise goh,
Hü, Rössli, hü!
Er het sis Ross und d Geisle gno,
Hü, Rossli, hü!
Jez heidruff über Stock und Stei,
Am Obig rite mer wider hei,
Hü, Rössli, hü!

Und euse Hansli, de wird gross,
Hü, Rössli, hü!
Er het das Reise jez no los,
Hü, Rössli, hü!
Und s Müetti briegget ganz elei:
«Wenn chunnt mi Hans ächt wider hei?»
Hü, Rössli, hü!

Hagros a de Wäge

Hagros a de Wäge,
Hagrösli im Holz,
Bisch all Morge schöner,
Und doch bisch nid stolz.

Wer nume verbigoht,
Het d Auge voll gno
Und wird scho vom Luege
Zfride und froh.

Und d Dörn tüend di hüete,
Mer nimmt si in acht;
Am Tag ghörsch der Sunne,
De Stärndlene znacht.

Schnägge Schnägge Chringelihus

Schnägge Schnägge Chringelihus,
Schnogg mer nid so gleitig drus,
Iss vom saftige Mattegresli,
Trink vom Ringelbluemeglesli.

Schnägge Schnägge Schlirpelitier,
Zeig mer dini Hörndli vier,
Mach es silberigs Charegleus
Uf diner tauige Früeligsreis.
—

D Schneeglöggli lüte, de Früelig wott cho.
S Bufinkli het es Fraueli gno,
Es bout em es Näschtli höch ufem Ascht
Und pfift em und singt em im Morgeglascht.

S hilft Eili usbrüete, di Jungen ufzie
Und foht ene Müggli i d Schnäbeli ie.
De gwundrig Hansli stellt s Leiterli a,
Do föhnd si gar marterlig z lärme a.
—

Storch Storch Schnibel Schnabel,
Bisch vom alte Chlapperiadel:
Bi de höche Piramide
Hesch dis Näscht gha, lind wi Side,
Bisch scho übers Schilfmeer gfloge,
Usem Nil hesch Fröschli zoge,
Kennsch z Egipte jedes Dörfli,
Hesch de Moses gseh im Chörbli,
Und bim König Pharao
Hesch uf eim Bei dörfe stoh!
Store Store Heini-Ma,
Nimm mi mit uf Afrika!
—

Matten ängeli, Summervögel,
Wenns duss afot gruene,
Chömed ihr uf guldige Flügle
Nochem Hung cho guene.

Summervögeli, Mattenängel,
Tüend um d Meie tanze:
Njedere Chraböllestängel
Lot ech lo gigampfe!
———

Büseli Büseli Sametfäl
Het vier jungi Chätzli,
Alli gspriglet wiss und gäl
Mit de Chreuelitätzli.

Büseli Büseli Geuggelchind
Sind no chli und sind no blind,
Chöne berze, d Schwänzli strecke
Und bim Muetterli Milch go schläcke.
———

Müsli Müsli i der Falle,
Wüssed nid, wo us und a:
Packt ech d Chatz mit ihre Chralle,
Wird si keis Verbarme ha.

Müsli Müsli Sametöhrli,
Briegget nümme, d Hülf isch noch:
Weidli s Rigeli uf am Türli,
Und denn gumped zrugg is Loch!

De Bärgbach

De Bärgbach gumpet über d Stei:
Juhui, jez gohni nümme hei,
Wott hüt no furt vo Is und Schnee
Und einisch öppis anders gseh!

Und underwägs, uf Schritt und Tritt
Rüeft eis ums ander: «Nimm mi mit,
Wänd zäme goh, de Wäg isch wit,
Eleigge hätt i langi Zit!»

«So chömed alli!» – Er wird gross,
Wird wild, risst jungi Tanndli los,
Rüert Stei i d Höchi, lot si falle,
As wäres Rise-Gatschuballe.

«Du wilde Purscht, hesch nonig gnue?
Wer wett au so unkamblet tue!»
So lache dur de Schum und Gischt
D Bachbumbele und d Vergissmeinnicht.

Gschwind stricht de Bärgbach d Chrusle zwäg
Und schmützlet alls, wo blüeit am Wäg:
«I muess no wit durab vor Nacht
Suscht hättemer gschwind es Tänzli gmacht!»

«Do tanz, di bruchi jezig grad»,
Rüeft undereinisch s Mülirad,
«Du bisch au nid vergäbe do,
Jez muesch emol a d Arbet goh!»

Er ruschet uf: «Foht s Schaffen a,
So will i wärche wine Ma!»
Er stosst und tribt, lehrt bleike, fäge,
Und wird im ganze Land zum Säge,

Treit stolzi Schiff durab zum Meer.
Das nimmt en uf: Chum jez zu mir,
Du grosse Strom, darfsch grueie do.
I bi di Muetter. Kennsch mi no?

D Härdmanndli

Lue di Bärge,
Dinn hets Zwärge,
Gueti, flissigi Ärdegeischter,
Sind do obe Herr und Meischter,
Schaffe lislig über Nacht,
Und am Tag isch alles gmacht:

S Gras isch gmeiht,
D Rüebli sind gseit,
D Garbe sind gfüert,
De Mischt isch verrüert,
S Heu isch gschöchlet,
De Bappe isch gchöchlet,
De Sennebueb juchset a d Felsewand:
Juhe d Härdmanndli sind wider im Land!

Schlofliedli

Schlof, schlof, mis Chind,
Vatter und Muetter bi der sind,
Vatter und Muetter gänd der d Hand,
Dreih dis Gsichtli gäge d Wand.

Schlof, schlof bis gnue,
Mon und Stärndli luege der zue,
Mache en grosse, guldige Chreis
Uf der schöne Himelsreis.

D Uhr

Chuum isch de Möntsch uf d Ärde cho,
So foht sis Härz scho afo schloh
Und hört bis z letschte nümme uf,
Bald lut, bald lis im Wächselschnuf:
Tiggi-taggi, Tiggi-taggi, Tigg –

Das mues en gschickte Meischter si,
Wo s Uhrwärch stellt johrus und i
Und s ufziet noch eme gheime Gsetz,
As s zablet wine Fisch im Netz:
Tiggi-taggi, Tiggi-taggi, Tigg –

Am Himel di gross Wältenuhr
Lauft uf der gliche Herrgottsspur,
Dreiht Sunne, Mon und Stärne um,
Bstoht ebig nie und blibt doch stumm –
Tiggi-taggi, Tiggi-taggi, Tigg –

Im Bluescht

Wone Freud durs Läbe goht,
Gschwind es Leid dernäbe stoht.
Möchtisch goge Blüemli günne,
Nimm si hüt, morn sind si nümme.
Hämmer is i d Auge gseh,
Müemmer wider Abschid neh.

De Früelig zündt sis Ampeli a

De Früelig zündt sis Ampeli a:
«I mues dänk heiter mache!
Seh, Haselbusch, gang du vora,
Lueg, as di Lüt verwache.»

Potztusig, goht jez s Wärche los!
«Gschwind nones bitzeli Räge»,
Rüeft usem Garte d Tuberos,
«Mer wänd zerscht s Stübli fäge!»

Das isch en Lärme und e Pracht
Uf euser alte Ärde!
«Jez no früsch Umhäng häregmacht,
Und denn chas Oschtere wärde!»

D Chruselbeeri föhnd a tribe

D Chruselbeeri föhnd a tribe,
Und de Fürbusch het scho Chnöpf,
Gwunderig usem warme Bode
Strecke d Maierisli d Chöpf.

I der Seel wills afoh chime
Z buschlewis, mer mag nid gcho.
Isch ächt nonig alls verfrore?
Nei, s mues wider öppis goh!

Singprob

D Amsle ufem düre Ascht
Het kei Ruei meh und kei Rascht.
Eismols ischs ere ums Singe:
«Chanis ächt no fürebringe?»

Lislig, lislig foht si a,
Zerscht en Ton, es Schlänggerli dra,
Zletschte gits en ganze Satz,
Und jez blibt si nümm am Platz,

Flügt mit irem neue Gsang
Zoberscht ufene Wättertann,
Rüefts im Himel und de Bärge:
«Losed, es wott Früelig wärde!»

Der Oschterhas

Und wider isch de Früelig cho,
Grad wi vor alte Zite.
Do springt der Oschterhas em no:
«Was het das ächt z bidüte?
D Lüt händ für eus zwe nümme Zit!
Si schaffe und studiere
Und wärde zletscht so grüsli gschidt,
As mir is müend schiniere!»
De Früelig zupft de Has am Ohr:
«Was seischt au du für Sache!
Für eus zwe hets no lang ke Gfohr,
Lach du mi nume mache!»
Und d Sunne lachet lis und fin
Dur s Himels-Chuchipfeischter:
«Jo, d Liebi und de Sunneschin,
Die wärde immer Meischter!»

S Geissegiseli

Ganz lislig isch jez über Nacht
De Früelig wider cho.
Do gseht er zmitzt im junge Gras
Es Geissegiseli stoh.

Das macht esones härzigs Gsicht,
As er nid andersch cha,
Er mues em gschwind es Schmützli ge,
Er wer jo suscht kei Ma!

Potztusig, wie jez uf emol
S ganz Fäld voll Blüemli stoht!
Doch s Geissegiseli mützerlet
Fürrot: «Ihr – chömed z spot!»

Guete Rot

«Schneewisses Maierisli
Im grüene Schattehüsli,
Blib dinne, bschlüss di i:
Verusse bisch verlore,
Muesch a der Sunne dore,
Wirsch gli verbletteret si.»

Schneewisses Maierisli
Im grüene Schattehüsli
Streckt s Chöpfli usem Dach:
«Juhe i bi vertrunne!
Gott grües di, liebi Sunne,
Jez lueg, was d mit mer machsch!»

D Maiebrut

D Wält leit e wisse Brutchranz a
Mit fine grüene Blettlene dra
Und stunet underem Schleier:
«Jez isch de Maie doch no cho,
So schön, es het mi überno,
I mues vor Freud fascht briegge.»

Do chunnt en alti Chreih derhär
Und gwagget: «Das isch au es Gschär
Wäg somene bitzeli Sunne!
Cha si, das Bluescht verweiht im Sturm,
Und öppe gnaget dra de Wurm,
Denn gits ekeini Öpfel –»

Und s Brütli luegt a Himel ue:
«Dert obe hets no Saches gnue,
Mir lose nid uf d Chreihe.»
Es nimmt sis Psalmebuech i d Hand,
Do föhnd ringsum im ganze Land
A d Hochsetglogge lüte.

Ifersucht

Summervogel, Summervogel,
Was, du flügscht scho wider furt,
Immer zumene andere Blüemli,
Immer anes anders Ort?

As i s einzig nid cha blibe,
Z letscht am Änd, mer schickt si dri.
Andere Hung isch au nid bitter.
Aber s liebscht, das wetti si.

De Laubchäber

O läg i no im Bettli
Im Boden inn versteckt!
O hätt mi doch nid d Sunne
So früe, so früe scho gweckt!

Ha gmeint, i well go flüge
Es bitzeli zum Gspass,
Jez hets mer d Freud verrägnet,
Und i bi müed und nass.

Jez mues i gwüss scho stärbe
Und bi erscht füre cho:
O Sunne, du hesch gloge,
De Maie isch nid do!

S Finkli

S Finkli het sis Schnäbeli gwetzt:
S wer dänk Zit zum Boue!
Suscht sind alli Eschtli bsetzt,
Wenimi hüt nid troue.

S het kei Blibes und kei Rue,
Flügt und foht a singe.
Lot si s Finkejümpferli zue:
«Mues i Hälmli bringe?»

S Glück

De Summervogel flügt um d Gloggebluem:
«Do inne lit mis Glück, i wills go trinke.»
Vergässe Sunneglascht und Farberuem,
Er wett am liebschte go im Hung versinke,
Teuf, teuf.

Doch undereinisch git em s Härz en Stupf:
Er nimmt en einzige, munzig chline Schluck
Und schwänkt duruf zum G'escht vo junge Bueche,
Im Himelblau si Gspane goge sueche,
Höch, höch.

Es blüeit i de Matte

Es blüeit i de Matte,
Es blüeit us em Hag,
Bachbumbele und Schleche,
Alls chunnt uf ei Schlag.

Jez chas nümme fehle,
S isch Maie im Land.
O Sunne und Stärne,
I läng ech mi Hand!

D Ros

Du bisch halt immer no de glich,
Du tusigswätters Maie!
All Johr chunnsch usem Himelrich
Und tuesch is d Chöpf vertreihe.

Denn schmützlisch linggs und rächts druf los,
Was blüeit i Fäld und Garte.
Doch eis verwütschisch doch nid: d Ros
Wott nones bitzeli warte.

Schössli bschnide

«Gärtner, chumm cho d Schössli bschnide!
S mags nid jedes Stüdeli lide,
S git gar fini drunder!»

«Und wär eis so lind wi Side:
Chunnt de Rächt cho d Schössli bschnide,
Denn passiert es Wunder!»

D Liebi

S git öppis, s isch finer
As s allerifinscht Gwäb,
Und doch isch es stercher
As isigi Stäb.
S isch früscher as s Bluescht, wo am Öpfelbaum stoht,
Wie Schnee uf de Bärge, wo nümme vergoht,
Bald bitter wi Galle,
Bald süesser as Hung,
S läbt mängs hundert Johr und blibt allewil jung,
S isch höcher as d Stärne
Und teufer as s Meer:
Was müesst mer au afoh, wenn d Liebi nid wer!

I wett

I wett, i chönnt singe
Di allerischönscht Wis,
Denn tet is ersinge
Bald lut und bald lis.

I wett, i chönnt schine
Wie am Himel en Stärn,
Denn wurds villicht mine,
I glaubtis so gärn.

I wett, i chönnt häxe,
Denn weuscht i mers a –
S chas niemer errote,
S goht niemer nüt a!

Und weni alli Fädeli hätt

Und weni alli Fädeli hätt,
Wo nume were z finde,
I möcht si chnüpfe, wini wett,
I chönnt di doch nid binde.

Und weni alli Blüemli hätt,
Wo wachse uf der Ärde,
I möcht der ge, so vill i wett,
I chönnt der gstole wärde.

Und weni alli Stärndli hätt,
Wo stöhnd am Himel obe:
Si müesste schine doch um d Wett
Elei für di all Obe!

Mis Gheimnis

Hani es Birchli gfrogt:
Hesch du mis Schätzeli gseh?
Schüttlets de Chruselchopf,
Luegt näbehe.

Hani es Bächli gfrogt:
Hets mer es Schmützli gge?
Lachets und rönnt dervo,
Weidlig i See.

Jezig weis niemer nüt!
S isch sone Sach:
D Spatze, di wüeschte Lüt,
Pfifes vom Dach!

Bim Holderbusch

Meiteli, wenn d früe früe
Übers Mätteli gohsch,
Tüend d Starmatze singe:
Gib acht, eb ds verstohsch!

Meiteli, wenn d früe früe
Ufe Hübel ue springsch,
Ghörsch s Wildwasser rusche:
Mach nid, as d vertrinksch!

Meiteli, wenn d früe früe
Bim Holderbusch bisch,
So säg ders grad sälber,
Wer mis Schätzeli isch!

Über d Stei und über d Matte

Über d Stei und über d Matte,
Uf und ab durs Land,
Bald a d Sunne, bald i Schatte
Laufe mer mitenand.

Blueme gits a allne Wäge,
D Wält isch nagelneu:
Chumm mer d Freud cho hälfe träge,
S sind jo eusere zweu!

En Bott

Liebgottchäberli, flüg mer gschwind
Wi de Wind
Über d Blueme, über d Matte,
Flüg a d Sunne, flüg i Schatte,
Säg mim Schatz, er isch halt wit,
I heig Langizit.

Gottgrüesdi

Wenn mir mi Schatz Gottgrüesdi seit,
So wirds mer allmol lätz vor Freud.
Es isch mer, d Sunne tüei denn schine
Elei für mi, d Wält seig jo mine,
S gäb niene Chrüz und Eländ meh,
Keim arme Chind tüeig s Härzli weh,
De Nid, de Hass heig nüt z bidüte,
All Glogge feue afoh lüte,
S heig Rose uf mi abe gschneit,
Wenn mir mi Schatz Gottgrüesdi seit.

Blüeiet

Wones Blätzli Schnee vergoht,
Gschwind es Blüemli härestoht.
Fallt ufs Is en Sunnestrahl,
Gumpet scho de Bach is Tal.
Het de Fink sis Liedli gsunge,
Sind am Chriesbaum d Bolle gsprunge,
Aber gisch mer du di Hand,
Singt und blüeit alls mitenand.

De Weier

Chline teufe See im Wald,
Bisch nid warm und bisch nid chalt,
Machsch all Tag es anders Gsicht
Nochem neuschte Wätterbricht.

Mängisch hets mi übernoh:
Niemer chönn mi so verstoh.
Undereinisch gits en Rif,
Und du stunisch, frönd und stif.

Amen Ort, i weiss scho wo,
Macht mers öpper grad eso:
Cha hüt luege, as s eim brönnt,
Het mi morndrigs nümme gchennt.

Uf der Weid

Gumped, ir Fülli, und juchsed druf los,
Nümme lang gohts und scho sinder gross,
Denn chunnt ech eine uf d Weid choge hole,
Leit ech en Zaum a und Ise a d Sole.

Gumped und juchsed und gänd nid lugg,
Settigi Johr chöme nümme zrugg!
Gli müender folge und schaffe bis gnueg:
Eis chunnt a d Gutsche und s ander a Pflueg.

Oberot

Es fahrt es wisses Wülkli
Hinder der Sunne noh,
Si lächlet gägem ine
No vorem Undergoh.

Do ziets uf ire Gleuse
Vor Freud ganz roserot.
Chönnt i mit dir so reise,
Bis d Sunne abegoht.

Chrieset

Das git en luschtigi Gugelfuer
Bim Chriesbaum uf der Matte,
Du rüersch mer vollni Eschtli zue,
Ich leere si im Schatte.

Mir tüend de Bricht vom Paredis
Ganz zunderobsi chehre:
Ich isse d Chriesi z hampflewis,
Du tuesch si abezehre!

Schiergar

Es tref es einzigs Trittli a,
So wer i abegfalle.
Gottlob, du hesch mi chönne ha,
Und nume du vo allne!

«Was hättisch mer bald änegmacht,
Es goht mer ganz as Läbe!
Gib emel jezig besser acht
Und tramp mer nümm dernäbe!»

Kölderli

Meiteli, los, tue nid so lätz,
Chausch di aber bsinne:
Wenn d nid lieb und ordlig bisch,
Weisch, so chumi nümme!

Meiteli, chehr di weidlig um,
S Kölderle isch gföhrli:
Jezig bisch no jung und hübsch,
Aber nümm mängs Jöhrli!

Ungsinnet

Hans, du muesch di nid so bsinne,
Z vill studiere isch nid guet:
Gsehsch am Wäg es Rosechnöpfli,
Nimms und steck ders ufe Huet.

Wotsch es luschtigs Meiteli chüsse,
Weidli tues und frog nid no:
Was will zünde, mues im Läbe,
Wi de Blitz, ungsinnet cho!

Blueme und Meitli

Di ganz Wält voll Blueme,
So wit mer mag gseh:
Mer cha vo de schönschte
Ganz Ärfel voll neh.

Di ganz Wält voll Meitli,
I bsinne mi rächt:
Mir gfallt halt es einzigs,
Aber – wott es mi ächt?

Warnig

Schätzeli, bis nid gschnäderfresig,
Wart, bis d Chriesi süesse:
Wer Schorniggel abebänglet,
Mues si Gluscht no büesse!

Z spot

Hane Baum voll Chriesi gha.
Wone si will günne,
Isch es Trüppeli Spatze dra,
Und für mi längts nümme.

Gohni zu mim Gärtli hi,
Wott en Meie hole:
Sind d Nachtbuebe drüber gsi,
Hämmer d Nägeli gstole.

Laufi zu mim Fässli Wi,
Isch er usegrunne.
Chumi zu mim Schätzeli, seits –
S heig si andersch bsunne.

Summermorge

Jez föhnd am drü scho d Vögel a
Mit irem Musiziere,
Und d Sunne leit si weidli a,
Si müesst si suscht schiniere.
Si neiht vom Morgerot e Saum
As Wulkeunderröckli
Und weckt denn d Möntsche usem Traum
Mit tusig guldige Glöggli.

Hagrösli

Hagrösli früsch und tusigsnätt,
Was blüeisch du so elei?
De Holzwäg isch keis Bluemebett:
I nimm di mit mer hei!

«Gib acht, i bi keis Zimpferli meh,
Wo grad de Chopf verlürt.
Wer meint, er chönn mi ungfrogt neh,
De chräbli, as ers gspürt!»

Mattechilbi

Ringelblueme und Chraballe,
Geissegiseli, Chuchischälle,
Chömed alli, zweu und zweu:
Hinecht wämmer luschtig läbe,
Nid deheime umechläbe,
Morn sim mir doch alli Heu!

Zittergras, läng dini Fächer,
Honigsügerli, gib di Bächer,
Aber mach e au rächt voll:
Meinscht, mer möge nüt verlide?
Heinimüggel, föhnd a gige,
Tanzed, s isch zum letschte Mol.

De Wind stricht über d Chraballe

De Wind stricht über d Chraballe,
Wi ufem Wasser gits Wälle
Uf euser Matte bim Hus.
Lueg wi si tüend wachse und schwine!
D Latärndli und d Glisserli schine
Wi Stärne us Wülklene drus.
All Tag sind si schöner verwachet
Und händ a d Sunne ue glachet:
«Chumm tröchnis, de Tau het is gnetzt!»
Hüt zobe, i chas fascht nid glaube,
Und s Wasser schüsst mer i d Auge,
Chunnt eine, wo d Sägisse wetzt.

Sunneundergang

Und wo mi Schatz i d Fröndi ggange isch
Und i ha gmeint, i chönns nid überstoh,
So luegi wi zum Trotz a Himel ue
Und gsehne juscht no d Sunne undergoh.

«He nu, du muescht au abe», hani dänkt,
«Und alli Liebi cha di nid erbha!»
Do nimmt mi Schatz no einisch still mi Hand
Und luegt mi fescht mit treue Auge a:

«Es goht nüt uf der Wält, wo nid mues si,
Und will mi Glaube felsesicher isch,
So los: So gwüss, as d Sunne wider schint,
So weis i, as du immer mine bisch!»

Und sider chani d Sunne nümme gseh
Am Obehimel überem Bärgli stoh,
As i nid dänke: Nimm mi doch au mit!
Was läbi no? – Er isch nid umecho.

Verchehrti Wält

Es isch mer, d Wält seig ganz verchehrt!
Sid d Vögel wider singe
Und d Chind mit Meie i der Hand
Dur d Sunnematte springe,
So weis i nid, wis mir au wird.
Gli isches wider Maie,
S Bluescht trolet füre z hampflewis,
Doch i mer inn, oheie,
Isch alles hert und chalt wi Is.
Und tauets zletschte doch no uf,
Chunnt s underscht Eländ obenuf.

Abschid

Wone Freud durs Läbe goht,
Gschwind es Leid dernäbe stoht.
Möchtisch goge Blüemli günne,
Nimm si hüt, morn sind si nümme.
Hämmer is i d Auge gseh,
Müemmer wider Abschid neh.

D Muetter

Scho mängisch bini znacht verwachet
Und ha nid gwüsst, wo us und i:
Es het mer traumt, i seig deheime
Und wider bi der Muetter gsi.

Denn chunnts mer z Sinn: Si isch jo gstorbe,
Scho lang. Was hani für si to?
Ha eigni Freud gha, eigni Sorge,
Das goht mer miner Läbtig no.

Räge

Es rägelet, es rägelet,
Es hört glaub nümme uf.
Wer weis, wo das no use will?
D Wält isch so leer und totestill,
Keis Tierli tuet en Schnuf.

Es feischteret i miner Seel,
Mängs Liechtli löscht mer ab.
Eis aber glänzt zu allne us,
Und blibt mer das, so halti us,
Zletscht zündts mer no is Grab.

Im grüene Gras, im rote Chlee

Im grüene Gras, im rote Chlee,
Do isch mi Wiege gstande;
Mer het de Himel chönne gseh
Höch über allne Lande,
Und s isch so still und heiter gsi
Wi inere Chile inne;
Emole tönt es Glöggli dri,
Und öppe ghört mers singe.

Im grüene Gras mis Vatters Hus,
Und vorem Hus en Brunne,
Rose zu allne Pfeischtere us,
I allne Stube d Sunne:
So stohts mit heitere Auge do
Uf euser Heimetärde
Und seit: «I lohnech nid lo goh,
Bis dass er öppis wärde!»

Im grüene Gras, im rote Chlee
Han ich mis Schätzeli gfunde.
Drum gohni eifach nienc he,
Do bini gchnüpft und bunde.
S cha si, s wer schön: i d Stadt, as Meer
Und über alli Bärge,
Doch weni dert eleigge wer,
So wetti lieber stärbe!

S Fürli

Es brünnt, es brünnt, wott niemer cho
Das Fürli lösche?
Chuum ischs verstickt, rüchts wider uf
Under der Äsche.

Tüend Is und Sand und Wasser druf
Oni Verbarme:
Es läderet furt, es chönnt dervo
En Stei erwarme.

Chlag

Es isch mer wine Zäntnerstei
Uf s Härz hüt gfalle,
Und trurig gohni wider hei,
S merkts keis vo allne:

Wi stohsch mer du so höch und wit
Ob allne Lüte,
Und ich ha i dim Läbe nüt,
Gar nüd zbidüte.

De Herrgott

I ha mer fascht de Chopf verheit
Jetz bald scho sibe Tag:
Was hätt ächt euse Herrgott gseit
Zu diner böse Chlag?

I glaube fascht, er dänkt wini:
«Wenns wäge säbem isch –
I ha di gärn und s blibt derbi,
Wenn d scho so gsurrig bisch!»

Schatte

Mängs Gärtli het en Egge,
Wo d Sunne nid cha zue,
Wo s Gstrüpp und d Dornheg wachse
Und Rose drüber ue.

S het jedi Seel es Plätzli,
Wo immer feischter isch,
Wo s Leid cha Schössli tribe
Mit jedem Morge früsch.

S tuets niemer dra verstöre,
Es gseht kei Möntsch drinie,
Und d Blueme, wo dert blüeie,
Verdore ebig nie.

Es tauet

Gottlob, es tauet wider,
Es het si nötig gha!
De Bach foht afoh rusche,
D Wält leit si Sundig a.

Gottlob, es tauet wider,
D Seel gfrürt mer nümme zue,
Si wott au afoh gruene,
Und s het no Chimli gnue!

D Sunnesite

Und wenn i einisch gstorbe bi,
So müend er denn nid trure:
Ir träged mi zum Chilhof hi,
Ganz zusserscht bi de Mure.
Dert schint mer s Früe- und s Oberot,
Und wer d Stross uf und abe goht,
Tuet öppe ineluege.

Jo währli, weni gstorbe bi,
So wotti nüt meh ghöre,
Es tuet mer niemer wohl und weh,
Es tuet mi nüt verstöre.
Eis aber säg ech jezig scho:
I möcht a d Sunnesite cho,
Suscht freut mi s Stärbe nümme!

D Liebi

S git uf der Wält no Träne gnue,
Es het si niemer gseh,
Und wemmer si wett zämetue,
So gebs en ganze See.

Doch gits au mängi lindi Hand,
Wo hilft i Hei und Hus:
Wenn s Mäss denn voll isch bis zum Rand,
Chunnt d Liebi und schöpfts us.

Allerseele

Wenn d Nacht stockärdefeischter isch,
So tuets doch wider tage,
Nume mit Chumber und mit Angscht
De Himel nid verhage!

Brüeder Tod

Wer chlopfet a mi Chamerwand?
En fini Hand. En lindi Hand.
En Stimm frogt: «Chausch mi bruche?
I bi nid vo de Ruche!»

O Tod, du wotsch mi mit der neh,
Seisch nid worum, seisch nid wohe,
Und morn schint wider d Sunne,
Und s Wärch isch nonig gspunne!

«Lachs nume uf der Chunkle stoh,
Es chunnt scho öpper hindenoh.
Still! Mer wänd hübscheli mache,
As niemer tuet verwache!»

S Geischterross

S isch eine verbi ufem schneewisse Ross,
Si Sabel het gglänzt a der Sunne,
Und us siner Bruscht uf der staubige Stross
Isch dunkelrot s Bluet usegrunne.

Er gspängschtet doruf gägem uralte Schloss,
Mer ghört e nid laufe, nid schnufe.
S isch eine verbi ufem schneewisse Ross,
Het ggrüesst a mis Pfeischterli ufe.

Uf d Stör

Es blost e Wind dur d Chamertür:
«I bis. I chume hüt uf d Stör,
Wills Gott, so gwöhnsch di dra!»
Verschrocke lüpf i mini Füess:
O Tod, das simmer räsi Grüess –
I nime si nid a!

Bösi Nacht

Es wott und wott nid tage,
Goht d Nacht ächt nie verbi?
Am Chilezit hets gschlage:
«S treit nüt ab. Schick di dri.»

Und immer nonig Morge,
Und s Härz so schwer und bang
Vom Chumbere und vom Sorge.
Säg, chlopfets ächt no lang?

Morge

De Güggel foht a chreihe:
«D Nacht isch verbi – verbi –»
Es heiteret vor de Schibe.
Mues s ächt no einisch si?

Es hämmeret a de Schlöfe,
Es drückt wi Zäntnerstei,
Und s Härz pressiert und jaschtet,
As wenns no hüt müesst hei.

Dusse

Wenn znacht de Räge gäge d Pfeischter prätscht
Und d Wintermonetstürm um d Tanne chute,
So dänk i gärn a die, wo dusse sind
Und nüt meh chöne zuenis lo verlute.

Si seige gstorbe. Weis mer, was das heisst,
Und eb si nüt meh vo der Ärde wüsse?
I frönde Wälte schafft jez ire Geischt
Und lot is euser Liebi, eusem Gwüsse.

Vergäbe

Zum Himel rüef i: Gib es Pfand!
Kei Antwort Tag und Nacht.
Vergäbe putscht de Chopf a d Wand,
Wo d Ebigkeit vermacht.

S Unglück

Nid übernacht isch s Unglück cho.
Am heiterhele Tag
Hets s Liebscht us euser Mitti gno
Wi uf ene Donnerschlag.

So passt höch i der Luft e Weih
Und schüsst ufs Tübli hi.
Es wehrt si nid. En Stoss – en Schrei –
Und alles isch verbi.

De Brunne

Pfingschtrose im Garte, Steifriesli ums Hus –
S Mareili tripplet zum Gatter us:
«Juhe, zu de Meie, a d Sunne!»
Verusse ruschet de Brunne.

S Mareili luegt über s Brunnes Rand –
Do packts us der Teufi en gspänschtigi Hand.
Vor Angscht isch em s Härzli versprunge.
De Vatter ziets usem Brunne.

Durs Tobel uf geischtet en chitigi Nacht
Bim totnige Chindli händ d Bätterlüt Wacht.
Im Härd isch s letsch Schitli verbrunne.
Verusse ruschet de Brunne.

Armi Seele

De Himel isch verhänkt vom Schnee,
Und d Wält verstickt im Ach und Weh.
Am Pfeischter blüeit es Rosmarin,
Vom Himel chunnt en heitere Schin.

Zwe Stärne stöhnd dert uf der Wacht
Und zünde wit i d Ärdenacht:
De blau, de isch es Herrgottspfand,
De fürrot wist is Toteland.

Dert uf der Allerseelematte,
Do lande all Tag neui Schatte.
Di arme Seele z tusigewis,
Si chlopfe a und heusche lis:

«Tüend für is bätte i der Not.»
Mer dänke an ech. Hälf ech Gott.

D Summerhäx

Wer stricht übers Fäld i der brüetige Hitz?
Es bückt si und drückt si,
Versteckt si und streckt si
Und nüelet am Bode und schüsst wi de Blitz
Dur d Matte deswägs –
D Summerhäx!

Si streckt iri zittrige Finger us,
Si gröplet und töplet,
Si fröglet und pröblet,
Si tichet as Gatter, a Garte, as Hus,
Jez nimmt si drei Sätz –
Hilf – d Summerhäx!

Ghörsch juchse am Bärg wine wüetige Hängscht?
Es zieht a de Wände,
Es weiht mit de Hände,
Es hocket uf d Fluezagg und worget, das Gspängscht
«Ha gmürdet wi lätz –
D Summerhäx!»

S Chüzli

Was ghöri dusse i der Nacht?
Es Chüzli brüelet uf der Wacht,
Vom Holz här rüefts sim Gspane.
Und wers en liebi, armi Seel,
Wo zrugg in ires Heimet will?
Di Totne wänd eim mahne!

De Totebaum

Uf dine Bägglene lit en Schin
As wi vo Rosen und Ille.
Um s Müli geischtets so eigen und fin –
Das wer en schöne Gottswille,
Wenn d s Chöpfli lüpftisch: «Wo bini gsi?
I ha ghört d Ängeli singe –»
Zwe Manne laufe am Pfeischter verbi.
Si tüend de Totebaum bringe.

Scho wit

Du bisch scho nümme binis,
Du bisch scho wit,
Hesch nochem Ärdeläbe
Kei Langizit.

Bisch ganz eleigge ggange
Di feischter Brugg,
Weisch nüt von eusem Plange
Und luegsch nid zrugg.

S stoht zwüschen euse Wälte
Es strängs Verbüt –
Du bisch scho nümme binis,
Du bisch scho wit.

D Flügeli

Chuum bisch verwachet,
Hesch s Chöpfli glüpft
Und s Müli büschelet
Und d Muetter gstüpft.

Hesch d Äugli gribe
Und d Ärmli gstreckt
Und eis ums ander
Mit Juchse gweckt.

Denn simmer zfride
A d Arbet he –
As der Flügeli wachse,
Mir hänrds nid gseh.

Glogge

Mer ghörts so eige lüte
Vom Chiletürmli här.
Was dreihsch de Chopf uf d Site?
Worum isch s Härz so schwer?

I mues mi langsam bsinne,
Was das für Glogge sind.
Du aber ghörsch si nümme.
Du schlofsch gar fescht, mis Chind.

De Schattemöntsch[1]

Im Schatte hani müesse stoh
Mis Läbe lang, mis Läbe lang,
Eleigge mues i usegoh
De feischter Gang.

I ha scho mängi liebi Nacht
Mi Rächnig mit em Herrgott gmacht.
Si stimmt nid ganz. Es breicht mer vill:
Mängs guets Wort, Sunne, Liebi. Still,
Das tuet jez alles nümme weh,
Und s wird au müesse dere ge.

Stärbe

Wer hätt i junge Johre dänkt
As Stärbe und Verdärbe!
Wi hani d Fähne useghänkt
Und noch em Glück de Chopf verränkt –
Jez lits i tusig Schärbe,
Jo Schärbe.

Vor mir di hushöch Brätterwand
Und hindedra es Unbikannt –
Läb wohl, du schöni Ärde!
Wi wirds mer goh, wi wirds mer goh?
Mir wänds im Herrgott überlo,
Das Stärbe.

---

[1] Bezieht sich auf Bruder Franz, dem der Vater durch den Verkauf des Bauernhofes die Lebensgrundlage entzogen hat.

Di heilig Stund

De Staufbärg stoht im Oberot.
Vergange,
Vergange
Isch alli Freud und alli Not,
Eb as hüt d Sunne abegoht.
I plange.

Es weiss kei Möntsch, was noche chunnt.
Nid chlage,
Nid chlage.
I ha ghushaltet mit mim Pfund.
Jez bhüet ech Gott. Mi heilig Stund
Het gschlage.

Fürobe

Du hesch nüt gwüsst vo früe bis spot,
As für die andere z schaffe.
Jez chunnt uf einisch s Oberot
Und seit: «Fürobe mache!»

Es nimmt d Wält zringselum i d Arm
Wi d Muetter iri Chinde:
«Dir wird i au, as Gott erbarm,
En Platz zum Grueie finde.»

Dis Härz

I chas und chas nid glaube,
As d nümme binis bisch!
Es tropfet ab den Auge,
Bis alles feischter isch.

Dis Härz, so voll vo Liebi,
Es het si überno:
Vor Chumber und vor Müedi
Hets nümme möge gschlo.

D Muetter

Dur Nacht und Näbel und Schnee und Wind,
Mis Chind, mis Chind,
I sueche di Seel und sueche nid gnue,
De Wäg isch verschüttet, und d Türe sind zue,
Mis Chind.

Und mängisch ischs mer, i ghör di cho,
I heig e Ton vo der Stimm verno,
Mis Chind, mis Chind.
Denn bsteckt mer der Ote, s Härz macht e Sprung,
Mir sind wider zäme und früsch und jung,
Mis Chind.

Und langsam wirds Morge, de Tag foht a
Und wott sis Lache und Briegge ha.
Mis Chind, mis Chind,
I mag di nid bhebe und lone di lugg,
Du weihsch mer no zue vo der Geischterbrugg,
Mis Chind.

Liebha – vergässe

Wer wett noch Johr und Tag und Stund
Es Läbe mässe?
Zwo Sache mache chrank und gsund:
Liebha – vergässe!

Totni Liebi

Jez isch mer alles, alles glich:
I bi nid arm und bi nid rich,
I bi nid warm und bi nid chalt,
I bi nid jung und bi nid alt.
Keis Stärndli schint mer i der Nacht,
De Früelig isch für mi nid gmacht,
Es tuet mer nüt meh wohl und weh,
I cha keis heiters Gsicht meh gseh –
Sid as i weiss: s Schönscht cha verdärbe,
Und d Liebi – d Liebi no mues stärbe!

Weisch no?

So hälf is Gott eus beide!
Weisch no bim Buechehag?
«Nüt chanis jez meh scheide
As zletschten einisch s Grab!»

Jez tüemmer is chuum meh grüesse,
Göhnd anenand verbi:
De Tod het nid dra müesse –
S Läbe isch stercher gsi.

Im Traum

Es het mer traumt, du seigisch mine
As wi vor alte Zite gsi
Und heigisch gseit: «Frönd müemmer schine,
Doch nümme lang, so ischs verbi.»

I bi verwachet. Leer isch d Stube,
Und i vergässe und elei.
Und doch ischs, wi wenn Ängel fluge
Zum Pfeischter us, und uf, und hei –

De Näbel

Wenn nume d Sunne wider chem,
Und euse Näbel obsi nehm
Mit alle schwere Sorge.
Er hocket a der Jurawand
Und wott mit siner chalte Hand,
Was Ote het, verworge.

Denn wachst de Chumber übers Dach
Und luschteret us jedem Fach
Und lot si nid verjage:
Er spinnt eim langsam, langsam i
Und singt sis Totelied: «Verbi,
Ihr chömed nümme z Gnade!»

Heb Sorg

Heb Sorg zum alte Porzellan,
Heb Sorg zum junge Glück.
Es wott nid z chalt und wott nid z warm,
Suscht springts i tusig Stück.

Und isch es Härz voll Liebi dis:
Gang hübscheli um dermit.
Du findsch nid zwöimol s Paredis,
Chausch goh, so wit as d witt.

Übere

S het Tage gge, mer nehm si nümme zrugg.
Mer isch verzwiflet uf de Chneune gläge,
Het bättet und het keini Wort meh gha
Und het sis Leid keim Möntsche chönne säge –
S isch übere.

S het Stunde gge, so voll, so voll vo Glück,
S Härz isch eim zsannt den Augen überloffe.
De Himel isch uf d Ärden abe cho,
Und d Sunne het de hinderscht Egge troffe –
S isch übere.

Jez stöhmmer ufem höche stille Bärg
Und luege übers Land am Summerobe:
Wi lang ischs ächt no bis i d Ebigkeit?
Isch s Stärbe schwer? – Mer wänd nid goge froge,
S goht übere.

De Chrieg

Ghörsch donnere ab der Gisliflue?
Es isch de Chrieg. Mach s Pfeischter zue!
Mag d Sunne au no abe schine?
Sind Hus und Heimet morn no mine?
Isch alles nid en böse Traum?
S git wider Bluescht am Öpfelbaum
Und Vögel druff, wo Lieder singe –
Und euserem wott s Härz verspringe.

Chreihe

Händer di schwarze Vögel gseh?
Wo chöme si här? Wo göhnd si he?
No nie hets settigi Schare gha!
Si warten uf öppis. De gröscht foht a.

«Dert unde, dert unde änet em Rhi
Söll jezig en grosse Stärbet si.
Si ligge z hüffewis, Fründ und Find –
Furt, furt – eb alli bigrabe sind –»

Si brüele und fladere übere Wald.
«Mer chöme wider.» Wer weiss wi bald?

Herrgott

Keis Eggeli gits meh uf der Wält,
Wo Friden isch und Rue,
Und alles wäge Ruem und Gält!
Herrgott, und du luegsch zue?

D Kanone

D Kanone chrache vom Elsiss här:
«Schwer –
Schwer –
Isch eusers Läbe. De Hunger tuet weh,
Und rot lit s Bluet ufem wisse Schnee.»

«Bum –
Bum –
Mer chehre nid um, nid um.
Mer träge vo eim is ander Land
Es chlises Fürli, en grosse Brand!» –
Worum –?

De Nachtzug

De Nachtzug rollet übere Damm,
Lang – lang –
Was händ si ächt wider glade?
Kanone und Pulver und Maschinegwehr!
Und d Wält git e Höll, und de Himel wird leer,
Und d Möntsche müend ufe Schrage.

En Garte voll Rose isch d Ärde gsi –
Verbi – verbi –
Si tüend si verstampfe, verhage.
De Bode rauchnet vom Bluet und Hass,
S isch niene kei Troscht und uf niemer Verlass.
Herrgott, wenn losch es lo tage?

Wunder

Wenn d Nacht stockärdefeischter isch,
So tuets doch wider tage,
Nume mit Chumber und mit Angscht
De Himel nid verhage!

Es chöne hüt no Wunder gscheh
Im grosse Herrgottsgarte.
Eismols göhnd hundert Chnöpfli uf:
Muesch nume möge gwarte.

Troscht

Es het en dicke Näbel gha,
Mer hätt fascht chönne putsche dra,
Do chunnt uf einisch d Sunne,
Es heiteret, si hets ggunne.

Und lisch im Eländ wi im Grab:
En Ängel welzt de Stei drab ab.
Denn gsehsch uf eimol s Himelblau,
Und suechsch di Schmärz – wo isch er au?

S Läbe

Mängisch ischs eim, weis nid wie,
S well kei Wäg und groti nie.
Undereinisch wachst de Muet,
Und es tribt und singt im Bluet,
D Wält blüeit wine Rosehag,
I der Seel wirds wider Tag:
So isch s Läbe. Hi und zrugg
Nimmts eim hübscheli über d Brugg.

Silväschter 1941

De Näbel geischteret uf der Wält.
De Mönsch isch verlore i d Nacht usegstellt,
Sini ebige Rächti sind underschlage,
Und z tusigewis mues er ufe Schrage.
D Luft isch vergiftet, de Himel gschändt.
Händ d Liechter nid brunne zum heilige Advänt?
Sind eusi Gibätt nid obsi ggange?
Müemmer feischterligs i der Teufi bhange?
Isch de Herrgott gstorbe, as er nid redt?
Mues s heilig Läbe ufs Totebett?
Eis Land ums ander packt jez de Brand.
Vorem neue Johr stoht en schwarzi Wand.
D Wält wott nüt meh vom Himelrich wüsse.
De Geischt isch veriret, vergelschteret s Gwüsse.
Zäntume muttets und läderets uf.
D Bruscht schmirzt eim vom verbottnige Schnuf.

Nei, dewäg chömemer nid as Bort.
Du ebige Gottswill, säg is es Wort!
Es sell über d Länder und s Meer us töne,
Es sell die gschliffnige Schwärter verhöne,
Es sell eusi Sorge und Ängschte verjage,
Es sell im Tüfel sis Wärch verhage,
Es sell is de Glaube wider ge,
Es sell übernacht es Wunder lo gscheh.

Du

Vom Himel rislet Schnee um Schnee
Und deckt die grüene Matte zue.
Er wott nüt meh vom Läbe gseh
As nume wissi, chalti Rue,
As nume Rue.

S Lilache, schwer vom wisse Staub,
Lit ufem totestillne Land.
Kei Vogel meh, keis Bluescht, keis Laub.
Gottlob, du läbscht jo. Gimmer d Hand.

Imene Chind

Du Wunderbluescht am Läbesbaum,
Du bisch vom Paredis en Traum,
Du bisch für d Ärde en Verspruch,
En grossi Rächnig oni Bruch,
En Sunneschin, es grosses Plange,
En Punkt uf alles, was vergange,
Es Morgerot vom neue Tag,
Es Finkelied vom Schlehehag,
En Chumber, wo de Wind verweiht,
Es Grüesse us der Ebigkeit.

Ebigs Für

S Bluescht verweiht, und d Zit verrünnt.
S git es Für, wo ebig brünnt,
S git en Glascht, wo nie vergoht:
D Liebi zündt no übere Tod.

Oschtere

Oschtere, das heisst uferstoh,
Alles Chrüz dehinde lo,
Alle Tod zum Läbe wecke,
Lib und Seel gäg d Sunne strecke.

Allerseele

Allerseele – heiligi Chlag!
Allerseele – Ebigkeitstag!
Liebi schafft Wälte us Leid und Not,
Rose wachse us Grab und Tod.

LÄBESSPRÜCH

Wie s Läbe erneue?
Mit andere si freue,
Mit andere lide,
Und, was mer z guet het,
Is Chemi ue schribe.

Glück und Säge
I Sunne und Räge!
Singe und lache,
A de Schmärze wachse,
Schaffe und plange,
Lo si, was vergange,
Nüt ha mit de Nare,
De Güsel lo fahre,
D Füchs lo i de Gruebe,
A d Stärne ueluege
Und Liebi verstreue
Wine Chriesbaum im Maie.

———

Obsi ha, de Flüene zue!
Sini Fäcke wit vertue,
Wine Adler s Gschmeus verachte,
D Freiheit über alles achte.
Immer vo de Alte lehre,
I de Junge d Möntsche ehre.
Eisder bi der Woret blibe,
Für sis Gwüsse chönne lide.
Lache, wenns eim wott verrisse,
I di surschte Öpfel bisse.
D Bräschte a der Sunne gheile,
Nume vorem Herrgott chneule.
Sini Brüedere nid hasse,
Mitem Heilige nid gspasse.
I de böse Geischtere wehre
Und di guete nid verstöre.
Graduf dur sis Läbe goh,
Immer imene Wunder no.

———

Kei Liebi lo chalte,
Kei Täubi lang bhalte,
Kei Sunne vermure,
Kei Freud lo versure.
Nüt Ungrads lide,
Kei Ängel vertribe
Und früe ufstoh,
Wemmer s Glück will foh.

———

En Arbet, wo eim freut,
E Liebi, wo eim treit,
Es Gschärli Chind, wo grote,
Fründ, wo eim nie verrote,
E Wält, erlöst vo Chrieg und Not,
Und zletscht am Änd e guete Tod:
Das gäb is Gott.

———

Wie s Läbe erneue?
Mit andere si freue,
Mit andere lide,
Und, was mer z guet het,
Is Chemi ue schribe.

———

Mis Härz isch e Brunne,
Het Wasser bis gnue.
Ischs einisch verrunne,
Laufts morn wider zue.

———

Jede Wildbach het sis Bort,
Jede Tag sis gültig Wort,
Jedi Nacht e neue Traum,
Jede Mai sis Bluescht am Baum.

———

Nie sis heilig Für lo chalte.
Sine Fründe d Stange halte.
Jede Morge witers cho,
Fescht uf sine Füesse stoh.

———

Meh wache as schlofe,
Meh rüeme as strofe,
Meh lose as zelle,
Meh ge weder welle.

———

Isch d Wält usem Ätter:
S git wider schön Wätter.
Gang im Herrgott i Schärme.
Überem Näbel hets Stärne.

———

Muesch nid alli Spöndli zämeläse,
Si verstäche der suscht d Hand.
S chunnt scho eine mitem grosse Bäse
Und wüscht alles mitenand.

———

Jede Adler findt si Horscht,
S git e Quell für jede Durscht,
Übere Abgrund treit e Stäg,
Wone Wille, isch e Wäg.

———

I di feischterschte Chräche
Cha d Sunne bräche,
Wist en guldige Stäg
Ufe Ebigkeitswäg.

———

D Liebi isch es Acherfür:
S muttet under der Äsche.
Blost de Föhn, brünnt Hus und Schür,
Chausch si nümme lösche.
―

S isch keis Wort so arm und chli,
S tuet si einisch rime.
S Härz mag no so eländ si,
S chunnt no einisch z chime.
―

Liebi hilft träge,
Tuet nie versäge,
Chunnt mit eim bis as Ebigkeitstor
Und füert is a Ängelshände derdur.
―

Nüt goht verlore,
Neu gibore
Erwachet de Morge.
Mit andere Sorge
Und bsundrige Freude
Isch e njederi Stund
En himmlische Fund.
―

Sis Maiebluescht tribt e njedere Baum,
Wo fescht gnueg stoht uf der Ärde.
E njedere Möntsch het si ebig Traum,
Wo einisch mues Woret wärde.
―

Bhüet ech Gott im Ehestand.
S Glück isch nid im frönde Land,
S isch nid ufeme andere Stärn,
Nume im Wörtli Heschmigärn.

―

Wemmer wott d Hushaltig mache,
Brucht mer wäger sibe Sache:
Bäseli zum d Stube wüsche –
Suber seige s Hus und s Gwüsse.
Lümpe für zum d Pfeischter ribe –
D Sunne lönd dur s Härz und d Schibe.
Chelle für zum Bappe rüere –
D Spis und d Täubi lönd verchüele.
Chlämmerli zum Wösch ufhänke –
Alles Gschmuslig mues mer schwänke.
S Mässer für zum Brot abschnide –
Niene schmürzele, niene güde.
Plättli für de Ches und Anke –
Gänd de Arme und de Chranke.
Täller für zum Suppe ässe –
Tüend de Herrgott nid vergässe.
Läbed gsund im freie Land,
Bhüet ech Gott im Ehestand.

―

Luter wine Bärgkristall,
Läbig wine Wasserfall,
Liecht wi s Tau, wo s Blüemli netzt,
Us luter Liebi zämegsetzt.

―

Mit Kölderle und mit Chibe
S guet Wätter nid vertribe.
Mit Singe und mit Lache
Grote di beschte Sache.

—

Schätzeli, bis nid gschnäderfresig,
Wart, bis d Chriesi riffne.
Lach d Schorniggel a de Bäume,
Bis ders d Amsle pfiffe.

—

I Gotts Name ufstoh und schlofe und ässe,
Gueti Wort bhalte und bösi vergässe,
Einisch rede und drümol bsunne:
Wer das cha, isch mängem vertrunne.

—

Lueg ufs Holz, wenn d wibe wotsch,
Eb se si lot schliffe.
Useme Hagebuechestock
Gits kei Orgelepfiffe.

—

D Sichle gwetzt, isch nonig gmeiht.
Säg mer jez, was d wotsch:
Wemmer d Schale nit verheit,
Gits kei Eiertotsch.

—

Njeders Wort wird witers treit,
Lot e Spur dehinde:
S Sömli, wo de Wind verweiht,
Git e mächtigi Linde.

—

Wenn s Hüendli rif zum Läbe isch,
Tuets a der Schale bicke:
Wenns Zit isch und de Augeblick,
So mues si alles schicke.

―

Jede Morge früsche Muet,
Jeder Gfohr es rüeigs Bluet,
Jeder Not en offni Hand,
S Härz voll Liebi bis zum Rand.

―

Tag und Nacht föhnd d Sorge a:
Schaffe, schlofe, ässe?
Lachet mi mis Chindli a,
Hani alls vergässe.

―

Niemer weiss, was noche chunnt:
Gsägnet seig is jedi Stund,
Wärt seig jede Himelsgascht,
Liebi treit di hertischt Lascht.

―

Wer weiss, wo s Schiffli ländet?
Wer weiss, wo s Läbe ändet?
Wer kennt sis Brüeders Not?
Wo isch di Seel, wo eim verstoht?

―

Eleigge bisch is Läbe cho,
Elei muesch wider use goh.
Du treisch di Seel vo Stärn zu Stärn,
Wohär? Wohi? – Mer wüsstes gärn!
Und zmitzt inn vo Giburt und Tod
Lit alli Säligkeit und Not.

―

Weiss keine, was em s Schicksal wäbt,
Weiss keine, eb er morn no läbt,
Weiss keine, eb im Morgerot
Nid scho sis fürig Zeiche stoht.

―

Das isch es Wunder, mächtig vor allne:
Es Chärndli isch us der Hültsche gfalle.
E Baum wachst drus uf der Heimetmatte
Und git i Tusige Frucht und Schatte.

———

Wenn s Laub wott ab de Bäume lo,
So chunnt de Rif cho lure.
Er stricht de murbe Eschtlene no:
S Marchholz darf überdure.

———

Obsi langsam, nidsi gschwind,
S dreiht eim wines Blatt im Wind.
Eb mer stigi oder falli,
D Ebigkeit erwartet alli.

———

Suech dini Totne nid dunde im Grab,
Suech si bi Sunne und Stärne.
Wüsch dine Auge de Ärdestaub ab,
So gsehscht i di ebige Färne.

———

Obenabe chunnt is d Hülf,
S Wätter isch verzoge.
Sibefarbig usem Gwülch
Zündt de Rägeboge.

———

D Sunne isch es Himelsgschänk:
Hüt e Glascht und morn verhänkt;
Aber brünnt s inwändig Für,
Hesch es Liecht, zündt färn und hür.

———

Es git es Wort, wo d i der treischt,
Und wonis d Woret seit:
Mir sind vom Geischt und göhnd zum Geischt,
Ringsum isch Ebigkeit.

Wunsch

En Maie, wos nid abeschneit,
Es Göttiglas, wo nie verheit,
Es Liebesfür, wo nie verbrünnt,
Treui, wo us de Auge zündt,
En Zunge, wo si nie verredt,
En Glaube, wo d Seel zämehet,
En Sunne, wo inwändig schint,
Es ebigs Lied, wo eisder rimt,
En Ängel i der gröschte Gfohr:
Das weusch der is neu Läbesjohr.

RÄGEBOGE[1]

Es Heilandswort i böser Zit
Isch s Liecht, wo d Feischteri vertribt,
Isch Sunnechraft i böse Stunde:
Mer cha si hebe dra und gsunde.

---

[1] Dieser Zyklus ist dem Andenken des durch einen Unglücksfall jäh aus dem Leben geschiedenen Gatten der Dichterin, Dr. Max Haemmerli («De Gheiler»), gewidmet.

Rägeboge

Überem See de Rägeboge:
Himelsschrift dur d Wälte zoge.
Wer si z grächtem wett verstoh,
Müesst vor Heiweh nid vergoh,
Dörft sim Härz es Fescht erlaube,
Wines Chind a d Wunder glaube.
Chönnt de Tag mit Freude grüesse.
Hätt nid Gwichtstei a de Füesse,
Will si d Wält, statt Pfeischte z fire,
Immer erger tuet verlire.
Müesst nid noch Verlornem trure,
Gsech höch über d Ärdemure,
Ghörti d Ängelstimme rote
Über Läbige und Tote,
Und e Glanz us Ebigkeite
Tät eim Tag und Nacht bigleite
Wi de Schin vom Rägeboge:
Himelsschrift dur d Wälte zoge.

Widerschin

Under alle Brichte
Muesch de richtig bueche.
Under tusig Gsichte
Muesch das enzig sueche.
Was di innerscht Seel tuet widerschine,
Das elei isch dine.

D Liebi

Es tönt dur d Zit und d Ebigkeit
Es heiligs Wort.
D Ängel händs ghört und witers treit
Dur d Wälte furt.

Das Wort het d Sunne i der Gwalt,
Dreiht d Stärne um
Und macht, as keine wicht und fallt,
Blibt ebig jung.

Gottvatter rüefts dur d Wältenacht
Und d Ärdenot:
Liebi het d Möntsche sälig gmacht,
Und liecht de Tod.

Wärche

Uf alli Bärge wetti stige,
Dur alli Wälte möchti flüge,
Und niene hätti Rascht und Rue,
Zäntume fund i z wärche gnue.

As wine Sunne wetti si:
Si tünklet d Wält i Guldfarb i.
De hinderscht Egge trifft e Strahl.
E Chile macht si useme Stal.

Und wenn i au im Himel wer
Und tusig Ängel um mi här,
I heuschtene e guldige Stift
Und moleti e Stärneschrift.

S Möntschehärz

Dis Härz isch gschmidet us Ise und Stahl,
Isch i fürige Glüete verloffe,
Wo d gwanderet bisch usem Hölletal
Zum Bärg vom ebige Hoffe.

Dert hesch usghalte i Chelti und Hitz
Wi inere dopplete Chlammer,
Bisch gstächlet worde i Donner und Blitz
Vom mächtige Herrgottshammer.

Und wenn jez d Sunne verlösche wer,
Und de Tag wurd nümme gibore,
Und d Ärde gieng under im Wältemeer:
Du werisch doch nid verlore.

O Härz, du ebige Bändeljud

O Härz, du ebige Bändeljud,
Hesch immer nonig gnue.
Du reisisch mit dim Liebesfür
Landuf und -ab, und färn wi hür
Sind alli Türli zue.

Und eisder chlopfisch wider a,
Hesch all Tag neue Muet.
Denn läderets i der uf im Schwick:
Es faltsches Wort, e chalte Blick
Tüend Äsche uf di Gluet.

O Härz, es git e letschte Wäg,
Und wotscht e nonig goh:
Du hesch kei Rue und hesch kei Rascht,
Bis dert am ebige Liebesglascht
Dis Plange mues vergoh.

Morge

D Schneebärge stöhnd wine feischteri Mur,
Di letschte Stärne verlösche.
Di böse Geischter sind uf der Lur
Für de heilig Morge z vertrösche.

O wehred ech, Ängel im Himelssaal,
Mir wärde im Tüfel nid Meischter!
En erschte fürige Sunnestrahl
Zündt zwüsche de Meie durs Pfeischter.

Säg jo

Bisch au scho gläge i der Nacht,
Hesch alles widcr duregmacht,
Vor Träne no keis Aug zucto,
Do tönts der lis is Ohr: «Säg jo.»

Nei, hani grüeft, und wider nei.
Verbarme, Tod, bis nid vo Stei –
«S het müesse si, gib einisch no»,
Macht säbi Stimm, «nimms a, säg jo» –

Is Herrgotts Name, hani gseit
Und d Händ uf Dechi zämegleit.
Wenn d seisch worum, so will ders lo –
«Nid märte mitem Tod. Säg jo.»

Hornig

Es chutet und hudlet, was abe mag.
Es gruset eim abem morndrige Tag.
De Ghörndlet hubetet am Hölletor.
I de Lüfte tanzet e Gspeischterchor.

Es lüte eim d Ohre vom Weh und Ach.
No d Tier im Stal usse ligge wach.
Gibätt stige uf wi Rauch und Gluet,
Mer gspürt s Wälte-Uwätter bis is Bluet.

Gloggespil

Vo diner Seel zu miner Seel
Sind tusig Fädeli gspunne.
Bald sind si feischter, mängisch hell
Und glitzere i der Sunne.

Hüt lüte si wines Gloggespil,
Morn sind si z häftig gspanne,
Denn chlöpfts, es git e faltschne Ton,
Und s risst e ganzi Strange.

O Härz, bis rüeig, Seel, blib gross,
Und glaub i allne Stunde:
Du bisch mit sant dim Ärdelos
A Herrgottswille bunde.

Tulipa

Roseroti Tulipa
Luege mi so chündig a,
Stöhnd zum erschte Mol im Maie
Schön ufggange i der Reihe.

D Wält isch no so eige still.
D Sunne weis nid, was si will.
D Pfeischterläde sind no zue.
Wi verhäxet isch di Rue.

Was het euse Herrgott vor?
Fescht verrammlet isch sis Tor.
S weiht eim frönd und isig a –
Roseroti Tulipa.

Obigschatte

Über d Ringelbluememmatte
Simmer gloffe heimetzue.
D Sunne git scho Obigschatte
Und verguldet d Gisliflue.

Und mer händ is eis im andere
Vo der Chindezit verzellt:
Sind s letscht mol go zäme wandere
Über eusi Ärdewält.

S Nachtmohl

Si het mi härgno jedesmol,
Säb Gschicht vom letschte Obigmohl:
De Heiland längt de Jüngere s Brot
Und dänkt scho a si Todesnot.
Die aber merke nüt dervo
Und göhnd i irne Wärche no.

Au mir sind gsässe hinderem Tisch
Und händ nid gwüsst, wer binis isch.
Do weiht e Huch vom Geischterland.
Du bisch ufgstande, längsch is d Hand,
Luegsch mer is Aug scho obem Goh –
Muesch hüt no vorem Herrgott stoh.

Verwache

I bi verwachet vorem Tag.
En Amsle singt im Gartehag.
Es dreiht eim s Härz um i der Bruscht.
Was meint si au? S tönt nid wi suscht.

Und langsam, langsam chunnts mer z Sinn:
De Tod stoht zmitzt im Früelig inn!
Er luegt mi zum Verbarme a:
«Dis Bluescht wott euse Herrgott ha.»

Vor Schräcke mues i fascht vergoh.
«I chas nid mangle. Lach mers no» –
Es isch scho gscheh. E Sichle tönt.
S lind Holz het s Ise nid verhönt.

Zletscht

I ha nid chönne bi der si
Im letschte Augeblick:
E Schatte uf em Wäg – verbi –
Do lisch mit brochnem Gnick.

En einzige schwere Augeschlag,
S Härz zuckt uf und stoht still.
O luteri Liebi ohni Chlag,
Gang, wo de Herrgott will.

Im Maiegras

Im Gras, im bluemige Maiegras
Bisch gläge.
Vom ebig uralte Worum und Was
Chausch nüt meh säge.

D Aareluft weiht übers Schacheried,
D Sunne goht under.
Usem Roggefäld singt es Lerchelied
Vom Pfingschtewunder.

Tröschtle

Wo mer fascht isch s Härz versprunge,
Het veruss e Tröschtle gsunge.
Usetrolet sind di Tön,
S isch mer gsi, no nie so schön.

Hörcd uf, ei isch jo tod. –
«Eusers Lied weiss nüt vo Not,
Singt i Zit und Ebigkeit:
Tröscht ech, tröscht ech Gott im Leid.»

De Gheiler

Dis Härz isch gsi as wine Sunne
Wo über Guet und Bösi schint.
Di Liebi: Lutere Gottesbrunne,
Wo eisder lauft und doch nid schwint.
Dis Läbe: Tag und Nacht es Müeie,
Es Wehre gäge Not und Tod.
Dis Gheile: Usem Schnee es Blüeie
Und us der Nacht es Morgerot.

—

Wenn d Tür ufggange isch i d Chrankestube
Und miteme Lächle uferschine bisch,
So isch es gsi, as wi wenn Ängel fluge
Mit linde Fäcke über Bett und Tisch.
Und wenn d mit dine fine Gheilerhände
De Schmärz vertribe hesch und d Todesnot,
So het eim d Heiteri fascht chönne blände,
Und heimelig vorcho isch eim frei de Tod.

Denn het mer s Augewasser lo verrünne,
Het wider usgluegt nochem Himelblau.
S inwändig Für het langsam afo brünne,
Und s Läbe dunkt eim nümme chalt und grau.
O Möntschehärz: wi wenig bruchsch zum Hoffe,
Wi chehrt si alles inere chline Stund!
E Schin vo säber Liebi het eim troffe,
Wo us der Stärnehöchi abechunnt.

—

Tag und Nacht hesch gschöpft vom lutere Quell,
Hesch di gstächlet gäge Tod und Höll,
Und keis Wasser isch vergäbe grunne,
Wonis zuechunnt usem Läbesbrunne.

Wine Mur bisch gstande vor der Wält,
Gäge Wind und Wätter häregstellt.
Jede Bisluft het si eim verha.
Alli Wälle händ si broche dra.

Hesch de Schlof vo dine Nächte gge.
Frönde Schmärz isch gsi wi s eige Weh.
Und was nid het chönne z Gheile cho,
Hesch i eusem Herrgott überlo.

Elei

Dis schneewiss Chüssi underem stillne Chopf,
E Buschle Öpfelbluescht a diner Bruscht,
So lisch mit gchrüzte Hände i dim Bett,
Wo eine us dim Name zimberet het.

Es foht a lüte. Niemer isch meh do
As du und i im letschte Augeblick.
Läb ebig wohl. Du chunnsch is nümme hei.
Und s Härz weiss nüt meh as: Elei – elei –.

De Sundigmorge

I dim heitere Summergruscht,
S Maierösli a der Bruscht,
Hesch mi gweckt vom schwere Traum:
«Los, wis orgelet im Baum,
D Imbeli suge scho am Hung,
S Maietau macht alles jung.»

Zobe, oni Blick und Schnuf
Träge s di dur d Stäge uf,
Und mit zitteriger Hand
Suechi nochem Totegwand.

Eis ums ander

S isch eis ums ander ggange
Und het nid adie gseit.
Het Hus und Hei dehinde glo
Und nüt mit use treit.

S stoht alles no am alte Platz,
Und doch isch d Stube leer:
Wi wenn am heiterhelle Tag
D Sunne verlösche wer.

Ärdbebe

Es donneret us der Felseschlucht,
Ärdbeberauch lit i der Luft.
De Sturm chehrt d Greber wines Blatt,
Di Totne wandle i der Stadt.

Di Seel

Di Seel isch e lutere Diamant,
Er spieglet Himel und Ärde.
Herts und Dursichtigs isch der verwandt,
Mues gschliffe und gmodlet wärde.

Es Wort

Es Heilandswort i böser Zit
Isch s Liecht, wo d Feischteri vertribt,
Isch Sunnechraft i böse Stunde:
Mer cha si hebe dra und gsunde.

Morgestärn

Dur d Schibe zündt de Morgestärn.
Di ganz Nacht het er gwachet,
Bis obem grosse Sunnefür
Si Heiteri verschwachet.

O chönnt i stärbe so wi du:
E Schin ge uf der Ärde,
Und denn vo euser Walteseel
Usglöscht und agno wärde.

Zeiche

Wemmer chönnte Zeiche düte,
Wis de Bruch gsi isch vor Zite,
O mer täte mängs verstoh,
Wo eim nid wott inegoh.

Gsehsch im Waseblätz di Blütti?
S Zit, wo obem Laufe bstoht?
Und de Stärn ob säbem Hüttli?
S Wulkechrüz im Morgerot?

Lach de Sand lo aberünne
Vo der grosse Wältenuhr.
Chausch im Herrgott nid vertrünne,
Und du chunnsch em nid uf d Spur.

Urständ

Dis Läbe füllt e Wältestund.
Di Seel umspannt es Ärderund.
Di Liebi het keis Ändi gno,
Mues usem ebige Urständ cho.

Passionssprüch

De Wüeschtewind weiht übers Land,
Deckt d Sunne zue mit Rauch und Sand.
Vom Totne Meer här tönts wi Chlag:
Wältundergang dräut zmitzt am Tag.

Narde

En frommi Frau, wo a Heiland glaubt,
Si schüttet em Balsam uf s heilig Haupt.
Und d Jünger murre a s Simons Tisch:
Den Arme gänd, was Verschwändig isch!

De Heiland luegt sini Jünger a:
«Di Frau isch ech wit i der Liebi vora.
I churzem, do binech frönd und wit,
Di Arme, di händ er allizit.»

Fuesswäschig

De Heiland löst jez sis Obergwand
Und tünklet is Wasser di schneewiss Hand.
Er chneulet vor sine Jüngere ab
Und wäscht ene d Füess und tröchnet si ab.

Coenaculum

Es Hus stoht überem Davidsgrab,
Dert stigt euse Heiland s letschtmol ab.
Er längt de Jüngere Wi und Brot:
En Himelsglanz i der Todesnot.
—
De Heiland rüschtet zum Obigmohl.
Er zellt sini Jünger und kennt si wohl.
Er seit und sägnet das heilig Brot:
«S isch eine binech, de sinnt Verrot!»
—
De Heiland bricht de Jüngere s Brot:
«Das isch mi Lib, wo verbräche wott.»
Er nimmt de Kelch und sägnet de Wi:
«Mis Bluet mues für euch vergosse si.»

Ölbärg

Sis Loblied het er no fertig gmacht,
Denn goht er use i Näbel und Nacht.
Im Petrus het er sis Aug zue gha:
«Eb de Güggel chreiht, wirsch mi verlügnet ha.»

———

Si chöme zum Ölbärg, de Heiland seit:
De Hirt wird gschlage und d Härd verstreut.
«Und wenn au alles verlore wer»,
So rüeft de Petrus, «i stirbe mit dir.»

Gethsemane

De Heiland chneulet i sim Weh
Im Garte vo Gethsemane.
Und obem Bätte findt er d Rue,
Wil d Jünger schlofe näbezue.

———

De Heiland bättet is Morgerot:
«Mi Seel isch trurig bis i de Tod.
O chöned er denn nid wachber si?
Wills Gott, so goht mer de Kelch verbi.»

De Petrus und d Zebedäussöhn,
Si ghöre im Schlof no di Schmärzestön.
De Heiland fallt nider und bättet still:
«Wi du witt, Vatter, nid win i will.»

De Hirt überzellt sini müede Schof:
Zum drittemol findt er d Jünger im Schlof.
Er zitteret, s Härz voll Weh und Ach:
«De Geischt isch willig, und s Fleisch isch schwach.»

Gfangenahm

Und eb d Gethsemanenacht vergange,
So chöme si z lärme mit Spiesse und Stange.
De Heiland goht bunde i d Nacht veruss.
Ufem Bagge brönnt em dc Judaschuss.

Kaiphas

No einisch stoht de Heiland im Glascht,
Bim Kaiphas im Hohepriechterpalascht.
Si froge und überlaufe vo Hohn:
«As Chrüz! Er seit, er sig Gottes Sohn!»

Synhedrium

Denn wird er mit Seilere zämegschnüert
Und bunde vore Pilatus gfüert.
De frogt verstunet. Druf wäscht er d Händ:
«I finde nüt Böses. Tüend, was er wänd.»
———
Si händ e packt. Er isch elei.
D Jünger verstübe as wi Streu.
Er stoht vor Gricht und tuet kei Schnuf.
De Judas goht und hänkt si uf.
———
Si schmücked e mit der Dornechron
Und setzed e ufe Königstron.
Denn wird er ggeislet. S Bluet lauft ab.
Er schwigt und gseht scho äne as Grab.
———
Mer hänkt em en Purpurmantel um
Und höhnet e mit ere Dornechron.
Denn wird er ggeislet. Er leit s Chrüz a
Und wandlet use uf Golgatha.

Golgatha

D Maria stoht am Gartetor,
Si gseht es Chrüz und Volch dervor.
De Nagel trifft si zmitzt is Härz.
Johannes dreiht s Gsicht himelwärts.
———

Witume wird de Schrei verno:
«Min Gott, min Gott, hesch mi verlo?»
En Bruscht cha nümme de Schmärz verha.
Es Gottesaug isch broche dra.
———

De letscht Schnuf het de Heiland to.
Am Chrüz stoht de Centurio.
Er zitteret ab dem Urwältton:
«Wahrhaftig, das isch Gottes Sohn.»

Grableggig

Is Felsegrab vom riche Ma,
Joseph vo Arimathia,
Treit mer de heilig Lib durs Tor
Und welzt en grosse Stei dervor.

Oschteremorge

Es taget überem Kidronstäg.
Di zwo Marie göhnd ufe Wäg.
Do chrachet de Bode, s Sigel fallt ab –
En Ängel sitzt vorem offnige Grab.
———

Staubwulche verdecke s Morgerot.
D Grabwächter ligge am Bode wi tod.
Di zwo Marie händ s Wort verno:
«De woner sueche, isch nümme do.»

Noli me tangere

D Marie troue nid Aug und Ohr.
Si fliend. De Heiland chunnt ene vor.
D Magdalena gseht de durlöcheret Fuess:
«Rüer mi nid a!» lutet si Geischtergruess.
———

D Magdalena, gschüttlet a jedem Glid,
Bigegnet im Heiland und kennt e nid.
Do grüesst er: «Maria!» Si wott e umfah –
De Chrischtus het d Hand uf: «Rüer mi nid a!»

Uffert

Vierzg Tag lang isch er no Ärdegascht.
Denn goht er i zum himmlische Glascht.
Todtrurig blibe di Zwölf elei.
D Nacht wird nid Morge, und s Alt nonig neu.

Deheim und dusse[1]

Und jez i der Fröndi
Verlore und elei.
Jä gäll, si händ der d Fäcke gtutzt!
Und s Augewasser hesch abbutzt:
«Hei, nume wider hei!»

---

[1] Unter diesem von den Herausgebern gewählten Titel sind Einzelgedichte vereinigt, die nicht zu einem Zyklus gehören.

Drei Stärne

Schöne Aargau, Burgeland
Mit de Silberstärne,
Bisch i eusem Vatterland
Nid de bitterscht Chärne.

Drei Stärne

Mir händ nid Leue und Bäre,
Nid Stier und Adler im Fäld,
Mir händ drei silberigi Stärne,
Die glitzere use i d Wält!

Der eint stoht über der Aare
Und em alte Habsburgerschloss,
Er weis vo de Römerschare,
Vo Kaiser- und Rittertross.

De zwöit chönnt öppis verzelle
Vo vergangniger Chloschterpracht,
Vo glehrte Mönch i de Zälle,
Vo der trurige Villmärgerschlacht.

De dritt schint überem Stalde
Und änenabe zum Rhi:
Über grüeni Hübel und Halde
Wänd d Fricktaler Meischter si.

Und alli drei silberige Stärne,
Si zünde heiter vorus
Und wache überem Schärme
Vom farbige Schwizerhus.

Heuerliedli

Änet der Aare bim uralte Schloss
Foht de Güggel a chreihe:
«De Wettstei agsetzt,
D Sägisse gwetzt,
Use i Schache go meihe!»

Z Auistei under der Gisliflue
Böpperlet öpper as Pfeischter:
«Heuet im Land,
D Gable i d Hand,
D Sunne und d Liebi sind Meischter!»

Zäntume guschlets und pfifts im Ried,
Hansjokeb haut sini Schwade:
«Abe, was stoht,
Morn isches z spot!»
Linggs und rächts trole d Mahde.

S Mareili lot si hübscheli zue,
Foht a zettle und worbe:
«S gräzet im Chrueg,
Znüni bis gnueg,
Übere ischs mit de Sorge!

Eb eusers Heu no uf d Brügi chunnt,
Simmer es glückhaftigs Pärli:
S Brutfueder här,
Trogchäschte schwer,
Buebe und Meitli es Gschärli!»

Ich und du, du und ich,
Eis ums ander, glich und glich.

Hei

Du hesch nid möge gwarte,
Bis chönisch us und drus,
Dur alli Länder chrüz und quer
Und zletscht am Änd no übers Meer –
Furt, nume furt vom Hus.

Und jez bisch i der Fröndi
Verlore und elei.
Jä gäll, si händ der d Fäcke gstutzt!
Und s Augewasser hesch abbutzt:
«Hei, nume wider hei!»

Am Beuelersee

Es isch so schön wi im Paredis:
Im Schilfrohr plätscheret s Wasser lis,
De Hombärg spieglet si feischter im See,
Und s Beueler Chileli luegt druf he.
Mer ghört kei Ton as öppe es Lied,
En Vogel, wo pfift usem Matteried.
Es Ruederschiffli fahrt langsam verbi –
Dert wetti jez sälber drininne si
Und fahre, so wit as mi s Wasser treit
Durs Oberot gäge d Ebigkeit.

Jugetfeschttag

En guldige Schin lit über der Wält:
S ärmscht Grötzli isch hüt a d Sunne gstellt,
Schneewissi Meiteli, Rösli im Hag,
Fürroti Granate: s isch Jugetfeschttag!

Abschid

Es weis kei Möntsch, wi weh as s tuet:
Mer gspürts im letschte Tropfe Bluet,
Und s tönt wi usere Totewis:
Läbwohl mis Summerparedis.

Was hämmer alles do erläbt:
Vom Gwülch, wo überem Hübel schwäbt,
Vom Morgeschin, wo glitzeret druff,
Vo Schwalbetänze i der Luft,

Vo schwarze Bucheli im Ried,
Vom letschte Rinderstorelied,
Vo wisse Schwäne ufem See,
Vom schüche Fuchs im nasse Chlee,

Vom Ruederschlag im Obeglascht,
Vom Wandere i der Stärnenacht,
Vom Biswind ab der Gisliflue,
Vom Rägeloch am Hombärg zue,

Vom Aarenäbel dick und schwer,
Vom Bätterglüt vo Mose här,
Vom Monschin überem Beuelersee,
Vom erschte früene Rigischnee,

Vom Muttfür im Härdöpfelblätz,
Vom Mövegschrei und Hätzlegschwätz,
Vom Trübelwächter mit em Gwehr,
Vom Grosi siner Wätterlehr,

Vom Alpechranz im Morgerot:
Mi Beuelersee, jez bhüet di Gott!

Näbeltag

Das isch en trüebe Näbeltag:
Keis Blettli meh am Buechehag,
Keis Pfiffe us em Cheschtenebaum,
Di ganz Wält wine Fiebertraum.

Im Hus inn alles still wis Grab.
Keis Chläfele d Stäge uf und ab,
Kei Sing und Sang dur d Stube här –
Wi wenn de Liebgott gstorbe wer.

I d Fröndi

Jez bini niene meh deheime,
Ha alles Glück dehinde glo.
Im Tannewäldli bi de Steine,
Dert het mi s Eländ überno:

Du grossi Seel bisch vonis ggange.
Do isch di Ärdeheimet gsi.
Kei Chrankne het vergäbe planget,
Keim Leid bisch oni Troscht verbi.

Hesch Liebi usteilt wine Sunne:
Wo s Liecht hischint, wer frogt derno?
Zletscht bisch am eigne Für verbrunne,
Hesch obem Hälfe s Läbe glo.

Jez bini niene meh deheime,
Mues wandere über Bärg und Tal.
Sis Totegheimnis seit is keine:
Bisch niene meh und überal.

Spotherbscht

Di schöne Tage sind verbi,
Eb d umeluegsch, chas Winter si.
D Nussbäum händ s Laub verlore,
De Näbel hocket uf der Wält,
Und d Chreihe striche übers Fäld,
S letscht Blüeschtli mues verdore.

O Härz, iez bsinn di, was der blibt:
De Geischt, wo neui Bolle tribt,
Er schafft scho i der Stilli.
De Summer isch en Stubete gsi,
Jez chehr bim eigne Brunne i
Und schöpf us siner Fülli.

S liebscht Täli

Vo Othmissinge uf Mörke
Lauft d Bünz i der Aare zue,
Am Holz no dur grüeni Matte
Gäge d Wildegg und d Gisliflue.

Vo Mörke uf Othmissinge
Im sunnige Heimettal,
Dert wachse di früechschte Viöndli
Und Birchli so höch und schmal.

Schneeglöggli und Manzelblueme,
Si lüte d Oschtere i,
S wott zäntume tribe und gruene,
Aber du – bisch nümme derbi.

S Wälttheater

Z Eisidle vor der Chile,
Dert spile si s Totespil.
De Chnochema im Sametgwand
Isch Meischter hüt im Wälderland.
Er chlopfet a bi Rich und Arm,
Nimmt eis ums ander fescht am Arm
Und füert es njeders mit em furt
As wine Vatter a sis Ort.

De Bärgluft weiht eim isig a,
Mer ghört d Mönch singe änedra:
«Vergange isch de Ärdegluscht,
Es Himelsfür brünnt i der Bruscht.»
Und s Härz werweiset: Bisch parat? –
«O liebe Tod, nei nonig grad!»

Z Eisidle vor der Chile,
Dert spile si s Totespil.

D Frau deheim und dusse

Was e Frau *im Hus* sell gälte,
Chunnt s meischt uf si sälber a.
Ma und Frau sind Doppelwälte:
D Liebi mues si zämeha.

D Frau *im Bruef* – i säbem Stückli
Gits en trurig faltsche Ton.
Uf em i fehlt immer s Tüpfli:
Ganzi Arbet, halbe Lohn.

D Frau *im Staat:* di flöttischt Büri
Gilt nid, was der underscht Chnächt:
As si schaffi, schwigi, stüri,
Das isch ircs Bürgerrächt.

Und wenns Chrieg git aller Ände:
D Söhn und d Manne müemmer lo,
Müend mit zämebundne Hände
D Wält lo zunderobsi goh.

Tüend ech d Sunne nid verhänke:
S Schwizerland brucht Ma und Frau.
Lönd is rote, hälfe, dänke –
Und lo stimme lönd is au!

Händ Sorg

Händ Sorg zu euem Wärli,
Händ Sorg zu euem Gält,
De Tüfel goht verchleidet
Im Narerock dur d Wält.

Er schwänkt di farbige Fätzli
Und s lauft em alles no –
Denn leit er guldigi Netzli,
Für d Hoffertsgimpel z foh.

Gibätt

Herrgott, jez lach es Wunder gscheh.
Das Mürde mues es Ändi neh!
Es isch is glich, wer s zletschte günnt,
Wenn nume d Wält nid abebrünnt,
Wenn nume s Bescht nid undergoht.
Zeig is en Uswäg us der Not:
S sell wider tage uf der Ärde,
S sell wider andersch mit is wärde:
S Wort sell meh gälte as d Kanone
Und s Gwüsse meh as blaui Bohne.
Wer weis hüt no, was Liebi heisst?
Chumm, lehr is s wider, Heiliggeischt!

Hesch ghört?[1]

De Hans het gseit zum Heiri:
«Hesch ghört?»
«Was hets gge?» macht de Heiri
Verstört.
Und d Lisebet isch au scho do,
Si wott nid hindenoche stoh.
Am Obig tönts landuf und -ab,
Si wetze dra fascht d Zunge ab:
«Hesch ghört? Hesch gspürt? Hesch gseh?
Si stöhnd scho änetem See!»
Si rönne wi nid gschidt dervo,
Lönd Chöchi, Hund und Chatz lo stoh
Und rette ires Hab und Guet.
O Schwizerfrau, wo blibt di Muet?
Dänksch nid a eusi Manne duss?
A Winkelried? A Tälleschuss?
Und a de Geischt, wo ebig schafft
Und meh vermag as Möntschechraft?
Dem tue vertroue. Biss uf d Zänd,
Läng teuf i Sack, rod dini Händ
Und lis säb Sprüchli ab der Wand:
«Wer plauderet, schadt im Vatterland.»

---

[1] Dieses Gedicht erinnert an schlimme Tage im Zweiten Weltkrieg.

Wältschmärz

Wo chömemer här? Wo göhmer he?
I cha keis Ändi vor mer gseh,
Gäb wini au mag sueche.

I gseh en wüeschti, bösi Wält
Und Lüt, wo zangge wägem Gält,
Wo s Läbe fascht verflueche.

Do goht mis Anneli verbi –
Wo isch ufs Mol mi Chumber gsi?
Zäh Chlofter i der Ärde!

Jez isch der Himel heiterblau,
Und d Matte händ es Honigtau,
Und d Sunne schint uf d Bärge!

Wenn der s Bluescht verstickt im Räge

Wenn der s Bluescht verstickt im Räge,
Wenn di beschte Fründ versäge,
Wenn d Heustrüffel d Ärn verfrässe:
Tue dis Leid am Himel mässe!

Ebig wandle d Stärnebahne.
Überem Gwülch weiht euse Fahne.
S git no Lüt mit Geischt und Gwüsse,
Wo di gültige Gsetzi wüsse.

Herrgottswille dreiht is d Ärde.
Lödigs Gold cha nie verdärbe.
D Woret het es inners Läbe,
Geischter tüend am Schicksal wäbe.

Gstürm

Jaget au nid eso unerchant!
Chöned er nid verschnufe?
S isch en Lärme, es Durenand,
S tät im Tüfel drab gruse.

Grueied doch einisch es bitzeli us,
Lueged, wis d Imbeli mache:
Summerszit träge si Hung is Hus,
Tüend im Herbscht s Türli vermache.

Gott grüess di deheime

Gott grüess di deheime!
S isch wider im Reine,
De Schmärz isch verroche.
De Dockter het gsproche,
Du wärdsch no mol jung
Und wogisch de Sprung
No einisch is Läbe:
Gump jo nit dernäbe!

S Ärdeleid

I weis nid, wer vom Ärdeleid
Cha sones Wäses mache:
Du chunnsch grad us der Ebigkeit,
Mis Chindli, und magsch lache!

Und ich? – Jo, jezig stohni do,
Mit mine sibezg Jöhrli,
Und glaube: s Blibe, s Cho und s Goh –
Das isch nid halb so gföhrli.

S alt Schuelhus

So simmer hüt zum letschte Mol
Di alte Stäge-n abegsprunge!
Ihr liebe Stübli, läbed wohl
Mir sind ech frili gärn vertrunne.

Ihr sind is z äng gsi, z nider, z chli,
Mer het fascht müesse drin versticke.
Und doch, wenns jetz sell gschide si
So müemmer s Augewasser schlücke.

Wie himelhöch händ ihr is dunkt
Am erschte Schueltag-Maiemorge,
Wie het eis s ander übertrumpft
Mit Angschte, d Antwort vüreworge!

Herrgötter sind d Schuelmeischter gsi
Mit Geischtesfackle i de Hände,
Wo glüchtet händ dur d Zite-n i.
Wie Schleier hangets a de Wände,

S Adänke a di heilig Stund,
Wo Wort um Wort het afo zünde
Und hüt no läbt im Seelegrund,
Wo mit de neue gschite Fründe

D Wält freier worde-n isch und wit,
Wo d Büecher zuenis sind cho brichte
Vo grosse Möntsche, alter Zit,
Vom Dänke, Wachse, Schaffe, Dichte –

Und jez lisch bald vergässe do,
Es tuet di chuum meh öpper grüesse,
Und nume mängisch geischtets no
Stäguf und ab vo flingge Füesse,

Vo Buebetrabel, Meitligschwätz,
Vo jungem Glaube, altem Wüsse.
Denn grueiisch us und schlofscht en Blätz
Und darfsch es tue mit guetem Gwüsse.

Mir aber luege numme zrugg,
Mer stürme furt uf neue Wäge
Und gänd nid ab und lönd nid lugg
Bis as mer gross und tüechtig wärde.

Prosa

Im Aargäu sind zwöi Liebi 175

Öppis vo Othmissinge 189

De Amerikajoggi 201

I d Wält use 210

D Jumpfere Lehreri 217

Bis Wedekinds ufem Schloss 235

De Franklin 247

Herbschtfür 257

Doktersfraue 260

Eusi Chind 267

Bim Eggschuelmeischter z Grünematt 273

Mi erscht Spittelervisite 278

Urzite 283

Es guldigs Nüteli und es Nienewägeli 285

Im Scharebank 286

En Troured 288

Mis Chindli 293

Im Aargäu sind zwöi Liebi

Vom Aargau und sine Liedlene

Im Aargäu sind zwöi Liebi –
Jowolle, juschtamänd im Aargäu!
Worum nid überäne im Baselbiet? Öppe will si dert eso usglächerig sind? Das mag d Liebi welewäg nid verlide! Oder im Ämmetal, wos doch so schön und luschtig zuegoht wi niene suscht? Oder im heimelige Solethurn? Vo der grosse Züristadt wämmer lieber gar nid afo, dert sind si vill z usdänkt und z gwirbig, für as ene a so öppis Narochtigs nume de Sinn chem. Nei, s wird allwäg eso müese si: d Länderbure händ ihres Grütli, d Luzärner de Leu, d Bärner de Mutz, d Appizäller ihre Witz, d Wadtländer de guet Wi, d Tessiner di zahme Cheschtene, aber d Aargäuer, d Aargäuer händ zwöi Liebi.
«Es Meitelli und es Büebli»,
singt mer no derzue z Othmissinge, aber das wer allwäg nid abselut nötig! Es nimmt eim frili nid wunder, as d Liebi bi eus grotet wi nid bald amen Ort; s isch aber au tusigwätters schön binis!
Mer brucht nume einisch hei z cho us der Fröndi und es paar Johr planget z ha uf de Augeblick, wo d Isebahn bim Schinznacherdorf obe zum Loch us schnüzt: wenn eim denn nid d Auge überlaufe und nid nume vom Rauch, denn isch Hopfe und Malz verlore.
Do ruschet wit unde bim Wildistei verbi di grüen Aare im Jura no, de Haschberg luegt hochmüetig übers Land ewägg, äne am Lütisbuech und übere Staufbärg us glitzeret de Hallwylersee, und hinderem Maiegrüen stöhnd d Schneebärge do wine mächtigi silberigi Mur.
Und was wüsst de schön Blätz Aargauerbode, womer do mit sine graue Grofeschlössere und verbröchlete Raubnäschtere und mit sim usgrabnige Römertheater am Chloschter zue chöne überluege wines Stückli alti Zit, was wüsst er nid alles z verzelle: Vom grosse Wältmeer, wo vor Millione Johre eusi Schwiz mitem ganze Ärdteil zuedeckt gha het, bis s Wasser verloffe und der Urwald gwachse isch unds en Hitz und wildi Tier gge het binis wi hüttigstags z Afrika.
Vom Rüss- und Rhonigletscher, wo drüberabe z schliche cho sind vom Gotthard här und alles veriset und d Urmöntsche i ihri Höhlene zrugg-

tribe händ. Vomene Pfahlbouerdorf wo zmitzt im Hallwylersee usse stoht. Vo de ruemsüchtige Helvetere, wo übere Bodesee cho sind cho ihri zwölf Stedt und vierhundert Dörfer ufstelle, und wo d Römer ufs Dach ghaue händ underem Diviko. Bis uf de hüttig Tag sind is no Räschte blibe vo dene urüeige, läbige, aschickige Kelte, wo eusem Land und de meischte Stedte und Flüsse de Name gge händ. Mit ihre Fasnechtsfüre händ si vor meh as zwöitusig Johre de Winter verbrönnt, i de «Heideburge» sind si im Chrieg go Wib und Chind verstecke, eusi Häxe- und Tüfelsgschichte händ en Teil vo ihrem Glaube usgmacht, und mängs vo euse alte Värslene glichet dene Zaubersprüche, wo sinerzit ihri Opferpriechter under euse mächtige Eichbäume enand zuegchüschelet händ.

Jo, wenn der Ärdbode chönnt rede!

Denn vernehme mer no witers vo der grossmächtige Römerstadt z Windisch unde mit ihre Sülehüsere und Springbrünne und breite Strosse und Wasserleitige, wo bis i eusi Tage ie änegha händ, und mitere Legion Soldate, wo d Helveter bös undere Dume gno und derfür gsorgt händ, as ene de Pomeranzegluscht für ebigi Zite vergange isch.

Mer chönnte eis ghöre vo de wilde Alimanneschare, wo di ganz Römerherrlichkeit sind cho z Chrut und z Fätze schlo übere gfrornig Rhi übere i der Neujohrsnacht anno vierhundertundsächs und wo iez ebe zsannt de vürblibnige Helvetere eusi Vorvättere usmache. Di warme Strauhüser hämmer vo dert här und en Hufe alti Brüch, wi öppe de Eieruflaset und s Heumüetterlismache, und eusi herte Schädel, und de Stäcke im Rügge, und es hagebuechigs Schwizerdütsch, wo sid Tusige vo Johre alli Schlich und Ränk vo de afächtige Nochbere nid het chönne bodige, gäb wi si agwändt händ.

Jo währli, es traumt iez niemerem meh dervo, as do einisch nochere grüslige Schlacht am undere Rhilauf eusers Herzogtum Alemannie en Teil vom mächtige Frankerich worde isch, as de Kaiser Karl het lo Chile und Chlöschter änestelle zäntume zwüsche der Aare und der Rüss, as im Mittelalter d Raubschlösser e richtigi Landplog worde sind binis und as de Kaiser Rotbart anno elfhundertdrüesibezg sälber ufs Länzbiger Schloss z rite cho isch, für im usgstorbnige Grofegschlächt sis Erb uszteile. Aber a de schröcklig Kaisermord a der Rüss unde dänkt mer no eisder, und a d Morgartnerschlacht, wo vill Ritter und Manne vo euser Geget umcho sind, a de schwarz Tod, wo so grüslig ghuset het, und a de Sämpacherchrieg, wos im Halbsuter sim Luzärnerlied dervo heisst:

«Von Lenzburg an dem tanze
da waren ouch die von Baden;
Kuh Brüni mit ihrem schwanze
hat s all ze Tod erschlagen.»

Mer cha ihri vürnähme Herregschlächter no hüt abläse a der Chappele z Sämpach inne.

As gli drüberabe de Bärnermutz der Aare no z brummle cho isch, und as di gnädige Herre und Landvögt binis gregiert händ, bis de Napolion es Wörtli isch cho rede mitene, das ghöremer iezig nümme gärn. Mer chöne gottlob scho sid hundert Johre de Chopf ufha underem Schwizerfahne. Aber en ebig langi, verwätteroti, ungchambleti Gschicht hämmer denn wäger duregmacht, bis mer dewäg händ chönne dostoh: es glaubtis kei Möntsch, wemmers nid chönt i de Büechere nocheläse, wi mängischt as mer vertrischagget worde sind und glich eisder wider händ chönne uf d Bei cho, will si das guet Bluet i euse Odere allewil z rächterzit wider grodt het.

Also im Aargäu sind zwöi Liebi: ihr wüssed iez emel eso witume, zu welem Bode us as si gwachse sind; das isch allewil s Vürnämscht binere Gschicht, as si nid i der Luft umebamblet wine usdienete Wätterfahne. Nume bini nid absolut sicher, eb das Liebespärli underemе Straudach sinerzit uf d Wält cho isch oder imene Ritterschloss inne: s Härz hopperet zäntume glich, seigs anes rischtigs Hömmli häre oder ane sidige Bruschtlatz.

«Und der Jungchnab zog zu Chriege,
wenn chunnt er widerume hei?
Übers Johr im andere Summer,
wenn di Stüdeli träge Laub –»

Nu, das sind einewäg no gfreuti Chriege gsi, wo nume bis übers Johr im andere Summer duret händ. Vilicht isch er mit em Hans vo Hallwyl gäge de Burgunder zoge und eine vo de säbe gsi, wos im alte Murtnerlied vollene heisst:

«Kein hüpscher volk gesach ich nie
zuosamen komen uf erden hie
in kurzer Zit alsbalde,

si brachten büchsen one zal,
vil hellebarden breit und smal,
von spiessen sach man ein walde.»

Oder cha si, so hets e gluschtet nochem Röseligarte z Mailand, wo no für mänge Schwizer Platz het? S isch eis wis ander aznëh gsi i de säbe urüeige Johrgänge, wos zäntume gchesslet het. Aber eh weder nid isch er scho lang vorhär mitem Hohestaufner usgruckt, s Chrüz uf der Achsle und de bsägnet Sabel a der Site, go hälfe der Türgg zum Heilige Land ustribe: de wältsch Abt Bärnhart mit sim fürige Härz isch jo nid vergäbe z Birmistorf über d Rüss übere cho predige s Land uf und ab und het ganzi Gschare us euser Geget mitem gno. Es het dozmol keine welle dehinde blibe für es sichers Plätzli im Himelrich z verdiene: wer nid mit i Chrüzzug isch vo euse Edellüte, het derfür e Chutte agleit und us sim Hab und Guet es Chloschter lo änestelle, z Muri obe und z Gnadetal und z Olschberg hinde und z Wettige a der Limmet, und di vürnäme Fraue sind zu der Königin Agnes go bätte uf Königsfälde am Mörderplatz.
Mitem Kaiser Konrad isch also, wämmer anëh, euse Jungchnab der Donau nochegritte is wild Ungereland, übers Schwarz Meer ischer gsäglet uf Konstantinopel abe, und im Heilige Land isches bös zueggange: kei Möntsch hätt meh derzit gha, hei z dänke a de Vatter und d Muetter, gschwige as schön Anneli, wo underdesse vor Langizit fascht het müesse sini lutere Äugli usbriegge.
Es Johr isch drum en ebig langi Zit gsi säbzmol, wo de Winter usgänds Wimonet scho igsetzt und bis i di spote Hustage use änegha het. Wo mer no nüt het chönne wüsse vo warme Chachelöfe und vo keine Pfeischterschibe und wo s Wibervolch bim Liecht vomene Chienspon oder vomene ruessige Ölampeli gspunne und Gschichte verzellt und s Habermues umegrüert het.

«Fröit üch, fröit üch, grüeni heide,
fröit üch, fröit üch, grüener wald,
was üch ie geschah ze leide,
das tet üch der leide winter kalt»,

händ si denn ame gsunge, wenn de chlofterteuf Schnee a der Merzesunne verloffen isch und mer het chönne s Für lo usgoh i de feischtere Chuchene und nidere Schlossstube inn.

As mer öppe im Schatz i der Fröndi hätt chönne es Zeiche tue, wemmers fascht nümme präschtiert het vor Langizit: o du mini Güeti, wenns no keini Landstrosse und keini Poschtwäge gge het, gschwige denn Isebahne und Dampfgutsche und Maschinevögel, und wo s Läse und s Schribe no en Kunscht gsi isch, wo nume di glehrte Mönch z Muri obe verstande händ! O wi het mer ame fascht d Seel usplanget, bis d Matte wider gruenet und d Hüener gaxet händ und d Eiermeiteli mitem Madänelichranz ufem Chopf vo eim Hus zum andere sind go astimme:

«Der meien isch kommen und das isch ja wahr,
es grüenet iez alles i Loub und i Gras.
I Loub und i Gras sind der Blüeschtli so vil,
drum tanzet s Mareieli im Saitespiel.
Nu tanz, nu tanz, Mareieli, tanz,
du hesches gewunne im Rosechranz.»

Aber oheie! S schön Anneli hets nid gwunne im Rosechranz, es het si lo blände vom guldige Glanz und het si lieb Herrgottseel für es paar Probänder verchauft wi de Judas de Heiland, wo de Jungchnab underdesse eso vill für ne usgstande het.

«Und das Johr und das war ume,
und der Jungchnab isch widerume hei.
Er zog durs Gässeli ufe
wo s schön Anni im Fänschterli läg.»

(Hets ächt nüt Gschiters z tue gha, das Täschli?)

«Gott grües di, du Hübschi, du Feini,
vo Härze gefallsch du mir wohl.»

Jä woll, eusi Chrüzfahrer händ öppis glehrt gha i der Fröndi und händs gwusst azgattige um die schöne Fraue ume! Aber nid mänge vo de säbe, wo sinerzit eso troschtli dervogritte sind, het si Heiwäg wider gfunde, und alles, wo si so bös erräblet und erfochte gha händ, isch wider z nüte worde. Aber es isch einewäg keine greuig gsi: es isch nie vergäbe, wemmer ufne höchi Charte setzt fürne gueti Sach! Und derzue händ si erscht no e schöne

Blätz Wält chönne überluege, händ Land und Lüt glehrt kenne und es gschliffnigers Tuedium agno, bsunderbar vo de Wältsche, wo scho säbmol es paar Gleich meh gha händ as euserein.

Noch de Chrüzzüge isch ganz e neui Läbtig aggange um eusi fromme Chlöschter und verrammlete Burge ume. Mer het minder as Himelrich und meh as Ärdeläbe gsinnet und het si zäntume gluegt heimelig izrichte uf euser schöne Wält obe. Chöschtligi Teppech usem Morgeland und lindi Rueibett sind i di früsch vertäfelete Rittersäl ie cho, silberigi Spiegel het mer de Schlossdame is Chämerli ie ghänkt, und zäntume i de Burghöfe und wit drum ume sind prächtigi Ritterspil abghalte worde. Eusi Rittersmanne händ ihri verguldete Harnisch agleit und di fürige Araberrössli ufzäumt, und ihri schöne Fraue, wo so lang ibschlosse gsi sind, händ d Züpfe ufto und guldigi Reuft und Roseschäppeli um d Stirne gleit und händ ihres sidig Chruselhoor teuf uf di brodierte Sameträck lo abefalle. Und das isch esones tusigsnätts Aluege gsi, as eusi junge Herrelüt nid andersch händ chönne, si händ de Sabel z zitewis a Nagel ghänkt und d Gitarre z hande gno und sind vo eim Schloss zum andere gritte go di «minnicliche frowe» asinge, es händ abselut nid bruche di eignige z si!

«Gegen der wunne ich nichts geliche,
wem ein wip gnaedecliche
fröide git, des herze ist ganzer fröide vol!»

het de Herr Walther von Chlingnau grüemt, und de Hesso vo Rinach im Chulmertal hets no besser verstande, wener scho Chorherr gsi isch z Meuschter inne:

«Süessü troesterin,
troeste mine sinne
dur die minne din,
in der minne ich brünne,
von der minne füre lide ich not.
Hey mündel rot,
wilt du mich nit troesten, sich, so bin ich tot.»

Aber de Vogel het doch de Grof Wernher von Honberg z Wittnau obe abgschosse, wo vo siner Liebschte gsunge het, si heig allwäg en roti Ros abegschlückt, mer gsäch eres am Müli no a, und de Herrgott heig a ihrer Hübschi keis Mäseli vergässe:

«An ir schoene hat got nicht vergessen,
ist es recht als ich es han gemessen,
so hat sie einen roten rosen gessen.»

Der von Trostberg usem Chulmertal hingäge (scho wider e Chulmertaler!) het au no der ander Teil lo z Wort cho i sine Minneliedere, und das cha mer gwüss nid mängem nochesäge. «Mer chönnt eim au öppe z erscht froge, eb mer si so mir nüt, dir nüt tet verliebe», het eini gmeint, denn wüsste jo d Manne gli einisch, eb ihres Chüderle öppis abträgi:

«Ir man, ir wellet âne wissen
frowen in dem herzen tragen,
ob ir üch habt an eine geflissen,
der sult ir mit rechten züchten sagen:
So mugt ir schiere han vernommen
ob üwer biten, all üwer flehen
ü iemer sol ze troste komen.»

Und de Heinrich von Tettingen het gar erbärmli gruchset, wie sis hüttigstags au no mache, wenene de Ote usgoht und si chuum no imstand sind, Usruefzeichen und Gedankestrich häre z mole vor luter Liebesschmärze:

«Liep, liebes liep, lieben vrouwe,
liep, herzen trost und der sinne.
Liep, liebes liep, lieben schouwe,
liep, dass mich roubet din minne.
Hey, lieber lip,
saelic, wip,
liep, liebes liep, sendü leit mir vertrip»:

«Vertrib mir mis grüsslig Heiweh noch dir!» Jo, es Chrozipflaschter hätt dem Döttiger Heiri guet to! Witus am ärnschtischte vo alle aargauische Minnesängere ischs im Herr Steinmar mit siner Liebi und mit siner Dichtkunscht gsi, wo mitem grosse Habsburger gäge Böhmerkönig zoge isch.

Dem isches prezis ggange wie im Veit Wäber i sim Friburgerlied, wos drin stoht:

«Min herz ist aller fröiden voll
darumb ich aber singen soll»,

er het vor luter Fröid müesse singe und mängisch au vor Härzweh, will er eifach nid andersch het chönne:

«Wer ie herzen liep gewann,
er sin vrouwen oder man,
der sol sich gnaediclich erbarmen.
Er sol biten über mich
dass si tüeie tugentlich,
und getroste mich vil senden armen.»

De Heinerich vo Laufeburg aber het s Himelrich nume dert gsuecht, wos au ganz sicher azträffe gsi isch, bi eusem liebe Herrgott und nid binere schöne Frau, und de het mi türi Seel rächt gha; er het denn kei Umwäg müesse mache:

«Ich wölt, dass ich deheime wer
und aller welte trost enber.
Ich mein deheim im Himelrich,
do ich got schouwet ewenclich.
Woluf, min sel, und riht dich dar,
do wartet din der engel schar.
Won alle welt ist dir ze clein,
du kumest denne wider hein.»

Aber mängisch ischs mer halt doch, es seig dozmol, wo d Minnelieder nume so i der Luft umegfloge sind wi d Schwalbe und d Manne anstatt z chriege gsunge händ wie d Vögel im Haufsome, es seig i der säbe Zit doch gar es wätters nätts Derbisi gsi fürs Wibervolch! Wemmer emel do scho öppis vom Stimmrächt gwüsst hätt, im erschte Wahlgang scho hätte mers übercho und denn erscht no ufeme guldige Täller und miteme Kumplimänt, wis hüttigstags de gwixtisch Grossrot nümme chönnt vürebringe:

«Der meie bringe uns al sin wunder,
was ist da so wünnecliche under
als ir vil minneclicher lip?
Wir lassen alle bluomen stan
und kapfen an das werte wip.»

Nu, mer müend öppe sälber luege de Rank z finde! Eusers schön Anneli het e jo au gfunde, wos anstatt sim Jungchnab früntli d Zit abzneh das bös Träf zum Pfeischter us grüeret het wi de Hagel i Gärschteblätz:

«Wie chani denn dir no gfalle?
Ha scho lengscht en andere Ma!
En hübsche und en riche,
und der mi erhalte cha.»

Du liebi Zit! Es schämt mi hüt no a für eusers schön Aargäu und sini hübsche Meitli, as si ekeis bessers Exämpel chöne vor de Auge ha! Wer weiss, ebem nid s eint oder s ander no wett nocheschlo! De Jungchnab het dem nümme lang nochegstunet. Er het s Härz i beed Händ gno und s Augewasser lo d Bagge ab rünne, woner durs Gässeli ab wider is Eländ ggange isch:

«Und er zog durs Gässeli abe,
und er weinet und truret gar sehr.
Do bigegnet ihm die Frau Muetter:
Worum trurischt und weinischt so sehr?
Worum setti nid weine und true,
i ha jo keis Schätzeli meh.
Werisch du diheime geblibe,
hättisch du dis Schätzeli no.»

Worum schüsst eim au allimol s Wasser i d Auge, wemmer das Gsätzli öppe inere warme Maienacht ghört ab der Stross töne? Wills i Gottsname halt wohr isch, bis a de räs Trumpf vo der Frau Muetter, wo vor luter Bhebigi s lengscht Zit nümme gspürt het, as eim vor Liebi cha s Härz verspringe. Und wills halt ebe wohr isch, so isch es au eso himeltrurig schön wi s ganz Lied, wo eim igoht wie Hung und wo mer dorum nie müed wird allewil wider früsch härezbringe.

Es isch öppis Eiges mit dene alte Sprüch und Spinnstubeliedlene, wo s Lache und s Briegge i eim Häfeli inn händ wi d Chind und wo nid nochem Eimoleis göhnd und nid nochem Kaländer und nid noch de zäh Gibotte. Oder hämmer öppe wäge desse s schön Anneli weniger gärn, wills es faltsches Chröttli gsi isch? Biwahri, es isch halt s schön Anneli und blibt s schön Anneli bis am Jüngschte Tag, wi di säb Helena i der Trojanerburg, wo d Grieche zähe Johr gchrieget händ um si. Es chem eim bimene wite Stäcke kei Sinn dra, gohnere de Blätz z mache, und si hätts doch bim Gugger woll verdienet.

Eusers Volkslied – mer seit em eso, will kei Möntsch meh weiss, wohär as s chunnt und no vill weniger wos higoht – eusers Volkslied het si Seel au vo wit här übercho wi mir sälber. Wers verstoht, cha si zum eifachschte Sprüchli us gspüre, wis eim isch, mer ghöri s Meer rusche, wemmer e Muschle as Ohr äne het. Esone Liederseel isch allewil neu und doch di glich, si cha eim s Augewasser usetribe und doch derzue lache, si cha eim füre Nare ha und undereinisch wider ane Arfel neh. Und nie hämmer si nöcher binis as i der Muettersproch, i euse Aargauerliedlene, wo zum Heimetbode us gwachse sind wi d Viöndli usem Merzegras. Mer chöne jo au prächtigi Gärte apflanze mit Sprützbrünne drin und Palmebäume und wältsche Rabatte, worum nid, aber passe die no zuenis wi di alte Bungärt und Holderstude um d Burehüser ume?

Prezis eso ischs mitem abgschliffnige Hochdütsch, wonis nid besser astoht as en vürnämi Mondur, wo zäntume figget und drückt, will sis nid agmässe isch, und wo di grobe Holzschue drunter vüre zänne. Wemmer wänd eus sälber blibe, so müemmer rede, winis de Schnabel gwachsen isch. Er cha jo nid nume haue und stäche, er cha au juchse und singe und nume deschto schöner, will er echli glimpfiger worde isch vo de Römere här.

Aber s isch no öppis änedra, wi de Hebel seit. Mit ere fröndschprossch chunnt au en andere Geischt i eim ie, mer gwahrets enandereno. Wämmer eusi tusigjöhrig Schwizergschicht häregheie und is miter Muettersproch lo s Härz zum Lib us risse wi de schön alt Husrot zu de Burestube us, wo denn einisch d Grosschind wette d Füess ablaufe derno? – Nei, mer wänd si am Läbe bhalte und nid im Idiotikum lo ibalsamiere, wi verwiche en glehrte Profässer het lo verlute. Und eusi alte Liedli und Sprüchli wämmer witers ge und nid lo fahre für di verschamerierte Sängerfeschtchör, wo mer schier muess d Zunge verränke derbi und wo eim erscht no i de Ohre weh tüend.

Es isch jo bim Wätter guet gsorget im liebe Aargauerdütsch, wo für alls Libermänts es Gsätzli parat het, für Luschtigs und Trurigs. Wenn eis nid weiss, wotts disere oder mira, so stüpft mers mitem Elleboge:

«Anneli, was dänksch,
as ds Chöpfli so hänksch,
und s Hälsli so strecksch,
keis Wörtli meh redsch?»

Het eine Gluscht nocheme Ärfeli, so chlopfet er im Schatz as Pfeischterlädeli am Samschtig znacht und flismet:

«Schätzeli, du Hageli,
o weri bider inne,
i hanes Hämpfeli Nuss im Sack,
i ha ders welle bringe.»

Imene willwänkische Liebhaber het mer vör:

«Jez hani es Schätzeli, es alts und es neus,
iez bruchi zwöi Härzli, es faltschs und es treus»,

und sis arm Hüdeli briegget underdesse deheim im Ofeneggeli:

«S isch nonig lang, as s grägelet het,
di Läubli tröpfele no.
I han emol es Schätzeli gha –
i wett i hätt es no.»

Es git aber au Chudertitti, wo nume s Hürote im Chopf händ, und dene rüeft mer öppe znacht noche hinderem Husegge vüre:

«Brombeeristüdeli und Ehrepris,
hätti es Manndli, gäb wines chlis!»

Eis, wo guet bschlage isch, nid ful git ume:

«Wenn eine tannigi Hose het
und hagebuechig Strümpf,
so chaner tanze winer will,
es git em keini Rümpf.»

Es früschbachnigs Fraueli, wonem de Himel no voll Bassgige hanget, singt ob em Znachtchoche:

«Jez wämmer es Jöhrli luschtig si,
es Jöhrli nümme huse,
es Dotze Eier i d Pfanne schlo
und lose, wie si pfuse.»

Und d Nachtbuebe chöme cho uf d Stude schlo vor d Chuchitür, wenn si der Anke schmöcke:

«Am Brünneli, am Brünneli
do stoht en Birlibaum.
Und wenn di Birli rif sind,
so chüechlet eusi Frau.
Eusi Frau het gchüechlet,
het hundertsibni gmacht.
Und wemmer alli ässe,
so hämmer nüt meh znacht.»

Wenn aber d Zeine voll isch, so heissts denn puckt:

«Jez isch us und ame
d Pfanne het es Loch.
De Schmutz isch use grunne,
iez hämmer s Breusi troch.»

Aber s Grosi het underdesse s Chindsbäppli agrüert und vor si häre brümmelet derzue:

«Anneli Gurante,
Ziger i der Brante,

chüele Wi im Chäller,
Ches uf em Täller.
Bireschnitz im Häfeli
chöchelet das gar wäsemli.»

Jo, mer sind rich Lüt, wemmer scho keis Gält am Zeis händ! Wemmers nume au wette aneh und wette Sorg ha zu dem, wonis kei Möntsch cha dervor si. Losed nume einisch, wi fin as eusers Aargauerdütsch cha zänzle:

«Alli Büseli sind no blind,
wenn si früsch uf d Wält cho sind.
Wenn si aber grösser sind,
sind di Büseli nümme blind.»

Wi tusigsnätt as s cha abbätte:

«Ha s Rösli abbroche, chas nümme meh mache.
Ha s Schätzeli verzürnt, iez mags nümme meh lache»,

und wi s Gleich het, wine Sibechätzer:

«Lueg use wis rägnet, lueg use wis schneit,
wi de Chemifäger usem Chemi abe i d Mehlsuppe ie gheit.»

Und erscht di uralte Gschichte und Lieder, wo eis Volch im andere verzellt het vo de Pfahlbouere här, und die wo d Chrüzfahrer heibrocht händ usem Morgeland, mer wurd nid fertig mit Ufzelle und hätt di chürzischt Zit derbi. Jo, wenns au no Grosmüettere geb hüttigstags, wi zu s Rotchäppelis Zite, halt dere rächte mitem Hübli uf de wisse Züpfe und miter Lismete i de schitterige Hände und düre Wätschge im Jüppesack! Es Grosi, wo allewil derzit hätt und nüt anders z tue as Gschichte z verzelle und enanderno wider vore azfoh, wemmer tet chäre und müede: «Jez no eis, Grosmuetti, no eis!» Denn leitis d Lismete uf d Site und nehm d Brülle ab und fieng a vom andere Anneli verzelle, vo eim wo treu gsi isch bis i Tod und im schöne Anneli si Sünd abbüesst het wi di heilig Maria die vo der Möntschemuetter Eva. Vo dem, wo sim Schatz isch go es Liechtli azünde znacht am Fahrwangerbord, as er de Wäg gfunde het vo Beuel änenume:

«Es wänd zwöi Liebi zäme,
wenns vor em Wasser gsi möcht.
Er schrau sim Lieben ännet,
ob es nid zünde wett.

Wol frili will i dir zünde,
wenn du do übere schwimmscht.
Wo muesi das Liechtli stelle,
dass mirs nid abe wütscht?

Stell ichs i die Höchi,
so löscht mirs ab de Wind,
und stell ichs in die Mitti,
so lösche mirs ab die Chind.

Und stell ichs in die Teufi,
dert lit das alti Wib.
Die Häx dert näbe dem Seeli
verlöschts mit ihrem Chib.

Denn chausch du nid übere finde
und blibsch verlore im See.
Ach Gott, wie will i der zünde?
Ha scho keis Liechtli meh.»

Aber wi gseit, es git halt keini Grosmüettere meh, will alls wott jung blibe und niemer meh alt wärde – he nu, das cha jo au schön si, wemmer nid z gnot luegt. Und s wird halt eso de Lauf ha, mer cha im Rad nid i d Speiche länge: eusi Zit hets halt jez emol mit der Juget. Derfür isch öppis anders au nid alt worde: d Liebi blibt allewil glich jung und dreiht d Sunne und d Stärne z ringseldum und macht is bald warm und bald chalt und sorget derfür, as d Wält nid usstirbt und as s no i hundert Johre tönt vom Lindebärg ewägg bis uf Kaiserstuehl abe:

Im Aargäu sind zwöi Liebi.

Öppis vo Othmissinge

Mi Läbesgschicht sett i verzelle? Jowolle, wenn mer no so jung isch, gradus füfzgi! (Das isch im Achtzähni gsi.) Do hett jo bim tusig s Läbe erscht rächt agfange, und überhaupt, mer isch hüttigstags vill z nosüechig. Wenn i jez au es paar Liederbüechli i d Wält use gschickt ha und d Freud erläbe, as mini Värsli gsunge wärde deheim und uf der Gass und i der Schuel: was het das z tue mit miner Läbesgschicht? Und wer nimmts wunder, as i am achtzähte Hornig anno Achtesächzgi uf d Wält cho bi, z mitzt im grüene Aargauerländli inne? I will ech lieber vo mim Dörfli verzelle! Es isch s heimeligscht vo allne, woni scho gseh ha, emel mi dunkts, und i bi doch scho wit umenand cho, bis is Wältschland! Z ringselum wirds vo alte Schlössere ighaget, d Länzburg und de Brunegg stöhnd em Wach, und uf der Höchi überem Maiegrüen cha mer scho de Haschberg gwahre. Wines Geissegiseli usem Merzegras luegts zu de Öpfelbäume us, en Mühlibach lauft derdur, und wener dur d Matten ab wiselet, so wachse ganzi Zilete Sarbache dra und guldgäli Bachbumbelebösch und di lüschtigschte Widlistümpe. En alti gmureti Steibrugg, di glichlig wo d Othmissinger zsamnt der Chile im Woppe händ, macht en schöne Boge über d Bünz ewägg und het suber d Lüt usenand: hiehar der Brugg huse d Burelüt und änedra d Strauherre.

Mir händ sid Urähnis Zite zu de Burelüt ghört, oder wi säb Rigimanndli zu mim Vatter gseit het uf der Männerchorreis, zu de Bureherre. Eusers Hus isch hüt no eis vo de suberschte im Dorf mit sine zwo Hagröslilaube und de grüene Schalisiläde hinderem wisse Gartehag, und mitem Brunne underem alte Nussbaum. Aber s Bure eleigge het dene urüeige Chöpfe vo eusem Gschlächt nie gnue bschosse: si händ eisder öppis müesse ämtle dernäbe, oder denn sind si amene schöne Morge drus und dervo, anes Ort, wos öppis Neus z verfächte oder uszchnoble gge het. Eine dervo isch juscht-amänd no mitem gnädige Junker vo May us der Pariserstadt heizrite cho, ebs dertinne losggange isch, suscht stiend si Name au igrabe underem Leu z Luzärn inne und i wer pärsee nid uf d Wält cho. De glichlig Sappermänter isch do Bürgeragänt worde zu s Napoleons Zite, und dorum het mer s Wöibels Amrei eisder no s Agänte Jumpfere gseit, woni scho lang ghürotet gsi bi. As eusi gross Hinderstube gägem Bungart zue d Chreisstube gheisse het, isch welewäg au no es Ziggi gsi vo de säbe strube Bohnebartzite noche, wo si ame dert inne grotsamet händ. Es isch halt gar en scharpfe Luft dur di murb Schwiz und di stolz Bärnerstadt ggange säbzmol, wo si eusers Undertaneländli so z säge über Nacht mit em katholische Freienamt und em Studeland und em östrichische Fricktal zum neue Aargauerkanton zämegschweizt händ.

De Grossvatter isch Fridisrichter gsi, und vo dem verzell ech denn es anders Mol, es isch si derwärt. Hüt wotti nume so vill säge, as s mer gsi isch, di ganz Wält heig es neus Gsicht übercho, womer e undereinisch nümme ghört het ufbigähre und im Hus umestürme und wo mer si au het chönne zum Tisch zuelo, ohni as mer ungsinnet eis uf d Chnödli übercho het mitem umgchehrte Löffelstil. Weder usgmacht en gschite und en brave Ma ischer denn einewäg gsi, de Fridisrichter, das mues mer säge, und vo wit har no usem Chulmertal und vom Eigenamt änenume sind am Sundig Nomittag d Buremanne cho, für Röt z hole binem. D Gsetzi het er gchennt hindertsi und vürsi, und tischgeriere het er chönne z tratz ime Afflikat. Und alles hett er vergäbe gmacht, arm und rich het dörfe zuenem cho mit alle Aständ und Bräschte, wos öppe zäntume cha absetze, und ime njedere het er de rächt Spruch gfunde. Wenn er Sitzig gha het, isches mängisch e Lärme gsi und e Läbtig i der Stuben inn wi im hölzige Paredis, eso het er dene d Meinig gseit und de Marsch gmacht, wo enand händ welle bschisse oder verlandtage oder wo suscht nö öppe Wuescht i der Milch gha händ. Wenns denn inere ätra böse und verhüderete Sach zletscht no öppe zumene Handglübd cho isch, so het de Grossvatter eus Chinde grüeft, as mer händ müesse uf di ober Chouscht uehocke und zuelose, wägem «abschreckende Bispil». Di ganz Hushaltig isch i d Sätz cho, s isch eim frei i d Bei gschosse vor Ängschte, und de Grossvatter mit sim wisse Hoorchröndli und de mächtige blaue Auge über der Adlernase isch eim akkerat vorcho wi de Richter Samuel zu der Bilderbible us. Z allererscht isch er denn mit langsame Schritte und mit eme heilige Ärnscht zum Pfeischter vüre gloffe und het s Läufterli ufto, as de Herrgott emel jo alles ghöri. Frei gschuderet hets eim denn, wenn er das gross blau Gsetzibuech vüregno het und mit sim teufschte Bass het afo abeläse, was eine z gwahre heig, wone faltsche Eid tüeig: d Händ wachsed em zum Grab us, d Schwörfinger dored em ab, und er chönn niene meh z Gnade cho, im Fägfür nid und erscht rächt nid i der Höll.

Jo d Höll, das isch au sones Gspängscht gsi, wo eim umedinget het, as s nümme schön gsi isch, di ganz Chinderzit uf. Au die het zum Fridisrichter sine «Erziehigsmittlene» ghört, näbscht de Prügle, wo aber nume d Buebe übercho händ. I der Stube underem Spiegel isch es grosses Portrett ghanget, wo mer allewil het müesse aluege, eb mer heig welle oder nid. E schöni breiti Stross ganz schwarz vo Lüte isch dert gradewägs is Fägfür abe gloffe, wo de Tüfel scho mit der schwere isige Ofegable parat gstande isch, für eim drinie z stosse. D Unghür und d Häxe und d Schlange het mer frei ghöre brüele und di arme Sünder, wo bereits brunne händ. Kaiser und Chünge hets währli au drunder gha mit guldige Chrone ufem Chopf, Pöbscht im schneewisse Mantel mit der Wältchugele i der Hand, hoffärtigi Wibervölcher und Fasnechtsnare, mer het nume müesse stune. Es schmals gstrüppigs Wägli aber het obsi gha zum himmlische Jerusaläm, und s Ergscht isch no das gsi: au die wo der beschte Meinig gsi sind, si seige ufem rächte Wäg, händ nie chönne rüeig si, as ihres Stäpfli nid undereinisch e Rank gmacht het und wi s Bisiwätter wider durab pächiert isch. Mängi liebi Stund am Tag und i der Nacht hani gchumberet und gwerweiset: «Wo stohn *ich* ächt?» Was mi am meischte ploget het, hani jo zu gar niemerem dörfe lo verlute: s himmlisch Jerusaläm het mi erschröckli langwilig dunkt mit sine gmolete Hüslene und Chiletürne und hölzige Ängle, und i ha mängisch nid gwüsst, wo us und a. Denn bini öppe über d Stross übere gsprunge zu s Isebosserte Jakob, mim guete Kamerad, wo mer scho mängi herti Nuss het ghulfe ufchlopfe. Aber do ischer neume sälber am Hag gstande und het frei es bitzeli de Schlotter übercho. Derfür het is sis uralt Grosi mitem silberige Rischtehoor, wo nume all Sundig am Morge züpfet worde isch, einisch mit siner Strümpfchugele ungsinnet uf en andere Sprung ghulfe.

D Ebigkeit het is au starch z studiere gge, und mir händ eifach nid chönne drüber cho, wieso as d Wält niene aföi und niene ufhöri. Do isch mer bi s Grosis Fadezeindli zue undereinisch es Liecht ufggange: Wenn jez am Änd alles z ringselum gieng wi binere Strümpfchugele?

O wi mängisch hätt mer möge gstorbe si, as mer einisch der ganz verzwickte Sach uf d Spur chem und chönnt vo de Stärne obenabe luege i di schön, mächtig Ebigkeit ie! Aber woni do einisch ime zündrote Chriesi noche s Bünzbort ab grugelet bi und mi s Gmeinschribers Zusann scho halb am Verscheide zum Bach us gfischet het, bini mi doch wider greuig worde. Es seig doch en schöne Gottswille gsi, hani spöter bi mer sälber dänkt, as mi de Grossvatter mit es paar währschafte Wätsche wider seig cho z schnufe mache.

Wo de Grossvatter gstorbe gsi isch – es isch hert agstande und i bi grad elfi worde di säbe Hustage – het de Vatter das Portrett vo der Höll einisch übernacht hübscheli ewägg gno und de Gäneral Herzog häreghänkt. I has nie meh gwahrt, und überhaupt isch für di ganz Hushaltig e neui Läbtig aggange. De Vatter het s Regimänt überno, und s isch alline wöhler gsi derbi. Wemmer e scho au es bitzeli gförchtet het, er isch doch s Liebscht und s Höchscht gsi, womer eim het chönne dänke, und s ganz Dorf hetem gfolget wie imene Landvogt. Mit zwänzg Johre scho händ s e zum Amme gmacht, grad woner vo der Wadtländer Bureschuel zruggcho isch, spöter zum Bezirksrichter und zum Oberamtme, und im Militär het ers bis zum Oberscht brocht. Woll do het mer ame s Härz gchlopfet vor Hochmuet, wenn i de schön Offizier gseh ha dervogoloppiere i siner neue Schützemundur mit de guldige Chnöpfe und mitem grüene Fäderebusch ufem Schaggo! Und Gschichte het er chönne verzelle, mi Vatter, as s eim gsi isch, mer seig sälber derbi gsi z Morgarte und z Sämpach inne und im Sunderbundschrieg. Nid nume mir drü Gschwüscherti zsannt der Muetter händ denn ufpasst wie d Häftlimacher, wener so rächt im Zug gsi isch, au d Chnächte und d Mägd unde am Tisch händ Auge gmacht wie Pfluegsredli und alli Manne- und Wibervölcher, wo si suscht no öppe zueglo händ. Choschtgänger und Übernächter hämmer frili eisder es paar ume Wäg gha, vo allne Sorte: armi Landstricher, wo de Vatter uf der Stross zämegläse het, ungrotni Buebe, wo hätte selle is Schällehus, und nüträchtsigi Meitli. Und mer het gar nid lang bruche z tischgeriere mitene: i dem guete Bode und i der gsunde Luft sind si vorem sälber grote wie di verräblete Meieschoss is Muetters Pflanzblätz inn, und s het us allne öppis Rächts gge.
Nochem Ässe, wenn alls wider uf d Arbet isch, het d Muetter ime njedere Chind es Chörbli i d Hand gge mit em vörige Zmittag drin – eusi Chupferpfanne händ no s Mäss gha! – und denn hämmers müesse go verträge! Zum alte Vetter Mani, wo so erbärmli d Glidersucht gha het, zu s Druckerhannesse vier lahme Doggle, zum giechtige Habermählervreni und zum Hächelikätterli, wo nüt z bisse und z gnage gha het. Isch em nid di eige Schwöschter ame no go sis vörig Gaffiwasser ewägg schütte und d Glüet zum Härdloch us scharre, de Gizchrage? Mer het di säb Zit no nüt gwüsst vonere «soziale Frog», es njeders het gmacht, was s het chönne, und de Schwache isch mer zuegstande ohni vill Fäderläsis. Aber vo miner Muetter zelle si hüt no z Othmissinge, und si lit doch scho sid drissg Johre im Chilhof äne bim Mürli zue. Keis Stübli isch so arm und feischter gsi, as si

nid heiter gmacht het dinne, und ekei Chindbetteri het vergäbe müese uf nes Ankesüppli plange. Und doch isch si allewil eleigge gsi und het si mit niemerem iglo. I weiss s no woll, wini ame dranume gsinnet ha, worum as au eusi Mueter eso ganz anderseh useluegi as d Burefraue im Dorf ume, und nid nume wägem finere Gsichtli und der stedtischere Bchleidig. Si isch mer vorcho wie abeme andere Stärn, i has nid chönne heiwise. Wo mer no chli gsi sind, hets is ame vorgsunge mitere Stimm wines Glöggli, spöter isch si allewil stillner worde, het müese afo doktere und het mängisch brieget, bsundersch weni gäkt ha, si sell mer us ihrer Chinderzit verzelle. Erscht lang nochäne ischs mer ufggange, as si frili ganz zunere andere Wält us cho isch und gar nie i eusers Dorf ie passt het. Aber wer chan em vertrünne, wenn eim iez einisch öppis gsetzt isch uf euser Wält obe? Wär nid a säbem heiterlachte Maiemorge afangs de Sächzgerjohre imene fin ufgstrüblete Jümpferli i der Luzärnertracht s Schinhüetli abem Chopf gfloge a der Urner Landsgmein und hätt ems nid es tifigs Offiziersaschpiräntli vo der Altorfer Gasärne här weidli zum Scharebank i glängt, so wer das Bürener Herrechind allwäg nie is Aargäu abe z hürote cho. Aber ebe d Liebi, was frogt die dem derno! «Do hesch mi und i chume miter, wohi as d witt», hets gheisse säbzmol, Unterschid hi oder här. Nid emol der ander Glaube het eis chönne vergremme, wos em scho aso chli de freisinnig Vatter Oberrichter i Wasserturn igsperrt händ mitem Landamme Steiger zäme. Es mues aber au usgno gschiti Geischtlich gha ha säbzmol im Luzärnbiet äne. «Isches en brave Purscht?» heig de Bürer Oberpfarer d Sophie Rüegger gfrogt, wos em s Härz seig go usschütte i Bichtstuel ie. «Jo», heig si gschlückt. «Hesch e gärn?» – «Jo.» – «Hesch e so gärn, as d chönntisch s Läbe lo für ne?» – «Jo.» – «Nu so gang und bätt mitem i siner Chile», heig er gmacht und s Chrüz gschlage derzue. «Mer händ alli de glich Herrgott.» Und s isch guet usecho, und eusi Mueter isch ere nid greuig worde. Mit ihrem Ma wer si ggange i Himmel oder i d Höll oder uf Amerika, und si het nie gredt vo dem, wonere mit der Zit halt doch gmanglet het. Wo d Chind uferzoge gsi sind, het si still d Auge zueto, und uf ihrem schöne wisse Gsicht isch en Schin gläge und en Heiteri, wo gseit het: «Es isch halt doch schön gsi.»

Nu, mir händ bis zu dem trurige Chrischtmonettag en prächtigi Chindezit gha, und wenn i zruggsinne a di säbe Othmissingerjohr, so gsehni nüt as grüeni Matte und Roggenächer mit Chornblueme drin und e Garte voll hundertblettrige Rose, wo d Imbeli drinume surre.

D Schuel het eim au nid vill Moläscht gmacht, mer het öppe en Klass überhüpft, wenns eim z langwilig worde isch, und de Schuelmeischter het akkerat so vill gulte wi hüttigstags de Gäneral. Er het no so chrumb chönne zeichne a der Wandtafele vore, wener gseit het: «Wänd aneh, s seig grad», so simmer zfride gsi. Und wenn eis faltsch gsunge het und em denn öppe de Pultschlüssel a Chopf gfloge isch, as s es Loch gge het, he nu, so simmer halt under d Brunneröhre dermit. Lieder hämmer glehrt binem über hunderti zum grüene Singbüechli us, und no amene Sundig am Morge het er is i d Schuel dure brichtet und eis ums ander mitis abglo, mir händ nume s Numero dörfe rüefe. «War einst ein Riese Goliath» het s Nünefüfzgi gheisse und «An einem Fluss, der rauschend schoss» s Vieresächzgi, i weiss s hüt no. Teuf i de Achtzgerjohre isch er wäger scho, mi Singbüechlischuelmeischter, und list d Zitig no ohni Brülleglas im brodierte Lähnsässel inn, wonem d Gmein verehrt het. Wonem mis erscht Liederbüechli zum rote Graniumpfeischter ieglängt ha, het er mi lang aglugt under de buschlete Augsbrome vüre und het gseit: «Jo, jo, du bisch eisder e bravi Schüeleri gsi!»
Und denn erscht no eusi Lehrgotte, d Jumpfer Herzog i der Neihschuel äne, a die hämmer ueglugt wie ane lödige Ängel. Strümpf lisme und Hömmli büeze und Hose blätze hämmer glehrt binere wi d Wätterhäxli, und Spitzli höggle und Pantoffle brodiere derzue, und en Ifer hämmer gha und en Reschpäkt, as si keis trout hätt, es luts Wörtli z säge, no wenn d Schuel us gsi isch.
Das isch eim do kurios vorcho z Länzberg inne i der Bezirksschuel, wo di hochmüetige Stedtlerbuebe und Meitli niemerem meh händ welle öppis derno froge! O was hani ame müesse usstoh, will i s erscht Landchind gsi bi i der Bezirksschuel, und wäg mim lange ghüslete Rock und em fürrote ghögglete Halstuech, und wäg miner erbärmlige Schüchi, wo mer bimene njedere Uwort s Bluet i Chopf und s Wasser i d Auge tribe het! Und wi hani frei zitteret ab säber mächtige Frau hinderem Französischpult mitem schwarze Hoorlätsch übere Rüggen abe, wo mer allewil vorcho isch wine verchleidete römische Kaiser mitem Zepter i der Hand, wenns scho nume es isigs Lineal gsi isch. Emel es Johr isches woll agstande, bis i en Stei im Brätt gha ha binere und drüber cho bi, as s avoir und s être no für öppis anders guet seig as für eim d Mugge usem Chopf ztribe und s Läbe zverleide. Jo wemmer zwüschenuse nid öppe hätt chönne de junge Störchlene zuelüege ufem Chiledach, wi si d Fäckli glüpft händ! Und wemmer nid

hätt dörfe ufschnufe bim liebe alte Herr Wullschlegel äne, ihrem freine Vatter, wo en glehrte Chäberprofässer gsi isch und d Tier und d Möntsche und d Blueme und d Stärne zunere einzige grosse Himelshushaltig zämezellt het. Was hets verschlage, as mer nid glehrt händ chopfrächne binem, mer machts jo spöter doch mitem Risblei, und as mer d Wält zu siner grosse Seel us glehrt händ aluege statt ab der Landcharte! Wie mer de Hagröslene uf latinisch seit, hämmer au nid gwüsst, und de Schlüsselblüemlene und Chatzenäugli hämmer d Chröndli nid verrupft für d Staubfäde z zelle. Derfür hämmer zu jedem Räckholderbusch und Lavändelstüdeli en Spruch usse glehrt, wo eim siner Läbtig nocheggange isch, wi öppe de säb vom Holderbaum:

«Seh ich Hollunder dich stehn im traulichen Winkel am Hause,
gleich ich dem Mütterchen dich, welches die Haube bedeckt»,

oder das vo der Nachtviole, wenn i scho hüttigstags nonig weiss, was das fürne Wunderbluem isch:

«In stillen Nächten haucht ihr reines Leben
die Nachtviole aus, die zarte Blume;
die Welt bemerkt es nicht, und nur die Sterne
freuen sich ihrer»

Mag liecht, so het de Silbergreis di Sprüchli sälber usdänkt gha, emel sinds mer no niene bigegnet!
Aber fascht ebe so vill wi d Schuel het eim de Heiwäg verseh, am Schloss verbi und am Goffisbärg und a de zwo uralte Bueche, wo mer d Schneebärge gseh het. In es verwachsnigs Aschtloch ie hani dert mini erschte Liedli verschoppet, und weni zobe bi go luege, so sind si nümme dert gsi. Denn hämmer zäme gsunge und enand Retsel ufgge, Gschichte ersunne und Värsli gmacht, und wers am beschte het chönne, het s erscht Äbbeeri übercho oder en Hampfle Schorniggel. Aber ufem uralte Römerstei obe zmitzt im Holz usse hämmer ganzi Site Wallestei und Wilhälm Täll ufgseit, und bime Hoor weri einisch ussenabe gumpet, will i d Stauffacheri ha müesse vorstelle: «Ein Sprung von dieser Brücke macht mich frei.» – Wo sind si änecho, mini guete Gspane vom Schuelwäg? De Gschitischt und de Liebscht und de Schönscht het i de Pflegeljohre en dumme Streich

gmacht und müesse uf Amerika. I hanem no lang nobrigget. Der ander isch e Dichter worde und het eusers Othmissinge vonere ganz andere Site här änegstellt, as is gchennt ha: wüsseder s Zimbermanns Fritz, wo a der Zürizitig gsi isch und so früe het müesse stärbe.

Am liebschte vo der ganze Schuelzit simmer aber d Latistunde gsi, wo mer zobe de jung Othmissinger Pfarrer bim Schin vo sim grüene Studierlämpli gge het. Dert isch eim e neui Wält ufggange, und i bi jez no besser deheime drin as im hüttige Kanonechrischtetum, wo niene änehet. Woll, de het eim de Chopf butzt! Esone Pfarrer gits aber au s Land uf und ab nümme! Er weiss alles und cha alles und git alles, isch en Chopf höcher as all ander Lüt und isch jez i sim schneewisse Bart azluege wie de heilig Christoff, wo s Jesuschindli treit het. Wie mänge arme Bueb heter vergäbe gschuelet, wie vilem Eländ abghulfe, wie vill Guets to, ohni es Dankigott abzwarte! (S isch woll guet, es wer doch nid cho!) Miteme einzige Wörtli heter eim wider chönne is Gleus bringe, wemmer näbenuse trampet isch, und er het nid emol derglihe to, aser öppis gwahret heig. Er het öppe es Gschichtli verzellt oder es Exämpel brocht, und wenn eis denn nonig gwüsst het, was s z tue heig, so isch em nümme z hälfe gsi. S isch nume guet, as er nid katholisch isch, euse Pfarrer, suscht hättem de Popscht scho lang uf Rom iegrüeft und em en rote Mantel agleit. Aber wenn er scho s Züg hätt für en Profässer abzgä, wie si nid mänge händ z Züri usse, so wotter doch siner Läbtig z Othmissinge blibe, will er dänkt, es mües dert au rächt Lüt ha und es gäb jo gnueg, wo nume ufe Schin luege und im Chatzeguld nolaufe.

Dernäbe isches nid gseit gsi, as mer nume hätt chönne über de Büechere hocke und luege, wi d Vögel flüge. Er well es Meitli, wo i all Schue ie guet seig, het de Vatter mängisch gseit, und er het allewil es bitzeli derfür gsorget, as d Bäum nid i Himel gwachse sind. Es het mängs müesse laufe zwüsche der Schuel ie, wos de Stedtlere nid traumt het dervo. Mitem Heutrampe und Garbeseillegge und Worbe am Morge früe isches denn no lang nid gmacht gsi. Es het eim mängisch au ganzi Samschtig Nomittäg breicht für z Acher z tribe und Zibeli ufzläse und Ländiwürze vürezgrüble di ebig lange Furen us, und wenn s Zobig nid gsi wer mit de feisse Späckmümpfle zum sälber bachnige Roggebrot und de luschtige Müschterli, wo de Vatter ufem Pfluegshaupt obe derzue verzellt het, so hätt eim mängisch scho chönne de Verleider acho. Weder s het zobe allewil no öppe es Stündli usegluegt für de Robinson und s Märlibuech und de Läderstrumpf, oder denn isch mer i zwo lange Reihe under der Laube zämecho und het gsunge. Di grüsligschte Häxegschichte aber het mer im Spotherbscht obem Rebenabhaue verno, wenn d Nochbere bim Liecht vo der grosse Stallatärne im Tern uss ume Rebhufe ume ghocket sind und vom Doggeli und de Brünndlige und unghürige Hüser verzellt händ. Ei Gschuder um der ander isch eim drob de Buggel ab grislet, und wemmer is Bett isch, so sind zu allne Eggen us Gspängschter derhar z tiche cho, wo d Chöpf underem Arm treit händ, bis d Muetter mitem Ölampeli i der Hand isch cho nocheluege, was s do ächt z brüele gäb. Zwüschenuse hets aber au undereinisch wider en Tag gge, wo zu der Wuche us zündt het wi d Fürblueme usem Roggenacher. Wenns gägem Tanzäxame ggange isch, so hani de Buebe de Polka und de Walzer itrüllet uf der Heubrügi obe, und wenns guet ggange isch, no en neumödige Galopp oder Masurka, und ha s Spilörgeli aglo derzue, wonis de Herr Karrer vo Teufetal verehrt het. Derfür hani di schönschte Steizunge übercho usem Mägewiler Steibruch abe und en mächtigi Buschle Maierisli ime himelblaue Göttiglas inn. Und de vürnämscht Tänzer hätt i no chönne usläse derzue, wo mer verstole es Zedeli zuegspickt het de Stighogge ab: «Willst Du mich, ich will Dich auch, ich habe einen Franken.» Aber s het em nüt abtreit. Mir hets halt nume eine chönne, und mit dem hani alli zwänzg Bändli «Bärgkrischtall» us der Othmissinger Bibliothek duregläse underem Schmalzikerbaum und am Jugetfescht kei einzige Tanz ussglo im blüemlete Wollangröckli mit der blaue Sentüre dra, und wemmer Hunger gha händ, simmer hei zum Grosi go trölti Chüechli und Tirggeli äs600e.

Dernäbe händ d Seiltänzer und s Rösslispiel und d Tanzbäre alles usgstoche, was i miner Läbtig vo Komedizüg gseh ha, und s schönscht Konzärt liess i hütt no dehinde, wenn i de Dudelsecklere chönnt ablose, wo mit ihre schwarze Strubelchöpfe zu de blaue Radmäntle us esone himeltrurigi Musigg durs Dorf ab gmacht händ, as mer ne bis uf Mägewil dure nochegloffe sind und der Muetter s letscht Zwöibätzli abbättlet händ fürs i ihri Blächbüchs ie z rüere. Auge händ si gmacht derzue, as s eim dur und dur brönnt het, und wenn si cho sind mit ihrem Pfiffer i der Mitti, het mer chönne sicher si, as s bald Früelig wird. Aber undereinisch sind si wider uf und dervo gsi ihrem schöne Hungereland zue.

Derfür händ si aber d Zigüner zueglo, wo de Vatter wohl het möge mit ihre Wohrsägerkünschte und Schnurrantestücklene, all Johr di glichig Chesslerbandi, wo mängisch e ganzi Wuche i euser Schür uss übernachtet het. Do isch eim mängs under d Auge und z Ohre cho, wo d Muetter nüd gwüsst het dervo. Aber di gchruslete Zigünerpurschte und brune Wibervölchli händ eim azoge wi s Für d Liechtlilöscher, wenn scho nüt sicher gsi isch vorene und si im Bungart umenand alls rübis und stübis zämeputzt händ wi d Heustrüffel. Nume einisch hani d Muetter gseh ufbrünne und wi de Blitz zu der Tür us schüsse, wo amene Chlausmärt am Morge de Zigünervatter s Is igschlage het im hindere Brunnetrögli und sis Theresli, wo übernacht uf d Wält cho isch, i de drei höchschte Näme is Wasser ie tünklet het. Wo mers isch go i Chilhof dure träge, händ d Zigünerwiber en Lärme verfüert, as mers i der Wylhalde unde ghört het, und d Hoor usgrisse derzue, und no mängs Johr sind si umecho, für uf dem munzige Chilegrebeli z bätte.

As mer dewäg bis a d Underwisig zue scho en schöne Fäcke vom Läbe packt gha het und über mängs cho isch, wo i keim Schuelerbuech inne stoht, cha mer a de Fingere abzelle. Wenns zäntume groglet um ein ume, do en Imb stosst und dert es Chälbli im Strau lit oder es neus Fülli i Pferch chunnt, hört s Gvätterle früe uf, und es chem au niemerem e Sinn dra, für öppis vor eim z verchramänsle oder z verstecke. Aber s schadt i keim nüt, wenns vo Chli a lehrt d Ohre spitze und d Auge uftue und derzue für öppis Läbtigs istoh, und wenns numme e Geiss z hüete oder Chünel z fuere oder Hüener iztue sind. Mer wird frili ehnder alt derbi und gugget hinder mängi feischter Wand, s isch wohr, aber mer wachst is Läbe ie und mit de Möntsche und Tiere zäme, und das isch meh wärt as di schönscht Äxamered.

Woni underwise gsi bi, hani dörffe uf Aarau dure is Seminar, und mis Othmissinge hani nume no znacht gseh. Aber i de Ferie bini i de Strauhüsere ume go Schillers Räuber vorläse und de Götz und de Julius Cesar, und d Wiber händ glismet derzue und d Manne gchorbet. Und d Aarauerzit isch di schönscht gsi vo miner Juget, s Härz goht mer iez no uf, weni dra dänke. All Morge früe uf und i di schön Wält use, all Tag öppis Neus z lehre, Lehrer as mer si hätt selle vergulde (bsunderbar eini, wo es Paar Auge gha het wie zum Himel usgstoche!) und en Schaar Meitli um eim ume, wo eis gschiter und hübscher gsi isch as s ander! Mit Rose i de Hände und Freud im Härz simmer i d Schuel cho, und ufem Heiwäg i der Isebahn hämmer eis Lied ums ander gsunge, bis das, wos am beschte het chönne, (d Länzbiger Nachtigall het mer em gseit!) usgstige und ufs Schloss ue gümperlet isch.

Und was für wichtigi Sache hämmer no uszmache gha! Eb de Goethe grösser seig oder de Schiller, eb d Fanny Sophie Schmid ächt ekeis Härz gha heig, as si de Klopstock nid heig welle, eb mer Optimischte seige oder Pessimischte, wers mitem Schoppehauer heig und wer mitem Hartme. Und en Schin lit uf säbe Johre, roserot wi ufeme früsch ufblüeite Pfersechbäumli: was di erscht Liebi isch fürnes achtzähjöhrigs Meitli mit luschtigen Auge und lange Züpfe, weis numen öpper, wos sälber erfahre het. Emel i säges nid!

Aber de Schoppehauer het eim nid emol i dem Rosewülkli inn Ruei glo. Einisch hani amene Schüelerobe de säb Argower gfrogt, mit wem asers eigetli heig, eso wäg siner Wältaschauig. Do het er mi lang agluegt hinder sine Brülleglesere vüre und het gseit: «Wenn der Othmissingerzug chunnt am Morge, so bini en Optimischt, und wenn er zobe abpfiffe het, so bini en Pessimischt.» Do hanis gwüsst!

Natürli hämmer au en Verein ggründet, wills verbotte gsi isch. «Mehr Licht» het er gheisse und d Erika Wedekind isch Presidänt gsi dervo. Aber d Kantonsschüeler händ is de Name vertreiht und is nume d Irrliechter gseit. Es het gar bösi Müler gha drunder. De Franklin abem Schloss het do juscht sis «Früeligserwache» usgsunne gha und isch mer einisch im ganze Schlosshof ume nogrönnt dermit, will em nümme ha welle ablose. Früelig isches jo s ganz Johr gsi binis, und z verwache hämmer gar nid bigährt, das isch do no früe gnue cho.

Aber i glaube, i well iez ufhöre, mir chöme doch immer witers vo Othmissinge ewägg. As i nochem «Staatsexame» uf Paris cho bi und drüberabe über d Staffelegg uf Tale hindere, und as i es ganzes Johr z Oetlike gschuelmeischteret ha, das git denn einisch es äxtra Kapitel. Zletscht hani welle uf Kamerun abe ane Negerschuel. Aber do isch mer juscht de neu Länzbiger Dokter übere Wäg gloffe, wo ne Frau gsuecht het, und het gseit:

«Nume nid gsprängt! Das isch vill e z ungchambleti Sach fürnes jungs Schwizermeitschi, und überhaupt, d Negerli chönes ohni di gmache, aber i nid!»

I hanem weiss Gott nid chönne absäge, er het mer vill z guet gfalle!
He nu, es isch mi nic greuig gsi, weni scho fürs Läbe gärn einisch e Reis gmacht hätt übers gross Wasser und hätt welle wüsse, wie d Wält usgsehch äne a der Gisliflue. Aber wer weiss: i der säbe Hitz z Afrika wer villicht mis «Bluescht» nid ufggange und «Mis Chindli» nid uf d Wält cho, und das wer doch schad gsi. Meineder nid au?

O du mini Güeti! Jez gwahri undereinisch, as i bim Gugger doch no vo mir agfange ha, und i ha doch nume welle vo mim Dörfli verzelle. Nüt für unguet, es isch mer halt eso usetrolet. Und s Schönscht dra isch doch Othmissinge.

De Amerikajoggi

S Fridisrichters Franz isch i si Heimetgmein iegfahre wine Ragete, woner usem Wältschland zruggcho isch. Drü Johr lang heter z Babuschi ghehrt gha bure, trompete und Theater spile mit füfzg andere junge Purschte zäme, und s Wadtländisch isch em afe vorem sälber gloffe wi gorgelet. Aber as deswäge sone junge Sprützlig uf der Stell mües Amme wärde, isch i dene bstandnige Manne im Gmeinrot nid vorem sälber iggange: «Meint iez de, mit sim bitzeli Chuderwältsch seig eus dienet? Es isch emel bis dohi au ggange im alte Tramp!»

Aber si händ gli einisch dusse gha, as de Luft useme andere Loch pfifi. Die wo allewil parat gha händ, d Juget heig ekei Tuget, händ allwäg de jung Eicheschützlig i ihrem Bürgerholz nonig gchennt. Nid vergäbe händ em zwöi heiterlachti Auge über d Adlernase use gluegt: alles händ si erlickt, im teufschte Wasser de Fisch und i de höchschte Wulke de Weih, und s isch eim vorcho, si chönne eim de hinderscht Gidanke zu der Seel us läse, eso händ si zündt.

Zäntume het mer de neu Amme atroffe: ufem Fäld und im Stal, im Holz und uf de Wässermatte, i der Schuel und uf der Gmeinskanzlei: es isch prezis gsi, wi wenner es Gleich meh hätt weder ander Lüt und wi wenn d Redli i sim Chopf obe gleitiger z ringselum lufe. Am Sundig het er nie gfehlt im Chorstuel näb der Chanzle zue: mer mües der Gmein mitem guete Exämpel voragoh, het er gmeint, und er het ekei Ruei gha, bis d Chile voll gsi isch und nid nume ame Nachtmohlsundig.

Und doktere het er denn erscht no chönne, de Häxemeischter, as de Wannehöfler und de Richetaler und de Zägligerpeter es Narewärch gsi sind dergäge. Uf der erscht Blick het er dusse gha, wos fehlt, wenn eine übere dopplet Mage isch cho chlöne oder gmeint het, er heig en glesigi Läbere oder am Änd no d Artillerieverchalchig. Wo de Römerruedi s Bei broche het im Steibruch obe, het er ems izoge und gschinet, no eb übermorndrigs de Wildeggerdokter mit sim Schäggi agruckt isch unds wider het chönne zämewachse wines jungs Wätschgebäumli.

Item, wo no d Gmeinskasse und s Stürbuech revidiert gsi sind, d Fürsprütze früsch agmolet, de Güggel ufem Chiledach neu verguldet und s Storchenäscht useputzt gsi isch, händ si de Spittel vorgno. De het der Wärchodere scho lang Moläscht gmacht. Z Othmissinge, wi fascht zäntume ufem

Land, isch früecher es bitzeli näbenusse es mächtigs Ziegelhus gstande, armsälig azluege vo nochem, ohni Umhäng, di dräckige Pfeischterschibe mit Zitigspapier verchleibt und de verlöcheret Gartehag mit abgschossnige Barchethömmlene und nüechtelige Strausecke verhänkt zum Verlufte. Es paar chrächeligi Mannevölcher und giechtigi alti Wibli sind umenandtrampet und händ useguglugt, wi wenn si wette de Hunger ersinne.

Esone Spittel seig für ne Gmein prezis was en Eisse im Äckte für de Lib, het de neu Amme gseit, er zieih alli guete Säft zum Bluet us und vergifti zletschte de ganz Möntsch. Wi ehnder as das Wäschbinäscht usegrumet wärd, deschte besser.

Aber potz Wätter abenand, was het di dick Spittelmuetter für Auge gmacht!

«Was, i sett vo mine feisse Späcksite ewägg im Chemi obe. Und erscht geschter no händ eusi Truscheli im Dorf umenand Chabis und Chöl zämebättlet, as mer chöne imache für de ganz gschlagnig Winter! D Hurde sind graglet voll Obs, d Härdöpfel händ wohl usgge, und de Moscht wott scho afo jäse im Chäller unde – jowolle!»

Aber s Lämidiere het ere häl nüt abtreit, (vo de Späcksite händ d Spittler so wi so chuum d Schwarte z schmöcke übercho!) und ebs igwinteret het, isch de Spittel usgrumet und es njeders Tröpfli imene rächte Hus versorget gsi.

Jez isch aber no en andere trurige Bräschte i der Gmein a d Reihe cho: d Verdingchind, die Unehrlige! All Johr a der Liechtmis sind si verchoschtgältet worde, bi dem wo si am wolfelschte überno het. Armeschinder anstatt Armepfleger hätt mer mängisch woll chönne säge, eso händ si gfuerwärchet. Wi mer am billigschte ewägg chöm, nume um das hets e si dreiht, Lib und Seel sind Näbetsach gsi.

Undereinisch het mer jo nid alls Libermänts chönne is Gleus bringe. Aber ime njedere vo dene verchoschtgältete Pürschtlene noche z laufe i hinderscht Chrache hindere, für das het de Amme Marti d Zit nie groue, und er het churze Prozäss gmacht, wo öppis nid luter gsi isch.

Aber was isch iez eigetli mitem Amerikajoggi, wo si so breit macht i der Überschrift und wo mer bis iez no keis Stärbeswörtli vonem verno het? Nume nid gsprängt! De ghört iez ebe juscht dohi, will er de Sündebock gsi isch vo der ganze Gmein und en Prügelbueb, wi mer ekei verschlagnigere hätt chönne aträffe im ganze Aargäu ume und wit bis is Baselbiet abe. Er isch en Unehrlige gsi vo s Nagelschmids Vreni här. De Lumpekärli vomene Vatter het si drus gmacht uf Amerika, eb mer e het chönne büesse.

S Vreni isch dem unzwehte Schoss gli nümme Meischter worde, und wo hätts au welle d Milch und s Brot härneh? Das bitzeli Flächte het jo chuum glängt für sini drü Schiggereewasser. Wone kei Bur meh het welle a d Choscht neh, will er het müesse Angscht ha, de Bueb zündem no einisch s Hus überem Chopf a i der Täubi, händse uf Olschberg abe to i d Aschtalt. Aber oheie, dert händ si eusem Jokeb no lang nid möge gcho! Drü Mol ischer durebrönnt, und drü Mol händse wider umebrocht mitem Landjeger und no drei andere Kumpane, woner het chönne amache. Do händ si i allne Viere en apartigi blaui Zuchthusruschtig lo amässe, as mer si zäntume het chönne heiwise, und e Chetti ums Bei ume gschmidet mitere dicke Chugele dra. Am Sundig händ si müesse z vorderscht vüre hocke i der Chile und d Chugele i d Hand neh obem Laufe. Aber einisch znacht, wo de Wächter juscht de Chehr gmacht gha het, stoht de Joggi lislig uf, stüpft si Nochber und schlüft mitem ines Paar anderi Hose und Chittel ie, wo schön zämegleit ufem Stuel gläge sind. (Es isch bös gnue ggange wäg der chätzers Chugele!) Denn heidruff zum Pfeischter us über di höch Mur abe wi d Eicher, d Chugele i einer Hand und s Hoggemässer i der andere für im Gstrütt z wehre. Wo si über d Ächer und Matte und Gräben übere, ohne nume einisch z verschnufe, a d Farnsburg abe cho sind, händ si z allerierscht i säben alte Muren inn d Chettene verschlage zwüsche zwe Steine und d Chugele im Tüfel zue grüert. Denn übere Rhi und s Badisch uf. Aber dert het de Joggi eleigge müesse witers: si Gspane het de Schlotter übercho vor de Pickelhube und vorem Hunger und Durscht und em chalte Bett i de Spicheren ume. Er isch umgchehrt, hei zu de Prügle und der dopplete Chetti, aber au zu der heisse Mählsuppe.
S Nagelschmids Vrenis Bueb het nid verspillt gge. Lieber kaputt goh as si no einisch lo abinde. Zrugg übere Rhi is Züribiet und is Schwyzerländli. Dert haut en undereinisch e Landjeger a: «Bisch du nid de Jakob Fischer vo Olschberg, wo im Azeiger usgschribe isch? Allee marsch mitmer zum Gmeindamme.» Aber dert bättlet di jung Ammene: «Lönd doch au de Bueb lo go, gsehnd er nid, as er Hunger het?» und git em en Chachle voll Milchbröche. Der Amme goht as Pult und schribt. «Do träg de Zedel uf Eisidle is Rothus, es isch kei Halbstund und goht der im Verbiwäg. Du tuesch mer e Gfalle.» De Joggi nid ful macht s Petscheft uf, woner zum Dorf us isch, und list:
«Den Überbringer pär Schueb zurück. Olsbärg ausgebroche.
Camenzind, Gemeindeammann»

Chausch mi gärn ha, dänkt de Joggi. Imene wite Boge um d Hüser ume und im nechschte Rüfibach no duruf, chrüz und quer, dur dick und dünn und Tag und Nacht. S Ässe bättlet oder gstole und öppe en verloffnigi Geiss aglöcklet und gmule, das isch eso s Ordinäri gsi. Schücher und verschlagniger as es wilds Tier ischer zletscht zunere verlotterete Hütte cho zoberscht im Äntlibuech, wo mer em z äsze gge het und Arbet ohni lang z frögle.

Aber s isch au derno gsi. I de gföhrligschte Chräche hinde und a de Felswänden obe het er müesse hälfe Tanne umtue und si abeschleike bis uf Ämmebrugg, wo si verchauft worde sind. Erscht lang nochhär isches uscho, as alles eis Schölmepack gsi isch: de Meischter und de Chnächt und de Händler, wo s Holz der Allmänd abgstohle und de Profit zäme teilt händ. Nume de Joggi, wo am übelschte het müesse lide, isch uschuldig gsi und leer usggange derbi. Zämethaft mitem Meischter sine drei Buebe het er eis Paar grisleti Sundighose gha, wo si chehrium agleit händ, wenns derdurab ggangen isch under d Lüt.

Und das isch allimol en rote Tag gsi im Joggi sim Kaländer, er het dörffe e Schoppe ha im Bären unde und e Wurscht und es Mutschli derzue, und mängisch hets no es Trinkgäld abtreit vo de Holzjude fürnes grosses Päckli Tubak.

So sind drü Johr umeggange, de Joggi het nid gwüsst wie. Sis bitzeli Läse und Schribe het er nochzue verlehrt und schiergar no d Sproch i der Einödi obe.

Hüt isches wider einisch Ämmebrugg zue ggange miteme Fueder Rottanne, de Joggi am Hinderwage bi der Wepfi, suber gwäsche und gstriglet, s einzig rischtig Hömmli am Lib no vo der Muetter här und en rote Naselumpe im Hosesack. Frei juchse hätt er möge, so heiter het d Sunne gschine i jedes Charegleus ie, und d Bärgfinke händ pfiffe: «Gimmer gimmer gimmer rote Wi-wi», wi wenn sie wüsste, as s Gütterli scho parat stiend im Bäre unde bi der Brugg zue.

Aber – Steieselhornaffetheaterkameel – dänkt de Joggi mitem lengschte Fluech, woner no vom alte Wächterhannes här gwüsst het. Wer hocket breit und lang hinderem Wirtstisch und lachet wine Götti am Taufimohl: «Goggrüesdi Jokeb! Woll, das het iez öppis brucht, bis i di verwütscht ha! De Schtanli z Afrika isch welewäg liechter gsi uftribe.»

De Othmissinger Amme, de Malefizkärli! Er het si grad sälber z kenne gge. «Nimm iez nume dis Zobe und denn chumm hübscheli mit mer hei»,

macht er, «i bi äxtra cho, as d nid müesisch mitem Landjeger marschiere.»
«I goh nümme a d Chetti», stosst de Joggi zwüsche sine verräukte Zände vüre, und s tönt, wi wenn e Fuchs tet bälle.
«Wer redt vonere Chetti», seit der Amme, «us miner Gmein chunnt niemer meh furt. Und denn derzue: Wer wett au en settige Bängel no ine Schuel ie neh. Du hättisch jo i keim Bank inne meh Platz. Chumm iez nume, mach nid de Nar. I meines guet mit der, du chausch bimer schaffe, und i gib der es schöns Löhndli. Was meinsch zumene Näpi im Monet?»
De Joggi het im Tüfel nid übere Wäg trouet, verschwige imene Gmeindamme, und wenn er no so hungsüess het chönne rede. Er hets jo erläbt säbszmol z Eisidle obe. Aber zletscht am Änd het er denkt, mer chönns jo probiere, de Wäg fund er gli wider is Äntlibuech zrugg. Und e schöne Batze wer au nid z verachte.
«Aber d Sundighose», schüssts em dure Chopf, «mer händ si jo zäme eusere vier, und si ghöre im Meischter.»
«Die hesch verdienet i drü Johr, säb hesch. De Chnächt sells efange mälde deheim, und es chöm denn e Brief vom Othmissinger Amme. Jez hock uf, mer händ no en lange Wäg mitem Ritwägeli, und de Schäggi wird underdesse woll de Haber ufgfrässe ha.»
Woll, di jung Frau Gmeindamme het es paar Auge gmacht, wonere de Ma das Märtchrömli heibrocht het usem Äntlibuech: «Do lueg, was d chausch afo mit dem Kärli, zerscht mues er allwäg under d Brunneröhre.»
D Frau Lisebeth isch der Meinig gsi, wenn de Möntsch zumene aständige Gwändli usluegi, so heiger vill liechter rächt tue, er well si doch nid schäme vorem eignige Chittel. Drum het si nid öppe nume alts abgänds Züg vüregsuecht und hets ihrem neue Choschtgänger häregrüert. Nei, de Schniderhannes het müesse zue für em s Mäss z neh, es Stückli Halblin vom Maiemärt här isch zueghaue worde, und am Sundig hätt mer de neu Chüjerjokeb gar nümme ume gchennt, wenem d Auge nid eisder zringelum ggange were wi zwöi Pfluegsredli, und wener au gwüsst hätt, wo äne mit sine Stäckliarme und groblächte Füschte.
Für de Wärchtig het er es rotverbändlets Mälchermutzli übercho mit churzen Ermle und es runds Sennechäppli uf si Strubelchopf. Di mächtige vertubakete Schuflezänd het er am Morge und zobe mit Salbineblettere müesse butze, as si zletscht glänzt händ wine Karfunkel vorem Ofeloch.
Ässe het er dörffe mit de Meischterslüte am glichlige Tisch, undenoche bi de Chnächte und Mägde und Taglöhnere, wo ufpasst händ wi d Häftli-

macher, wenn de Meischter di grosse Möre gräucherete Späck verteilt und ei Gschicht um di ander verzellt het: vo den alte Schwizere und vom Napolion und vom Garibaldi im rote Flanällhömmli, as eim fascht de Löffel bstanden isch vom Stune i der dicke Habersuppen inn.
Nähms de Gugger, de Joggi het s Durebrönne total vergässe, und s isch em doch i der erschte Zit Tag und Nacht uf der Seel gläge. Es isch aber au gsi, wi wenn d Wält ufem Chopf stiend, er isch eifach nümme drus cho. Wine Chatz im Hälsig het er bis dohi alli Schläui brucht für zum Schlick us z schlüfe, wonem eisder wider übere Äckten agflogen isch, chuum ischer usegwütscht gsi. Es Gitter durezfiele und im Dachchänel no über di glettischt Mur abezchläder und im Holz uss z übernachte und de Bure es Hammli usem Chemmi abe z stäle, wenns nid andersch ggangen isch, das isch dem Stromer es Narewärch gsi. Aber s Guetha, das het er bim Eicher zerscht müesse lehre!
Wi sell mer usbräche, wo alls off isch unds überhaupt gar ekeis Gitter het? Wer sell mer vertäube, wenn eim niemer zänzlet?
Gäge wer sell mer ufbrünne, wenn es njeders siner Arbet nogoht und eim kei Sparren i Wäg leit und s Kunträri mängisch no es Weggli?
Er isch abseluti am Bärg agschtande.
Und no öppis anders isch derzue cho.
S Nagelschmids Vreni, im Joggi si verschüpft Muetter, het dörffe bis Ammes cho taglöhne und ässe näb ihrem Bueb zue und zobe erscht no es Häfeli voll Milch mitem heinneh und es paar Härdöpfel fürnes Breusi. Ersch iezig het de arm Verdingbueb afo merke, as er au öpper heig uf der Wält obe und es Plätzli, woner hi ghöri, und nodigsno het er afo de Chopf echli höcher ufha und si nümme gschiniert, de Lüten is Gsicht z luege.
Einisch am Sundig am Morge gägem Bättag ie, wo d Chilen us gsi isch, rüeft em de Meischter i d Stuben ie:
«Wi stohts, Jokeb, bisch eigetli au underwise, oder hänt's di katholisch gmacht im Äntlibuech hinde, as d nie wotsch z Chile?»
«Sid em Olschberg bini i keiner Chile inn gsi!»
«Was, bald zwänzgi und nonig underwise, das isch mir en schöni Zueversicht. Lueg Joggi, amen Ort mues mer iteilt si, s isch wäg der Ornig, zum Läbe und zum Stärbe. Bsinn di, was wottsch mache?»
«He so wotti dänk am liebschte refermiert si.»
«Guet, zobe göhmmer zum Pfarrer. Er het schon anderi Pürschtli i Sänkel gstellt, weder as du eis bisch, und nimmt di scho eleigge as Brätt, as di nid

muesch lo uslache. Und wos öppe nonig längt mitem Läse und Schribe, do cha eusers Liseli echli zuestoh, wo is Seminar goht. Du gisch em denn grad de Lehrblätz.»

Und so het de Jakob Fischer vo Othmissinge no en guete Chrischt abgge, er hett nid gwüsst wie. De Herr Pfarrer het frili nid dörffe z höch uelänge mitem Froge, nid emol mitem Verzelle, suscht ischer gli am Hag gsi. Aber de Heiland isch jo au zu den Eifältige cho. Und s Ammes Liseli isch Für und Flamme worde für si ungchamblet Schuelerbueb und het gar nid gwüsst, was s alles well astelle mitem: Die wärden au lose z Aarau äne, hets dänkt, was es do fürne Glehrte heig chönne zwägbringe useme nüträchtsige Äntlibuecher Stürchli, wo chuum s Apizeh los gha heig. Chuum isches zobe heicho gsi mit em Aarauerzügli, hets sini Milchbröche abegschletzt und isch übere Bungart vüre z gumpe cho, as di zwe rote Züpfelätsch umenandgfloge sind wie zwo Flädermüs. Und eb de Joggi rächt fertig gsi isch mit Fuere und Mäle, isch es Fuchtlen aggange mit der Chride as Tennstor äne und es Tischgeriere und Predige, as mer hätt chönne meine, de Joggi mües zum allermindschten en Profässer ge. Er het mängisch d Augen ufgspert wine Nachtheuel, wo zletscht am Änd no di alte Grieche ufgruckt sind und d Römer und di dütsche Heidegötter, wo di ganz Völkerwanderig verbizoge isch und de Kaiser Karl s Grossmeuschter z Züri usse änegstellt het. Es het ekeis Ändi welle neh.

Aber s het agschlage!

Einisch, wo de Meischter zobe heichunnt us der Gmeinrotssitzig, so tönts dur d Stalstür dure under der gröschte Milchchue vüre:

«Varus, Varus, gib mir mini Legione wider!»

Und es anders Mol, wo di ganz Hushaltig znacht um di gross Breusiplatte und di chüpferig Gaffichanne umeghockt isch i der Geissblattlaube, schlot de Joggi undereinisch mit der Fuscht ufe Tisch abe:

«Nähm mi de Gugger, er het e Rusch gha!»

«He, wer denn au, du Stürmi», macht ganz verschrocke d Meischtersfrau.

«He, der Ephialtes, de schlächt Hund, wo im Pärser de Wäg zeigt het bi de Tennstorsüle. Woll, de hätt mer selle derhär cho!»

Alls het afo lache, und der Amme het de Chopf gschüttlet. «Das Meitli macht di mi türi Seel no ganz sturm mit sim glehrte Narezüg. Eh weder nid lehrts di iez denn no Quadratwürze uszieh anstatt Hänifüess. S isch nume guet, as di Chäbertrülli zhustage s Äxame macht und furtchunnt!»

De nechscht Monet het de Joggi nüt igleit uf der Sparkasse! S Nagelvreni het em müesse go grasgrüens Züg chaufe im Chremerlade, und s Wöibels Saledine us der Isegass, di gschicktisch Neiheri wit und breit, en Mundur mache drus mit grüene Bändle im Hals no und a de Ermle. Denn het er nochem Fürobe der alt Schimel ufzäunt, isch ufghocket und dervo gsprängt über d Matten ie im gstreckte Galopp, as mer hätt selle meine, er seig de Hunnekönig Etzel. Er het em aber au nähms der Gugger frei echli gliche!

Aber öppis anders het de Jokeb no meh umedinget as di ganz Wältgschicht und d Underwisig und s alt und neu Teschtamänt zäme; er het welle wüsse, wer si Vatter seig und eb er no läbi. Und einisch noch em Füerobe ufem Stalbänkli – s Pfiffli ischem ussgange drob – het em d Muetter en trurige Gschicht verzellt vom Gärnha und Armsi und nid dörffe hüroten, will *er* katholisch tauft gsi isch und *si* refermiert. Im Freiamt äne sind si säbigszit no stränger gsi as de Pobscht vo Rom sälber und erger uf de Chätzere as de Tüfel ufere arme Seel. De Villmärgerchrieg het halt nonig versurret gha. Z Amerika äne seig im Joggi si Vatter verscholle, und kei Möntsch wüssi, eb er nid scho lang gfrässe worde seig vomene Indianer imene Urwald inn. – Amerika! Indianer! Urwald!

Di drü Wort händ bim Joggi igschlage und zündt weidliger as de Blitz imene Straudach. Nume no Indianerbüecher het er gholt i der Schuel äne, wenns Bibliothek gsi isch, und ganzi Nächt het er duregläse bimene rauchige Ligerwinampeli i sim Gaden obe. Im Meischter het er nume no «Falkenauge» gseit, und der Frau «Bleichgesicht», im Oberchnächt «Grossi Schildkröti» und im Landjeger «langi Büchsi», de Wibervölchere «Squaw» und im Fäldmuser «Löwentöter». S Holz het er mitem Tomahawk gspalte und d Chüe miteme Lasso abunde. Alli Monet einisch het er im Meischter s Kassebüechli gheusche und nochezellt, ebs bald längi für d Reis über s gross Wasser und zunere Rindehütte und für öppe zwe Büffel. Und wo de Charfritig verbi gsi isch und de Joggi a der Oschtere s erscht Mol het dörffe zum Nachtmohl i siner neue schwarze Bchleidig (s Nagelvreni isch am vorderschte Bank gsässe miteme Rosmariestängel ufem Psalmebuech und het i eim furt s Augewasser abgwüscht) het er dänkt: «So iez lone mi mit sibe Rosse nümm lo bhebe.» Er isch allewil urüeiger worde, s het e hin und här tribe, ume und äne, d Arbet isch em nümme gloffe wi ame, d Suppe het e räs dunkt und s Gaffi blöd. Wo d Bäum usgschlage und d Amsle allewil nötliger pfiffe händ, isch amene schöne Morge im Joggi sis Stübli leer und de Vogel usgfloge gsi. De ganz Summer het mer nüt vonem verno. Aber im Wintermonet, grad wo si bis Ammes s Gülleloch idcckt und d Vorpfeischter aghänkt händ, schlicht en magere Spränzel bim Inachte ume Husegge ume i d Chuchi ie und hocked unden a Tisch. Kei Möntsch het gfrogt, ebs schön gsi seig z Amerika. D Meischteri het em s Gaffi igschänkt und d Breusiplatte änegstosse, und de Meischter het witersgfahre mit Verzelle. Am Morge ist de Joggi wi vor und eh go mäle und het gschaffet für zwe, nume echli ungspröcher ischer worde und het de hinderscht Rappe uf d Sparniskasse treit.

Und i drü Johre het ers erhuset gha und no es schöns Pöschtli drüberie. S Nagelvreni het nümm müesse briegge, as em zum zwöite Mol s Liebscht, wos gha het, übere Bach ggangen isch. Es het vorhär dörffe furt, ufe vill grösseri Reis. De Herr Amme, wo underdesse Major worden isch, het im Joggi de Wäg gebnet, wenn er scho en Chnächt verlore het anem, wis hüttigstags nümme mänge eso git. Wo s Billet agschafft und de Heimetschin usgfüllt gsi isch, het er em di sälber verdienete Hose und Hömmli und Schue inere grüen agstrichnige Chischte schön verpackt und zwänzg Napolion imene Lädergurt ibüezt ufe Lib bunde. Zletscht gitt er em no es paar Guweer mit siner Adrässi druff i Chittelsack näb di porzelianig Tubakpfiffe zue und de lädrig Sackkaländer: «Do schrib emel gli, wis der göi, und eb d no meh Gält bruchisch, i ha der für alli Fäll no öppis am Zeis glo. Und halt di guet!»

So lang as d Guweer änegha händ, sind Briefe cho us Neuorgg und Sanglui und zletscht no wit usem Negerbiet unden ue. Anes Äxame hätt mer si frili nid nörffe ge, und s Liseli hätt si nid chönne uflo mitem Ortegrafi. Aber mer het emel drus chönne abnäh, as s em guet göi und as er uf de Büffle riti und as er de Vatter nid gfunde heig, aber derfür e Frau. Und ufem letschte Zedel isch gstande:

«liper Meischter!
Seit so Gut und schickt mir den Räschten. Wir kauffen eine Vahrm. Di kühe sind hier braun und die weiper Schwarz. Sie heisst Lizzie.
            grüsst euch Jack»

Und vo do a het mer z Othmissinge nüt meh verno vom Amerika-Joggi.

I D WÄLT USE

Eusere sibni sind di säbe Hustage zum Aarauer Seminar us cho mit nagelneue Lehrgottepatänte. Und was für sibni: durewägg di oberscht Note, eis is ander grächnet! Hämmer do nid dörffe z grächtem is Bögli cho? Wos übere gsi isch mitem Äxameschräcke, hämmer en Lärme verfüehrt im obere Schuelhusgang wine Gschar Rinderstore, wo s erscht Mol zum Näscht us ufe Chriesbaum händ chönne flüge. Wi lätz hämmer to vor Freud, all Lüt hätte mer möge ane Arfel neh, am allerliebschte en Kantonsschüeler, wenn grad de rächt derhär cho wer mitem blaue Argowerchäppi. «Was choschtet d Wält? Mer tüend es Bott druf!» Wemmers nid grediuse grüeft händ, so het mer is s chönne a de Auge abläse. Undereinisch hämmer afo gwahre, as s jo Früelig isch uf der Wält, as mer jung sind, as s Läbe vor der Tür usse stoht und nume druf passt, für is z gheisse izstige i si verchränzt Leiterwage und mit is dervo z spränge, der Witi zue. Mit zsannt euser zämebigete glehrte Ruschtig im Chopf obe hets is emel gwüss nid chönne fehle. Was hämmer nid alles gwüsst vüre z bringe säbigs z mol, i chönnt emel nümm de hundertischt Teil dervo ufzelle:
Vo Adam und Eva här hämmer alli erschröcklige Chriege und Bigäbeheite bi der Johrzahl chönne abelire bis zum Napolion und no drüberuse. I allne feuf Ärdteile hämmer s hinderscht Eggeli binamset, händ bim Santimeter gwüsst, wi höch as de Mongblang seig und de Popokatepetel, ime njedere Wasser hämmer de Lauf gchennt vom Gletscher ewägg bis is Meer abe. Vo jedem Gresli isch is de latinisch Name im Chopf gsi und vo jedem Bärgchrischtall sini Egge. De Stärne hämmer de Wäg gwise und der Sunne vorgrächnet, a welem Himelspunkt as si dörf ufgoh im Herbscht und im Früelig. Mit zächestellige Zahle simmer umgsprunge wi mit Holdermanndlene! Aber as mer no mit Unbekannte händ chönne rächne, das het is erscht rächt de Chambe gstellt. Di gross Unbekannt, wo wine roserote Morgenäbel vor is zue zündt het, isch das nid s Läbe sälber gsi? D Sunne het agfange derdur schine, eis Luftschloss ums ander het si abdeckt und die gross Glückglogge het scho welle age z oberscht obe ufem Turn.
He nu, zerschte simmer afen einisch ufs Sälischlössli ue gwanderet alli mitenand, händ Rosechränzli uf d Hoor gleit und die säb Gschicht us der Maria Stuart ufgfüert, wo zwo Königinne enand de Blätz mache. Zobe het mer no tanzet im alte Saalbou, und denn hämmer euse Lehrere d Hand

drückt zum Adiesäge. Vo einere hets eim weh to, es schmirzt mi hüt no, wenn i dra dänke. Es Paar blaui Auge het si gha, won eim dur und dur gluegt händ bis i Grundbode vo der Seel abe. Rede het si chönne wines Prophetebuech, und wenn si vor der Klass gstanden isch und d Wältgschicht härebrocht und di heilige Büecher usgleit het, so hani allewil müesse dänke, si ghörti eigetli uf Griecheland zu s Perikles Zite. Und wer weiss, eb si villicht nid sälber derbi gsi isch a säbem Gaschtmohl, wo de Plato dervo verzellt? E Name het si gha, grad so schön wi de vo der Diotima. Er passt zu eusne Bärge und Flüene und isch igrabe imene Buech, wo erscht eusi Nofahre eso rächt chönne eschtimiere, wenn si uf eusi Wältchriege und Komedifride zruggluege wi mir hüttigstags auf die vergangnige Landvogtzite. «Jä woll», wärde si säge, «die het no Auge gha, wo witers gseh händ as vor d Hustür use, und Ohre, wo gmerkt händ, was s Zit gschlage het. – Das isch no es Wibervolch gsi, wos zächen anderi geb drus, und doch het mer sinerzit nid emol vill Wäses gmacht us der Elisabeth Flühmann. –

Aber i wott jo verzelle, wi mer usenand cho sind a säbem Äxamefrüelig anno Sibenenachzgi, und wohi as s is alli verschlage het mit eusne früsch gsiglete Schuelmeischtersprüche, wo das drüfach gstärndlet Aargauerwoppe druff abdrückt gsi isch.
Zwöi vo dene sibne händ witers gstudiert und stönd hüt no alli Johr vor neue Gschare vo höchere Töchtere zue, wo goppel bald einisch dörfe go d Stimmzedel ilegge, s wer a der Zit. Drü händ es paar Johr gschuelmeischteret und denn ghürotet und ihri Buebe und Meitli au wider uf Aarau übere gschickt. Eini, die mit em brune Chruselchopf, wo all Tag de Länzburgere s Obiglied gsunge het vom Schlosstürndli oben abe, isch is Dütsch use zoge und het im Prüssekönig und im Russekaiser eis vortrilleret, bis ene undereinisch di guldige Chrone abem Chopf abe grugelet sind. Und di sibet, die wo gmeint het, de Himmel hangi voll Bassgige und d Ärde voll Rosebüsch, het zerscht en mächtige Alauf gno i di gross Pariserstadt. Dert het si glehrt wältsch parliere und es gschliffnigs Tuedium aneh (wo aber gli wider glo het!) und isch uf de Bulwar umegspaziert und im Königsschloss und im Bulonierhölzli, wi wenn si dert uf d Wält cho wer und nid erscht verwiche no ghulfe hätt s Heu zämeräche uf de früsch gmeihtnige Othmissingermatte. – Jo, do hets aber au zluege gge, zwöi Auge händs bi witem nid to:

Zwo ebiglangi Gutschereihe mit glänzige Rösslene dervor sind d Stross uf und ab uf de Gummiredlene. Schöni Jumpfere mit wisse Fäderehüete und mächtige Turnüre händ drus use gäuglet, und gstifleti Ritersmanne sind näbenie trabet. Türgge mitem Turban uf em Chopf und wisse Mäntle bis uf d Füess abe händ s Wiss vo den Auge under de schwarzen Augsbrome vüre lo blitze, as s eim schier brönnt het. Chinese mit lange Züpfe und gäli Japaner mit tifige Schlitzäuglene sind uf der Ritschuel gfahre, und gschnigleti Neger im Zilinderhuet und i de Glasseehändsche händ eim Zunge usegstreckt, wenn mer si es bitzeli nöcher het welle gschaue. Uf der Stross isch en Lärme gsi und es Drück und es Gspräng, as mer s eige Wort nümme verstande het, gschwige as mer no hätt chönne en Augeblick hei dänke oder imene Wülkli nocheluege: Hesch mer e niene gseh, wer mer am Bode gläge voreme Rossfuess zue oder undereme Gutscherad. Eso rächt wohl isches eim niene worde as i de säbe stillne Luwersälen inn, wo di grosse Portret hange und die steinige Egipter uf eim abe luege, so gschit und voller Läbe, as mer nume het chönne lislig d Händ zämelegge. Oder im mächtige Büechersaal, wo d Wisheit vo der ganze Wält a de Wände ufbige gsi isch. Und bi de glehrte Profässere vo der Sorbonn, wo so weidli mit de Arme gschlänggeret händ, as s eim gsi isch, si müesen eim demit das glehrt Züg i Chopf ie hämere, as s äneheig bis am Jüngschte Tag. Oder wemmer imene Sägelschiffli under de vile Brugge dur d Seine abgfahren isch bi de Landhüsere und Gärten und Paläschte verbi. Aber am allerischönschte am Sundig zobe bi der prächtige Orgele zue, wo dur d Noterdame gruschet isch wine Wättersturm. En Luft het mer gschnufet z Paris umenand wie suscht niene uf der Wält. Si isch woll dick gsi und het alli Gschmäcker gha, aber si isch eim glich iggange wi Schampanier. Mer het zähmol meh möge gschaffe as deheime und isch doch nie müed worde dervo. Mer het weidliger gläbt und weniger gschlofe und gleitiger gwärchet as suscht. Jedi Minute het es Gwicht übercho, und znacht het mer nid emol der Zit gha z traume, eso weidli isch es wider Morge gsi. Und d Wältgschicht, die het z Paris frei zu allne Pfeischterlöchere us prediget. Mer het nume bruche bi der Baschtille verbizlaufe und übere Konkordiaplatz bim Napolion sim Obelisk dure, so het mer gwüsst was Lands. Und doch isch mer eim nie frönd vorcho und verlore i dem Trubel inne. – Zäntume hets jo wider grüeni Plätzli gha mit schattige Bäume druff und Bänkli zum Usgruje, und Sandhüfe für d Chind, wo in ihre gspitzlete Röcklene und wisse Matrosehöslene gwärchet und gjuchset und Liedli gsunge händ prezis wi deheime i der Häfelischuel.

Aber i bi doch nid numen uf Paris ie greiset für zum d Auge und d Ohre uf z spere. Wo mer das Wältsch efange ab der Zunge gloffen isch wi vergäbe, so hani au öppis welle schaffe. Für was het mer so übel müesse lide mit Studiere! Jez sells e si wise, ebs au öppis wärt seig im Läbe usse! Aber oheie! Für useme paar vürnähme Herrebüeblene i de Schampelise rächti Möntsche z mache, hets doch nid glängt. Es isch frili es Zitli agstande, bis i gmerkt ha, as alles Lehre nume ufe Schin abgseh seig, und as di fine Maniere meh geschtimiert wärde as alli Arbet. Wemmer nume cha öppis vorstelle im Salong und bim Spörtle sini Prise cha spienzle, für das sind d Lehrer do. Und euserein isch überhaupt e kei Möntsch meh gsi, nume en Sach, wo Madmoasell gheisse het. Isch di eint furt, so isch morndrigs en anderi do gstande. Niemer het umegluegt, wemmer nume zäntume do gsi isch und doch niene im Wäg und allewil es luschtigs Gsicht gmacht het, so mängisch as mer au verstole het müesse s Augewasser abputze.

Nei, hani zletscht am Änd zur mer sälber gmacht, das isch e kei Läbtig fürnes rächts Schwizermeitli, wo glehrt het de Chopf ufha no vom Willhälm Tall noche. Do wotti lieber im hinderschte Hefti deheim hinderem Pult stoh und gspüre, as mer eim für öppis het, und as mer en Fure cha usrichte. Wer frogt derno z Paris inne, eb ei Matmesell meh oder weniger um de Triumphbogen ume zäberli? Aber deheime, dert weiss mer, wer mer isch und was mer cha. Und mer het öppen au no en ehrliche Chrischtename, wo im Kaländer inne stoht. I hätt e bald sälber vergässe!

Und so hani denn mis neu Gappöttli und de wiss Schleier und s Güdöpari und d Glasseehändsche abzoge und deheim di alte Gottonerröckli wider füregnoh, si simmer vill besser agstande.

«He nu», het de Vatter i Bart brummlet, won er mi isch cho abhole z Basel unde, «gschade hets der nüt, frönds Brot z ässe. Aber iez tuets es mit de Auschtere und Artischokegmües und Kaviarbrötlene und Chräbseschwänze. Jez gits wider Rosenöpfel und Burebrot und Bohne und Späck und znacht es Härdöpfelbreusi zum Gaffi zue. Und esone gfräcklete Pariserschangi mit gäle Chnöpfe am Chittel isch au keine meh ume Wäg, wo di uf Röllelistüele zum Tisch zue ferggt. (Het mer au scho so öppis ghört!) Derfür chausch der Muetter echli a d Hand goh, si hätts scho lang nötig, und anstatt go Gutsche rite zum Schöferhüttli vo der Marie-Antonette chausch im Ämmetalerjoggi go hälfe grase i d Wylmatte abe, das isch ebe so luschtig!»

Aber es isch nid lang agstande, so isch ei gsiglet Brief um der ander cho vom Aarauer Rothus änenume, wo mi dohi und derthi gwise het, wenns juscht anere Lehrgotte gmanglet het imene Gmeindli usse.

«Aber as d mer denn nid öppe bhangisch und wotsch esone überspannti Schuelmeischteri abge», hett de Vatter gmacht und het mi scharpf agluegt mit sine mächtige brunen Auge über der Adlernase.

«Du weisch jo, was i gseit ha, wo d hesch welle is Seminar: Studiere chasch minetwäge, so vill as i Chopf ie mag, mer treit nie schwer dra. Aber nochhär hesch Arbets gnue deheime, und überhaupt, du wirsch öppen au welle as Hürote dänke, wämmer hoffe. Wenn d en Lehrgotte gisch, so chunnsch diner Läbtig kei Ma über, i bi der guet derfür! Wer wett au eini welle, wo nid glehrt het choche und de Chopf nume a de Büechere het und allewil Tinten a de Fingere und verchrügleti Röck vom Umehocke? Nei, us säbem gits denn nüt. Mach mer nume nid de Schimel schüch mit settige Stämpeneie.»

«Was – e kei Ma über?» bini ufbrunne. «Chunnt euserein en Ma über wines Märtchrömli? Jowolle, do han ich en anderi Meinig vom Hürote. Und wenn mi eine dorum nit nimmt, willi wett öppis schaffe und mis Läbe noch mim Chopf irichte, denn sell er nume abzie um der Eggen ume, s isch kei Schad fürne. Und überhaupt, bis dohi isch es nonig a dem, es chunnt scho, wis mues und wis i de Stärne gschribe isch. Erscht rächt wotti iez en Lehrgotte abge, und säb wott i!»

Aber wemmer öppe meint, i heig das eso puckt use gseit, wis iez do ufem Papier stoht, so isch mer denn lätz dra. I hätt mi nid welle understoh und mim Vatter probiere en Red z ha, eh weder nid hätt es Donnerwätter dri gschlage. «Schwige und folge», hets do gheisse bim höche Militär, au wemmer kei Soldat gsi isch, «es wird si denn mit der Zit scho öppe verläse.» Aber i der Muetter hani zobe ufem Gartebänkli mis Härz usgschüttet, und si het mi verstande wi immer und het gseit: «Lach e nume lo mache. Es wird nüt so heiss abegschlückt, wi mers chochet. Wenn de Vatter denn gseht, wi d Freud hesch a dine Buebe und Meitlene, und di ghört brichte vonene und merkt, as der nüt abgoht derbi, so nimmts e sälber wunder, wis use chöm, und wer weiss, villicht vergöhnd em derbi no sini Mugge wägem Hürote. Gschit gnueg isch er jo derzue.»

Und richtig, einisch het mi de Vatter zobe spot no mitem alte Schimel a d Gisliflue hinder gfüert, wo de Schuelmeischter durebrönnt gsi isch übers gross Wasser und nünzg Schuelerchind dehinde glo het. Das isch do en Underschid gsi, Pariserbüebli und Thalemerchlöbi! Hans und Jokeb und Ruedi händ si gheisse und öppe no Hansjokeb und Hansruedi, und d Meitli Annemarei und Lisebeth, mer het nie chönne fehl go. Und nume für mir sälber Guraschi zmache, hani en lange Stäcke i d Hand gno: brucht hanene nume für noche z zeige a der Wandtafele vore. Und so zfride bini no nie gsi sid der Chinderzit as do, wo hundert bruni und blaui Auge zu früsch gwäschnige Gsichtlenen us a mi äne gstunet händ, was s ächt hüt wider Neus absetzi uf der Wält obe, und wi wit as mer ächt chöme bis s elfi schlöi am Chilezit. Aber vill armi Tröpfli hets drunder gha mit rote Näslene und sibemol plätzete Hoseböde, und Schuene, wo di rote verfrornige Zeche derzue us zännet händ. I ha nid andersch chönne, i ha müesse afo lisme und schnürpfe und Süppli choche ufeme Wigeischtampeli i der Zähnipause und nochem Füröbe, und i ha nid ehnder Ruei gha, bis s mer gsi isch, es mües hüt keis vo mine Schöflene hungerig is Bett goh. Do het mer einisch eine vo de zäche Jokeblene, de mit de grauen Auge und de gäle Schnittlauchlocke en Poschtcharte gschickt i de Wienechtsferie, wos druff mit grosse, verchrümblete Buechstabe häre gmolet gsi isch: «lipe Lererin ich hofe, wir wärden unserer Vröindschaft hinfort nie mer aufbieten.» Und das isch eine vo de schönschte Briefe gsi, woni miner Läbtig übercho ha. Njedere Satz isch mer ibrönnt blibe im Härz, und es het mi nid emol starch verstunet, woni zwänzg Johr drüberabe verno ha, de säb Jakobli seig en gschickte Mechaniker worde und heig en riche Ma abgge z Amerika äne. Aber au dert heig er di säb jung Lehrgotte nie vergässe, und er hätt vill drum gge, für si usfindig z mache. E Buebegschicht inere Schwizerzitig het em de Wäg gwise, und vorfärn – jo, do isch de säb Fabrikherr mit siner Madam übers gross Wasser cho und het gseit: «Lueged, liebi Frau, es isch nid gsi wäg de schöne gringlete Strümpfe, woner mer glismet händ. Settigi hets öppe a der Pfarrhuswienecht z Thale hinden au gge. Aber as d Strümpf voll Chrömli gsi sind – säb het mi überno, as i dänkt ha, iez will is durehaue, es mües öppis Rächts ge us mer.» – Wer se si do nid derwärt Lehreri z wärde nume wägeme einzige Möntsch, wo abeme guete Wort de Chnopf uftuet und eim zeigt, as mängisch juscht s Überflüssig s Nötigscht isch, und as s im Läbe zitewis villicht meh achunnt uf d Gumfitüre as ufs Brot sälber?

O, wi gärn weri blibe i mim Juradörfli und hätt am Tag witer gäxiziert mit mine nünzg Hansjokebe und Amereilene, und zobe gmusiziert und tanzet mit de Pfarrstudänte im grosse Bärestübli hinde, wo di halb Gmein zum

Pfeischter i zueglost und d Augen ufgspert het. Aber si händ halt wider en Schuelmeischter müesse ha wägem Turnerwäse und der Blächmusig und em Gsangverein, und wäg de Obeschöppe bim Bärewirt, dert hättis welewäg nid chönne präschtiere. De Herr Pfarrer Müller, wo das säb schön Buech über euse Aargau gschribe het, het mer no es prächtigs Zügnis ufgsetzt, wos zletschte drin gstanden isch: «Dazu kam noch ihr sittenstrenger Lebenswandel» (allwäg will i sini Pfarrstudänte eso schön i der Ornig gha ha). Und drüber abe isch mis Lehrgotte-Schicksal deheim scho vor der Tür gstande und het nume gwartet, bis is well inelo. I ha mi nid lang bsunne und ha s Bott agno und bi mim neue Dörfli zue gstiflet, wo nid emol azeichnet gsi isch uf em Aargauerchärtli und wo gheisse het: Ötlike!

D Jumpfer Lehreri

Händ er au scho öppe es Aug gha zum Wagepfeischter us gäge d Lägeren übere, wenn de Zug bim alte Stei verbi am Wettiger Chloschter duregschnüzt isch im Züribiet zue? Dert luegt das prächtig alt Landhus vom Bick über d Limmet ewägg. En isigi Brugg treit eim anstatt em alte heimelige Weidlig as äner Bort, und en Fuesswäg het obsi im Holz zue. Grad änefür am Buecheschlag isch Ötlike, mis Paredisgärtli. Mer gseht ems nid scho vo witem a, as en ganzi Wält voll Läben und Stärbe Platz het i dene elf Burehüseren inne, wo um di alt Schlossmühli umestönd wi Trabante um ihre Herzog. En Schnäggeturn luegt zu de breite Nussbäume us, de Rauch chrüselet obsi usem dunkelbrune Ziegeldach, Chüeschälle und öppen en Geislechlöpf sind di einzige Tön, won eim verzelle, as mers no mitem hüttige Läbe z tue heig und nid miteme verweuschtnige Platz. Über s steinig Bogebrüggli chunt mer zum Lindebrunne. Burefraue im rote Wehntalerbruschlatz gwirbe im Pflanzblätz umenand, rahni Manne mit brune Arme trampe hinderem Pflueg no oder lade s Heu uf d Brügi, s Grosi wägelet underdesse de Chli, und de Grosätti haut Widli für di neue Öpfelzeine – s isch alls no wi vor hundert Johre und blibt wills Gott no lang, lang eso.

Und i das versteckt nig und verlornig Lägerenäschtli ie – prezis am March zue lits zwüschem Aargäu und em Züribiet – isch di neu Jumpfer Lehreri amene schöne Morge igmarschiert so aller Freude und Gwunder voll, wi wenn si gradewägs abem Mon abe chem. Alles isch ere nagelneu vorcho: der alt Schuelpflegspresidänt mit de Vattermördere am rischtige Hömmli, i einer Hand d Schnupftrucke und i der andere di hundertjöhrig Lehrornig mit em Absänzerodel. De Gmeindamme im halblinige Mutze mit der Zipfelchappe und der Hornbrülle uf der Nase, wo eisder hin und här gigampfet isch. D Schlossmühli mit der steinige Schnäggestäg und de runde Bogepfeischterli gägem Mühlibach zue. De blind Urgrossvatter im höche Turnstübli obe, wo mit siner fine Flismerstimm us den alte Zite verzellt het und derzue mit de wisse Händ eim übers Gsicht gfahren isch für use z bringe, ebs no sametig azlänge seig oder voll Grüebli und Schränz wine eichigi Rinde. De Müller mitem staubige Sametchäppli und d Mülleri im wisse Chuchischurz mit der Chüechlipfanne überem Härdloch. Und am allerischönschte di heimelig Schuelstube mit em grüene

Chachelofe und em Schwarzwälderzit, wo di schwere möschige Gwichtstei all Viertelstund het lo aberassle. O, das lieb eichig Pültli mitem Chrutnägelimeie druff und di acht Bänk voll Bueben und Meitli, wo eis nueferer usegluegt het as s ander! Nei, wenn i no zäh mol uf d Wält chem, wi sis z Dornach unde usgänd, und i dörfft d Wehli ha: nüt anders wetti abge, as was i do, es ganzes Johr lang ha dörffe vorstelle: en Lehrgotte ufeme Buredörfli usse! Aber s müesst halt wider Ötlike si! Es müesst Wibervölcher ha, wo zobe s Spinnrad vüre nähme zum eichige Stubestisch zue, und Vättere, wo vorläse zu der alte Zwinglibible us, wo alli Giburte und Stärbete ufzeichnet sind vom Urähni här. Es müesst en Mühlibach ge, wo eim eis Lied ums ander is Ohr ruschet, wenns eim z wohl isch znacht zum Schlofe, und s dörfft ekei Isebahn verbirassle und ekei Wirtshustafele löckle. Und es müesst en Schuel si, prezis wi mini gsi isch: acht Klasse mit zämethaft sächzäche Schüelere, allmol e Bueb und es Meitli uf eim Bank. Und denn wettemer wider en Psalmvärs singe zum Afoh am Morge und es Lied zum Fürobe, mer wette druf los schribe und läse und rächne, bis mer allizäme roti Chöpf übercheme, und am Mendig gebs Biblischgschicht und am Samschtig es Märli. Und amene heitere Maietag gienge mer di ganz Schuel usen is Holz, uf d Bärgmatte und a Chatzesee, und zobe cheme mer hei, mit Seerosechränzlene ufem Chopf und Maierislene i der Hand und so voll Liebi und Freud, as s eim siner Läbtig änehätt und no wit drüberuse.

Jung si und aschickig und a Chindeseele dörffe schaffe, chas öppis Schöners ge uf der Wält obe?

I chönnt si hüt no abzeichne, mini Ötliker Schuelerpurscht. Do isch im hinderschte Bank der Albärt gsässe näbem Emilie zue, si händ enand s meischt Zit ume Hals ume gha und nocheghulfe bi der Arbet: er het schöner chönne zeichne und es besser rächne. Und der Albärt, das isch mis Meischterstück worde im Schuelmeischtere, i ha hütt no en Meinig, weni dra sinne. En Pflegel seig er und en Nütnutz und en uflüpfische grobe Kärli, het mer de Würeloser Pfarrer vo erscht a gseit. De mües i währschaft i d Finger neh und em nüt lo duregoh, suscht heigs gfehlt für di ganz Schuel und i chönn numen achtig ge, as s mir nid sälber a Chrage göi oder a d Züpfe. All Tag en Halbstund Aräscht und denn erscht no es paar Mol Dötzi, das seig s Mindscht, was dem Kolderi ghöri, wo no keis rächts Zeiche to heig, sid as er i d Schuel göi. I d Aschtalt mües er jo einewäg, wenns nid bald besseri.

«Nume gredt», hani dänkt, bi so lieb gsi mitem Albärt wi mit den andere, ha mer nüt lo amerke und binem ehnder no mit allerlei Pöschtlene under d Arm gstande. Er het dörffe für d Ornig luege uf de Schuelbänke und achtig ge, as d Stube schön gwüscht worden isch nochem Fürobe, und as njeders es paar Schitli zuetreit het am Morge zum Afüre. Zerscht händ em sini Gspane neume nid rächt welle ablose und händ e schreg agluegt über d Achslen ewägg. Aber nodigsno händ se si dra gwönnt und si derno grichtet.

I ha mi nid verrächnet gha. Es het eim bis z underscht i d Seel abe wohl to, wemmer gseh het, wi si de gäl Strubelchopf, wo allewil vorabe glampet isch, wi wenn er kei Hebi hätt, all Tag es bitzeli meh obsi glo het, und win eim di grüene Spärberauge wi lenger wi troschtliger händ dörfe aluege. Mit der Schuel isch er au besser z Rank cho. Tölgge hets fascht keini meh abgsetzt im Äxameheft inne, d Probrächnige sind ufggange wi gsalbet, vom Umemule und puckt Usege isch erscht rächt nümme d Red gsi. Wer wett au möge ufbigähre, wenn eim niemer derzue areiset?

Einisch het mi im Albärt si Muetter uf der Stross gstellt: «I chan ech nid gnueg danke, Jumpfer Lehreri, für alles, was er an eusem Bueb to händ und an euser ganze Hushaltig. O, was isch das ame fürne Höll gsi: so mängisch as der Albärt Aräscht gha het und verhaue us der Schuel cho isch, het em de Vatter scho abpasst mit em dopplete Garbeseil, und denn isch s Komedi no mol losgange. I hat mi müesse verstecke, as mi de Lärme und d Angscht nid halb zhindefür gmacht händ. Der Albärt het brüelet und isch lengeri usöder worde, de Vatter het d Türe gschletzt und isch unggässe is Fäld use, und di Chline händ gschroue und zitteret am ganze Lib – und iezig! Jo iezig schint d Sunne zu allne Pfeischteren i, wo mer früecher chuum gwahret het. De Vatter verzellt zobe obem Öpfelrüschte ei Gschicht um di ander us em Militärdienscht und vo der Sprützeprob und vom eidgenössische Schützefescht, und der Albärt lot si zue im Stal und ufem Fäld und isch allewil z rächter Zit i der Schuel – nei, wi händers au agstellt! Und gälled, ihr chömed denn zuenis as Wurschtmohl – eini isch scho überne Doppelzäntner schwer – mer lönd ech no äxtra es paar Ring Läberwürschtli lo mache mit Wibeerene drinn, ihr hands verdienet.»

I der sibete Klass sind zwe Buebe ghocket, wo s Züg gha hätte für einisch is Bundeshus z cho, wenn s Gält zum Studiere glängt hätt. Dene hani zuegschleikt, was i ha möge erlänge a Büechere und Gschrifte usem ganze Kanton, und so unerchant sind si is Züg gläge, as mer si fascht nümm zu der Schuel us brocht het bis as Inachte zue. Kei Hunger händ si spürt i ihrem heilige Ifer und kei Müedi gachtet, und Maschineli händ si bim Tusig no z Gang brocht, as ich bime wite Stäcke nümme noche cho bi. Am liebschte vo der ganze Schuel isch mer aber s Hanselis Heiri mit sim Chruselchopf gsi, wenn i scho nüt ha dörffe derglichen tue. Und s Karlini mues do scho gspürt ha, as näbem zue si Herr und Meischter fürs ganz Läben ufwachsi, es het em emel döselet und ghandlanget und nochem Mul gredt, wis numen aggangen isch, und er hets agno, wi wenn si das vorem sälber verstiend – vürnähm obenabe wi der usgmachtnig Herrebueb.

Er isch aber au eine gsi, de Heiri: immer zerschten am Platz, d Heft suber i der Ornig und allewil no Zit für öppis Apartigs, öppen en Landcharte z zeichne oder en Quadratwürzen us z zie oder en fröndi Pflanzesorte z binamse. Keis einzigs Untöteli hätt em chönne nowise s Johr i, s Johr us, nie isch de Heiri i d Sätz cho oder näben use trampet, mer hätt bim Wätter chönnen aneh, s wer alles zum vorus igrichtet und gredlet inem inne wi bimene guete Sumiswalderzit. Numen öppen einisch, wenni der erscht Bundesbrief z hande gno oder es schöns Gidicht ufgseit ha oder es paar Himelszeiche a d Wandtafelen ue bi go häremole, isch em langsam d Stirne rot worde und s ganz Gsicht bis i Hals abe, und mer hets frei möge gwahre, wis em fascht der Ote verschlage het. Und as i allewil es bsunders Aug gha ha uf de brun Rubelchopf, cha mer gwüss niemer verüble. Miner Läbtig hani nie meh settigi Chröm übercho, wi mer si s Hanselis Heiri ufs Pültli gleit het: En Buschle Stärneblueme früsch usem Buregärtli, wo s Morgetau no a de guldige Chröndlene ghanget isch. En Steizunge ab der Lägeren abe. Chatzeguld vom Grienhufe. Es Gmöl usem Chilemürli, und einisch no en läbige Heinimüggel, wonis de ganz Winter Musigg gmacht het zum Füröfeli us. Und derbi het er es paar Auge gha so luter wi Brunnenwasser und doch wachber wine Hüendliweih.

Wi isch eis au im Stand, öppis Ungrads z tue oder nume z dänke, hani mängisch bimer sälber gsinnet, wenn settigi Auge vor eim zue uf der Usluegi sind? Meint mer do nid, mer well di Junge alehre und wird sälber i Sänkel gstellt vonene? Schlot eim nid s Gwüsse bime njedere Uwürtli, wo mer öppe i der Täubi vürebringt, und bime njedere guete, wo mer versumt het? Wi cha mer sälber usem Ätter cho und vo der schlächte Wält brichte und d Liebi lo verchalte i eim inn, wemmer Chind um eim ume het, wo eim aluege, wi wenn si no en Schin hätte vo säbem Stärn, wo scho de drei Wise usem Morgeland de Wäg gwise het?

Weder es mues öppis dra si vo dem, wo mer einisch en alte Schüeler vörgha und s Mul derzue verzoge het bis a d Ohre hindere: bi der Jumpfer Lehreri heige d Buebe eisder en bsunderige Stei im Brätt gha. Vo de Meitlene weiss i emel nümme halb so vill! Nume di zwöi Chline im vorderschte Bank simmer blibe, wonene s Apizeh vorgmolet und s Eimeleis itrüllet – und Värsli gmacht ha, wonene iggange sind wi Baumöl. Im Läsibüechli isch jo nume vom «Apfeldieb» gstande und öppe no vom Ma im Mon oder es Gsätzli vom Auguschtin Chäller: «Wer hat den Brief nach Schenkenberg verloren? Ein Lügenbube sträusste gleich die Ohren.» Ufsätz hets au keini meh gge, wini si gläse ha i de färndrige Äxamehefte, wo d Wiege und de Sarg und der Obestärn und «Leid und Freud vomene Franke» a s Brätt cho sind. Nei, i ha mini Purscht lo verzelle vo allem, wo si sälber erläbt händ und was ene am meischte im Chopf umeggange isch, und uf d Fehler bini nid starch us gsi, die sind denn miter Zit vorem sälber vergange. Und denn händ si dörffe zeichne derzue und druf los mole, as mer besser verstande het, was di ungchamblete Sätz nonig händ chönne härebringe, und d Heft händ mängisch en Gattig gmacht wine Pflanzblätz, wo d Muetter Chabis und Chöl und Maiebohne und Chrutnägeli durenand gsetzt het. Und denn sind erscht no ganzi Buschle wildi Fürblueme derzue us gwachse. Und bim schöne Wätter simmer usgruckt und händ ab der Lägeren abe d Wält aglueget statt ab der Landcharte, s het woll besser bschosse. De Schuelpflegspresidänt isch fridi cho hüeschtele am nechschte Morge und het es paar Mol d Luft izoge und öppis brummlet vom Fulänze und Nareteie mache und Schueläxame, aber i ha dergliche to, i ghöri nid guet ufem linggen Ohr.

Was ächt de Schuelinspäkter sägi zu der neumodige Läbtig, hets öppe do und dert verlutet im Dorf ume. De Herr Inspäkter! Undereinisch isch er do gstande amene schöne Morge vor de Schuelhustüre, juschtemänd no wonemi es bitzeli verschlofe gha ha, will di vorig Nacht de Vollmon eso heiter gge het. Und denn no was fürne schöne junge Pfarrer vo Baden undenue: en Chopf wine römische Kaiser und schwarzes Chruselhoor, miteme Paar Auge drundervüre – nei, i wott nüt gseit ha – er isch jo katholisch gsi und uf d Hübschi het mer e dorum gar nid dörffen alucge, bsunderbar nid en Jumpfer Lehreri. «Glichet er nid i säbem Santgallermönch, wo d Herzogin Hadwig über d Chloschtertürselle treit het?» ischs mer dure Chopf gschosse.

Mini Purscht sind umenand gstande wi versteukti Hüendli. I ha de Schlüssel vertatteret i de Fingeren ume trüllet und han öppis gstaggelet vo «s Zit bstande» und «suscht no nie vorcho», aber di fin Prieschterhand het weidli abgwunke, und s het mer fascht welle si, de Herr Inspäkter seig nid halb esone Prüssische: s het em emel eso zwitzeret um d Muleggen ume.

D Schuel het guet igsetzt. De Schwizerpsalm het gar wohl tönt, d Burgunderchrieg sind gloffe wi am Schnüerli, d Bruchrächnige sind ufggange, und bim Eimoleis het keis einzigs dernäbe gschosse. Nume bi der Biblischgschicht het de Herr Pfarrer agfange s Mul verbisse und vo eim Fuess ufen ander trampe. Es isch aber au gsi wi verhäxet, as usgrächnet de Morge es njeders gmeint het, es müess es neus Sprüchli mache. Mer cha aneh, wi mer s Für is Dach gschossen isch, wo de Heiri verzellt het, der Elieser heig d Rebekka gfrogt, ebs ne well hürote? Und do heig d Rebekka glachet und gseit: «Jo frili!» Und wo s Karline brichtet, s Volk Israel seig durs Schilfmeer gloffe und heig gsunge: «Heil dir, Helvetia!» I bi i der Angscht zu de Chline dure gschosse, wo grad geschter no vom Paredis gha händ, wi wenn si der Adam und d Eva sälber atroffe hätte underem Gartetürli. «Was sind do de Kain und der Abel go mache ufs Fäld use?» frogi s Bertheli i der zwöite Klass. «Dänk, go Bäumli setze», hets gmeint. Do wott mer de Herr Inspäkter z Hülf cho und sälber abfroge. «Mer wänd es paar Heilandsprüch dureneh», het er gmacht. «Was heisst ächt das Wort: ‹Niemand kann zwei Herren dienen›?» Mi Heiri streckt weidli d Hand uf: «Mer cha nid en irdische und en himmlische Schatz näbenand ha.» Mit dem het de heilig Ma für einisch gnueg gwüsst vo miner Underwisig und het es grosses Frogizeiche i Sackkaländer ie gmolet. Erscht im Früelig i der Äxamered hani do es Träf übercho, und au s lang Usschlofe het er no azoge, aber will er si derbi verschnäpft und gseit het: «Liebe Lehrerin, verehrte Chinder», so hets mi nid starch möge.

Tags druf hets wider Wisite gge im Ötliker Schuelhüsli. Zwe dütschi Dichterjüngling sind agruckt über d Lägeren ie und hämmer iri neuschte Gsätzli vorgsunge uf der Gitarre. – Ganzi Schublade voll dere Gschmeus hani scho im Eschtrigstübli ufbige gha deheime. Der eint, de Karl Henckell vom Hannoversche här, isch usgwise gsi im Dütschen usse, will er de Wilhälm und de Bismarck gar erbärmli dureghächlet het im Näbelspalter: «Der Kaiser ist heiser, der Reichshund bellt, nun geht aus den Fugen die ganze Welt –»

(Es het säbmol no es Guraschi brucht für so öppis lo z verlute!) Drüberabe het er der Erika abem Schloss sini «Amselrüef» noche pfiffe und isch mitem Franklin Wedekind und es paar andere junge Stürmene go en Wältver-

besserigsverein irichte z Züri usse. Aber bi mir het das neume nid igschlage. Wenn si uf mi ie gredt händ i allne Töne, i dörff mi jo nid vergrabe imene settige Näschtli usse, i müess cho Dokter studiere und nochhär mit de alte Brüche hälfe abfahre und e neui Ornig ufstelle, so hani mini Züpfe über d Achsle grüert und gseit: «Nume nid gsprängt! I ha no gar grüsli vill z tue im Schuelhus obe und i der Mühli unde. I will ech lieber go es Gaffi mache und de Hasepfäffer ufwerme derzue, wo mer de Vatter i siner möschige Jagdchuchi inne gschickt het vo Othmissingen änenume.»
Denn isch d Mülleri weidli go e wisse Schurz alegge und het agfange de Chüechliteig uströle. D Anna Karenina isch verhandlet worde und di arm verhüderet Nora und säb grüsli Theaterstück vom Turgenjeff, wo d Vättere und d Söhn vo der ganze Wält hinderenand greiset het. Es isch öppis i der Luft gläge i de säben achzger Johre wi im Hornig, eb s Laub us de Bäume drückt: öppis Jungs und Läbigs und Uflüpfigs.
En scharpfe Luft het gweiht vom Norwägische här und het mänge düren Ascht abegrisse und ganzi Bäum umgschlage, wo innenoche murb gsi sind. No im altvätterische Aargäu het mers möge gwahre. Es isch eige mir säbem Strich Heimet. Di Frönde wüsse nüt dervo und hädere nume verbi underwägs zu de Schneebärge und Gletscherbäche. Aber allewil händ si öppe es paar fröndi Paredisvögel zue glo, wo nid im Allerwältsgleus noggange sind und wo für eusi Heidehübel und Buechehölzli und gschlänglete Juratäli es bsunders Aug gha händ. Z Othmissinge im alte Rössli het de Strindbärg ghuset mit siner junge Frau. Vo der Stross undenue het mer chönne gwahre, wi si zobe bim Liecht am Klavier gsässen isch und fröndländischi Lieder gsunge het. Mängisch isch si au imene lange wisse Schleierrock ufs Tarässli usecho und het de Mon agstunet. Di guet Seel het i eusem Dörfli gwüss di schönscht Zit vo ihrem junge Läbe gha und het allwäg no mängisch dra zrugg gsinnet, won ere de übersünig Auguscht gli drüberabe de Sack vor d Türe grüert het. Bimene Hoor wer i au i di säb gspässig Hushaltig iecho: I hätt selle mit de beide Schwedemeiteli, wo eim mit ihrem gäle Ringelhoor vorcho sind wi zume Märlibuech us, go schuelmeischtere i de Summerferie. Aber de Vatter het de Fade weidli abghaue: Imene settige frönde Kaländermacher und Komedischriber seig nid übere Wäg z troue, het er gseit und en Prise gno zu der silberige Schnupftrucken us. Er heig e jo scho mängisch ufglade ufem Ritwägeli, wenn er em öppe bigegnet seig bi de Buechen usse. Aber öppis äxtra Gschits heig er neume nie vonem verno. Ehnder seig em mängs verdächtig vorcho, won er heig lo

verlute. Wer weiss, villicht seig er am Änd no en Nihilischt oder suscht en Reveluzzer, won is well Wuescht i d Milch mache i der Schwiz inne. Nei, do lös er sis Meitli nid zue, es seig z gföhrli hüttigstags.

Oheie, Vatter, han i bimer sälber dänkt. Hesch mi nid grad vo de Schuelbänken ewägg uf Paris ie glo, wo no ganz anders umeflügt as sone nordländischen Isvogel? De bescht Vatter chan eim nid vorem Übel si, wemmer em nid sälber de Rigel stosst, Strindbärg hi oder här.

Aber mitem Schuelha und im Herrgott i d Wältornig z rede isches denn z Ötlike no lang nid gmacht gsi. En rächti Lehrgotte, bsunderbar wenn si eleigge isch und alli acht Klasse underem Dume het, die isch meh wärt für d Gmein as de sterchscht Ma chönnt errote. Was i do nid alls z vermuschtere übercho ha, es lächeret mi hüt no drob:

Alli Urseli und Umlauf und Gfrörizeche im Dorf ume z gheile, säb isch no s Mindscht gsi. Mer het jo scho sones paar Husmitteli parat gha: Heubluemeseckli und Chrozipflaschter und Huswürz und Aarwangerbalsam. Aber im Mühlimeili e Simpetiitrank a zge, as si s Seckelmeischters Hans wider zuelös. Imene arme Wittfraueli zu sim magere Muetterguet z verhälfe, wo de gizig Schwoger hindena bhalte het. Im Sagichnächt der Arm z verbinde, wo i d Fräsi cho isch. Do en Lismer alitsche und dert en Sundigjüppe z fade z schlo, das het scho meh z studiere gge. Hingäge der ganze Gmein a z rote, was si selle ufe Stimmzedel schribe, das het scho en anderi Nase gha. Am Sundig hani deheim de Vatter usgfröglet, und am Mendig sind di ledige Abstimmer scho vorem Schuelhüsli parat gstande für de Bricht ab z neh. D Ötliker händs erscht no uf s Puntenöri gno, as alls het müesse eistimmig zuegoh, ehnder sind si bis znacht am zwölfi zäme gstande und händ tischgeriert, bis z Sach im Blei gsi isch.

Jä und denn d Wirtslüt, was händ die gseit zu dere Abmachig? Wirtshüser hets keini gge i der Gmein inn, und gits wills Gott au hüt nonig. S isch allne wöhler derbi. Öpfel und Bire sind gnueg gwachse im Dörfli ume zum Moschte und Trübel zum Ichällere: Dicklutere und Clävener und Riesling. Und wenns einisch es Hochset gge het oder suscht het müesse gfeschtet si, denn isch mer is Schuelhüsli ggange, het s Eigegwächs imene Bücki inn zuetreit und d Eierzüpfe inere mächtige Chüechlizeine. S ganz Dorf het si zueglo, und d Jumpfer Lehreri isch au häregholt worde. Der Schuel het mer frei gge und d Bänk uf d Matten use treit, as Platz gsi isch zum Tanze und Singe. Und alles isch so manierlig zue und här ggange, as di vürnäme Stedtlerherre und Jumpfere nume chönnten es Exämpel neh dra.

Prezis wi anere Sichellösi und im Winter bi de Spinnstubete, wo do no Trumpf gsi sind. Zerscht händ di junge Purschte gjasset wi uf der ganze Wält, wo Schwizer zämechöme. D Meitli händ d Lismete brocht und d Wiber s Spinnrad. D Manne händ gräukt wi Türgge mit ihre gmolete Tubakpfiffe und de Rauch ewäggblose und Häxegschichte verzellt, as s eim frei de Rüggen ab gschuderet het. Denn het de Sagerjokeb d Handharpfe vom Sims abeglängt und en Hopser ufgspillt, so rächt en vatterländische. Di Junge händ enand gfunde, und di Alte händ si lislig dervo gmacht Es hättenes ums Verrode nid zue gge, öppis derglichi z tue, as ene d Musigg sälber i d Bei gfahren isch.

So isch de Summer ume ggange, mer het nid gwüsst wie, mit Schuelha und s Läbe z verwärre.

Wos ieghörbschtet gsi isch und d Tage afe gchurzet händ, bini go vorläse i de Burehüseren ume. S Annebäbi Jowäger und im Zschokke sis Guldmacherdorf und de grüen Heinerech sind eis ums ander ufs Tapet cho. Di ganz Hushaltig het si zueglo und de Sämf gge derzue, mer het si nume müesse ufhalte, was do für gschiti Sache vüretrolet sind. Gseht mir nid mängisch Chöpf ufem Land usse, si chönnte für ne Sokrates Modäll stoh? Mag liecht, si were no hübscher!

Alli Vierteljohr isch de Seckelmeischter agruckt und het mi Quartalzapfe zunere alte Säublotteren us gchnüblet. Aber s het halt nume tröpfelet, di drühundert Fränkli sind nie ganz zämecho. D Quittig hani einewäg ufgsetzt, und mit der Zit isch de hinderscht Rappe do gläge, mer het nume nid dörffe pressiere. Mer sell au aneh, was das fürne Sach gsi isch für zämethaft elf Hushaltige, es eignigs Schuelhus z ha mit ere Lehreri und ere apartige Neihschuelgotte derzue. Do hets gheisse d Batze zämehebe! Wenns mer jo nume glängt het für mis Turnstübli z zahle i der Mühli bi der Urgrossmueter, wo mer e so lieb döselet und so dicki Ankeballe uftischet het. Und es paar Batze het mer au no müesse ha für d Isebahn und für d Klavierstund bim schöne Herr Ryffel z Wettigen äne, und öppe für uf Baden abe a d Kurhusmusigg.

Einisch isch en Iladig cho für a d Lehrerkonferänz. Vo dene hani frili zämethaft nume zwo duregmacht, aber die hänns to für miner Läbtig. I weiss nid, worum as i nid so rächt z Schlag cho bi mit mine Herre Kollege, ebs a mir gfehlt het oder a ine, oder a beide zäme.

Und i ha doch no en alte Schuelkamerad gha derbi, de Fritz Marti, wo dozmol gschuelmeischteret und dichtet het z Ännetbade a der Oberschuel. O wi händ mini Purscht giuchset a säbem Morge im Brochmonet, wos gheisse het, si chönne wieder hei. Wi bini voll Freud dur d Matten und s Hölzli ab gloffe im Badener Schuelhus zue! D Lerche händ fascht es Loch gsunge i de blau Himmel ie, d Heinimüggel händ giget zum Mattegras us, blaui Summervögel sind ufgfloge bi jedem Schritt und händ en Tanz verfüert um mi Chopf ume, wi wenn er en Hungwabe wer. Di underschte Gidanke händ si obsi glo i der Seel und sind a der Heiteri obe dur und dur gschine worde, as i hätt möge singen und juchse bis änen use.
Aber das isch mer do gli vergange bi dem langwilige Gchlön, wo im grosse Konferänzsaal innen aggange isch. Vo de vilen Absänze und vo der magere Bsoldig und vom neue Lehrplan händ si brichtet, alles eso langfädig uszoge, as de Seminardiräkter Herzog allpott het müesse abschälle und d Abschtimmig areise. Und denn händ si eusers chli Trüppli Lehrgotte erscht nid zellt, wi wemmer au do nume zu de Abgänte ghörte wi a der Burgergmein. Potz abenand, wi isch mer s Bluet i Chopf gschosse! I ha weidli mis Käländerli vüregno und öppis drinie gchriblet, wo nid grad a allen Egge gschliffe gsi isch:

«Brillengläser, spitze Nasen,
kurze Fräcke, lange Phrasen,
viel Geräusch und leeres Stroh –
Lehrerkonferenz bravo!»

Es isch en räsi Gschicht worde bis zum sibete Värs, und s Gift wäg der Abstimmig het pärse au no use müesse:

«Ob du bist alt, ob jung, ob schön,
nicht einer hat sich umgesehn.
Und wird zuletzt dann abgestimmt,
und freust du dich, du schönes Kind,
dass endlich deine Stunde schlägt
und jeder nun den Kopf bewegt
nach Händchen rund und Augen licht:
Pah Frauenzimmer – zählen nicht!»

S Blettli hani usegrisse und hindere glängt. Du mini Güeti, was het das fürne Läbtig abgsetzt! Wemmer ines Wäschpinäscht iesticht, so chas nid erger zuegoh. S isch grad gsi, wi wenn das Zedeli ime njedere d Hand verbrönnti, so gleitig isch es vo eim zum andere gfloge. Under de Brülleglesere vüre sind fürigi Blitz ufgschosse, und wo mer zur Tür us sind, het mer zu allnen Eggen us ghört gauze und wättere: «E settigi Gäxnas! Woll, dere wämmer de Chambe abetue! Azeigt wird si. De Herzog wird dem Jümpferli scho heizünde!» Aber de säb het mer wohl welle. Es seig do en Chlag iggange wäge Ehrverletzig, isch i sim Amtsbrief gstande. Hingäge wüssi er öppis Bessers as nume sone eifältige Verwis us z teile: Also i mües a der nächschte Komferänz en Vortrag ha, s Thema dörf i sälber usläse. Do chönn i di Lüt z Bode rede, wenn is vermög. Oder denn mües i halt mini Träf au möge verlide wi vorhär di Herre Lehrer. Er chönn mer denn nid hälfe.
Jez, was hani welle mache? He dänk prezis s Glichlig, wo mer allewil s erscht gsi isch sid de Schüelerjohre und s ganz Läben us bis ufe hüttig Tag: I bi hei und is Pfarrhus dure grönnt, wo eisder e guete Rot parat gsi isch wine zitige Ärnöpfel, mer het e nume brucht azneh. Euse glehrt Herr Pfarrer, wos em erscht verwiche der Ehredokter gschickt händ vo Gämf änenume, tuet d Türe uf zu siner Büecherstuben und seit: «Do lis sälber öppis us, du bisch meini gross gnueg!» Und denn het mer de Vatter di dicke Schartegge im grüene Schlitte uf Ötlike dure gfergget. Es isch en mächtigi Verhandlig gsi über d Chrüzzüg, und was die fürne Läbrig agstellt heige i eusem Mittelalter. Tag und Nacht isch es iez anes Studiere ggange, vor der Schuel und noch der Schuel und zwüschenie. Der Grossmuetter ihres Gaffi het müesse verchalte und s Breusi verschmurre, und de blind Urgrossvatter het vergäbe uf sis Obigstündli planget. Nüt meh hani welle ghöre as vo de Tämpelrittere und Araberrösslene und gchnüpfte Teppeche und verschleierete Türggefraue und vom ganze neue glänzige Läbe, wo fascht zwöihundert Johr dure usem Morgeland zuenis überegruschet isch. Und woni alls binenand gha ha, bini zu de Mählsecke abe ggangen und ha agno, das seige iez mini Herre Kollege, wo d Ohre spitze und ufnes njeders Fehlerli ufpasse, wo öppe chönnt underlaufe. «Ums Tusiggottswille, was isch das fürne Lärme!» chunnt d Grossmueter derhar. «Bscht», mach i, «s isch Hauptprob» und i has fürnes guets Zeiche gno, as kei einzige Sack umtrolet isch vor Schräcke.
Und richtig, es isch gar nid übel usggange z Baden unde. Zum erschtemol im Läbe han i chönne gwahre, was das fürne Freud isch, de Möntsche gra-

dewägs i d Seel ie z rede. Es isch, wi wemmer chönnt ufspile uferen alte Meischtergige. Woni de letscht Satz gseit ha – es isch scho stockfeischter gsi im Saal inne – han i alles gueti Fründ gha um mi ume. Kei einzige het meh welle z Wort cho, alli simmer cho d Hand drücke, und bimene Höörli hätti no müesse mit zumene Schoppe i d Linde dure. Und so isch d Frauefrog glöst worde z Bade äne im alte Schuelhus, lang, lang eb mer si so grüsli derfür het müesse is Züg legge.

Gli drüberabe hets wider en höche Tag gge: I bi zwänzgi worde ganz i der Stilli. Es het gschneit, was abe het möge. De Briefträger het müesse übel lide, bis er sis Charli voll Päckli und Briefe dur di unbahnet Stross vo Würelos undenue gräblet gha het. Zerscht hämmer im Schuelhus gfeschtet mit Värsli ufsäge und Schlüferli ässe. Zobe hani i mim Turnstübli obe di zwänzg Cherzli azündt uf der Muetter ihrem Gugelhopf, ha im Vatter si rotläderig Goethe drum ume bige und im Franklin si Epiktet und d Hölderlin-Gidicht und ha dänkt: Schöner chas nümme wärde, weder as s iezig isch – en Schuel voll gschiti Bueben und Meitli, en Hufe Büecher, es guets Klavier und en Mühlibach, wo eim Tag und Nacht a d Ohre ruschet. Und vor luter Freud hets mer sälber afo töne i de Ohre und im Härz inne: (pärsee hani do no gmeint, s mües uf Hochdütsch si!)

«O Mühlebach, o Mühlebach,
wie lieb ist mir dein Rauschen,
wie mag so gern in stiller Nacht
ich deinem Liede lauschen» –

und so witers, bis s Augewasser ufs Papir abe tropfet isch. So gohts eim halt, mer cha nüt derfür. Es tet eim jo s Härz verspränge, wenn mer alls müesst verhebe, wo mer doch keim Möntsch cha säge. Druf hani no en höche Bärg under de letscht Värs zeichnet mit eme römische Zwänzgi ufem Güpf obe und ha eis Cherzli ums ander lo abebrünne, bis s stockfeischter worden isch um mi ume, aber i mer inne heiterhelle Tag.

Das het wider öppis z brichte gge bim blinde Urgrossvatter im Turnstübli obe, wo eim mit sim lange wisse Bart und dem heitere Schin ufem Gsicht allewil a de Erzvatter Abraham gmahnet het. Er isch nie müed worde mit Zuelose. Sini fine wisse Händ händ derzue uf der rotghüslete Bettdechi umegfingerlet, und die grosse leere Augestärn händ under de wissen Augsbrome vüre grediuse gluegt, wi wenn s Liecht müesst vo derthar cho. Aber er hets inem inne gha und isch drum nie trurig gsi oder masleidig, as er nüt meh gseh het sid mängem Johr. Zerscht hanem allewil no öppis müese ufspile uf mim brune Klavier, wo mer d Ötlikermanne mitem Bruggewage sind go abhole z Othmissinge und wo ihre Sächs fascht nid händ möge dur d Schnäggestäg uf gfergge. Und denn hämmer de früsch Bundesrot duregno und d Nazionalbahn, wo verlumpet isch und drü Aargauerstedtli fascht au no verworget hätt. (O, i bsinne mi no guet, woni sinerzit mit den andere Schuelchinde ha müese go hälfe singe bi der Iweihig: «Stehe fest, wenn deine Schwestern wanken.») Und was s iez au für neui Irichtige gäb uf der Wält obe, hämmer witers brichtet. Z Amerika fahre si mit de Dampfgutsche umenand wi bi eus mit der Isebahn, es chönn jede si eignig Konditkör mache. Und d Cherzestöck und Petroliumlampe und s Ölampeli chönn mer au bald uf en Eschtrig uestelle, und d Latärne bruch mer nümme z butze; es frogne kei Möntsch meh öppis derno, wemmer nume no bruchi amene Hebeli z dreihe und denn wärds heiterhelle Tag. S Poschtpapir chönn mer au spare. Mer trülli eifach en Lüti z ringselum und chönn denn rede mitem Scharz dur nes schwarzes Loch dure vo eim Kanton i der ander fürnes Feufbätzli, s mangleti nume no, as mer grad chönnt luege, was er für nes Gsicht machi derzue.

Das sind halt alles Sache gsi, wo de Urgrossvatter grüsli wunder gno händ, will er einisch en gschickte Maschinemeischter gsi und wit umenand cho isch uf der Wält, bis uf Konstantinopel abe, und zwöimol no ufem Sägelschiff übers gross Wasser. Won er en gmachte Ma gsi isch und es schöns Hüfeli Napolion im Lädergurt gha het, isch er hei zue gwanderet is Züribiet und staregangs uf Ötlike zum hinderschte Burehus, wo so hablich mit de wisse Mure zu de graglet vollne Öpfelbäume us glueget het. Dert het er welle go förschle, was s ächt us säbem schwarze Chruselchöpfli gge heig underdesse, wonem vor zäche Johre einisch uf der Walz agloffe isch mit eme grosse runde Öpfelchratte im Arm, wos fascht nid het chönne erbhebe. Er het em de Chorb abgno und heitreit und di Chriesiauge im Härze mitem gno i d Fröndi use. Kei schöni Türggefrau und kei Amerikanerjumpfere händ das Gsichtli chönne vertribe. Und juscht woner am beschte dra gsi isch mit Verzelle, de Grossvatter, goht iez d Tür uf und s Grosi mit sine Rosenöpfelbägglene chunnt ie z tripple. «So, bisch wider einisch a dem!» machts miteme güggelrote Chopf und schüsst weidli i d Chuchi use. «Wer wett au eisder möge vo de säben alte Zite stürme!» Aber de Grossvatter isch halt blind gsi und het di ebig Juget im Härz inn treit.

«Ihr händ doch gwüss au gar e keis übels Gsicht», het er einisch gmeint und isch mer mit sine linde Fingere über d Stirne gfahre. «I geb iez uf der Stell en Feufliber, wenn i es Minütli d Auge chönnt uftue.» «Säged mer lieber es Gidicht uf, Grossvatter», hani bättlet. «Ihr chönned jo so schöni, wi si i keim Namebüechli inn stönd.» «Öppe das vo der Poschtreis?» macht er und foht a:

«Es haben vill Dichter, die lange verblichen,
das Läben mit einer Poschtreise verglichen,
doch hat uns bis jetzt, so viel mir bekannt,
die Poschtstationen noch keiner genannt.
Die erschte füert sampft durch das Ländchen der Kindheit.
Da sähn wir, geschlagen mit glücklicher Blindheit,
die louernden Sorgen am Wäge nicht stehn,
und rüefen beim Blümlein: Ei, eia, wie schön!
Wir kommen mit klopfendem Härzen zur zweiten,
als Knabe und Jüngling, die schon was bedeuten.
Da setzt sich die Liebi mit uns auf die Poscht,
und reicht uns bald süesse, bald bitteri Koscht.

(Jumpfer Lehreri, i hoffe denn, si wärd Euch einisch nume süessi und ekei bitteri Choscht bringe!)

Die Fahrt auf der dritten bringt tüchtigi Schlägi,
der heilige Ehstand verschlimmert die Wägi,
oft mehren auch Mädels und Jungen die Not,
si loufen am Wagen und schreien um Brot.»

Jez wetti fürs Läbe gärn wüsse, wis witers gheisse het. Nume das isch mer blibe, as s lengeri struber zueg gangen isch uf der Reis, und as zletscht, wo de Wage im volle Lauf nidsi stürmt, eine im schwarze Mantel ufe Gutschnerbock ue gumpet und s Leitsel i d Händ nimmt:

«Der Tod auf dem Kutschbock als Poschtillion,
fährt wild über Hügel und Täler davon –»

Und de Hoggema isch denn au scho underwägs gsi, ohni as en öpper hätt möge gwahre. Aber nid wild isch er derhär cho, wis im Lied gheisse het, nei ganz satteli, wine lieben alte Kamerat, wo mer scho lang uf ne gwartet het und won eim früntli bi der Hand nimmt.

Einisch amene Sundig zobe, es het juscht z Väschper glütet a der katholische Chile z Würelos unde und i bi ganz eleigge mit der Grossmuetter am Bett gstande, chunnt de lieb Ma undereinisch ganz es heiterlachts Gsicht über und seit: «E was für en schöni Musigg, losed au, losed!» I bi gschwind use und ha alles zämegrüeft, was i der Mühli juscht ume Wäg gsi isch, d Meischterslüt und d Grosschind und d Uränkelbuebe. Alli sind ums Bett umegstande und händ s Augewasser abtröchnet und glost, wi der Ote allewil lisliger und liechter ggange isch vom Chopfchüssi här und z letschte ganz usgsetzt het. Kei Möntsch hätt es Töndli chönne vürebringe, so heilig still isches gsi i der Stuben inne, und jedes het binem sälber dänkt, es wett au einisch dewäg möge stärbe. D Grossmuetter isch lislig ufgstande, het di lieben Auge zuedrückt und het gseit: «I chume denn au gli!» Und denn simmer go Tannechris hole und di erschte Haselbüseli – s isch scho usezue ggange – und händ das Totestübli so schön usgstaffiert wines Chappeli am Muettergottessundig. Wo isch mi Angscht vorem Stärbe hi cho? Keis bitzeli hets mer meh gförchtet drab, sid i gseh ha, wi schön und rüeig as das cha zuegoh. Nume eis het mi no umedinget, und i ha nid chönne drüber ewägg cho: Wo isch iez di gross Möntscheseel hi cho? Läbt si nume witers i eusem Härz, oder isch si wider e Teil vo dem ebige Geischt, wo si i d Wält gschickt und wider zrugg gheusche het? Aber das hani gspürt, und s hätt mers niemer chönne usrede: Es goht nüt näben use uf der Wält, und mer mag abefalle, so teuf as mer will, seig mer es Blatt am Baum oder en Stärn abem Himel oder en Möntscheseel, öppis isch immer do, won eim uffoht und i d Arm nimmt, heissis iez Gott oder Natur oder au nume ebige Schlof. Und es isch nüt mitem «Azeige». Sid as i de blind Urgrossvatter gseh ha stärbe i der Ötliker Schlossmühli obe, chönne minetwäge d Wigglle brüele im Holz usse, so lut as si wänd, s Bohnechrut sell mira über Nacht wiss wärde, und di schönschte Spalierbäumli sellen abdore: Was muess cho, sell cho, dänki, i will em nid uswägs goh. Und s isch schön gsi uf der Wält obe, Gott Lob und Dank!

Am Urgrossvatter siner Gräbt isch s halb Züribiet zuegloffe. Und drissg Grosschind, wo au scho wider Buebe und Meitli gha händ, sind hinderem Totebaum drizoge dur s Fäld ab. Au i ha dörffe vorhär mit de Müllerslüte vorem Türndli zue ane langi Zilete stoh und d Hand usstrecke, wis dert ume de Bruch isch. Eis um s ander isch si eim cho abneh und het derzue sis Sprüchli gseit: «Tröscht ech Gott im Leid.»

Gli druf hani ne sälber chönne bruche, de Troscht. Mi eige jung Muetter deheim het afo särble und het d Auge zueto, eb si nume sälber gwahret het, wi bös as s mitere stöi. I ha müesse istoh für si, und d Schuelmeischterfreud het es Änd gha, und de Mühlibach het nümme für mi dörffe rusche.

O wi händ mini Chind briegget vom Chlinschte bis zum Gröschte und d Müettere derzue, wos as Adiesäge ggange isch und i zum letschte Mol de Chehr gmacht ha im Dörfli ume. De Gmeindamme het ei Prise um der ander vüre gchnüblet zu siner hölzige Schnupftrucke us, as mer nid merki, wis em sälber z Härze göi. De Schuelpflegspresidänt het der Ote wit ewägg blose und gseit: «Wenn Ihr denn es Papir wänd mit eme Zügnis, i schrib ech scho eis, aber es zünftigs!» Bis über s Brüggli und as Fahr abe z Chillwange isch das Zügli mit mer cho, alli sächzäh Schüeler, woni prezis es Johr lang ha dörffe gaume, und si händ enes nid lo neh, de Fährme het si au no müesse über d Limmet übere ruedere fürne Halbbatze.

«Chömed emel gli wider, Jumpfer Lehreri», het der Albärt vüre gworget und het si rotbluemet Naselumpe zum Hosesack us gmoschtet, «i will underdesse alli Tag mit de Chline äxiziere, as si nid alles vergässe.»

Aber i bi nid umecho, es hets neume nie meh welle ge. S Läbe het mi am Ermel packt und mi vürsi grisse und mängisch zringselume winen Eichertrülli. Eis Johr ums ander isch umeggange, und mis Ötlike hani nie meh gseh, nume no öppen im Traum. Hie und do isch en Brief cho oder en Bott us der Mühli, wo verzellt het, was s Neus gäb im Dörfli: wer gstorbe seig und wer im Chäschtli hangi und wos Juget gge heig. Aber es het mi lengeri weniger wunder gno und nume no as Ohr tönt wine liebi alti Bätzitglogge, wo vor Alter en Sprung übercho het.

Underdesse sind mini eignige Chind gross worde, und wenn ene verzellt ha us der säbe Schuelmeischterzit, so händ si gmeint, i redi Märlizüg. Wi wetts imene Chind chönne igoh, as d Mueter au einisch jung gsi seig und es eignigs Läbe gha heig? Das gits eifach nid!

Und undereinisch sind di zwo frönde Wälte doch no zämecho, mer het nid gwüsst wie! Es isch eige, wis mängisch zuegoht. Wi teuf underem Ärdbode fröndi Chreft a der Arbet sind, wo gwirbe und nüele und schaffe, ohni as mer öppis dervo gwahret a der Luft obe, so isch au z underscht i der Seel es feischters Chämerli, wo de Verstand nie ganz drinabe zündt. Und doch wird juscht dert alles zwäg gleit und vermuschteret, was denn einisch fix und fertig a d Heiteri chunnt. Es chunnt jo nüt abhande, was mer duregmacht het, seigs Guets oder Böses. Es setzt si woll z Bode und cha si lang still ha. Aber es einzigs Wörtli vermags ufzrode und wider läbig z mache, wis mir iez mit mim Ötlike ggange isch.

Es isch im Spotherbscht gsi, am Obig vorem Bättag. D Sunne het no welle alles Guld usteile, won ere vom Summer här no vörbliben isch. Di silberige Fäde sind i der Luft umegfloge, und hie und do het en Amsle lislig es paar Töndli agschlage, will si gmeint het, es wärd doch no einisch Früelig.

Aber s mues no öppis anders ume Wäg gsi si, wo eim as Härz griffe het. – Bini nid mängs hundertmol der Limmet no gfahre i dene vile Johre, und s wer mer nie z Sinn cho, us zstige z Chillwangen äne wi usgrächnet a säbem Obe. «Du, Lisebethli», säg i zu miner Züristudänti, woni grad bi go i d Ferie hole, «ietz göhmmer staregangs uf Ötlike!» Wi im Traum hämmer is übere Bach lo ruedere vom alte Fährme, won eim ganz a si Underwältsbrüeder, de Charon, gmahnet het. Mer het nid emol brucht vo sim Zaubertrank z probiere, di ganz Wält hämmer vergässe, wo mer s Hölzli uf und über das alt steinig Brüggli im Mühlitürndli zue gwanderet sind. Chunnt nid juscht en Wage voll Mählseck zum Dörfli us? «Eh, eh», macht de Mühlihannes und luegt mis Meitschi a, «isch das nid d Jumpfer Lehreri?» Witers – witers – s Härz bopperet mer wi nid gschit! Uf de Matte lütets. Schöni bruni Oberländerchüe lüpfe verstunet de Chopf, und en Schar Buebe tüend Öpfel brote am Muttfür. «De mitem brune Chruselchopf mues im Heiri si, i wett d Hand is Für legge!»

Jez umen Eggen ume zu s Gmeindammes Rigelhus mit de Chrutnägelipfeischtere. Es hübsches prings Fraueli im rote Wehntaler Bruschtlatz putzt d Händ ab a der guferierte Scheube: «Willkomm zuenis!» Eb de Ma au ume Wäg seig, frogi. Er isch im Stal gsi und het zerscht rüeig si Chue fertig gmule und di plattigvoll Mälchtere i di glitzerig Bränten ie gleert, eb er mer het chönne d Zit abneh. «Heiri, Heiri, kennsch mi nümme?» machi und luegem so härzhaft under d Augsbromen uc, as em s Bluet wider i Chopf schüsst wi ame i der Schuel: «D Jumpfer Lehreri!» rüeft er, prezis wi vorhär de Mühlihannes.

Wi wenn si nid meh as es Halbdotze vo der gliche Sorte gha hätte i dene ebiglange Johre!

Jez isches gsi, wi wemmer mit eme Stäcke imene Ambeissihufe inne tet nodere! S ganz Dörfli isch zämegloffe, eh weder nid het de Briefträgersämi no de Bricht umenand treit. Zit inere Halbstund hani die ganz Schuel wider um mi ume gha und d Läbesgschicht vo mim Gschärli usswändig gwüsst. Alli Buebe sind grote, nid nume de Heiri. Am beschte het si der Albärt gmacht, wo scho lang Gmeindamme worde wer, wenn d Ötliker no en apartige Hushalt dörfte ha. Aber vo mine Meitlene isch keis einzigs meh ufztribe gsi i der Gmein inne. Dene heig i de Chopf z voll gmacht mit mim Vorläse und Verzelle, het der alt Schuelpflegspresidänt gseit, wo allewil no blose het wine Lokemotiv und uf zwo Chrucke derhar cho isch z gwundere. Zwöi seige gradewägs uf Amerika, wo si underwise gsi seige, und heige bravi Farmersfraue abgge, hets gheisse, und di andere heige zu der Gmein us ghürotet, mer ghöri neume nümme vill vonene. «He nu», hani gmacht, «es schadt nüt, wenn d Wält echli Ötlikerbluet überchunnt, si hets öppe woll nötig.» Und denn hämmer i alli elf Burehüser ie müese go Trübel ässe und hürigi Nuss und früschbachnigs Roggebrot. Es het scho welle inachte, bis i äntli di steinig Schnäggestäg uf ha chönne springe i der Mühli unde, für im Lisebethli s Turnstübli z zeige und en Augeblick im Mühlibach zuezlose. Aber er het neume nümme gruschet wi ame. I weis nid, wos gmanglet het, a mir oder am Wasser.

Item, de Mon het gschine, wo mer bi de Sarbache verbi gloffe und no einisch über d Limmet gruederet sind.

Eso müessts eim si, hani bimer sälber dänkt, wemmer gstorbe wer und no einisch dörfft go umeluege i sim früechere Ärdeheimet. Und wo de Zug z Chillwangen äne wider abpfiffe het, so drückt mis Lisebethli de gross Sunnebluememeien a Baggen äne und seit:

«Hets mer iez eigetli traumt, oder simmer z Ötlike gsi?»

Bis Wedekinds uf em Schloss

Wines Dänkmol us uralte Zite stoht s Länzbiger Schloss ufem Felse hinderem Stedtli zue und luegt vürnäm übers Land ewägg mit sine Zagge und Türndlene, wo es njeders en apartigi Gschicht chönnt verzelle. Aber si lönd ene nüt lo ablöckle. De schwarz Kaiseradler uf de graue Mure und de Bärnermutz drunder vermöge au z schwige. D Pfeischterlöcher sind mit rotwiss gflammete Felläde vermacht, und s eichig Schlosstor isch verrammlet hinderem Fallbrüggli zue. Wenn nid all Stund emol di gross Turnuhr d Zit ageb, so chönnt mer aneh, s wer alls usgstorbe. Nume öppe vo eim Summer zum andere weiht s Stärnebanner näbem Schwizerfahne gäge s Rothus abe und git s Zeiche, as euse urüeiig Schlossherr[1] wider es bitzeli chunnt cho verschnufe vom Ismeer änenume, eb er e neue Alauf nimmt.

Ame isch es läbiger zueggange!

Mul und Auge hämmer ufgspert, wenn is de Grossvatter vo der Chouscht obenabe ufzellt het, was scho alles gloffe seig dert obe, wo i keim Läsibuech inne stöi:

Vom Chefiturn und vom Folterchämerli, wo si d Lüt trischagget händ. Vo säbem römische Kardinal, wo i de Staufnerchriege en reselute Länzbigergrof het lo is Burgverlies aberüere, und wo mer hüt no di usghölete Steiblatte cha gwahre vo de fromme Bätterlüte här.

Vom Kaiser Rotbart, wo en ganzi gschlagni Wuche dur ufem Schloss obe sini glänzige Ritterspil het lo ufführe und wo am liebschte ganz binis blibe wer, wenn er nüt Pressanters z tue gha hätt.

Vo de Bärner Landvögte, wo au gwüsst händ, wos schön isch, und wo euser Othmissingerchile en prächtigi Woppeschib händ lo iesetze.

Vom Vatter Peschtalozzi, wo all Wuche einisch durs Dorf gwälderet isch mit sine lange Chittelfäcke vom Neuhof undenue, für im Christian Lippe si Schlossschuel nochem Iferter Muschter under de Auge z bhalte.

Aber so rächt läbig simmer doch erscht worde, wenn s Wedekinds ufs Tapet cho sind, wo sid afangs de Sibezgerjohre uf dem alte Grofesitz Wäses gmacht und zäntume de Ton agge händ.

Jo, s Wedekinds ufem Schloss! Wenn i die müesst us miner Meitlizit ewägg dänke, so wers, wi wenn am heiterhelle Tag d Sunne abeging. Es isch wi

---

[1] Lincoln Ellsworth aus Chicago.

miteme alte Gloggespil, wo eim früe am Morge weckt und de ganz Tag i de Ohre lit: es paar verzüttereti Tön dervo laufe eim no i Schlof ie noche und vergönd nid emol im Traum, wemmer si dert au nümme cha heiwise. Scho z Othmissinge i der Underschuel hets eim allimol en Juck gge, wenns gheisse het: «D Schlossesel chöme vom Usserdorf här.» Denn simmer wi zume Rohr us uf d Stross use grönnt und händ das Märlifuerwärch agstunet: De Armin und de Franklin und de Willi, alli drei Schlossbuebe glichlig agleit mit schwarze Laggstifle und Lädergürte über de linige Chittle sind näb de Esle iegloffe und händ si öppe gsteukt miteme Rüetli, wenn si bocket händ. Im grüene Leiterwägeli inn sind das fin gmödelet Fridi und de schön Donald ghöcklet und mängisch no s chli Milli, won eim i sim sidige Lockechopf wines Ängeli vorcho isch. Aber no vill schöner hets eim dunkt, wenn di drei grosse Wedekindbuebe derhär z rite cho sind, bolzgraduf näbenand, jede uf sim graulachte Tierli. Es Stückli wit simmer no hinderne no trabet, und wemmer händ dörffe de «Hannibal» streichle oder der Muetter en Gärschtezucker abbättle für die zwöi Chline, so simmer im sibete Himel gsi.

Es paar Johr drüberabe isch mer der Sach scho nöcher uf d Spur cho, wo euse Franz mit em Franklin i d Bezirkschuel ggange isch und all Obe di neuschte Müschterli vonem heibrocht het.

Woll, das isch allwäg kei Gspass gsi für di Herre Lehrer, wenn di wätters Kärlisse all Tag e neue Streich usgstudiert händ unds mängisch e Läbtig gsi isch durs Schuelhus uf wi ime Suserfässli, wos de Spunte usejagt. «Franklin, gehst raus» – hets bireits all Tag zunere andere Stubestür us tönt, as s bald es Sprüchwort abgge hätt. Und amene ungrade Tag hets es liecht no chönne breiche, as all drei Wedekindbuebe, eine hübscher und nüträchtsiger weder der ander, im Gang uss umverhofft zämecho sind. Do händ d Strofe nüt abtreit, ehnder no guslet. Grütz händ di Purschte gha, as mer s halb Stedtli dermit hätt chönne versorge. Und derzue öppis Amächigs und Apartigs, wonene im Bluet gläge isch und wo gmacht het, as mer ne eifach nüt het chönne absäge, und wenn si eim gheisse hätte s Blau vom Himel obenabe hole. Au deheim ufem Schloss obe hets mänge Schräcke abgsetzt, wenn der eint oder ander ufne Turn ue ghläderet oder ufere zaggete Mur umegrütscht isch, as er hätt chönne Hals und Bei bräche. Aber das het erscht rächt der Sach de Boge gge.

De Schönscht und de Brevscht vo allne isch der Armin gsi, er hätt fürne heilige Georg chönne härestoh.

De Willi mit sine fürige Auge het fascht es Loch brönnt i Meitlibank übere i der Singstund, aber im Franklin sind under sine zämegwachsnige Augsbrome vüre ganzi Ragetefür ufgschosse, as mer hett chönne froh si ungschlage dervo z cho. Für dem Meischter z wärde, hätts allwäg anderi Mitteli brucht weder de säb haslig Stäcke, wo de rothörig Räkter einisch i siner Täubi uf sim Rügge verschlage het. Keis Müxli hätt er vonem gge. Aber morndrigs isch es Värsli i der Klass umeggange mit Übernäme für de «schön Wilhälm und di bös Bertha», wo dem allmächtige Schuelmeischterpaar siner Läbtig aghanget isch:

«Ewig werde ich verfluchen
böse Bertha und Spion,
werde noch nach Jahren suchen
heimzuzahlen ihren Lohn.
Eng verbunden Molch und Drache
brüten am Zerstörungswahn,
denn es kommt der Tag der Rache,
und die Eumeniden nahn.»

Mir händ jo frili bime wite Stäcke nid gwüsst, was d Eumenide für Uflöt seige, aber deschto uheimeliger sind si eim vorcho. Und as mer si mues wehre, wi mer cha, wenn di ganz Wält wott uf eim abetrole, das isch eim au nodigsno ufgroche.
Vom «Johrhundert des Kindes» het mer di säb Zit no nüt ghört töne, und mer hätt fascht chönne aneh, nid emol vom Vatter Peschtalozzi. Wo amene ungsinnete Ort es Schössli het welle usschlo oder en Trib si Lauf ha, weidli sind si abghaue und bstellt worde, eb si hätte chönne es Unglück arichte. As s en ganzi Wält vo Märlene und Liedere und Heldesage git, as d Wältgschicht eim cha Härzchlopfe mache und e Reis uf der Landcharte der Ote abstelle vor Freud, vo dem het mer wenig z merke übercho. Was es Gidicht seig, isch eim bi de Schillerballade gottlob vorem sälber uffgange. Aber di säb Site vo der Glogge, wo vo der Liebi d Red isch, hämmer müese überhüpfe bim Uswändiglehre. Das hätt si nid gschickt. Mues s eim denn wunder neh, wenn is im Franklin sini Värsli iggange sind wi Hung, bsundersch, wenn s Jugetfescht gnochet und eim s Bluet weidliger i Chopf tribe het?
S Länzbiger Jugetfescht! O denn sind scho di ganz Wuche vorhär d Kadete mit Chörbe und Leiterwägeli usgruckt is Lind und i Länzet abe go miese,

und ei Meitliklass um di ander het dörffe i d Turnhalle go büschele und singe. Am letschte Tag sind die grosse Viertklässler i alle Gärte umenand go Rose und Ille heusche, wo mer scho lang gschonet het für si i d Chränz ie zstecke und ume Taufstei ume, s ganz Stedtli isch ines Fieber ie cho, bis d Chile verchränzt gsi isch und zu allne Pfeischtere us Meie und roti Papirlatärne und blauwissi Länzbigerfähne ghanget sind. Denn händ d Müettere di wisse gsterkte Musslineröckli parat gleit und di gspitzlete Naselümpli und Buggeepapir und de ganz Gstaat bis ufs Hömmeli abe, und de Grossvatter isch ums Hus ume trampet für z luege, eb d Granate no z rächter Zit ufggange seige für a d Uniform äne z stecke. All Obe het d Stadtmusigg Prob gha. Im Schuelhus sind d Gwehr usteilt worde, und d Kadete händ de Meitlene obem Chränze verschtole Zedeli zuegschoppet mit vile Frogizeiche druff. Aber d Wedekindbuebe händ meh Gleich gha:

«Ach, ich kann nicht besser zielen
als nach deinem Herzen hin,
und mir zeigt dein holdes Schielen,
dass ich dir auch teuer bin» –

hets gheisse uf dem Papirli, wo de Franklin im schöne Miggi Eich mit de guldige Hoore wine Chrüzritter ufem Sabelspitz isch go härelänge. Und sinds nid au wider d Schlossbuebe gsi, wos teufschst Kumplimänt gmacht händ bim Taufstei vore, wenn de wisshörig Stadtwöibel di nagelneue Franke zum garnierte Bogechrättli us verteilt und njeders Schuelerchind bi sim Name abgrüeft het? Isch nid de Franklin am Freischaregfächt uf der Schützematt mit sim Sabel go umefuchtle erger weder en Türggegäneral? Und wenn au d Schuelpfleg wäg sine Lütenantschnüere brummlet het, so ischem d Kadetekomission wider cho d Stange ha: Si gäbe jo zue, as de Wedekind en «Schlingel» seig, isches im Protikoll gstande. Aber obem Äxiziere mach er si Sach meh weder rächt, und überhaupt müess mer halt zuege, «dass er sich zu präsentieren wisse»! Do het mers! Öppis vorstelle mues mer uf der Wält obe. Und wemmer no derzue es Mundstuck het wi gsalbet und es paar Auge wine Häxemeischter, so cha de sterchscht Ma nüt usrichte dergäge!

Nochem Jugetfescht het es neus Sprüchli de Chehr gmacht bi de Kadete umenand:

«Und er tanzt, so lang man geiget,
mit der Dame unverdrossen.
Bis der schöne Tag sich neiget
ist er ganz in sie verschossen.»

Wi de säb Rattefänger isch mer de Värslimacher mängisch vorcho, wo sinerzit d Buebe und d Meitli vonere ganze Stadt hinderem noche glöcklet het mit siner Pfiffe. Und s isch nid lang agstande, se hets mer sälber i d Ohre tönt, di Zaubermusigg, wo de Franklin siner Schwöschter und mir d Gidicht itrüllet het fürs Schüelerkonzärt. Woll, das het do andersch a d Wänd äne tönt, womer «Des Sängers Fluch» und «Die Jungfrau von Stavoren» i Saal use gwätteret händ und d Lüt nume händ müesse stune, wo settigi Spränzlig d Stimm härnähme. As mer bi dere au chönn Regischter zie wi binere Orgele, das wer mer allwäg nie vorem sälber iggange, und no hüttigstags lit mer im Franklin sis Deklamiere i de Ohre, bald höch und bald teuf, as s eim frei s Härz zämeziet. Das isch jo au nid z verachte gsi, säb fin Hochdütsch, wo s Wedekinds vom Hannoversche här i d Schuel brocht händ und wo mer ne erschröckli gärn abgluschteret hätte. Aber s isch nume deschto hölziger usecho.

Nodigsno bini wi lenger wi besser deheime gsi bi s Wedekinds ufem Schloss. O wi het mer nie gnueg übercho, für zerscht ufe Söller usestoh und i d Wält abe z luege über d Dörfer und d Schlösser ewägg bis i Schwarzwald hindere und denn es paarmol ufem grosse Wasserrad z trampe und Steindli i chlofterteuf Sod abe zrüere. Hets öppis Schöners chönne ge as Chruselbeeri und Zantehanstrübeli z günne am Gartehag und Viöndli uf de hindere Schlossmatte, Versteckis z mache i de Chefene umenand und Pfänderspil under de hundertjöhrige Lindebäume? Und wenn eim drüberabe s Schlossjümpferli isch cho bi der Hand neh und a de gross Eichetisch im Landvogtsaal füere, wo vor jedem gmolete Gaffitassli en höchi Stabälle gstande isch, denn het mer vor Freud fascht s Zobe vergässe. Wine Ritterfrau us der alte Zit isch eim di schön Schlossmuetter vorcho mit ihrer wisse Latzscheube und em Schlüsselbund uf der Site und de Chriesiauge under de schwarze Züpfe. Ihres Gschärli Buebe und Meitli, das hani gli duss gha, het der Frau Dokter Wedekind meh ggulte as di ganz Wält, und allimol wenn wider eis zur Tür iecho isch, so hets ere e Schin gge ufem Gsicht, wi wenn d Sunne ufgieng. Do obe isch eifach en andere Luft ggange as im Stedtli unde und au as deheime z Othmissinge. I ha zerscht sälber nid gwüsst, wos het. Aber mit der Zit ischs mer denn scho ufggange, as de Wind vom Kalifornische här mängs zuetreit heig, wo euserein nid drüber cho wer. Euse Vatter isch jo woll au i der Wält umecho und het wit übers March use gseh mit sine Spärberauge und vo Chli uf d Zit agwändt mit Schaffe und Lehre, as mer ane ue gluegt händ wi d Chinder Israel a de Moses. Und eusi Muetter isch halt eifach d Muetter gsi, wis niemer eso gge het, nume as si nid so vill hätt selle briegge. Aber het si chönne äxiziere mit ihre Purschte i alle Sproche wine Profässer und denn doch handchehrum wider as Klavier sitze und singe wine Lerchevogel? Im Gärtner und de Taglöhnere uf d Ise goh im ganze Schlosswäse umenand und zobe erscht no de Saal voll Lüt zämetrumbe, wo tischgeriert und d Zitige verläse und derzue gmusiziert händ wi di lödige Ängel? Und het si eim erscht no chönne znacht am zölfi, wemmer drum bättlet het, im lange brodierte Schleierrock en morgeländische Tanz vormache ufem rote Araberteppich? Nei, das het si währli nid chönne! Mer isch eifach usem Luege und Stuune nie usecho, und doch isch mer gsi wi deheime um di läbige Schlosslüt ume, wo es njeders gwüsst händ z neh und s Bescht usem usezhole.

Mit der Zit bini allewil heimeliger worde mitem Fridi Wedekind, wo no kei Möntsch dänkt hätt, as s einisch mit siner Nachtigallestimm di halb Wält chönnt verzaubere. Mer händ di erschte Gsätzli usem Ovid zäme vermuschteret bim junge Herr Heimgartner mitem Griechechopf, wo gli drüberabe gstorbe isch, und Religion gha bim vürnäme Herr Pfarrer Juchler, wo au d Brüedere underwise het, gärn oder ungärn. Und zwüschem Schloss und eusem Othmissinger Burewäse a der alte Bärnerstross isch mer hin und här ggange wi ufeme sunnige Mattegleus, wo en alti Gwonet zwägtrampet het.

Am Sundig het denn euse Vatter lo ispanne und isch mit eus zwöi Gspändlene usgfahre i Bräschtebärg an Hallwilersee or is Schinznacherbad go d Musig lose, und wemmer ufem Heiwäg bim Monschin wider eis Lied ums ander abglo händ, so hets de sträng Oberschtevatter frei überno, as er de Chopf hindere dreiht het: «Fridi, wird mer nume nid hochmüetig!»

Wenn d Muetter deheime bache het, so hani es grosses Burebrot ufs Schloss ue treit am Samschtig Nomittag und Eier früsch abem Näscht und guldgäli Hungwabe zum Imbihüsli us. Und denn simmer ufs Schlosstürndli ue und händ d Bei ussenabe lo lampe und zwöistimmigi Lieder gägem Staufbärg dure gsunge: «Lieber Nachbar, ach leiht mir doch eure Latern» und «Der Sänger hält im Feld die Fahnenwacht», bis s Bätzit glütet het vom Stedtli undenue. Und es Luege isches gsi über de feischter Länzet ewägg zu de blaue Jurabärge dure, as mer nume hätt möge der Sunne nochezie mit de Obigwülklene und keis Wörtli meh säge.

Aber s isch mer eifach vorcho, di Amerikanerlüt bruche meh Spazzig as euserein, und s seig no öppis vom Urwald an ene bhanget und vom grosse Wasser mitem mächtige Himel drüberie. Wenn di Junge öppis z vorderscht gha händ, so sind sis troschtli go vürebringe und händ nid zerscht bruche s Härz i beed Händ z neh für öppis z froge. Alls Libermänts isch am Tisch verhandlet worde, vo de frönde Ländere und Indianerbrüche bis zu de neuschte Wagneropere und em Grüene Heinerech, wo do juscht Trumpf gsi isch, und wo d Frau Dokter nid gnueg het chönne dervo verzelle.

Underem Johr dur hämmer au en grosse Blätz us ihrer Jugetzit verno, und das het eim d Wänd vo der eignige Wält allewil witers usenand tribe. Und denn het de Franklin lang chönne mit der Tante Plümacher tischpidiere, worum as de Herrgott d Wält dewäg igrichtet heig, und ebs nid gschiter wer, si stiend überhaupt nid, und was alls über di bös Sach brichtet worde isch vom Aristoteles ewägg bis ufe Kant und de Schoppehauer abe; mir händ nümme häftig glost. Vo säbem Sägelschiff hämmer welle ghöre, wo di sächzähjöhrig Emili Kammerer, wi d Frau Dokter aso ledig gheisse het, druff ganz eleigge mit ere Schar Matrose ums Kap Horn umegfahre isch, für mit ihrer schöne Schwöschter Sophie en Konzärtreis uf San Franzisko abe z mache. Nüt het si binere gha as es Bündeli linigi Hömmli und Gottoneröck vo der Steufmueter z Züri usse und ihre gsund Möntscheverstand zsant em guete Schuelsack vo der Landtöchtereschuel här und en Stimm wine Glogge, wo de Meischter Heim zwäg gschliffe gha het. Aber wo di gross Wienersängeri underwägs zumene chline Chind zue no s gäl Fieber übercho het und z Mexiko is Meer abeglo worde isch, het di guraschiert Tante das arm Hüdeli, wo de Vatter au no im Stich glo het, ufen Arm gno und isch sälber uf d Bühni uegstande. Es isch nid lang ggange, so het si i feuf Sproche chönne singe und Theater spile, und s isch ere nid liecht acho, mitem Dokter Wedekind, wo zwänzg Johr elter gsi isch und bireits e schöne Fäcke vom Läbe hinderem gha het, wider i d Schwiz zrugg z fahre. Aber d Liebi isch Meischter worde, und wo uf dem schöne Grofesitz ihri Buebe und Meitli wi d Fürschte händ chönne dervowachse, hätt si mit niemerem meh tuuschet.

Das het e keis Ändi welle neh mit Brichte und Ufzelle, wemmer einisch wider uf di alte Zite z rede cho isch und eim di schön Schlossfrau au no vo ihre Chindejohre verzellt het, wo de Vatter Kammerer sini beede Töchtere bi de beschte Zürimeischtere het lo schuele. Im grosse sunnige «Württebärgerhus» im Seefäld usse het de uflüpfisch Schwobema und früecher Müsfallehändler, wo sell d Zündhölzli erfunde ha i der Feschtig Hohenaschberg obe, hunderti vo Kanarievögle zoge under de Pomeranzebäume und Roselaube, und zoberscht ufem Dach isch erscht no en Windharpfe ufgmacht gsi. Alli Inschtrumänt het er chönne spile vo der Flöte, Handharpfe und Klarinette ewägg bis zum Tafelklavier, und mer muess si nid drüber ufhalte, as das urüeiig Musikantebluet no bis is dritt und viert Glied use Meischter worde isch.

Ganz vome andere Schlag isch de Vatter Wedekind gsi. Mer het e wenig gwahret, de Eicheschützlig usem uralte nidersächsische Herregschlächt, wo i sine junge Johre i türggische Dienschte gstande isch und bis uf Babylon abe dokteret het. Wone anno Achtevierzgi si Demokrategeischt zum Frankfurter Parlimänt us und wider übers Meer tribe het, isch er eine vo de Gründere vo San Franzisko worde, het dert Freiheitslieder dichtet und de gröscht Schatz, d Muetter vo sine Chinde, mit i di alt Heimet zruggbrocht. Aber wenn d Liebi au no so gross gsi isch uf beede Site: wo zwe herti Stei zämechöme, so gits Für. Wi Sunne und Mon simmer di Zwöi vorcho, wenn eis cho isch, isch s ander ggange. Mit der Zit het si di jung Muetter lengeri meh zu de Chinde zueglo, und de Schlossherr mit sim wisse Chnebelbart und stife Rügge isch nume z Ässeszit a si Platz obe am Tisch cho und het öppe e Satz derzwüsche grüert mit siner Bassstimm, wo mer frei drab verschrocke isch. Zmitzt i sine Büechere und Sammlige inn het er im «alte Schuelhus» äne fascht wine Eisidler gläbt. Vo de grosse Meerreise här sind sini drei höche Stube bis a d Dili ue gstacket voll fröndländischi Sache bige gsi: Glaschäschte mit alte Münze und zinnige Tällere, Steibiel und römischi Armspange, indischi Lampe und chrumbi Türggesebel, und a de Wände sind i breite Guldrahme Portrett ghanget, wo eim d Kleopatra mit der Schlang a der Bruscht en grüsligi Schuder igjagt het. Hie und do isch de Schlossherr uf Züri use sine Händlere noche und öppe es Schöppli go ha im Gottfrid Chäller siner «Öpfelchammer», wo mängisch au sis jüngscht Töchterli mitem offnige Lockehoor het dörffe mit. Dernäbe heter d Frau lo gwirbe und regiere und het en mächtige Stolz gha uf sini gschite Buebe und Meitli, wenns em scho mängs änegmacht händ. «Das ist unser Denker», het er öppe de Franklin vorgstellt, und wonem d Schuelpfleg mitem «Consilium abeundi» dräut het, so isch er gradewägs zum Räkter ggange: «Hat der Bengel wieder was angestellt?» Siner Läbtig het er kei schwizerdütsche Satz chönne härebringe.

Aber as usgrächnet ich e Stei im Brätt gha ha binem und troschtli a siner Tür ha dörffe achlopfe, das hanem höch agrächnet. Eh weder nid sind es paar gschliffnigi Hexameter derhinder gsi, woni einisch umnes beinigs Papirmässer umegliret ha und wo im Vatter no meh Freud gmacht händ as der Tochter. Mir hänger halt mit de Griechegöttere gha säbzmol, und s Fridi isch der Amor gsi und ich d Minerva, wo zletscht het müesse säge:

«Schone auch fürder, o Amor, das Herz deiner streitbaren Freundin,
sende dein tödlich Geschoss nicht hin zu dem göttlichen Busen,
denn ich muss streiten und fechten und bin nicht geschaffen zur Minne.»

Was s do z lache gäb, hani lang nid gmerkt, aber i ha allimol frei zitteret vor Reschpäkt, wenn i en Stund ha dörffe zueluege, wi de alt Herr sini Raritetechäschte uspackt und verleit und imene lange Katelog inn azeichnet het.

De Schuelwäg vo s Wedekinds isch bi der «Burghalde» verbiggange, wo de glehrt Herr Wullschlegel i sim Turnstübli obe johrus johri mit amerikanische Summervögelraupe und Chäberlarve ghandiert het. Dert hämer is mängi Stund vertörlet, und di drei Wedekindbrüedere, wo ihres nosüechig Wäse scho vom Vatter überno händ, sind mängisch erscht bim Inachte heicho. Es isch halt eige, wi gli as mers gspürt, wenn neume öppis Läbigs umewäg isch, und wi mächtig as eis Glüetli s ander aziet, und wenns zum hinderschte Egge uszündt.

Aber au suscht hets di säbe Johr mängs z luege und z lose gge im Stedtli umenand, wo eim de Chopf höch und s Härz z chlopfe gmacht het.

D Seiltänzer sind agruckt und händ s höch Seil übere Chroneplatz gspanne vo eim Eschterigpfeischter zum andere. De alt Knie het sälber en Amelette bache zmitzt druf obe, s schön Anneli isch im churze Röckli cho tanze, und de dumm Auguscht mit sine mählige Bagge het all Johr di glichlige Gschichte verzellt. Im Theaterhus, wo undeninne d Säu gmetzget worde sind, het de Cecilieverein de Waffeschmid gsunge mit der furige Minna vo Greyerz ab der Dresdener Musikschuel, und uf der Schützematt sind grossi Feschtspil us der Schwizergschicht härebrocht worde, wo d Fanny Oschwald-Ringier gschribe und sälber ghulfe het uffüere. I der Leueappitegg het ihri Schwöschter Bertha Jahn dichtet und im Pfarrhus d Molly vo

Greyerz und a der Niderlänzerstross d Blanche Gaudard mit de offnige Sidehoore, und die ufgweckte Schlossbuebe händ öppe nid welle dehindeblibe, für zäntume de Nidel obenab z neh und im glichlige Ton witers z fahre.

Bsunderbar de gross Franklin us der oberschte Klass het us allne usegstoche. Woner nume änecho isch mit sim ufgstelltnige Wällehoor über de teufe Auge, hets agfange wätterleine um ne ume. Er isch di säb Zit allewil es bitzeli obenie gloffe, wi wenn er öppis wett sueche. Eisder isch öppis ggange binem, seigs Guets oder Böses. Aber was mi agoht: i ha nüt as Guets erfahre vom Franklin. Er het jo woll allne Meitlene de Chopf vertreiht und de Müettere derzue, aber er het si au wider gwüsst izränke, as s en Art gha het. Wenn d Grossmüettere und d Tante urüeiig worde sind übers Jugetfescht, will ers au gar erschröckli tribe het mit sine übersünige Liebesbrieflene, so isch er si gwüss zäntume go veräxgüsiere und het di abbättlete Portretthölgeli ordlig wider umebrocht. Frili mit eme Sprüchli derzue, as s eim fascht wider groue wer:

«So ziehe denn hin und verrat es nicht,
dass du meine Liebe gesehen!
Und was mir aus deinen zwei Augen spricht
und meine Gefühle so klar und licht
wird doch kein Dritter verstehen.»

Derzue het de Franklin vo Bueb uf s Züg zume Schumeischter gha, i has meh weder einisch a mer sälber erfahre. Nid nume as er zäntume z Bescht gredt het unds em nid wohl gsi isch, wenn nid alli Auge gglänzt händ umne ume, er het frei druf gspackt, für chönne de Schutzängel z spile. Jo s het mer mängisch welle vorcho, es machem en Wältsfreud, für d Lüt hinderenand z reise und denn hübscheli wider is Gleus z bringe, wis eim öppe cha de Gluscht acho, für ine Ambeissihufe iezstochere und zuezluege, wi alls wider i d Ornig chunnt.

Aber no vill meh sind em, wi eus allne, di grosse Froge vom Läbe und Stärbe uf der Seel gläge. Zäntume het er sini Ohre gspitzt und nid nume i der Biblischgschicht, nei no bi de Grieche und im Talmud umenand gförschlet, für öppis usezfinde, wo Händ und Füess heig.

«Do si isch besser weder nid do si», het einisch di eint Part vo der Hushaltig welle ha obem Zobig im Woppesaal.

«Nid do si isch besser as do si», het di ander gmeint. Aber will mer iez einisch do seige, so müesemer öppis Rächts mache uf der Wält obe, het de ebig Spintisierer bifole, und derbi isches blibe.

As im Franklin si alt Bouchaschte plattig voll Gidicht und Komedizüg gsi isch, hani bezite verno. I bsinne mi guet, as ers i dene Müschterli vill mitem Tüfel z tue gha und gli öppis vom Fauscht gwüsst het. Einisch isch vomene Nürnbärgerchremer d Red gsi, wo sis Gwüsse für ne Guldsack verchauft und spöter wider ituuscht het, aber zletscht einewäg verbrönnt worde isch. Und ime andere Stückli isch gstande, as nid uf der Bühni und nid im Läbe usse, nume eleigge i der Möntscheseel di rächte Luscht- und Trurspil vorchöme, bis zletscht d Greber ufgöie und alles Möntschewärch es Änd heig. I cha nid säge, wi mer das en Schupf gge het, as is nie ha chönne vergässe, und as s mer isch, alls wo spöter no vom «Frank Wedekind» härebrocht worde seig, heig mer i de Asätze scho zum Bouchaschte us chönne errote.

Äxakt eso cha mer de Meischter vom «Früeligserwache» i der Hauptsach scho usem Bilderbuech vom «Hänseken» useneh, wo di zwe eltere Brüedere einisch ihrem chline Schwöschterli undere Wienechtsbaum gleit händ.

Im füfzähjöhrige Franklin si Liebi zu de Möntsche und Tiere, si Freud a der schöne Wält und en Värsmühli, wo vorem sälber lauft, lönd eim bis zletscht nid lo verschnufe. Wenn de «Hänseken» bim Güggel ufem Chileturn verbi uf sim guldige Monrössli is Holz use ritet und d Vögel und d Reh vergäbe probiert z wecke, bis er zletscht im Himel bi de Stärndlene achlopfet für mitene es Cheigelspil z mache, so mues er au dert bösdings wider abzie:

«Nein, sagen sie, das geht nicht an,
wir haben keine Zeit dazu.
Wir dürfen nicht aus unsrer Bahn
und müssen eilen ohne Ruh
und durch den ganzen Himmel wandern
von einem Ende bis zum andern.»

Und wo z letschte d Sunne ufgoht und eusem arme Ritersma d Finger verbrönnt, so isch s Unglück erscht rächt gross: Er fallt gradewägs i Schlossweiher ie, wo de Willi sis Tintefässli usgleert het, und chunnt so choleschwarz derzue us, as e di eige Muetter nümm ume kennt.

«Hätt mich der Mond nicht mitgenommen,
es wäre nicht so weit gekommen»,

hignet er und fahrt zletscht imene Schiffli de Bach ab und übers Meer, woner z Afrika vonere alte Negerfrau mit der Tubakpfiffe im Mul zumene Glas Palmewi iglade wird. Im letschte Värs gseht mer bereits d Leuechralle vüregugge:

«Nun zieht man die Moral daraus,
die sich ja wohl der Mühe lohnt:
Vor allem: bleibe nachts zu Haus
und reite niemals auf dem Mond,
und wenn die Weissen dich misshandeln,
kannst du nur zu den Mohren wandern.»

Witus s liebscht Gidicht us säber Buebezit isch mer aber eis, wo vom Obiggibätt mit der Muetter verzellt:

«Lieb Gott behüte dich und segne dich»,
sprach sie. «Er lass dich gut und glücklich werden.»
Sie sprach es langsam und herzinniglich,
ich hört's mit kindlich gläubigen Gebärden.

Ein Vaterunser lallt ich vor mich hin
und wusst' gewiss nicht viel dabei zu denken.
Sie war mir Gott, Geist und Erlöserin
und meine Tugend, nicht ihr Herz zu kränken.

Die heilgen Lippen! Innig fühlt ich sie
allabendlich auf meinem Munde brennen.
Und doch verliess den Kuss die Weihe nie,
denn fehlt' er mir, ich hätt' nicht schlafen können.»

De Franklin

Di rächt schön Wedekindzit aber, wo s ganz Läbe dur zündt het, isch erscht z Aarau i der Kantonsschuel aggange. Het si im Länzbiger Stedtli alls im Schlossbärg zueglo: di änge Gasse und Gräbe, di alte Hüser mit ihre Türndlene und schmidisige Gattere, und d Lüt mit ihrer fine Ghabi und ihrem altvätterische Husrot no vom Urähni noche, so isch i euser Hauptstadt alls zügiger worde zsant der Aare, wo breit und mächtig de Schache ab gruschet isch. Es wer woll au es Schlössli dogstande bim alte Turn Rohre zue, wo im undere Rothus iboue isch, aber das het wenig meh z säge gha. Ehnder no der alt Leue, wo iez d Regierig taget und wo sinerzit de Napoleon sell abgstige si. Di höche Zagge vo der Wasserflue und de breit Rügge vo der Gisliflue händ eim ihri Felsetäli und grüene Juramatte etgäge gstreckt, vom Hungerbärg obenabe het mer d Schneebärge gwahret, und z ringselum sind mächtigi Buechewälder d Stadt cho ihage bis is Chulmertal ue. Im Heinerech Zschokke si Dänkergeischt isch no umeggange, de Gäneral Herzog isch derhär z rite cho uf sim Öpfelschimel, de Gloggegiesser Rüetschi het uf der Schanz uss eusi schöne Chileglüt zämegstellt, und de Jakob Frey vo Guntischwil isch sini heimelige Aargauergschichte cho verzelle. Vo wit här sind i de säbe Achtzgerjohre di junge Lüt i d Kantonsschuel cho, für öppis Apartigs z lehre, will es paar Näme zu allne usgstoche händ. De Mühlbärg het d Naturwüsseschaft uf d Höchi brocht und derzue mit siner scharpfe Lauge d Chöpf butzt, as alli Spinnhuppe und übersünige Räuchli ewäggwüscht worde sind. De währschaft Buresohn Hunziker vo Schöftle obenabe het es aargauisches Wörterbuech zämegstellt, wo euser Sproch de Bode gleit het, und de Rochholz isch di alte Sage und Häxegschichte i zwe dicke Bände go zämeträge, wonem d Kantonsschüeler abem Land händ müesse handlange derbi. Aber s isch allimol en apartige Gspass für si gsi, wenns em zwüschenuse öppe en Bär händ chönne ufbinde. De Franz Fröhli aber het si z Athen und z Troja besser usgchennt weder im Aargau, und mitem Adolf Frey isch e Dütschlehrer härccho, wo no im junge Spitteler es paar Handgriff het chönne bibringe. Di eichige Chnörre usem Aargauerschlag sind aber vom Dütsche noche no von es paar fine Buecheschützlige dursetzt worde, wo der ganze Sach nid übel agstande sind. Di frei Schwiz het dozmol ihre Name nid vergäbe gha. Si isch ihri Türe und Pfeischter wit go ufspere gäg alls, was äne am March gchneblet und underbunde worde isch, und s isch ere i alle Teile wohl cho. A euser Kantonsschuel het das Wort «humanischtisch» no si rächt Sinn und Geischt bhalte: sälber dänke und nid uf di andere abstelle isch Trumpf gsi, und i dem früsche Bisluft isches en Freud gsi z schnufe.

Aber au im Singe und Musiziere sind d Aarauer de Länzbiger nid hindena gstande. Kei grosse Giger und Klavierspiler isch dur d Schwiz greiset, as er nid im neue Saalbou agchehrt wer, und de Meischter Käslin het si nid nume verstande uszläse und härezbringe, er het au di eignige Lüt für ne grossi Sach gwüsst izsetze. D Schöpfig vom Haydn und d Antigone vom Sophokles mit der Mendelssohnmusigg sind nochenand ufgfüert worde. Und a de grosse Sängerfeschte het de Josef Burgmeier s Land uf und ab d Lüt härezoge mit siner Bassstimm, wo eim dur und dur ggange isch, wener sini fürige Auge zum schwarze Bart us übere Saal ewägg het lo blitze. Er isch au der erscht gsi, wo euser Schlosssängeri de Wäg i d Höchi gwise het und si i der Stadtchile di säb Arie gmacht het z singe, wo d Schuelpfleg bime Hoor verbotte hätt, will si nume vom «Orpheus i der Underwält» ghört het lüte.

Und derwil as a der Kantonsschuel di vile glehrte Manne parat gsi sind, für de neu Moscht us der ganze Schwiz abzfülle und z schöne, het bi eus a der Töchtereschuel de fin Räkter Chäller mit sim rotbärtige Glehrtegsicht d Bible usgleit und eim di alte und neue Dichter eso ärdschön härebrocht, as mer Stäg uf und ab nume no hätt möge Klopstockode ufsäge. Aber mit der Religion hämmer em s Läbe nid liecht gmacht, will no allewil vom Strussehandel noche öppis bhanget isch und niemer meh so rächt het welle a d Wunder glaube. Wi mängs as is derbi abggange isch, hämmer erscht lang nochhär gmerkt.

O wi het iez d Wält es nagelneus Gsicht übercho, as mer ame fascht nid het möge gwarte, bis s wider Morge worde isch! Und doch het d Muetter no müesse z hülf cho bim Züpfe früe am sächsi, as mer der erscht Zug het möge verwütsche durs Händschikerfäld uf, wo juscht d Sunne übers Maiegrüen gguggel und i jedem Tautröpfli inn zitteret het. Denn isch bi der nechschte Stazion s Fridi Wedekind igstige im roserote Gottoneröckli, und d Muetter het em no weidli es paar Löckli zwägzupft ufem brune Chruselchopf, wenn de Zug derhär cho isch z schnüze. Im letschte Augeblick isch au no de Franklin iegumpet, er het allwäg es paar mitenand müesse neh vo de drühundertfüefesächzg Tritte dur d Schlossstäg ab. Aber mir sind schön gsünderet ipackt gsi i eusem Zweutiklasswage und händ de Herre

Kantonsschüelere nume öppe bim Pfeischter ussenume es Veielibüscheli chönne durelänge oder es Zedeli abneh. Z Hunzischwil und z Suhr hets neue Zuewachs gge, und ufem Aarauer Bahnhof, wo do no chli und heimelig under sine Lindebäume gstande isch, hämmer scho druf gspackt, wi de Franklin sim Fründ Schibler ume Hals gfalle isch und e uf beidi Bagge verschmützlet het. So öppis het mer frili z Othmissinge nid gseh. Emel mir hätted is weiss wie gschiniert für settigi Stämpeneie z mache, und wemmer enand no so gärn gha het.

Au für eusi Meitlifründscheft isch do d Blueschtzit aggange, und s wott mer vorcho, si seig no schöner gsi weder spöter d Liebi, emel rüeiiger. Nume as s nie het welle am rächte Ort ihänke. Eusi Rosebüsch und schüche Värsli derzue sind fascht allewil übers Chrüz ggange, und das wo die schönschte übercho het, isch nid starch druff gsi. Ich Nar aber hätt mer uf der Stell d Hand lo abhaue, wenn si mine gsi were.

S Dichte isch do Trumpf gsi binis wi hüttigstags s Chrüzworträtsle, es het si halt vorem sälber verstande. All Morge het au de Karl Henckell en ganzi Hampfle dere verväslete Blettli a d Bahn brocht, wo der «Schlossamsle» gulte händ, aber mängisch hets is au no es paar Räschte dervo breicht. Weder obem Ufsätz mache und Stärnegugge und Pflanzebistimme het mer nid vil Vörigs gha für settigs. Und wemmer einisch Gluscht übercho hätt, für es bitzeli de Nar abzlo öppe um d Fasnecht ume oder gäg de Schüelerobe ie, gwüss hets en gsalznigi «Bimerkig» abgsetzt im Zügnis inn, as mer tüege studäntle. Aber woll, do isch d Muetter Wedekind andersch derhär zschüsse cho. Für ihri Purscht hets esi gwehrt erger as e Leuemuetter für ihri Junge. Nid as si öppe der Meinig gsi wer, s seige halbi Heiligi, säb gwüss nid. Aber si het ene sälber welle de Blätz mache, wos het müesse si. De arm Herr Räkter isch do währli drei Tag is Bett gläge uf di Wisite abe, und mir händ umverhofft Schlittschueferie übercho.

Underdesse sind d Wedekindjüngling dur d Schuele zoge wi Stärnschnuppe dure Obighimel: jede het es Gleus hinderlo, wo erscht noch eme Wili verlösche isch. De schön Armin isch gradus gloffe und het si nüt derfür vermöge, wenn linggs und rächts vom Wäg bis zu der grosse Dokterpraxis z Züri ussc ganzi Rabatte voll Rosechnöpf uscho und wider abbletteret sind. De Willi mitem brünnige Härz hets nid lang möge präschtiere imene Füllipferch inn und isch bizite uf Afrika abe zsannt de Störche ufem Länzbiger Chiledach. Dert isch er spöter z Johannesburg wine Vatter igstande für alli verweihte und verzütterete Schwizerbrüedere, woner a

Schärme gno het, und all Johr het er en Chorb voll dürri Eschtli heigschickt, wo denn im Wasser wi grossi wissi Stärneblueme worde sind. De jung Donald mit de Sunnenauge isch no ufem Schloss zruggblibe mitem chline Schwöschterli und em «Goldige», wi si der Schlosschatz gseit händ, und het erscht spöter übere Umwäg vom katholische Glaube z merke gge, as er au en Dichter seig. «O mein Heimatland» und «Ultra montes» sind zwöi Büecher, wo dene vo sim grosse Brüeder woll chönne d Stange ha. Und doch isch em s Läbe früe verleidet, will er niene kei Blibes gha het und niene rächt de Rank het chönne finde. No i junge Johre isch er z Wien unde lislig dervo ggange. Au s Milli mitem lange sidige Augehoor hätt s Züg gha zum Dichte. Aber wonem d Muetter einisch es ganzes Heft voll vo de schönschte Liedlene is Für ie grüert het, wills ere gsi isch, d Buebe mache scho meh as gnueg i dem Kapitel, so hets es ohni vill Fäderläsis underwäge glo.

Für de Franklin isch iez di säb Zit aggange, wo im «Früeligserwache» ibschlosse isch wi de Chärne i der Nuss. Nume het mer do nonig durewägs chönne errote, wos use wott mitem, und was das Bürschtli für ne Frucht asetzi. Wener scho de Jüngscht gsi isch i siner Klass, so het er doch alli zäme underem Dume gha und si mit eme luschtige Sprüchli chönne ume Finger umelire. Nid as s öppe a gschite Chöpfe gmanglet hätt under dene kümpftige Döktere und Fürsprache und Profässere, biwahri. Mänge dervo het spöter e Name übercho wi de Emil Feer und de Adolf Vögtlin und de Walter Laué, wo si z Köln unde zum Bürgermeischter igsetzt händ.

Aber de Wedekind het si alli durto, wenns em drum z tue gsi isch. Nume as mer nie rächt drus cho isch, wo de Gspass ufhöri binem. D Hörndli het er aber erscht spöter vüreglo. Aber bi säber Fauschtuffüerig vo der «Industria» isch eim gsi, er bringi de Mephischto au gar wättersguet häre. Und will mir es ganzes Johr zäme hin und här gutschiert sind uf der Isebahn und di tifige Schwöschtere vo grosse Brüedere no euser Läbtig ihri Spärberauge nid vergäbe agwändt händ, so simmer bireits über alls cho, was i der Kantonsschuel äne gloffe isch.

Nid öppe as is d Ufsätz wundergno hätte oder d Vereinsprotikoll mit de latinische Briefe und de lange Verhandlige über de Tüfel, wo im Hergott allewil Wuescht i d Milch machi. Das hämmer i eusem «Mehr Licht»-Verein alls sälber vermuschtereret. Aber was näbscht der Schuel dure gloffe isch, säb het eim mängisch fascht ungschlofe gleit.

Sid de Franklin mit sim Räuberbart und der lange Tubakpfiffe gassuf und -ab zoge isch zsannt sine Vereinsbrüedere, händ d Aarauer wider öppis z brichte gha. De reinscht Zigüner het er vorgstellt mit sim verrütschte Habersack underem Arm und em Zwicker zusserscht uf em Nasespitz, wo a sim schwarze Bändeli i der Luft ume bambelet isch. Uf all Site use het er gspackt und gluuschteret, wos öppis Ungrads z verfächte gäb, und chuum isch er bim letschte Hus dure gsi, so het er d Zündhölzli vüregno und agfange blaui Ringli i d Luft useblose. Zäntume hets iez geischtet i der Stadt umenand. Näb der gschnüerlete isch no en anderi Polizei go de Chehr mache, wo niemer agstellt het. A de Huuswände und Gartehege sind Aschleg ghanget, wo d Bürger meh gförchtet händ as d Peschtchranket, will si eifach nümm us de Mülere z bringe gsi sind. Wenn s alt Kuschterguet im Behme abgrisse und es Warehus häregstellt worde isch, oder wenn öppe im Grossrotssaal d Verhandlige i d Lengi zoge worde sind wine Chüechliteig, so isches miteme saftige Sprüchli no glimpfig abgloffe. Aber wo einisch bime Neubou zmitzt i der Stadt inn en Gumpi so gross wine Türweiher d Hüser abgspieglet het, isch im Franklin e neue Streich z Sinn cho. Di ganz «Industria» het uf d Bei müesse am Samschtig znacht go läbigi Güllemüügger sueche. Woll, das het en anderi Lärme abgsetzt, wo d Lüt am Sundigmorge ab der Fröschemusigg verwachet sind! Verwütscht isch aber kei einzige worde, di Kärli händ erger zämegha weder Gigeharz. Anderi Mol sind si di halb Nacht uf der Gass umezoge go Ständli bringe bi allne hübsche Profässerstöchtere, as kei Möntsch meh het chönne es Aug zuetue ob dem Flöte und Gitaregchlimper.

I der Kantonsschuel sälber isch es allem a nid minder läbig zueggange. Mer hätts nid emol bruche z läse im Zügnis inne, wo im Vatter Wedekind mänge Maläscht gmacht het. De Fulpelz hets grad no sälber ime Sprüchli umebotte:

«Der Scriptor, der war hoch und hehr,
ein Mann von grossem Geiste,
doch murrt man in der Schule sehr,
dass er so wenig leiste.
Das gab Epistel allerhand,
und bald war überall bekannt
die grenzenlose Faulheit.»

Aber frili: s isch en apartigi Fulket gsi, s het öppis: usegluegt derbi! Nid vergäbe het spöter s «Früeligserwache» d Geischter ufgrodt wit über eusers March us, het de junge Lüt (und de alte derzue!) i di feischterschte Seelechräche abezündt und Wänd abe grisse, wo bis dohi kei Heiteri dureglo händ. «Weniger dichten, Wedekind, aber mehr trachten», het einisch der Franz Fröhli gmahnet, wonerem sis Sünderegischter isch go härelänge. Aber s het nid vill battet.

I der Erschti hämmer nume eifältigi Sache verno vo der Kantonsschuel änenume. Öppe di Gschicht vo säbem Sunnespiegeli, wo de Franklin verschtole ufem Gschichtsprofässer sim Bagge het lo umetanze, juscht wo si de so schön i de Pärserchriege verliret gha het. «Wedekind, zwo Stund Karzer», tönts vom Pult noche, und d Sach isch witers ggange.

Jo, der «Karzer und de Pudel», die händ fascht meh z säge gha as d Schuel sälber bi dem ebige Rebäll. Aber einisch het em de Räkter Meyer doch si Samschtignomittag dureglo, will das rabiat Gidicht uf sim Pultdeckel au gar es ungsinnets Ändi gno het:

«Der du dich scheust vor dem göttlichen Licht,
nichts weisst von edelem Trachten:
Hättst du die liebliche Tochter nicht,
so könnte ich dich verachten!»

Im «Pudel» aber het de Gspassvogel anstatt sine drei Batze fürs Ibschlüsse nume nünezwänzg roti Rappe eini um der ander ufe Tisch usezellt, as de arm Tüfel fascht brüelet het vor Täubi: «Herr Franklin, es isch zu wenig!» Es glaubtis ke Möntsch, was dene Purschte alls z Sinn cho isch, wo mir doch a si ue gluegt händ wi a Halbgötter. Einisch hets de Wedekind und de Schibler gar erbärmli wundergno, wi en Opiumrusch usgsäch und was eim do nid für unerchant schöni Träum im Chopf umefahre. Mit es paar Chügeli us der Husapitegg händ si ihri Pfiffe gfüllt und sind i lange brodierte Mäntle zu der Türggechischte us ufs Rueibett gläge. Zwo Stund lang händ si zoge und passt und allewil gmeint, iez chöms denn! Öppis isch jo frili cho, aber kei Opiumtraum. De eländ Chatzejommer het mer dene arme Türgge no di ganz Wuche a de Chesbagge agseh.

Aber mer mues nid öppe meine, s heig nume luschtigi Müschterli z verhandle gge vo Aarau uf Othmissinge. Wi bi de Meitlene isch au bi de Kantonsschüelere d Fründschaft en heilig ärnschti Sach gsi, und us mängem schöne Gidicht hin und här het mer chönne abneh, wis ene ums Härz gsi isch. «Mein ganzes Lieben galt einem Freund», stoht hüt no i de Gedichtbüechere inn, und au säb ander, wo de Franklin sim Oskar zuegredt het:

«Verachte, was der Philister liebt,
ein stilles beschauliches Leben!
Du weisst, dass es höhere Ziele gibt,
den klaren Geist zu erstreben.
Vor deinen Augen das Ideal
es soll dich schützen und lenken.
Der Menschen Treiben ist matt und schal.
Du aber bleibe ein Original
im Handeln, Reden und Denken!»

Do simmer prezis der gliche Meinig gsi!
Inere alte Zigarretrucke inn, wo «Bundeslade» gheisse het, sind di vile trurige Sprüch und Theaterstückli versorget worde. Eis dervo, «Eduard von Hartmann», isch im Sundigsblettli cho, und das isch s erschtmol gsi, as de Franklin de Druckertüfel packt het. Weder mir händis vo dem neumodige Wältschmärzgjommer nid lo asteckе, eusers urchig Burebluet hetsi vill z starch grodt. Ehnder hets mi wundergno, wo euse Schlossdichter ächt si bsunderig Freud am Spöttle härnähm, und worum aser zitewis di ganz Wält durne feischteri Brülle dure mües aluege.
Chum rächt sibni seig er gsi, so het er einisch verzellt, heig er z Hannover uf der Stross gwahret, wi öpper es Silberstückli i Opferstock ileggi vor der Chiletür zue. «De wott mit Schin au es Gschäft mitem Herrgott mache», ghört er eine giftele. De bös Some, wo so liederlig usgstreut worde isch, het mit der Zit langsam chönne wuechere i der junge Seel. Allimol, wenn dem Grübli spöter öppis Apartigs under d Auge cho isch, so het em de Tüfel zuegchüschelet: «S isch jo doch nume e Chuehandel.» Und d Freud het es Änd gha.
Nid vergabe isch drum de Heine dene Kamerate ire liebschti Dichter worde, wi meh as mir sälber bi de grosse Schwobe und bi eusem Gotthälf deheime gsi sind. Mer bruchi jo nume uf e Schofspelz z chlopfe, so chöme zäntume di glichlige Wölf vüre – settigi Sprüchli het mer all Tag z verwärche übercho. Ufem Plato het de Franklin nid vill gha, wenn er scho alli

Heft voll Griechechöpf zeichnet het und so guet bi de Alte deheime gsi isch, as er s ganz Läbe ufnes Orakel hätt möge abstelle. I somene Götterspruch nid abzlose, seig grad so bös wi d Kunscht z verrote, heter einisch gmeint. Die versähch em iez de Herrgott für Läbe und Stärbe, und nüt löi er uf si lo cho und niemer anders well er meh abätte, bis er sälber d Auge zuetüei.

Drum het de jung Stürmi au en Dichterbund gründet, wo «Senatus Poeticus» gheisse het, und de Rägeboge isch sis Wappe gsi, will er vo der trüebsälige Ärde ewägg obsi wist.

Derzue isch es Protikoll ufgsetzt worde, wo all Lüt, wonem früsch under d Auge cho sind, mit Hut und Hoor itreit worde sind. Ufem Deckel isch en Ängel mit Woog und Richterschwärt abgno gsi, und en andere, wo mit der Woretsposune am Bode gchneulet isch. Und am Änd vo alle Verhandlige isch mer zletscht eis worde, mer mües d Wält verachte, will si nid meh wärt seig. Aber d Möntsche mües mer gärn ha. Und bi dem Uswäg isches es Zitli blibe, wemmer scho nid rächt gwüsst het, wis agattige.

Aber mer darf de Tüfel nid a d Wand mole. Einisch znacht ufem Heiwäg usem Chrüz pütsche de «Kater» und de «Hildebrand», wi di zwe Fründ underenand gheisse händ, bi der Chettenebrugg ane Bank äne, wo si juscht zwe Kantonsschüeler ewäggtreit händ. Die sind nümme z schlag cho mit ihre schwere Bräschte und händ kei andere Uswäg gfunde, as enand z verschüsse. De Franklin hets dur und dur gschüttlet. Er isch vorem Bank abegchneulet und het si Naselumpe im Bluet tünklet und uf der Stell au welle stärbe. Zwo Stund lang het de Schibler ufne iegredt im feischtere Schache umenand, bis er zletscht wider zuenem sälber cho isch. Aber am nechschte Morge, chuum as s taget het, isch es no einisch losggange; s luter Wasser händ si brieggt, und de Franklin het sim Fründ uf de Chneune aghalte, as er em s Vatters Pischtole uslehni. Mit allem Werweise sind si zletschte druf cho, si welle zum Adänke a die zwe Totnige es neus Läbe afo und uf ebigi Zite Bluetsbrüederschaft mache. Hübscheli, hübscheli het eine im andere mitem Fädermässer i Arm ie gstoche und es Bluetströpfli i Burgunder lo ielaufe, wo si im Chäller gstohle und bis ufe Bode abe mit ighänkte Arme ustrunke händ.

Vo säbem Tag a isch fascht jede Obe es neus Gidicht i d «Bundeslade» iecho, und i wett mi nid verschwere, eb das Bluetsbrüederjohr nid s schönscht worde isch vo dene Zweene ihrem ganze Läbe. No lang ischene aber de Schräcke im Bluet gläge, wo denn het müese verwärret si. De säb trurig schön Värs vom «Augustus» hämmer i eusem Aarauerzügli alli mitenand nochere uheimelige Wis abegsunge:

«Der hagre Sensemann pocht an des Kaisers Tür
    Und tritt herein
Und spricht: Mein lieber Freund, s ist Zeit, komm, folge mir,
    Denn du bist mein.
Und als der Kaiser nun sein Ende nahe fühlt,
    Spricht er in Ruh:
Die herrliche Komödie hat ausgespielt,
    Nun klatscht dazu.»

Au säb kurios Liedli vom «Gfangnige», wo i de «Vier Jahreszite» stoht, und wo si Dichter spöter z Münche bi de Elf Scharfrichtere hundertmol zu der Gitarre gsunge het, isch bi de Kantonsschüelere scho umeggange.
Aber gottlob, mer isch nid vergäbe jung: gross gschroue, gli verroue! I de lange Summerferie het mer wider chönne ufschnufe vo dem ebige Tischgeriere. De Franklin het Galathealieder dichtet und d Schlossesel derzue ghüetet anstatt de Schofe z luege, het bim Monschin «Lenore fuhr ums Morgenrot» i d Nacht use deklamiert, und wenn de «Goldig» i si Büecherchaschte ie abgleit het, so isch er de blinde Büseli im Brahms sis Schloflied go ufspile. D Flädermüs sind um die graue Mure umegfäcket, vom Lütisbuech änenume händ d Nachtheuel brüelet wi di arme Seele, und wenn umverhofft es Gwitter ufzoge isch vom Aareloch här, so hetts tschätteret, wi wenn d Wält wett undergoh.
Mir isch im säbe letschte Aarauerjohr vom Franklin, woni fascht meh ufem Schloss obe gsi bi weder deheime, es neus Liecht ufggange. Undereinisch mues s dem Schumeischter vorcho si, es wer si villicht derwärt, bi dem Meitli a zsetze. Ohni vill Wäses z mache, het er mer en Wägwiser i d Hand ie drückt, wo mer vürsi ghulfe het dur di nöchschte gföhrlige Johr dure, bis en Grössere dra cho isch. Im Epiktet sis «Handbüchlein der Moral» isches gsi. Do het mer Bode under d Füess übercho und e Reuft um s Härz ume, wo bald vor Freud und bald vor Langizit fascht vergange isch. Und er isch grad no z rächter Zit cho, de Lehrmeischter us der Griechezit, ebs mer sälber de Ermel iegno het mit dem Allerwältsstürmi.
Nodigsno isch «de Wedekind» so ne Art Feschtdichter worde z Aarau äne, und mer hätt fascht chönne meine, de Heinrich Wirri,

«Das edle Bluet
das wenig gwinnt und vill vertuot»

seig wider umecho, wo sinerzit bis uf Wien abe zäntume derbi gsi isch, wos öppis z singe gge het.

Im «Aargauer Tagblatt» isch es viersitigs Gidicht abdruckt worde: «Wie sich Aarau auf das Eidgenössische Turnfest rüstet», wo alli Todesängschte vomene Feschtredner usgmolet gsi sind, bis s zletscht gheisse het, s ganz Turnfescht sell de Tüfel hole. Anstatt Tüfel chönn mer au Gugger häresetze, isch aber für all Fäll no drunder gstande. Aber das isch alls nüt gsi gäg säbem letschte Schüelerobe, wo de Wedekind de Prolog het müesse ha. De ganz Saalbou het der Ote verha, wo de Vorhang ufggange isch und «d Göttin Poesie» Näme übercho het, as s eim gsi isch, si mües uf der Stell sälber vom Olymp obenabe derhär z flüge cho. De Franklin isch gsi wi umgchehrt: de Räuberbart ewägg, sis bleich Gsicht wi us Stei ghaue obsi dreiht, de ganz Möntsch so voll Für, as mer sälber fascht acho isch dra. Zletscht het er no s guldig Zitalter azoge:

«Wenn einst ein Gott uns schon auf Erden
verleiht, was er der Kunst verlieh,
dann wird die Menschheit selig werden
durch Einigkeit und Harmonie.»

Mer het nume no i de Wulke obe gläbt. Und s Härz isch mer stillgschtande und wider ufgumpet, wo d Musigg igsetzt het und mi de jung Fauscht bi de schöne Balljumpfere verbi a di hindertscht Meitlireihe isch cho zum erschte Tanz abhole.

Aber de Vogel het vier Wuche drüberabe de Räkter mit sim Matursprüchli abgschosse:

«Wedekind, i der Schuel sind Si underem Strich gsi. Aber im Läbe sind Si denn überem Strich!»

Herbschtfür

Es git Stunde im Läbe, wo sind wi vom Himel obenabe gweiht: ungsinnet glänze si uf wine Stärn und vergöhnd wider, eb mer rächt umeluegt. Aber en Schin dervo isch zruggblibe i der Seel und git nid ab mit Glisse, und wemmer hundert Johr alt wurd: will er ebe en Widerschin isch vo säbem rüeiige Liecht, wo us der Ebigkeit zündt.

Es isch inere glanzheitere Spotherbschtnacht gsi afangs de Achtzgerjohre, i bi sibezähni worde im nechschte Hornig. Ufem Länzbigerschloss hets no Liecht gha zu allne Pfeischtere us, wills Donschtigobe gsi isch und si alls dertobe zueglo het, was öppe i der Rundi ume guet Fründ gsi isch mit de Wedekindlüte. Aber i hane wite Heiwäg gha und bi dervo, wos am schönschte gsi isch. Mer dörf nüt lo usplampe, het de Vatter ame gseit. Aber di schön Musigg und im Fridi sini Lieder hämmer no i de Ohre nochetönt, und i ha mi im Franklin nid starch gachtet, wo näb mer ie gloffe isch und a Himel ue gstunet het.

S isch müslistill gsi dure Hohlwäg ab bim Gexi verbi und bim Römerstei, wo di zwo uralte Bueche ihri breite Escht bis uf d Stross use verto händ. Hie und do hämmer e Has ufgsteukt durs Fäld ewägg oder e Wiggle ghört brüele zum Holz us. Zäntume vom Bärghölzli här und vom Bruneggerschloss obenabe bis a d Jurabärg dure händ Für gläderet. Ufem Gofisbärg het mer d Nachtbuebe gseh drumume tanze, und ihri Jutzger sind zsannt de Rauchfähne i der Luft ume verfladeret.

Mi Gspane het mer der Arm gge, wis de Bruch gsi isch. Wenn e mi öppe trout ha umezluege, so isch mer si Adlerchopf ganz gspängstig vorcho im Monschin, und i bi fascht verschrocke, won er iez undereinisch wi im Traum agfange het uf mi ierede: Vom Für, wo inem inne brünni und no ganz andersch läderi weder dert uf de Waldhögere obe. Vo siner Kunscht, wonem s Höchscht seig uf der Wält und woner alls well dra setze, für öppis Rächts usere z mache. Vom schöne Gämfersee, woner iez s erscht Semeschter verläbt heig, aber nid mit Studiere. Es ganzes Buech chönnt er scho zämestelle mit sine Liedere und Theaterstücke, wo d Wält einisch mües druf lose, eb si well oder nid. Was er iez underhänds heig, stöi no niene gschribe. Jez gäbs denn en Useputzete, as s zu allne Egge us stübi, er seig mer guet derfür. Er well mers abe läse, wenn i Freud heig, aber i müess s Härz i beed Händ neh.

«Glaube Si anes ebigs Läbe?» trolets mer undereinisch zmitzt i di lang Bicht ie wines Hagelchorn ines Chrutnägelibett. Es isch mer gsi, en settigi Stund chöm nie meh zrugg, und mer mües si luege z bhebe für d Zit und d Ebigkeit. Mi Bigleiter het der Arm usezoge: «A s Läbe woll», macht er, «aber as ebig nid!»

«O wi himeltrurig!» hets mer frei s Augewasser usetribe. «Wi mag mer denn au no a d Stärne ueluege, wemmer de Geischt nid gspürt, wo derhinder isch? Emel mitem Fernrohr mag mer de nid erlicke!»

«Und do mi Rosechnopf», hani witers gwöiblet, wo alls still blibe isch. «Het er nid öppis umne ume, prezis wi d Stärne, mer chanem kei Name ge. Mer chönnt goh bis as Änd vo der Wält und fund nüt Schöners, as öppe es paar luteri Auge zumene Chindegsicht us. Aber das isch ebig wohr: d Möntsche händ ene d Seel nid gge, de Stärne und de Rose und de Chinde. Do mues öppis Höchers derhinder si.»

«Gänds mer die Ros.»

Er het mer si abgno mit schüche Fingere und het si i de Händ gha wines Wienechtscherzli und keis Wort meh lo verlute.

Es het zwölfi gschlage am hölzige Chileturn z Othmissinge, wo mer enand still guetnacht gseit händ vorem Gartetürli. De Vatter het gwartet und d Lampe lo brünne und het mi scharpf gmuschteret under der Brülle vüre. «Dänk nume Vatter», hani verzellt, «de Franklin glaubt nid an es ebigs Läbe.» «Was du nid seisch», het er gmacht. «Weder zu euser Zit het mer anders gwüsst gha z brichte znacht am zwölfi bim Stärneheiter.»

Morndrigs het s Schniders Aberham, euse gwunderig Briefbott, scho vo witem es Guwer mit der zügige Handschrift i d Höchi gstreckt: «Er isch aber nume vo Länzberg!» Es isch es Sonett über d Unstärblichkeit gsi, wo de Franklin no geschter znacht ufgschribe und uf d Poscht abetreit het. I has wider gfunde imene Gedichtbuech inn, wo noch sim Tod usecho isch. Obedra isch mit hebräische Buechstabe mi Meitliname gstande und undedra de Käländermonet. Er müesst rot agstriche si, wenns uf mi achem.

Sofie Marti

Wohl hegt das Menschenherz ein heiss Verlangen
nach einem Glück, das die Vernunft nicht kennet,
nach einer Freude, die kein Name nennet,
nach einem Stern, der noch nicht aufgegangen.

Und wenn auch längst schon die Propheten sangen,
dass einst der Tod nur Leib und Seele trennet,
der Zweifel, der in meinem Innern brennet,
wird noch verstärkt durch sehnsuchtsschweres Bangen.

Die einzge Bürgschaft für ein ewig Leben
liegt in der Harmonie, im wahrhaft Schönen,
im Wort, in Formen, Farben und in Tönen.

Weisst du, ob nicht die hohe Gottheit eben
darin sich in die Schöpfung liess verweben,
in der Unsterblichkeit der neun Kamönen?

Oktober 84.

Doktersfraue

Allimol weni sone neumodigi Dampfgutsche gsehne verbischnütze wis Bisiwätter, miteme junge Dokter drin, wo nid linggs und nid rächts luegt i sim heilige Ifer, so muesi bimer sälber dänke: «O das arm Fraueli deheim, das het au nüt Luschtigs!» Do isch es no anders schön gsi, wo *mir* agfange händ afangs de Nünzger Johre, wo mer no alles z Fuess gmacht het und nume öppe bim Hudelwätter es Fuerwärch isch go bstelle. Verstoht si, isch d Frau Dokter au mit uf d Praxis vo de Hustage a bis teuf i Herbscht ie, zerscht eleigge und spöter mitem Chindewage, und d Lüt händ ere alli Bräschte verzellt, wo de Dokter nid derzit gha het abzlose. Gar grüsli het se si denn gmeint, wenn si het dörffe d Mässerli uschoche imene verchrümblete Bappepfändli inn oder hälfe es Bei izie und d Chloroformchappe über d Nase hebe. De Müettere het si gueti Röt gge bis änenuse und de Chinde verstole es Täfeli is Müli gsteckt (de Dokter hets nid gärn gseh!). Aber au es linds Weggli für s Grosi und es Päckli Tubak für de Götti isch eh weder nid zu ihrem Samettäschli us cho.

Das isch au öppe no es Läbe gsi und nid nume es Gstürm! Zobe het mer no derzit gha, zäme z brichte und z studiere. – Di dickschte Dokterbüecher hani dozmol ghulfe vermuschtere, vom alte Sonderegger und em Sahli bis zum Sigmund Freud, dem Grüsel, und wenn eim de Chopf sturm gsi isch, so het mer s Klavier ufto und s Flötechäschtli und no eis ufgspillt vorem is Bett goh. Znacht hets au nid i eim furt gschället wi hüttigstags, will d Lüt no händ sälber müesse go de Dokter abhole und si dorum zähmol bsunne händ, bis si sind go de Schäggi ispanne. Mer het si eifach no derzit glo mitem Läbe und weiss Gott no mitem Stärbe. Es het nid allewil pressiert, und für de erscht Schräcke het mer öppe es Husmitteli parat gha: Hoffmannströpfe oder Karlsbadersalz oder es Bäredräckmixtürli. Und ime njedere Dörfli isch öppe sone Chummerzhülf vomene uheimelige Wibervolch ume Wäg gsi, wo tags dure Löcher verbunde und Eisse pflaschteret und bim Liecht Charte gschlage het.

S Ufschribe het eim au nonig so vill Moläscht gmacht wi hütigstags, wo mer en apartige Quadrätlichaschte brucht derzue. Mer het öppe zobe gnotiert, wo mer higgange isch, und het all Johr einisch d Küntli verschickt. Aber nid öppe grad nochem Neujohr, suscht hets gheisse, das seig iez au gar en ghungerige, as ers eim so gli heuschi. Erscht eso gägem Hornig use isch mer derhinder ggange. En schöne Poschte het mer welewäg vo Afang a is Chemi ue gschribe (s hätt eim agschämt, d Armepfleg azhaue!) und a mängem Ort het mer lieber no zuetreit, as öppis abgno. Aber di lamaschige Chunde, wo vo eim Dokter zum andere grönnt sind und s Gält lieber is Wirtshus treit händ, chuum as si wider händ möge gschnufe, die het mer imene alte heimelige Gschäftlimacher abem Ziegelrain i d Finger gge, wonene het müesse Bei mache.

Aber wi gseit, s Gält isch öppe nid z hufewis ietrolet, chuum tröpfelet. Aber mer isch gottewohl gsi derbi. O wi simmer ame frei ufgjuckt hinderem Tisch und händ enand aglachet über s chüpferig Gaffichändli use, wenn am Morge d Wartzimmertür giret het: «Los, es isch eine i d Falle!» Mängisch sinds au drei, vier gsi, und wos do und dert verlutet het, de neu Dokter seig gar guet für d Auge, und er heig es Mitteli gäge s Gsüchti, und er chönn eim d Schmärze vertribe, wenn er eim nume fescht aluegi – so hämmer undereinisch de Zuelauf übercho. S isch aber au nüt näbehe gsi. Nid wäg de Wunderkure, aber wäge dem wo näbzue ggangen isch. Übers Doktere use het mer no de Pfarrer gmacht und de Schumeischter, het ieziindr i di feischterste Seelechämerli und es guets Wort gha für di gheimschte Chümber, nid nume es Pfläschterli für d Blätzab. Derfür isch eim d Liebi au numen eso zuetrolet vo allne Site, oder hämmers nume gmeint? Es wer eim mitem beschte Wille nid e Sinn dra cho, öppis Schlächts azneh vo de Lüte. S Chrüz het mer ne ghulfe träge und d Freud au. Und wemmer zobe zäme heiggange sind und d Wulke hinder der Gisliflue vürezündt händ wine mächtige Busch vo dunkelrote Rose, so hätti nid gwüsst, was mer no hätte welle heusche vom Läbe.

Es wird vill Wäses gmacht vo Ehr und Ruem und no vill meh vom Gält. Aber gits en schönere Lohn für de Dokter, as wenn em en armi Muetter alli Chrutnägeli vor de Pfeischtere abhaut, vor Freud, as er ihrem Chind het chönne hälfe? Oder wenn eim öpper verstole es Bluemechörbli is Wartzimmer stellt, sälber gflochte vo Tannechris und Rosechnöpfli? Do bruchts e keini Wort, mer isch suscht zfride. Nume di früsche Eier und s Burebrot und d Ankebälleli, die hani nümmen abgno, sid mer einisch vome Kolleg z Ohre cho isch: «De wüssi woll, worum as er so garn ufs Land usechomm. Es goi halt gar schröckli schmal zue bi de Stedtlere!» Weder as s zäntume bösi Müler git, isch mer nodisno au iggange. Das wüscht der Pflum de Staub nid ab.

Fründinne hämmer gha wi Sand am Meer, alti und jungi, vo allne Sorte, und as di vill Wisite nid *mir* gulte het, säb hani denn gli duss gha. Aber was will mer – die Katholische göhnd zum Pfarrer und di Reformierte zum Dokter, das isch iez eso Mode hüttigstags, und en Doktersfrau, wo wett ifersüchtig si, wer en arme Tropf. Einisch het mer sone liebi, fini Jumpfere frei aghalte, eb si mim Ma nid dörf es paar Strümpf lisme. Es verstöih si eifach uf der ganze Wält niemer eso guet wi er. «O gärn», hani gseit, «am Änd no es Underlibli?» – Und richtig, en ganzi Usstür isch cho a der Wienecht. Nume eis hani nid möge verlide: wemmer mir het welle säge, wi mer de Ma mües umeneh und s Chind uferzie und d Mägt itrülle. Denn hani undereinisch nümme guet ghört und es stifs Gsicht übercho.

Nid as i wett säge, mer heige keini Dummheite agstellt und keini Lehrblätz gmacht – bis gnue! Aber will mer si mitenand gmacht händ und nid es njeders eleigge, so sind si glich schön gsi, wenns eim scho im erschte Augeblick nid dunkt het.

Do händ efang einisch di allerineuschte und kumpliziertischte Apperät und Maschine müesse zue, choschtis was s well, bis mer vill z spot gmerkt händ, as au bi dene Sache s Eifachscht allewil no s Bescht isch. I bsinne mi no woll, wini einisch mit eme neue Pariserchocher alli Mässerli und Scheerli vercholet ha – d Bazille sind kaput gsi, aber d Sache au. Und as s so guet uf d Mode achunnt bim Doktere wi bim Röck mache, säb wüssemer dänk scho lang! Es Zitli isch alles igschlöferet worde i der Sprächstund. D Lüt händ bireits brichtet vom Häxe, und mer hätt chönne meine, de Wannehöfler wer wider umecho mit siner Wünschelruete. Undereinisch hätt wider alles selle is chalt Wasser ie tünklet wärde, no d Chindbettere, chuum as s Ergscht überstande gsi isch. (Gottlob hani säbzit mis Gschärli scho binenand gha!) Denn sind d Dampfchäschte a d Reihe cho und eläktrischi Maschine vo allne Sorte. Und bim schöne Wätter hets au kei Apitegg meh brucht, denn sind eifach alli böse Bei und Blätzab und Chnusse a d Sunne gleit worde wines unbleiktnigs Lintuech. Aber do händ d Lüt zerscht wüescht gfutteret: «Für das bruchte si emel nid zum Dokter. D Sunne chönne si deheime billiger ha, und en dicki grüeni Salbe oder en währschafti Guttere hulf meini besser. Überhaupt seigs nümme wi ame. Das neumodig Usfrögle göi afe übers Bohnelied! Heig er nid verwiche welle usebringe, was eim di letscht Nacht im Traum vorcho seig? Öppis Narochtigs eso!»

Numen eis het mers au gar nid chönne, und i ha mi fascht nid dri welle schicke: as i ha müesse d Wassergütterli uschoche und d Speuzbazille färbe. Es het mer erbärmli gruset drab, und i has mim Schatz mitem beschte Wille nid chönne glaube, as das sett «es schöns Preperat» vorstelle. Aber wenn i derfür es neus Bändli Gottfried Käller übercho ha, so hane mi glitte. De lüschtigscht Lehrblätz hämmer aber mit de Mägde gmacht, i wetts niemerem meh arote. Mer händ si binis zue gha bim Schaffe und bim Ässe. Zobe händ si dörfe zuelose mit der Lismete, wemmer enand vorgläse händ, und no i d Summerferie hämmersi mit is gno. Aber d Zit isch allwäg do nonig noche gsi für sones schöns Läbe vo luter Brüedere und Schwöschtere: item, es isch emel nid guet use cho.

Einer dervo isch im Häckel si Schöpfigsgschicht eso i Chopf gschosse, as si a kei Himel und a kei Höll meh glaubt het. I has zerschte müese gspüre: s Hefti het si mer hübscheli oder au nid hübscheli us der Hand gno, doktere het si bald besser chönne as de Meischter, und wemmer händ welle de Fride ha, so hetts gheisse: nogeh. Zäh Johr lang hani mi glitte und eis is ander grächnet – e gueti Seel isches halt doch gsi – bis s do undereinisch gchlöpft het. I probieres aber immer wider. – Es wott mer nid usem Chopf, as d Meischterslüt und d Dienschte sette ei Familie si. – Aber i fohne mitem Gotthälf a und spare de Zaratuschtra und der Olympisch Früelig für di nechscht Gänerazion, wo z Züri uf der Hochschuel gstudiert het.

Underdesse wer alls de grad Wäg ggange, wenn nume niemer di chätzers Maschine ufs Tapet brocht hätt: d Dampfgutsche und der ander Rätterichaschte, s Teliphon. Wi gleitiger as mer vürsi cho isch, wi weniger Zit isch vürblibe, und mer sett doch s Kunträri aneh.

Mitem Velo het das neumodig Pressiere und Jeuke ganz hübscheli igsetzt. D Lüt sind zerscht fascht ufe Chopf gstande, as de Dokter ufeme settige Gstell obe derhär z rite chömm. Das schick si iez emel au gar nid für sone Herr und schadem welewäg am Reschpäckt. Aber das isch no aggange. Erscht wo s Töff cho isch oder s Pfupfirad, winem d Buebe gseit händ, do isch de Tüfel los gsi. Nid öppe as säb Gschichtli wohr seig, wo im Gämfer Guggus gstande und no z Amerika i allne Zitige umecho isch: De Hämmerli seig drü Mol ume Hallwylersee umegfahre, will er nümm heig chönne brämse. S Brämse isch dozmol scho vill ringer ggange as s Atrülle. Aber wi i jedem Märli isch au i dem Gspass es Chörndli Woret gsi: s Gspräng und s Gjag het vo do a eifach nümme ufghört!

Und wer am meischte het müese drunder lide, das isch d Frau gsi. Ganz voremsälber hets es gge, wi wenns eso hätt müese si: d Hauptperson i der Hushaltig isch halt d Maschine worde! Nochem Motorrad isch d Cyclonette cho, wo allewil kaput gsi isch, übere Chrieg s elektrisch Wägeli und zletscht bim tusig der amerikanisch Sächsplätzer.

Jez isch nümme s erscht Wort gsi: Wo isch d Frau? Was mache d Chind? Nei, do hets gheisse: «Sind d Reuft ufpumpet? Hani gnueg Bänzin? Do isch bim Chätzer e Nagel!» und zobe hets nid glutet: «Hüt isch wider en schöne Tag gsi, keis Wülkli am Himel!» – nei: «Hüt isch mis Wägeli wider emol gloffe wi uf Samet!»

I Gotts Name! I ha mini schöne Zite gha, und derzue: d Chind sind underdesse gross worde und usgfloge! Kei Möntsch het öppis chönne dergäge ha, wenni au wider usgruckt bi mitem Ma wi i de junge Johre und d Wält einisch ha welle vom Auto obenabe aluege.

Aber wi gseit, eusi junge Doktersfraue, wos zmitzt i d Neuzit ie breicht händ mitem Hüroote! Chuum tüend si am Morge d Auge uf, so schället scho s Teliphon:

«De Herr Dokter sell sofort uf Robischwyl abe cho, de Chli heig scho drei Tag Hitze, und iez feu er a eso d Äugli vertreihe –.»
Drüberabe, er isch nonig agleit: «Weidli, weidli uf Staufe dure und d Zange mitbringe, d Frau haltis nümmen us, und d Hebamm seig scho do.»

Nu, usem Zmorge gits hüt efange nüt, aber s isch nonig gnue:

«So gschwind as mügli i d Chilegass ue, es seig allwäg ufem Blinddarm, und de Bircher mües zue.
Herrschaft nünevierzgi, Frau, bring d Schue – furt mit der Kaffitasse – mer sell s Auto atrülle –»

Do schället no einisch: Wenn de Dokter nid uf der Stell chömm, so nähm mer en andere –
Jo, der ander, de kennt mer! Eisder ischer parat, allewil ischer deheim! Am Tag brucht er nid z ässe und znacht nid z schlofe! Er cha a zwänzg Orte mitenand si, und nie goht em d Giduld us. Er macht alles eläktrisch, kennt ufe erscht Blick de hinderscht Bräschte, und denn verschribt er eim erscht no en Rigikur oder en Meerreis statt esomene eifältige Sunnebad.
«Minetwäge so holed de ander», seit eusers jung Fraueli und wird efange rabiat – aber niggele tuetsesi doch.
Und denn ratteret de Wage dervo: vor der Sprächstund und noch der Sprächstund und mängisch no zwüschenie. S Zmittag cha mer afe am zwöi neh und s Znacht am zähni, wenns guet goht, und eh weder nid stöhnd

no es paar ganz Notligi im Gang uss: «Nume en Augeblick, Herr Dokter, i versumech nid lang!»

Underdesse verschmuret s Ässe. D Frau Dokter macht es trurigs Gsichtli, steukt d Lüt is Wartzimmer ie und cha mängisch hindenume verneh, si seig es bitzeli e räsi. Vom Teliphon ewägg springt si i d Chindestube und hilft zwüschenie im Sprächzimmer, nimmt d Brichte ab und leit Verbänd a, wenn es Unglück passiert und de Dokter nid deheimen isch. Will si dernäbe no en gueti Muetter si und au d Sach i der Ornig ha, as s e Gattig macht, so chunnt si überhaupt nie zuenere sälber, bis si zobe fascht umtrolet vor Müedi.

«Jowolle, wenn eini zwo Mägd het!» Jo bim tusig, das isch en Schläck hüttigstags – de Völkerbund zämezha, isch es Narewärch dergäge!

Aber d Ferien im Summer, en Rucksacktur i d Bärge oder es paar Wuche äne a Gottert, das lot mer si nid lo neh! Dert cha mer wider emol e Möntsch si, i der Sunne ligge und a Himmel ue luege oder ines schöns Buech ie, statt nume dranäne. S isch wohr, und wemmer das nid hätt, so wers mängisch fascht nümme zum Derbisi. Aber d Ferie sind nid s Läbe. S Johr isch wider lang, und wenn d Chind furt chöme, so sette si au no es anders Adänke ha a Vatter, as dass s em händ dörffe d Schue abzie, wener zobe todmüed hei cho isch.

«Wenn er nume au no obem Ässe es Wörtli wett rede», het mer einisch sone hübschi jungi Doktersfrau gchlagt, «aber denn läs er d Zitig! Und wenn si öppe ganz schüch frogi, was göi i der Wält, so heissis bumbesicher: Nüt Neus.» Nüt Neus! Het me scho einisch en anderi Antwort übercho vomene Zitigläser? Und derbi sind alti Länder zämegchracht und neui ufgstande, es wätterleinet vo allne Site, und all Tag cha de Blitz ischlo: Nüt Neus!

Nume für ander Lüt heig er derzit, het si ghignet, und Trändli sind ere nume so über d Bagge abegchugelet. Tüeged ere d Auge weh vom Briegge, so heissis: «Gang zum Vogt uf Züri use!» Heig sie suscht öppis z chlöne, so chömer grad mitem Marterstuel, er wüssi scho, as si nid umeheig. Statt as er eim öppen echli tet flattiere! Aber wenn denn einisch en Gusäng chömm und well mit ere vierhändig spile, denn heissis grad:

«Was wott iez de scho wider binis? Chausch du nid eleigge musiziere?
Jä und ieze, was mache?
Wämmer uf s Frauestimmrächt warte?
Wämmers mitem Streik probiere?

Oder händ di junge Dökter am Änd doch es Isäh und tüend echli brämse, lehre d Lüt gsund z blibe und nid nume ihri Bräschte z gschweige – (dert wer no mängs z säge)!

Mir wänd is bsinne bis übers Johr! Am beschte wers halt, wenns use chem, wi eusers Anneli einisch bättet het, wos no chli gsi isch:

«Lieber Gott, bis so guet und mach alli chranke Lüt wider gsund. Und mach, as euse Vatter und di andere Dökter glich no öppis z tue händ!»

Eusi Chind

Mer läbe inere böse Zit, wis no keini eso gge het, sid d Wält stoht. Grossi Länder sind zämebräglet, Kaiser und Chünge sind ab ihre Thronsässle abegwüscht worde wi Fleuge, alti und neui Völker händ d Chöpf uf, und ganzi Wältteil wärde hin und här gschüttlet wi Wättertanne im Hornig. Di Riche zittere für ihres Gält und di Arme für ihres Chacheli Milch. Was de Chrieg vürglo het, macht de Fride z underobsi, und zäntume fohts a mutte und rüche und ärdbebne. Wi chunnts ächt no use?

I settige Tage bsinnt si mänge: «Was blibt zletscht no vür, wenn si de Näbel einisch verzoge het und mer wider mag umeluege? Was hani no, wo mer niemer cha neh as de Liebgott sälber?»

Vill, vill hämmer no!

Mer händ emel s Nötigscht, wo mer zum Läbe bruche, wemmer nid z hoffärtig sind, und es Gwüsse, wonis seit, was mer z tue händ.

Mer händ de Früelig mit sim Chriesiblueseht und sine Schwalbe und grüene Matte und Bachbumbele, de Summer mit guldige Garbe und Vollmonnächte, de Herbscht mit rife Trüble und de Winter mitem silberige Biecht und em warme Ofeneggeli.

Mer händ d Liebi, wo no vill wermer git vo eim Möntsch zum andere, und alli guete Gidanke, wo i der Luft umeflüge wi d Summervögel im Heumonet.

Und mer händ d Chind, eusi gröscht Freud und eusi bescht Hoffnig.

Isches nid es Wunder, wenn e Rosechnopf ufgoht im Garte übernacht, und s Tau hanget no an allne Blettlene wine Hampfle usgschüttleti Edelstei? No vill es grössers Wunder isches, wenn es Chind zum erschte Mol d Auge uftuet uf der Wält obe. Es luegt eim a, ganz verstunet, wi wenns abeme fröhde Stärn abechem.

Und isch es öppe nid wohr? Wer weiss, wo sone Möntscheseel härchunnt und wo si higoht? Wemmer si chönnt froge, mer fieng villicht mängs anderscht a. Di gröschte Glehrte händs nonig chönne usebringe. Aber so vill gspüre mer alli: Mer chöme vo wit här. Sone neue Möntsch isch öppis Heiligs, und wenn er vergrotet a Lib und Seel und nümme cha zgrächtem cho i sim Eländ, so gohts eus alli a.

Mer ghört e so vill vom Erbe vom Vatter noche und vo der Muetter und wit zrugg bis zum Urähni. Aber het nid es njeders Chind über das use no ganz öppis Eignigs, wo keim andere abgluegt isch und wo niemer cha heiwise?

Und juschtamänd das Eignig und Apartig, das isches, was de Möntsch usmacht, wils es Glüetli isch vo dem ebige Für, wo ime njedere zueteilt wird, wenns uf d Wält chunnt. Wi chönnt mers suscht uslegge, as mängisch undereinisch es Liecht ufgoht i der feischterschte Hütte, wi mers vor zwöitusig Johr im Stal vo Bethlehem het dörffe erläbe?

Aber frili, zu somene Liecht mues guet gluegt wärde, bis s gwachse und erstarchet isch und zunere mächtige Heiteri wird, wo witume zündt. En scharpfe Biswind chas usblose, und i der Stickluft fohts a särble und mutte, wenns nid öppe no vill truriger hin und här fladeret wine armi Seel im Fägfür.

Dorum, wemmer is achte i der Wältgschicht und i de heilige Büechere vo allne Völkere und Zite, so finde mer zäntume do, wone grosse Möntsch ufgstanden isch, au en gueti Muetter. Und so lang, as s Moler und Dichter gge het uf der Wält, sind si au nie müed worde, für vo der Muetterliebi z verzelle. I Tusige vo Chile isch d Muettergottes mit ihrem Heiland hüt no de Troscht vo Rich und Arm, und sid bald zwöitusig Johre sind di gröschte Künschtler druf ussgange, für si allewil wider früsch härezbringe, jede so, winers verstande und vermöge het!

Es isch wenig, was mer us der Bible chönne useneh über die säb Zit, wo d Maria vo Nazareth eusers Heilandchind uferzoge het. Und doch isch es gnueg, as d Müettere vo der ganze Wält z lehre händ dra, wenn sis verstöhnd und au agha worde sind, für zwüsche de Zilete z läse. Het si nid ihre chli Sohn allewil um si ume gha und nie vo der Site glo, bis er zwölfi gsi isch und si di erscht Reis zäme gmacht händ uf Jerusalem as Oschterfescht?

Hets e nid glehrt alli Möntsche gärn ha und au d Tierli und d Blueme, wo so vill dervo d Red isch i sine Glichnisse und Sprüchlene und am allerischönschte i der Bärgpredig?

Hets em nid vo chli uf di uralte Lieder und Psalme vorgsunge, wo in ihrem Hus witers gge worde sind vom David här, und verzellt vo säbe ebigschöne Zite, wo d Möntsche no im Paredis gläbt händ?

Isch si nid eisder z ha gsi, wenn er zuenere cho isch mit sine tusig Froge über de Himel und d Ärde und mit allne Zwifle und Nöte, wo sone jungi Heilandseel tüend umedinge Tag und Nacht? Agfahre und z förchte gmacht, oder usglachet und abeto isch de chli Jesus allwäg nie worde, suscht hätt er nid eso troschtli dörffe rede mit de Schriftgilehrte und tischgeriere, as de ganz Tämpel het müesse stune. Und händ em di glehrte Herre öppe s Froge verwise, will er no so jung gsi isch? Es verlutet niene nüt dervo, s Kunträri, si händ em abglost und Bscheid gge, so guet as sis händ vermöge.

S Dänke het mer em allwäg au nid ustribe mit türem Gvätterlizüg und de Chopf nid voll gmacht mit hoffärtige Gwändlene, i Dem, wo spöter einisch gseit het: «Lueget d Ille a ufem Fäld uss, wi si wachse! De König Salomo mit sim ganze Gstaat isch nid halb so schön azluege gsi!»

Aber de Joseph und d Maria händ nid nume verstande, nochem Gottswille z rede, nei au z schwige, dert wos am Platz gsi isch. Und das isch en schöni Sach: sobald es Chind afot nostudiere über das, wos uszrichte het uf der Wält und wo nume ihm eleigge zueteilt isch, seigs iez liecht oder schwer, so mues mer Reschpäkt ha vorem unds i der Stilli si Wäg lo sueche. Was händ di Heilandseltere nid für en Angscht usgstande, wo ihre zwölfjährig Sohn säbzmol zruggblibe isch i der Tämpelstadt und uf alles Chumbere und Froge abe nume *ei* Antwort gha het: «I ha müesse dert si, wo mi Vatter isch.» Do het mer woll chönne verschräcke. Kei Möntsch isch drus cho, was di Red z bidüte heig. Aber d Maria het ere nüt lo amerke, het gschwige und de Some i der Seel lo rifne, bis er ufggangen isch und Bletter tribe het und zunere schneewisse Chrischtros worde isch, wo no underem Schnee vüre blüeit und nie cha verdore.

Aber s Schwerscht isch erscht do cho, wo de Jesus zum Vatterhus usgwachse und si eignig Wäg ggange isch, im Gwüsse no. Es isch trurig, wenn mer s eige Chind nümme verstoht, aber mer mues s träge und mues s deschto lieber ha. Es isch em allwäg nid halb so wohl derbi. D Maria, so ungärn as is säge, het i der säbe Zit nid weniger müesse lide as spöter underem Chrüz, will si en Zit lang de Glaube a ihre Sohn ganz verlore het. Aber das bringt is si nume no nöcher as Härz. Mer wüsse iez, as au de gröscht Möntsch cha lätz dra si mit sine Chinde, und as die mängisch bi de fröndischte Lüte meh Bode finde as bi de Allerinöchschte. – Worum? Ebe will de Möntsch nid eleigge vo sine Eltere und Voreltere härchunnt, nei, au vo der grosse Wälteseel, woner dervo usggange isch und wider einisch zunere muess zrugg cho. Dorum muess er noch sim eignige Gsetzi wachse wine Baum, wo au vom Chärnen a das wird, wo inem inne lit, – Sunne und Räge chönne nume no ihre Säge ge derzue. Nie gnueg cha mers de junge Eltere as Härz legge, as ihri Arbet a de Chinde nüt anders darf si as

Gärtnerarbet, und as si vo chli uf das gsehnd inene, wo vom erschte Augeblick a scho do gsi isch und wo weder ihres Eige darf usmache no ihri Gvätterlisach: Di ebig, unstärblich Möntscheseel.

Das ischs iez au, wo de Heiland gmeint het mit sim schwere Satz, wo so mängisch lätz verstande wird: Mer mües wärde wi d Chind, für chönne is Himelrich z cho.

Wärde wi d Chind?

Mer bruche jo nume so imene ganz Chline i di lutere Auge z luege, wo no d Paredisstärndli drinn zwitzere, so wüssemer enandereno, was das z bidüte heig: Es rächts Chind, eis wo no nüt Ungrads gseh und ghört und usgstande het, glaubt a de Vatter und a d Muetter und an alli Lüt, wo ums ume sind. Wer em de Glaube nimmt mit Lüge und verdrehtem Rede und schinheiligem Tue, de chas mit säbem Mühlistei ha, wo mer em sett a Hals hänke, und mitem Wasser, dert wos am teufschte isch. Eso chlini Ohre sind vill ringhöriger, weder as mer meint, und zwöi gschiti Chindenauge nähme alles uf wine lutere Spiegel und chönne di Grosse dur und dur luege. Si gspüre frei, was mer dänkt, und jedes Wort blibt igrabe i ihrer Seel wi ufeme Wachstäfeli. S Glück und s Unglück vomene Möntsch hanget vo der Zeichnig ab – und niemer dänkt meh dra, vo was di erschte fine Strichli dervo härcho sind.

Wi mänge isch scho vergrote oder ganz ufnes anders Gleus cho wägeme einzige Wort, wonem i de junge Johre ungsinnet z Ohre cho isch. Es guets Wort cha aber au wider Wunder verrichte; grad wine einzige Sunnestrahl cha mache, as de Rosechnopf sini Blettli vertuet. Es Chind, wo a der Sunne het chönne chime und nie vergelschteret worde isch, das lachet alles a, wonem i Wäg chunnt, Möntsche und Tier und Blueme und Stärne. Es cha erstarche und wachse i siner Freud, es lemmts ekei Schräck, und es ploge keini Ängschte. Und wenns spöter au einisch z Bode grüert wird vomene ungsinnete Hagelschlag, so stohts allewil wider uf und probiert e neue Alauf z neh. Und wines Chind gstande isch zum Vatter und zu der Muetter, im innerschte Härz, nid nume im Schin no, so stohts spöter au zu de andere Lüte und zu allem, wo Läbe heisst. Alli Liebi, wos übercho het, gits einisch witers, aber au mängs vo dem, wo nid hätt selle si. Und wenn esones Schattebluemli zletschte au sis Läbe sälber i d Händ nimmt und übers Gstrütt usewachst und einewäg gross und starch wird, so chas doch eis nie, nie meh lehre: lache so rächt usem Härz use, wi mers nume cha zwägbringe zunere ungsorgete, wundergläubige Chindezit us.

Zum Lache ghört s Singe wi eis Zwöierli zum andere, und wer cha beides schöner und härzhafter vürebringe as wider eusi Chind? Verstöhnd si nid derbi alli Sproche? Wemmer Buebe und Meitli us allne feuf Ärdteile ufne abgraseti Matte stellti, wissi und schwarzi und roti und gäli, so fienge si undereinisch a Ringereihe mache und es Värsli singe derzue. Was chönned is eusi Chindeliedli do nid alles drüber verzelle?! Wenns e kei Wältgschicht geb und keini Singbüechli und e keis Schueläxame, gsunge wurd einewäg oder erscht rächt, und usem eifachschte Gsätzli chönnt mer useneh, was scho vor tusig Jahre ggange isch uf der Wält obe zäntume do, wo Chind zum Gvätterle zämecho sind. «Eia popeia, de Bappe isch guet» händ scho di chline Griechemeiteli obem Chöchele gsunge.

«Rite, rite Rössli,
z Bade stoht es Schlössli,
z Bade stoht es guldigs Hus,
Luege drei Mareie drus –»

Das Värsli händ scho eusi uralte Heidegrossvättere agstimmt und ihres Sohnsbüebli derzue uf de Chneune lo rite. Di drei Mareie sind jo nüt anders as di säbe uheimelige Zauberfraue, wo dozmol de Möntsche ihre Läbesfade agspunne, uszoge und abghaue händ. Nume het mer ne do nonig Mareie gseit: Parze händ si gheisse oder Norne, oder weiss kei Möntsch no wie gspässig.
Äxakt eso isches mit euse Chindemärlene, Azellvärslene und Buebespile ggange. Eusi Glehrte und Missionär sind drüber cho, as mer s Rotchäppli und s Dornrösli und de Dumesdick zäntume findt, bi de Negerlene und Indianere grad so guet wi bi de Pariser Büeblene und Bärnermutze.

«Eis, zwöi, drü,
tippis, täppis, dü!» und
«Öpfel, Bire, Nuss,
Du bisch duss!»

zelle si dert prezis wi bi eus.

«Hixi, Häxi hinderem Hag,
Nimm mer s Hixihäxi ab!»

sägesi, wenns esi s Hälsli ab würgt, und wenn si apütscht sind:

«Heile, heile Säge,
Drei Tag Räge,
Drei Tag Schnee,
Tuet im Chindli nümme weh! »

Di Sprüchli und Gschichtli sind eifach nid usztribe, nid emol vo de Dampfgutsche und Kinotheatere und Maschinevögle. Nume d Wort töne anderscht, de Sinn isch de glichlig und d Wis au.
Sinds do nid au wider di Chline, wonis zeige, wine rächte Völkerbund sett z stand cho und uf was as s achunnt derbi: ufs Härz und uf d Seel, wo dur alles dure goht, tönis iez dütsch oder wältsch?
S Härz und d Seel vo eusne Chinde, de Müettere sind si i d Hand gge i den erschte, wichtigschte Johre. No nie het d Wält gueti Müettere eso gmanglet wi hüttigstags, wo alls wott usem Ätter goh. Si händ vill izränke und mängs Für azzünde, wemmer wider einisch en grossi Heiteri selle erläbe und es neus Sunnejohr.

Bim Eggschuelmeischter z Grüenematt[1]

Es git uf der Wält nüt Schöners, as e Möntsch azträffe, wo nid nume di glich Muettersproch het, nei, au uf en Art di glich Seel. Wi einisch vo der Sunne d Stärne abgsprützt sind und dorum immer no es bitzeli Heiweh händ noch ihrer alte Muetter, so simmer au alli einisch vo der grosse Wältseel usggange und chöme wills Gott wider zuenere zrugg.

Aber s isch frili wohr, mer merkt mängisch nümme vill dervo. S Gält und di böse Glüscht verstickle das Himelsfür, und de Strassestaub deckts zue. Nume öppe einisch blitzts vüre us zwöi Auge und seit: «Gsehnder, i bi no do!» Und das isch s ganz Läbe dur mi gröscht Freud gsi: bi Chli und Gross, bi Höch und Nider, bi Rich und Arm noch dem ebige Liecht z sueche unds au z finde.

Aber allwäg goht das nid allimol e so gleitig wi i säbe junge Johre, wo mer uf ere Feriereis im Eggschuelhüsli z Grüenematt agchehrt händ und de Schuelmeischter rüeft, chuum as er mi Name vernimmt: «Neinis bim disen u eine, d Ihr chömid mer iez grad ebe rächt!» Seits und tuet d Schublade uf und streckt mer en dicke Bündel Gschribnigs vors Gsicht: «Dr chöit das heinäh u düreläse u alli Wörtli, wo der nid verstöht, schribet er uf, das i se cha uslegge im Wörterbuech!»

«Eh, eh», macht d Schuelmeischteri ganz verschrocke, «du fragsch nüschti nid emol, öb si dr Zit heigi?» Ich aber nid ful packe das Wärli i Rucksack ie, und ufem Heiwäg no hämmer agfange läse und läse imene Waldmätteliblätz und händ fascht nümme chönne ufhöre: es isch d Handschrift vom Simon Gfeller sim «Heimisbach» gsi.

Do het mer wider einisch chönne gwahre, as de Geischt chutet, woner will, und as er allewil a der Arbet isch und Neus vürebringt, seigs uf de Bärge oder am Meer, imene Herrehus oder im verstecknigschte Chrachen obe. Sid säbem Tag isch für mi nümme de Gotthälf eleigge d Seel vom Ämmetal gsi. En jüngere Brüeder isch näbem zue gstande und het em über d Achsle gluegt und eus i d Auge.

Pärse het vo do a eis Wort s ander gge binis, au wo spöter de Name vom Simon Gfeller undereinisch s Land uf und ab verno worden isch. Aber vo de schönschte Briefe het mer nid immer gläbt. Mer wott öppen einisch

---

[1] Simon Gfeller, (1868–1943) Lehrer und Schriftsteller aus dem Emmental (BE).

wider sälber luege, wis goht und stoht bi sine Lüte, was si vom Wältlauf brichte und was si wider für Wärch a der Chunkle heige. «Wo s Heimisbachchorn gwachse isch, wird woll wider neuis Grüens noche cho», hani zuemer sälber gseit, und so bini amene schöne Sundig im Brochmonet vo Burdlef här duruf gfahren im Langnauerbähndli inn. Vo allne Chiletürne här hets glütet. Alti Müetterli sind scho langsam underwägs gsi mitem Psalmebuech, und einisch isch e ganze Taufizug igstige mitere tusigshübsche Gotte im goferierte Mänteli und eme chugelrunde Pfusbaggebündeli, igfeschet bis as Chini ue. Z Lützelflüe hinde hani wäger nid chönne am Gotthälf sim Chilegrab verbigoh, gäb wi mängisch as i scho drazue gstande bi am Mürli a: O du liebe mächtige Burepfarrer und Dichterprophet, wenn der d Wält au besser wett ablose! Aber iez sind halt d Russe Trumpf und d Chinese und di japanische Flöte und d Inder mit de lange schneewisse Mäntle. Es tönt halt nid eso hert wis Bärndütsch, was die säge, mer verstohts au nid so ganz dütli und chan eso schön idusle derbi. –

Item, wo mer di suber Ochsewirti underem grosse Nussbaum no es Zmittag ufgstellt gha het, as mer e ganze Gsangverein hätt chönne gschweige dermit, bini langsam derdur uf trampet, im Holzbort no. D Amsle händ scho di erschte Chriesi im Schnabel gha und nümm eso troschtli möge pfiffe. Aber d Bärgfinke händ enand eis Gsätzli ums ander abgno, d Heinimüggel händ giget zum Emdgras us, und grossi sametigi Summervögel sind cho gigampfe uf de blaue Gloggeblueme. Wi witers as mer obsi cho isch, wi schöner isch es worde. Mer het eifach müesse still stoh und zrugg luege über d Gräbe und d Chräche und d Waldhöger ewägg bis wit zu de Schneebärge, wo wine mächtige silberige Chranz di grüene Wällehübel ighaget händ. Und lueg mer iez do zue: Isch das nid säb churzwilig Vergissmeinnichtbächli näbem Strössli ie, wo de jung verliebt Schuelmeischter vo Heimisbach sim Setteli einisch gwise het? Richtig, do zöttele di Zwöi zäme dur s Teli ab. «Du los», seits Bächli zum Strössli, «mach doch nid, wi wenn d es Stäckisen im Rügge hättisch! Wottsch nid au mitcho zu de Moosbluemen i dr Matte? Chumm, mir wei dert zum chrummen Ösch ubere, dem alte Gritti echli go am Würzebart ziggle!» «Gäb i o wett», muugget s Strössli, «i weiss, was i z tüe ha. Mi verlöksch nid», und luegt nid näbenume. So hani di chürzischt Zit gha mit dene Zwöine, und wis öppe mängisch goht im Läbe: s Härz isch mitem Bächli gloffe und d Füess mitem Strössli, suscht weri vor em Inachte nümm uf d Egg ue cho.

Die CD zum Buch

Rezitation:
Hansrudolf Twerenbold, Schauspieler; Christine Salm

Theater-Ausschnitte:
Theater Marie «Zäntume luteri Liebi»
Regie: Lilian Naef;
Text: Claudia Storz/Lilian Naef;
Spiel: Thimna Fink, Regula Imboden, Kurt Grünenfelder

Musik:
Saxism Saxophon-Quartett; Rolf Bürli, Soprano, Komposition;
Sibylle Marti, Alto; Susanne Bolliger, Tenor; Matthias Hehlen, Bariton;
Tonaufnahmen: Andreas Fleck

1 Prolog: Saxism Quartett
2 Kindheit: Theater «Zäntume luteri Liebi»
3 Wälzerli: Saxism Quartett
4 Tullpa: Hansrudolf Twerenbold
5 De Brunne: Hansrudolf Twerenbold
6 Schatte: Hansrudolf Twerenbold
7 Episode 1: Saxism Quartett
8 O Härz du ebige Bändeljud: Hansrudolf Twerenbold
9 Weisch no?: Hansrudolf Twerenbold
10 Ebigs Für: Hansrudolf Twerenbold
11 Rhapsödeli: Saxism Quartett
12 Kindheit/Tod: Theater «Zäntume luteri Liebi»
13 Nachthimmel: Saxism Quartett
14 Wedekind: Theater «Zäntume luteri Liebi»
15 Nachtzug: Saxism Quartett
16 De Nachtzug: Christine Salm
17 D Chlag: Christine Salm
18 De Sunntigmorge: Christine Salm
19 Emotion: Saxism Quartett
20 Vater: Theater «Zäntume luteri Liebi»
21 Blauer Tango: Saxism Quartett
22 Beruf: Theater «Zäntume luteri Liebi»
23 Näbel: Saxism Quartett
24 De Wind stricht…: Hansrudolf Twerenbold
25 S Unglück: Hansrudolf Twerenbold
26 Brüeder Tod: Hansrudolf Twerenbold
27 Episode 2: Saxism Quartett
28 Dichten: Theater «Zäntume luteri Liebi»
29 Episode 3: Saxism Quartett
30 D Frau deheim und dusse: Christine Salm
31 D Muetter: Christine Salm
32 I weiss nid, wer vom Ärdeleid…: Christine Salm
33 Epilog: Saxism Quartett

Anmerkungen

– Die Rezitationen mit dem Schauspieler Hansrudolf Twerenbold stammen aus der Audio-Kassette mit Aargauer Lyrik, welche die Pro Argovia 1989 herausgegeben hat.

– Christine Salm (geb. 1919) lebt in Othmarsingen und war eine Bekannte von Sophie Haemmerli-Marti. Sie spricht noch den unverfälschten Othmarsinger Dialekt.

– Die Theateraufnahmen sind Live-Mitschnitte einer Vorstellung.

– Alle Musikepisoden sind Variationen des Liedes «Eusi zwöi Chätzli» von Carl Hess.

– Prolog und Epilog enthalten Zitate von Paul Hindemith und Otto Müller.

Aber was Donschtigwätters isch iez au das? S Schuelhüsli bschlosse, d Felläde abeglo, nüt Läbigs ume Wäg as en drüfarbigi Chatz, wo uf der Holzbig obe duslet. Das wer iez en heiteri Gschicht! Und s isch mer doch no es Mannevolch bigegnet hüt am Morge, woni zum Gartetürli us bi! S goht niene gspässiger zue weder uf der Wält obe! «Luegid öppen amen Ort abzhocke», dänki mitem Heimisbachgrittli. Für was het mer s Gartehüsli mit ere Jumpfereräb drum ume und eme Schattebänkli?

O was händ s Gfellers nid für nes Paredisgärtli! Hundertblettrigi Rose stöhnd zäntume z buschlewis, Illen und Frauehärzli und Kaiserchrone wachse am hölzige Gartehag. Keis Gresli hets i de Buchswäglene und im Chabisplätz, und wos nume z machen isch näb de Rüeblene und Bohnestude, gits Sunneblueme und wohlschmöckige Residat. Woll, do isch eim wohl, hani dänkt, und mer brucht nid lang z studiere, für was as mer uf der Wält seig. Mer gspürts enandereno.

D Augedeckel simmer zuegfalle vor luter Wöhli, und vom Imbihüsli här hets brümmelet wi vomene Handorgeli wit ewägg.

«Herguless Bodechlapf!» tönts undereinisch wine Kanoneschutz i mi Traum ie. «Nei aberou, wo chömit d *Ihr* här! Heiter nid chönne brichte? Woll, das chunnt iez schön use – d Frou o nid derheime!»

Vor mer zue isch de libhaftig Heimisbacher gstande, aber imene Ufzug, as ene fascht nümme ume gchennt hätt: En grossmächtige Schinhuet ufem Chopf, en Art es Räf am Buggel, i einer Hand d Moltrucke und i der andere es Portrett, wo no ganz früsch vom Öl gschmöckt het! «Das isch mi Sundigarbet», streckt er mers häre und het frei e chli e Meinig gha: «Mer mues ou öppis ha für d Freud.»

I ha nume müesse stune! «Und das händ Ihr sälber zwäg brocht? D Schneebärge eso dütlig abgno, as mer si chönnt erlänge zsannt de grüene Chräche dervor und de schwarze Tanne drus use – woll, Ihr sind aber mi türi Seel e Häxemeischter!»

«Machid nid dr Nar», seit der Eggschuelmeischter, «und chömid iez hurti iche. Gott grüess ech einewäg! I will bhäng gones Gaffi mache. S isch doch gwünd lätz, as d Frau juschtamänd hüt het müesse uf Trachsu nide zum Müetti!»

Mir isches au witume nid rächt gsi, vo wäge s Gfellers Müetti ghört näbe ihre Drätti wi eis Aug zum andere. Nume s Holz isch underschidlig: was bi ihm hagebüechig isch, lot si bi ihre meh gäge s Birchig zue. Und fin, wis Birchli, isch au ihres ganz amächig Pärsöndli. Aber mer suecht si vergäbe inere Gschicht inn. Ines Buech ie het si denn wäger nid bigährt, es hätt si agschämt. «Was säget Ihr ou zum Wibervolch im ‹Heimisbach›?» het mi einisch de Gfeller gfrogt. «I bchönne halt nume eini u das isch mineri. U die verchoufeni nid zwüsche zweene Deckle!»

Sid drissg Johre schuelmeischtere di Zwöi mitenand im Eggschuelhüsli, *er* überund mit de Grosse und *si* überobe mit de Chline. Und denn het si erscht no d Neihschüel. En ganzi Gänerazion händ si scho zäme uferzoge und schaffe brav a der zwöite. Aber di eignig Chindestube isch scho lang leer. Eis vo dene zwöi hübsche Gotthälfmeitschene, das mitem guldige Züpfechranz über de himelblaue Auge, het de Alperösliwirt i Bumbach hindere gholt. Di ander het glehrt schuelmeischtere und isch mit ihrem urüeiige Chöpfli efange bis uf Paris ie cho, und de Bueb wotts im Vatter nomache und d Wält abmole, nume umgchehrt. Was der Ätti am Sundig probiert, macht de Jung am Wärchtig, und denn erscht no z grächtem.

«Jez heimer bim Hundsdiller di chrotte Purscht e vollne Chriesichratte hinger d Hustür gstellt», rüeft undereinisch de Schuelmeischter, woner de Schlüssel umedreiht. «Eh weder nid si si zum Pfeischter iecho dermit. Da, Frou Doktere, griffet zue, es si Chlöpfer, und dr wärdet Durscht ha!» I ha mi nid zwöi Mol lo gheisse. Und as s mitem Simon Gfeller guet isch Chriesi ässe, hani gli gmerkt: er het chuum ei Hampfle usegno will ich zwo. Aber o wätsch, hets im Fass de Bode usgschlage: «Da, Chrischte, la di zueche», rüeft mi Wirt imene arme Manndli zue, wo de Bärg uf gchichet isch. «Es isch mer neue, Euch sötts es öppe bau tue!» Seits und nimmt mer de Chriesichratte vor der Nase ewägg. De Chrischteli het suber ufgrumet, und drüberabe het em de Schuelmeischter no s Pfiffli igmacht mit sim beschte Murtnerchabis: «E Tubäckler ohni Pfiffe seig wines Ross ohni Ise», het er gmeint. Undereinisch aber gumpet er wider uf und foht das Gstürm vom Gaffi no einisch a: «Däichet ou, was seiti d Frou, wenn Ech z lärem furtglo hätti! Eg machenech bim Tüner en Gaffee vo luterlödige Bohne, ohni Schiggoree!» «Es wer au woll e Sünd über d Chriesi abe», hani abgwehrt. «Nume gschwind i d Schuelstube ie gugge wotti, wo d Lehrgotte Gfeller, lang ebs mi gchennt het, ihri Purschtli mini Värsli het lo ufsäge und mini Liedli lo singe. Und d Schublade müender mer uftue wi säbzmol. Gälled i mues nid vergäbe bättle?»

«Herguless was Büecher», hätti bald gmacht wi de Götti usem Hinderhus, wo d Stubestür ufggangen isch. Und denn simmer hindere Tisch ghocket und händ afo läse, die säb Kaländergschicht vom Röteli, wo mer fascht no lieber isch weder s Heimisbach, wenn si scho uf hochdütsch verzellt isch. «Aber um Tusiggottswille, i mues jo derdur ab», rüchts mer undereinisch uf. Euers Zit zeigt scho gäg de sächsne. «Dank heiged er tusig Mol und nüt für unguet.» «He ume hübscheli, i chume ja mitech.» Aber i ha mi nid chönne überha und bi no weidli ufe Hübel ue gstürmt, wo mer im Röteli sis Sunnsitehüsli vo witem het möge gwahre. Und bi de Heimisbacher Burehüsere hani au no müesse ie gugge: «Mahnet eim s Hinderhus nid a eine, wo mit ufgstützten Ellboge hinderem Sichletetisch hocket u seelevergnüegt i d Wält useluegt? Isches nid luschtig, wis Oberhus der Wätterhuet über d Augen abezoge het? Steit nid dem Vorderhus dä prächtig gschwunge Rundboge famos guet a?»

Aber äntlige, wo d Sunne allewil gleitiger hindenabegrütscht isch und eim immer schreger agluegt het dur d Tanne dure, hani doch mim liebe Heimisbach müesse adie säge. Luschtig hets mi dunkt, wi dur d Matte ab mi Gspane all hundert Schritt still gstande isch und öppis zum Schiletäschli us as Aug äne drückt het: «Luegit iez einisch dä Usschnitt a dür ds Glesli düre! Isches nid e wohri Pracht? Das git de öppis für de nächscht Sundi!» O du grosses Chind, hani bimersälber dänkt! Bisch e Dichter und wettisch lieber e Moler si und im Herrgott abluege, winer d Wält erschaffe het. Mir hänts doch weiss der Gugger alli glich! Eso ganz wohl isches niemerem i siner Hut inne! Aber das cha mers iez au no: Es Glesli vor s Aug ha und nume juscht das azluege, wo drinie goht: mer gseht teufer i d Wält ie und dütliger. Nume mues s Glesli luter si und nid feischter und au nid roserot. Aber wer weiss scho zum vorus, was em i d Händ chunnt?

E nei lueged iez do zue, isch das nid eusers Gfellermüetti, wo dert de Bärg uf chräsmet? Und no i der Bärnertracht mitem brodierte Mänteli und de lange silberige Göllerchetteli uf d Scheuben abe!

«Gott grüess ech au z tusig Mole, s isch schön gsi uf der Egg obe, und i chume übers Johr wider!» «Ja wolle, wemmer nüt z Immis gha het as e halbe Chratte voll Chlöpfer», brummlet de Heimisbacher. «Es reut mi mir Läbtig, as dr mi nid heit lan es Gaffi choche!»

Mi erscht Spittelerwisite

Und das isch ebig wohr und s lot si keis Mäseli dervo lo abmärte: eusers Läbe isch nume sövel wärt, as d Möntsche, wo mer mitene zäme chunnt. Aber wis zue- und härgoht, as eteil Lüt en apartigi Gnad händ dert dure, das chani sälber nid heiwise. S mues eh weder nid öppis vo dem dra si, wo euse glehrt Othmissinger Pfarrer allewil verfochte het: as di ganz Wält e Magnet seig. Mer zieht enand eifach a oder gspürt en Aberwille, gäb was mer awändt dergäge. Nume das säb weis i für gwüss: mer muess der Sach de Lauf lo, es lot si nüt lo erzwänge. Euse Herrgott weis mängs azreise, wenns a der Zit isch und mer em kei Margstei i Wäg ine stellt.

Emel mit mir isches eso gsi: Allimol, wenn i am Bärg agstande bi und nid gwüsst ha, eb hindertsi oder vürsi, so het mi undereinisch öpper hübscheli a der Hand gno und um der Egge ume ufne Uslueg änegstellt, wo mer Luft übercho und i d Witi gseh het. Ganz i der früechschte Afängerzit, woni «Mis Chindli» gschweiget ha, het mer im Jost Winteler sis Schriftli vom Volkslied d Auge ufto, und prezis zäh Johr spöter isch mer no vill en grösseri Wält ufggange mitem Spitteler, wo uf siner Gsägnetmatt überem Luzärnersee «us der blaue Luft» dichtet und ganzi Wälte zu sim Chopf us ersunne het.

Es isch mer no, wi wenns geschter gsi wer, woni a säbem heiterlachte Herbschtmonettag anno nünzähhundertundsächs im Hallwyler- und Baldeggersee noche Luzärn zue gritte bi ufem Seetalbähndli. Es het em neume nid häftig pressiert. All Schnuf isches wider gstande und het si bsunne, ebs no einisch well achehre z Beuel obe im Bäre oder go z Nüni neh bi de Chorherre z Meuschter inne. I ha meh weder gnueg derwil gha, für drüber noche z stune, was das iez eigetli fürne Bewandtnis heig mit miner Luzärnerreis, wo mer z bas cho isch wines Göttigschänk. Wines Wunder isch mer de säb Brief vor de Auge gstande, wo mer z Hustage vom Rigi obenabe zuecho isch, will de Spitteler es par Värs vo mir stutzig gmacht händ.

I ha drum zwöi Ise im Für gha, und nid nume i de säbe junge Johre. Näbem Schwizerdütsch äne isch s Hochdütsch gloffe wis Grundwasser zunere andere Brunnstube us, aber i ha mi siner lang nid so agno wi der Muettersproch, wo mer am meischte äm Härz gläge isch. Wo aber i säbem gsägnete Johrgang di trurigschön Gschicht vo der Imago d Gwüsse ufgrodt het landuf und ab, unds mer gsi isch, i heig jo prezis s glichlig duregmacht wi de Viktor, nume umgchehrt, so hani einisch en Hampfle vo dene Liedlene, wo mer spöter gar erschröckli übersünig vorcho sind, zu der Schublade us gno und gradewägs im Spitteler gschickt.

Woll, do bini a de Rächt cho!

Wine Sprutz chalts Wasser ufne heissi Fürplatte häre isches gsi, wo iez de gross Häxemeischter ei Värs um der ander under d Lupe gno het, njeders Wort uf si Meinig hi geichet, njedere Verglich noche grächnet, njedere Gidanke druf hi verläse het, eb er au Fade heig.

Do stöi en lotterige Värs und do en abgschliffnige Rim, hets öppe gheisse uf dem mächtige Boge wissem Aktepapier, wo näbem Brief gläge isch. Das Bild seig z glänzig und das z blüemelet, das heig z vill Deschwande und das z wenig Hebi, und Ängel, die mög er iez au gar nid verlide. Das seig gföhrlige Zucker i der Poesie.

Furt mit der Philosophie, die heig do nüt z tue, und wenn sis no so gschit meini. Us dem Stück sell i es Sonett mache, so chöms Lib über, und das heig s Züg zumene Volkslied, wenn i z grächtem derhinder göi. Überhaupt: en vatterländischi Sprochschuel seig iez s Allerivürnämscht für mi. Was öppe de Adolf Frey mängisch z vill heig, heig ich z wenig. Mer chönns nie schwer gnue neh mit der Kunscht.

Und ufem Äxtrablatt sind iez no en ganzi Armee Büecher agchridet gsi, woni mües verwärche, ebs wider as Dichte göi: Bireits de ganz Schoppehauer isch drunder gsi, im Jakob Burckhardt sini Gidanke über d Wältgschicht und alli vier Bänd vo der griechische Kulturgschicht (frili miteme Frogizeiche dernäbe), und zletscht sind no di grosse Italiäner und Franzose ufgruckt, de Taine und de Ariost und de Tasso, es het e keis Ändi welle neh. Das isch scharpfe Pfäffer gsi fürne jungi Doktersfrau, wo dernäbe no de Ghülfe z mache und vier Chind ufzzie gha het. Aber i has dureghaue. Mer cha mängs usrichte, wemmer z rächter Zit ufstoht. Und iez isch also de höch Tag do gsi, womi mit mim stränge Lehrmeischter zämebrocht und s ganz Läbe ufnes neus Gleus gstellt het.

S Härz het mer bopperet wi nid gschit, wo mis Beuelerzügli doch zletscht am Änd acho isch und i de Rank gno ha bi der Hofchile s Gsägnetmattreindli uf. Bimene Hoor hätti wider umgchehrt vorem Gartetürli zue, eso hets gwerweiset und greveluzget i mer inne. Und doch wers ebig schad gsi. Eleigge scho wägem Spittelergarte, wo zwe jungi Zederebäum ihri Chruselchöpf gäge Himel ue gstreckt händ unds es Aluege gsi isch wi im Änetbirgische mit luter dunkelgrüene Lorbeerbösche und glänzige Kameliestude und wohlschmöckige Gaisblatteschte, wo d Tanne ufgchläderet sind. Und prezis wi bi de säbe Himelsjumpfere uf der olympische Bärgmatt obe bini mer vorcho, wo iez zwo jungi Spittelertöchtere derhär cho sind, für mi uf d Altane ue zu ihrer Muetter z füere.

O wi hets mer aber enanderno agfange liechte, wo mi das lieb, gschit Gsicht aglachet het wine Sunne unds mer gsi isch, di früsch Meieluft vonere ganze Tulipamatte us ihrem holländische Heimet tüeig um si ume weihe! Chuum hani derwil gha, für mi inwändig es bitzeli i d Ornig z mache, so ghört mer en liechte Tritt, und de Spitteler stoht under der Tür. Wine König zum Märlibuech us het er mer si fin, schmal Hand häregstreckt. Di höch, rahn Gstalt isch fascht apütscht am Türrahme obe, und di heiterblaue Auge händ eim nume so obehi gstreipft, woner siner Frau s Teetassli abgno het.

Aber i ha gli einisch dusse gha, as en scharpfe Luft göi uf der Spittelerterasse obe, und as mer do kei Schablone chönn bruche. Luschtig und läbig isch das Tischgeriere hin und här ggange vo eim zum andere, aber mer het si wohl müesse bsinne, was mer sägi, für nid es Träf über z cho. Wines Ragetefür sind d Gidanke ufblitzt, chrütz und quer het mer si dreiht und umenandgschosse, und bis ich parat gsi bi, isch scho lang wider öppis Neus as Brätt cho.

«Die bruche enand nid mitem Holzschlegel z düte», hani bimer sälber dänkt. «Si verstöhnd enand miteme einzige Wort oder au nume miteme Augezwitzere. Es nimmt mi nümme wunder, as de Prometheusdichter di ganz Wält cha etmangle mitere settigi Liebesmur umne ume.»

Mit mim Aargauere bini aber frili nid z rank cho. Es het si neume nid rächt welle schicke um di Herrschafte ume, wo vom Holländische und vom Russische här es fröndländisches Tuedium anene gha händ und z Paris deheime gsi sind wie euserein z Ärlisbach. Am kurligschte ischs mer vorcho, as si enand Kumplimänt gmacht und fini Flattiernäme gge händ, wi wenn si sälber z Wisite were. Wo mer doch suscht deheim echli spart mitem Chüderle.

Undereinisch tönts a mi häre wine Schutz usere Wätterkanone: Wo as iez eigetli mini Gidicht hilänge, eb i d Witi oder i d Nöchi, het de Herr Spitteler gfrogt, und zwe Blitz under de buschige Augsbrome vüregschosse derzue. Und ebs überhaupt no e Ma gäb uf der Wält, wo e settigi Liebi verdieni? I ha mi nid derzit gha z bsinne, wo de Gspass ufhöri und der Ärnscht aföi.

«O Herr Spitteler», hani vüre gworget, unds isch mer gsi, di ganz olympisch Hushaltig tüei der Ote verha: «Wenns doch isch mit der Liebi wi mit em Heiweh, wo halt eifach chunnt und si nid lot lo brichte. Und wo überhaupt s meischt Zit wit, wit über d Möntsche uselängt und niene kei Blibes het und erscht Ruei überchunnt, wenn s Härz sälber stillstoht. Und wo doch alls Dichte nume zu dem ebige Heiweh us chunt –»
Jez dreiht si di ganz höch Dichtergstalt gäg sinere schöne Frau äne, wo amene Fadespitzli ume gstocheret und d Auge nid vo de flissige Händ ufglüpft het. «Hörst du, Marietje?» Wi wenn si en Ros abegschlückt hätt, wis i säbem Liedli heisst, so fürzündrot ischs ere d Bagge uf gfahre. S Is isch broche gsi. Inere einzige Minute und wägeme einzige grade Wort hani d Fründschaft vom grosse Spitteler übercho und die vo sine Lüte derzue.
Ohni witers es Wort z verlüre, stoht er iez uf, git mer d Hand und gheisst mi i d Studierstube abe cho. Dert bim offnige Flügel zue und underem Böcklin sim Früeligstag hani zum erschte Mol dörffe en Blick tue i d Wärchstatt vomene Meischter, und s isch mer nid andersch gsi, as wenn i ine Chile ie chem. En grossi Big wisses Papir isch ufem Schribtisch gläge, wo fascht di ganz Stube usgfüllt het. Näbezue schön i der Reihe vill gspitzleti Risblei, di schwarze für di höch Poesie, di grüene für d Prosa und di gäle für d Zahle. Und im schwarz ibundnige Schribbuech inne sind mit sim fine Bleistiftschriftli hunderti vo de letschte Värse ufzeichnet gsi, immer wider durgstriche und früsch häregsetzt, bis z letscht am Änd eine z Gnade cho isch.
Do isch mer es Liecht ufggange, was schaffe heisst für eine, wo en Schöpfer isch:
Wine grosse Boumeischter vo tusig Pläne, wo ufne ie stürme, de bescht und chumligischt usläse und nid ufschnufe, bis er usgfüert isch.
Nid lugg lo mit Usfiele und Poliere Tag und Nacht, bis njedere Värs und njedere Rim si inwändig Glanz überchunnt, wo nümme usgoht.
Nei säge und der Wält de Rügge chehre, und wenn si no so gluschtig löcklet.
Chönne eleigge stoh und allewil müesse i der Angscht läbe, as d Zit und d Chreft nid äneheige, bis d Ärn under Dach seig: das sind nume di gröbschte vo dene ebige Sorge, wo imene Prometheusdichter ufgleit sind.
Zletscht hani no eis vo dene schwarze «Zauberbüechlene» z läse übercho, wo scho de Sibezähjöhrig sini erschte Dichterplän und Läbessprüch drinn ufzeichnet gha het, und i bi wi lenger wi stillner worde.

D Sunne het scho zwo Strosse übere Ländersee zoge, woni en ganze Arfel Schoss übercho ha usem Spittelergarte. Njeders Eschtli het mer de gschickt Gärtner sälber useghaue dert, wo mers am mindschte gspürt het, und wi im Traum bini mit mim grüene Meie wider im Aargäu zuegfahre.

Was i aber no will säge: di säbe hochdütsche Gidicht, wo de Spitteler so vill Arbet gha het dermit, die sind nie under d Lüt cho. Si ligge hüt no i der Schublade inn zsannt de chöschtlige Korrigierböge, wo no mänge chönnt lehre dra.

Si händ ihri Sach gmacht, und ich bi gottefroh gsi, woni mit miner Muettersproch wider feschte Bode under de Füesse gspürt ha. Und s Härz hets mer fascht verspränkt vor Freud, woni de säb Obe mini Lüt und euse Staufbärg und s Länzbiger Schloss wider gseh ha: En höchi Zit het der Afang gno.

URZITE[1]

De Stärneumhang

> Cor nostrum inquietum est,
> donec requiescat in te.
> *Augustinus*

Esones mächtigs Wunder isch es Möntscheläbe, as mer nid gnueg cha drob stune. De glich Geischt, wo macht, as es Somechörndli chimet, wenns lang gnueg im warme Bode gläge isch, de löst au s Chind vom Muetterlib los und stellts i d Wält use – und, wis gli öppe merkt, nid zum erschte Mol. Wi chönnt mers suscht uslegge, as eim es Gsicht, wo mer no nie gseh het, uf en erscht Blick heimelig vorchunt und en fröndi Stimm cha z innerscht is Härz ie töne und en ganze Früelig vo neue Gottesgidanke zum Blüeie bringe? Emel vorem sälber gscheht das nid, mer mues dem Gsicht und der Stimm scho einisch bigegnet si inere früechere Wält. Und was isch das fürnes Geischterrad, wo eim fürsi tribt, eb mer well oder nid, und ekei Ruei lot, bis mer das säb inwändig Bluescht zum Rifne brocht und das us eim gmacht het, wo vo Afang a i eim inne gläge isch wie de Nussbaum im Chärne? Jo, d Wält isch voll Gheimnis, und wer si chönnt durluege nume ime einzige Tag, de liess nid lugg, bis er si au den andere chönnt uslegge und de Wäg gfunde hätt zu säbem letschte grosse Wunder, wo s Sinne und Trachte vom eigne Härz mitem Gottswille zämebindt.

E njedere Möntsch het inem inne en teufe, teufe Brunne, woner cha grabe und Sänkel drinabe lo, bis er zletscht am Änd derthi chunnt, wo sis Läbe het afo chime. Mis erscht Dänke stoht voreme Stärneumhang still, de isch so höch wine Bärg und so heilig wine Chile und so voll Wunder wine Chindeseel, wo nonig vo der grosse Wältseel abbunde isch.

Eusers mächtig Burehus, wo gsi isch wines Chloschter mit sine Gänge und Stäge und feischtere Chämerli und vordere Stube und Hinderstüblene und chüele Challere und Sunnelaube, isch no a d Schür aboue gsi, wo si ano sibezgi abgrisse händ, grad noch der grosse Gränzbsetzig, wo mer der Vatter de neu Tittiwage vo Basel heibrocht het. Es mues mit Schin Summer

---

[1] Erinnerungen an einen Umbau des Vaterhauses im zweiten Lebensjahr der Dichterin, wobei die ans Wohnhaus anstossende Scheune und mit ihr die eine Mauer des Wohnhauses selber abgerissen wurde.

gsi si und warm, woni einisch zmitzt i der Nacht erwachet bi und agfange ha nöschele a säbem mächtige Umhang, wo si anstatt der Mur vorem Bettli ufgmacht gha händ. Undereinisch gsehni ine Heiteri ie, as s mer het afo förchte und i weidli d Händli wider under d Dechi versteckt und d Auge zueto ha vor dem bländige Liecht. Aber de einzig Augeblick hets to fürs ganz Läbe und isch mer nie meh vergange und het gmacht, as s Härz nie het chönne zgrächtem versure und vertrure, gäb was alles übers a trolet isch i spötere Johre. Roti und blaui und grüeni fürigi Chugele händ glisset und zwitzeret ob mer zue, und s isch mer gsi, si feue frei afo singe und töne wine Orgele dur de ganz Himel ewägg. I weiss nid, wi mängisch as i wider hindevüre gusset und es paar Auge voll gno ha, bis i wider ha chönne vertschlofe. Am Morge ischs mer gsi, i seig nümme es chlis Chind, womerem s Bappepfändli härestelli, nei, e fertige grosse Möntsch, wo weis, was hinderem Umhang isch. Aber bis zu der hüttige Stund hani niemerem nüt gseit dervo.

Es guldigs Nüteli und es Nienewägeli

«Was bringed er mer hei?» hani grüeft, wo de Vatter und d Muetter dervogritte sind mitem Schäggi vorem höche, grüenpolschterete Scheesli.
«Es guldigs Nüteli und es Nienewägeli», hets zruggtönt.
Miner Läbtig hani keis settigs Chrömli übercho, wi mer do vor den Auge gglänzt het. E Schin isch usgange dervo wi am Summermorge, wenn d Sunne ufgoht überem Maiegrüen, und vor den Auge hets mer zwitzeret wine Karfunkelstei. Und wemmer tet di ganz Wält durwandere und übere gross Bach chönnt fahre ufem Dampfschiff und der Urwald gsehch und em Läderstrumpf bigegneti und a de himelhöche Hüser vo der Wältstadt durechem und de Mississippi abe ruederetti, allewil hätt mers nonig i de Hände.
S guldig Nüteli: Kei Möntsch hets gseh, und doch isches uf der Wält und schint eim is Härz ie mit sine Himelsstrahle und macht eim z singe und z juchse und tribt eim handchehrum s Wasser i d Auge und isch doch niene z erlänge, gäb wi mer d Händ usstreckt noch sim ebige Glanz.
Und grad hindeno chunt s Nienewägeli z fahre wine Stärnschnuppe am Summerhimel, und mer cha s guldig Nüteli drufufepacke und mitem dervo fahre, wit, wit ewägg ine fröndi, farbigi Wält voll Gheimnis und Retsel und unerchant schöne Sache.
S Läbe isch verbiggange und het eim mängs brocht, Liebs und Leids und Fins und Ruchs und Feischters und Heiters: aber s guldig Nüteli und s Nienewägeli sind mer nie vor d Auge cho. Aber i ha si au nie vergässe und weiss, as si do sind i säbem Paredis, wonis der Ängel drus vertribe het, und wo mer doch einisch wider dri zrugg chöme, wemmer eusi Sach uf der Wält guet gmacht händ: s guldig Nüteli und s Nienewägeli.

Im Scharebank[1]

Wenn de Grossvatter vo Büre derhär z rite cho isch usem Luzärnerbiet i sim Scharebank, het d Wält es neus Gsicht übercho. S erscht wo mer gseh het, wenn s Türli ufggange isch vo dem glänzige schwarze Truckli, isch e fini, lindi, schneewissi Hand gsi, woni mini driniegleit und nümme usegno ha, bis er wider abgfahre isch zobe, de ganz lieb lang Tag. Und a der Hand isch mer so sicher durs Läbe gloffe wi mitem Liebgott sälber: s het nüt chönne fehle, und keis ruchs Wort isch eim z Ohre cho, und kei Balgis het eim troffe. Und wo di höch Gstalt mit de silberige Locke durecho isch, hets kei Wärchtig meh gge, zäntume isch Sundig gsi uf der Wält. «Goppel au», het er gmacht, weni agfange ha verzelle wi zunere Brunneröhre us, wo s Wasser vo wit här überchunt, «goppel au, was du nid alles weisch!» Und s isch gsi, wi wenn njedere Gidanke zu miner Seel us iez sis Heimet gfunde hätt und nie müess Angscht ha, as er lätz verstande wärd und as mer eim d Sach zringselum chehri oder am Änd no durtüei und de fin Bluemestaub drab wüschi miteme usglächerige Wort. Woni vill spöter einisch i der Chile das Wort Säligkeit vernoh ha, hani ganz guet gwüsst, was die cha bidüte: Säligkeit isches, wenn de Büre-Grossvatter chunt! Zersch simmer mitenand i Garte und i Bungert und händ gluegt, was früsch zum Bode us chöm, und eb de gross Nussbaum bim Brunne rächt agsetzt heig, eb d Räbe scho blüeie und d Imbeli flissig seige. Bime njedere Starechäschtli hämmer gwunderet, eb di Junge scho usgschloffe seige und brav gfueret wärde, und eb nid öppe di bös Raubchatz umewäg seig und s Näscht mögt erlänge miteme mächtige Gump.
Denn simmer i d Schür use, wos no vom färndrige Heu gschmöckt het und im Fuertern di glänzige Gable und Sägisse a de Wände ghanget sind und s Gras früsch ab de Matte zum Baaren i gschoppet worden isch. Mer händ d Staltür ufto und di subere Chüe gstreichlet, woni i njedere de Name gwüsst ha, und s Chalbeli tätschlet, wo znacht uf d Wält cho und no ganz nass gsi isch und allewil wider het welle umfalle, wenns probiert het, uf d Beindli z stoh. Zwüschenie bini öppe gschwind uf di ober Laube ue und ha gluegt, was s Titti machi im Wägeli inn, wo mer de Vatter ab der Basler Gränzbsetzig heibrocht het, hanem gschwind s Bettli gschüttlet und

[1] Erinnerungen an ihren Grossvater mütterlicherseits, den Oberrichter Anton Rüegger aus Büron (LU).

s Umhängli ewägg gmacht, as s het chönne uselüege, und bi wider mit miner Hand i s Grossvatters sini iegschloffe.

Zmittag hets Fidelisuppe und Hamme gge und gschwungni Nidle und Zigerchropfe zum Zobegaffi, und d Chnächt und d Mägd uf de lange Bänke händ e Viertelstund lenger dörffe beite und zuelose, was oben am eichige Tisch verhandlet worde isch.

D Muetter het hüt ekeini Träneumhängli vor den Auge gha: wi de Sunneschin händ ihri Auge glänzt, und das schmal Gsichtli isch dursichtig worde wines Muettergottes-Chappeli, wo s ebig Liechtli brünnt drinn. Isches au mügli, hani müesse bimer sälber dänke, as s einisch e Zit gge het, wo si immer i der andere höchere Wält het dörffe läbe bi ihrem vurnäme Vatter zue und no nüt gwüsst het vonere chalte, frönde refermierte Aargäuerwält, wo si e mächtige Zauberer drinietribe het.

S isch Obe worde. De Schäggi het gglänzt vom guete Haber und isch i di schmali Lande igspanne worde, wo s Mösch a de Läderrieme gglänzt het. De Grossvatter isch igstige und het s Sametchäppli ufs Chruselhoor drückt und mer no einisch di sidig Hand useglängt: Bhüeti Gott, Chind, und chumm gli uf Büre ie.

En Troured[1]

Liebi Brutlüt!

Ihr sind hüt dohäre cho für ech lo zäme z ge vorem Gsetz, winer spöter Eue Bund no wänd lo isägne vo der Chile. De Herr Pfarrer wird ech a s Härz legge, was für Zit und Ebigkeit guet isch. Ich ha nume no z luege, eb Eui Papier i der Ordnig seige, und ech vor de beide Trouzüge s Wort abzneh, wonech zu Ma und Frau macht vor der gänze Wält.

Aber lueged, so chan ech doch nid lo goh. Isch d Chile e Muetter, so isch de Staat e Vatter, und beidne chas nid glich si, wis usechunnt mit somene junge Paar, wo zäme wott e neui Hushaltig afo. Drum ischs mer dra gläge, für ech no en guete Spruch mit z ge ufe Wäg, und ech no einisch rächt vor d Auge z stelle, was er tüend uf ech neh mit Euem Jawort, wonech fürs ganz Läbe zämebindt.

Fürs ganz Läbe: so isch es emel gmeint bimene rächte Brutpaar. Johrtusigi sind vergange, bis d Möntsche so wit gsi sind für izgseh, as si nume uf die Art chöne fürsi cho, und as ene d Treui zunenand vorzeichnet seig vomene höchere Gsetz. Und wenn au hütigstags i dem grosse Sturm, wo über d Wält gfäget isch, mit de murbe Königsthrone vill alti gueti Brüch über de Hufe grüert worde sind, *eis* isch doch fescht blibe: de Glaube a das, wo de rächt Möntsch usmacht. Mer trouet em zue, as er es Wort het, womer cha druf zelle, woner au nid en Buechstabe dervo lot lo abmärte, und wo so vill tuet wi de heiligischt Eid.

Esones heiligs Wort wänd Ihr iez abge, liebi Brutlüt, und ich gsehnechs a, es isch ech Ärnscht dermit.

Und doch, worum isch ech hüt am Morge under einisch en Angscht acho, woner verwachet sind zum letschte Tag vo Euem ledige Stand? Ischs ech nid gsi wi vorere grosse Reis ines frönds Land, womer nid weis, was uf eim wartet, und eb mers au mag präschtiere, wenn ungsinnet es Wätter chunnt ufem grosse Wasser, oder suscht eis Ungfell ums ander eim wott usem Gleus bringe?

Denn luegt mer öppe no einisch zrugg uf der Türeselle:

---

[1] Die Dichterin ist vom Gemeindeammann eines Dorfes des Schenkenbergertales gebeten worden, ihm eine Ansprache zu verfassen, die jeweilen bei Ziviltrauungen verlesen werden könnte, und sie hat die Bitte mit diesem Manuskript erfüllt.

«Simmer au rächt verseh für sone langi Zit? Hämmer nüt vergässe, reut is nüt, womer dehinde lönd, und was s Vürnähmscht isch: Passemer au würkli zunenand wis bi zwe rächte Wandergselle sell si? Hämmer de glichlig Schritt und Tritt, manglets nid amene guete Kompass, chönemer is zäme verträge, wenn öppis nid stimmt, und enand zuespräche, wenns sett bös goh? Und wenn eis sett verirre oder am Änd no zruggblibe uf der grosse Reis, het s ander au Liebi gnueg, für em hübscheli wider ufe rächt Wäg z hälfe, und Chreft, für eleigge fürsi z cho bis as Änd, wenns nid andersch cha si?»

«He-jo», wärdet er dänke, «mer kenned is jo und händ enand gärn, wi setts do chönne fehle?»

Nei, liebi Brutlüt, iez kenned er enand nonig, das chunt erscht nodigsno i vile lange Johre. Ihr händ ech – jo bis dohi, so z säge nume mitem Sundigsgsicht agluegt, händ enand allewil welle gfalle, und d Fehler und Mängel, wo doch es njeders het, die händ er vor enand versteckt oder überluegt. Underdesse isch di grossi Liebi, wonech zämegfüert het (vo dene wo nochem Stürbuech hürote oder wil d Ächer eso schön zämestosse, oder us luter Gwonet und am Änd no us Verbarme, wills ander eifach nid het welle abge, vo dene rede mer hüt nid!) – also di grossmächtig Liebi isch underdesse au no ständig am Wärch gsi, für ech mit ihrem Heiligeschin uszstaffiere, as er enand nümme andersch händ chönne aluege as dur sis glänzig Flisme dure. Und das isch nid vergäbe so igrichtet bi de Liebeslüte: Do chöne si ebe grad abneh, wie si eigetli sette si, und wisi au chöne wärde mit der Zit, wenns ene ärnscht isch mit dem, wo si inere heilige Stund versproche händ. Wi meh as eis derzue tuet und anem sälber schaffet, für obsi z cho, descht meh blibt au anem bhange vo dem fine guldige Schleier, wo di erscht Liebi ums gwobe het und wos wärt macht nid nume i den Auge vo sim Gspane, nei au vorem Herrgott.

Aber das isch nid halb so liecht, Ihr chöneds glaube! Es goht mit dem glänzige Züg prezis wi mitem Glück, wonech iez so heiter zu beide Auge us schint: es cha wachse und schwine wi de Mon, gäb wiemer umgoht dermit, es cha am eignige Für verbrünne, und es cha verlösche wines Ampeli, wo ekeis Öl meh het oder i der schlächte Luft inne mues versticke. Dorum heissts ufpasse und hübscheli umgoh mit dem Zaubergwäb, achtig ge as mers allewil mit subere Hände alängt, und as mer nüt seit oder tuet, wonem nid cha diene.

Drei Punkte vor allem us möcht ech derzue as Härz legge:

Händ Sorg, as nie keis vorem andere de Reschpäkt verlürt!

D Liebi, die isch en Gnad, wo mer alli Tag im Herrgott mues danke derfür, aber d Achtig, die het mer sälber i der Hand. Au die darf nie, nie abhande cho, si mues ehnder no zueneh mit de Johre, wenns rächt sell usecho. Grad wemmer nid nume de Sundig zäme verläbt, wemmer au alli sächs Wärchtig dur Tag und Nacht binenand blibt, denn mues s esi wise, was mit eim isch. S Glück und s Unglück vonere Eh hanget s meischt dervo ab, wi mer eim i sine vier Wände uffüert, wi mer si cha zämeneh mit Red und Antwort, wenn eim öppe s Für is Dach schlot, und wi mers cha agattige i de guete und i de schwere Stunde, as mer nie s rächt Mäss verlürt. Lieber uf d Zänd bisse oder es Unservatter bätte, as i der Jascht Sache säge, wo mer nümme cha zrugg neh, und Wörter bruche, wo im andere nie meh vertöne. Es glaubts ekei Möntsch, was do mängisch imene Augeblick cha z grund goh, ohni as mers zerschte gross merkti. Erscht wemmer gspürt, as s afot leer und chalt wärde um eim ume, denn fahrt mer undereinisch zäme und weis, as de guet Ängel zum Hus us isch.

Umkehrt gits aber au ekei grösseri Freud, as wenn mer darf erfahre, mit was für eme gschite, fine und doch härzhafte Gspane as mers z tue het, woneim nid nume gäge d Wält i Schutz nimmt, nei au vor eim sälber, wenns nötig isch. Es vergoht ekei Tag, as mer nid öppis Neus cha vonenand erfahre: d Möntscheseel isch jo so rich und teuf wines Meer, wo mer au nie cha usschöpfe. Und das isch grad s Schönscht bim rüeige Zämeläbe vo zwe junge Möntsche: as si chöne zäme wachse und rifne und sicher si, as de morndrig Tag woll mängs Ungsinnets cha bringe, aber nie öppis, woneim de Glaube anenand cha ustribe.

Zum Zwöite möcht ech säge:

Händ enand in Ehre a Lib und Seel, aber lönd enandere d Freiheit!

Au de Möntsch mues Luft und Liecht und Spazzig ha wine Baum, wenn er sell chönne wachse und Frücht träge. Händ nie nüd versteckt voronand, aber sind au nid nosüechig: es njeders het sis eigny Gwüsse, wos mues uscho dermit. Gäge d Wält do stöhnd zäme as wine Mur, wo niemer cha durschlo, aber deheim sell keis welle Meischter si. Isch es nid tusigmol schöner, wenn es njeders vorem sälber und us Liebi tuet, was s im andere cha a den Auge abläse?

Ohni Opfer gohts frili derbi nid ab, aber wer nid cha Opfer bringe, de sell überhaupt nid hürote. Mer mues chönne abtue, was im andere nid gfallt, und wärs de liebscht Gluscht und di heimeligscht Gwonet. Mer mues aber au mängs chönne aneh, wo im andere lieb und wärt isch, au wenns eim mängisch schwer achunnt. Z allerierscht aber heissts derfür sorge, as mer enand immer wider neu isch und alli Tag lieber wird, do müend Chopf und Härz derzue hälfe. Dert hets gfehlt, wos im einte und andere oder i beidne zäme afot langwilig wärde deheim, wo mer nümme bigährt, zäme eleigge z si, und allewil underwägs isch, für si ussert em Hus z vertörle.

Die Frau, wo nid verstoht, us ihrem Heimet, und seigs au no so eifach, es chlises Paredis z mache, het nid di rächt Liebi, und de Ma, wos nid weis z schetze, no vill weniger. Isches nid trurig, wenn eine s Wirtshusschild lieber gseht as si eige Türefalle? Mer gspürts enanderno, wi mer ines Hus ie chunt, was fürne Geischt as drininne regiert. Wo s Glück deheime isch, dert glänzts au zue allne Schibe us wines Für, wo si alles cha dra go werme und wo witume heiter git.

Wie guet hännds dert einisch au d Chind, wenn si im Sunneschin vo der rächte Liebi dörfe ufwachse! Si grote vorem sälber ohni vill Wort, will si am Vatter und a der Muetter alles chöne abluege, was si bruche, für sälber wider rächti Möntsche abzge. Und so isch nüt vergäbe gsi, was mer gschafft het an eim sälber und am andere vo der erschte Stund a. Es zahlt si ume und treit nid nume Zeise für Chind und Chindschind, nei z allerierscht für eim sälber, wills nüt Chöschtligers git uf der Wält as sone läbändigi, usgschaffeti, luteri Möntscheseel, wo nie cha vergoh.

Das füert is zum Dritte und Letschte, wonech möcht as Härz legge:

Hinderlönd einisch eue Chinde en guete Name.

Alles woner suscht für si tüend und seigs au no so schwer zwägbrocht mit Schaffe und Studiere Tag und Nacht isch nüt, wenn er au nume s chlinscht Mösli händ druff. Gält und Guet cha mer uf hundert Arte verlüre, aber en guete Ruef blibt und bahnet de Chinde de Wäg mit sim heitere Schin usse und inne. Dänked a das und bisset uf d Zänd, wenn en Versuechig wott anech cho. Ihr danked nochhär im Herrgott derfür.

Und was i no wott säge:
Lueged öppe mitenand a Himel ue, nid nume wägem Wätter. Das lehrt ech allewil wider dra dänke, as s no öppis Höchers git uf der Wält as Eui

eigne Freude und Sorge, und as mir alli a di ebige Gsetz bunde sind, wo dert obe regiere, Wenner denn gsehnd, wi d Stärne so still und rüeiig ihre vorzeichnet Wäg göhnd und wi si schine dur di feischter Nacht, so gspüred ihr au en grossi Heiteri inech inne und gänd enand d Hand mitem heilige Verspruch: «Mir wänds au mache wi die.» Denn gits e keis «Ich» und e keis «Du» meh zwüschen Euch, nume no es feschts und luters «Mir beidi», und denn isch au de rächt Sinn vo Euer Eh erfüllt: As er das chöne wärde mitenand, woneis eleigge nie derzue im Stand gsi wer, und wonech zumene Säge macht für vili.

Mis Chindli[1]

Es isch im Wintermonet gsi anno achtzähhundert und sächsenünzgi, wo «Mis Chindli» s erscht Mol de Wäg under d Füess gnoh het i d Wält use. Es het no gar erschröckli schüch to säbzmol und het fascht nid gwüsst, wis agattige, as em die junge Müettere im ganze Aargäuerländli und z Züri usse und wit umenand im Basel- und Bärnbiet d Tür uftüeige und früntli «Gott grües di» säge. Drum hanem halt es Briefli mit gge für uf d Wanderschaft, und i dem Briefli inn isch gstande:

Vill Schöns und Guets gits uf der Wält,
und jedem mues mer s lo:
De freut es Bild, en andere s Gält,
eis luegt de Stärne no,

Und mänge reist mit Müei und Not,
wo fröndi Länder sind:
Mi freut halt nüt so, früe und spot,
wie eusers härzig Chind.

Das macht mi meh as Silber rich,
isch schöner as es Bild,
und sini Auge glänze glich
wie d Stärndli ufem Schild.

I sueche i der junge Seel
und luege si z verstoh.
Bald find i wenig, mängisch vill:
Gohts euch nid au eso?

Ihr Müeterli im ganze Land,
jung, alt, arm oder rich,
euch läng i allne hüt mi Hand,
mir händs jo alli glich!

---

[1] «Mis Chindli», das erste Gedichtbändchen.

Und wenn ihr ghöred, was mis Chind
tuet tribe Tag und Nacht,
so lachet denn und säged gschwind:
«Jo, mis hets au so gmacht!»

Aber das Briefli eleigge het wäger nid gnueg bschosse. Eso mir nüt, dir nüt, hani dänkt, tüeig mer jo ekeim Möntsch ablose – nähmed au a, imene Wibervolch chuum afangs de Zwänzge, und zunere Zit, wo d Fraue no kei einzigi Stimmcharte händ dörffe ilegge! En grüsli e ghlerte Profässer vo der Aarauer Kantonsschuel isch also dem Chindli no z Gvatter gstande und het em darglait, was es mit sim grade, lutere Schwizerdütsch chönn usrichte, wenns es nume rächt tüeig agattige.

Es seig denn öppe nid nume do zum Singe und Ringereihe mache, het de gstudiert Götti mim Chindli gar bidänkli zuegsproche. Nei, es heig dernäbe no öppis vill Wichtigers uszrichte, so z säge en Mission: es mües d Lüt wider lehre rede, winene de Schnabel gwachse seig, mües ene zeige, was fürne Schatz as mer heige an euser urchige, heimelige Muettersproch, wo zu eus ghöri wi s Härz zum Lib. Wer si nid z Ehre ziei und ihres lödig Guld mitem gmeine Mösch tüei versetze und am Änd no meini, si ghöri nume i d Chuchi use und nid i d Wisitestube, de seig überhaupt e kei rächte Schwizer meh und mües si nid ufhalte, wenn er au nümm derfür gha wärd deheim und äne am March. D Sproch, die seig ebe de Möntsch sälber und de luter Spiegel vo siner Seel. Eusi sächshundertjöhrig Gschicht liggi drinn ibschlosse und alles Eignig und Apartig, wo nume in eusne Bärge heig chönne wachse und i eusem Bode grote und i euser Luft rifne. Aber es seig mit der Sproch wie mitere noble alte Italiänergige: mer mües fin umgoh dermit und Sorg ha zuenere, und ihri Saite nid mit ungchamblete Fingere alänge. Erscht wenn emol en rächte Musikant drüber chöm, so wärdsesi denn wise, was für Wundertön as si chönn fürebringe, as eim s Wasser i d Auge schüssi dervo. Heig nid scho de Goethe gseit, i der Mundart tüei d Seel ihre Ote zie? Und seigs nid eusem grosse Nochber änet em Rhi scho hundertmol z guet cho, wenn er sis abgschliffnig Hochdütsch heig chönne uffrüsche mit eusem riche, läbändige, farbige Schwizerdütsch, wo alli Schattierige anähm und alli Tön agäb vom oberschte bis zum teufschte?

Und ebe eusi junge Müettere, die seige iez wi gmacht derzue, für de Schatz vo euser Mundart z hüete, mer säg ere jo nid vergäbe «Muetter»sproch. Si sele achtig ge zume njedere guete Wort und ekeis Ghüder durelo und au ekeis vergrotnigs Hochdütsch, as s es Lose seig wi anere Grossrotssitzig vor der Abstimmig. Si selle ihri Chindli wider i Schlof singe und ene mit euse schöne alte Värslene und Liedlene alli grosse und guete Gidanke i d Seel ipflanze, as s aföi blüeie drinnne wie ime sunnige Früeligsgarte.

So het de Herr Profässer Winteler vo Aarau mim «Chindli» is Gwüsse gredt, und er hets dörffe, wil er sälber nid nume en Glehrte, nei, au en Dichter isch. Und gar dozmol, no vor über drissg Johre, isch es woll nötig gsi, das z säge: do hets no kei Heimetschutz gge binis und keis Idiotikon und ekei Röseligarte, der Eisidler[1] het nonig agfange gha, ufem Schwäbelpfiffli z blose, de grüen Chlee isch nonig gwachse gsi uf de Solethurner Matte[2], s Juramareili[3] het erscht lang nochhär agfange, si trurig Läbesgschicht z verzelle, und der unheilig Brüeder Dominik[4] isch no z jung gsi, für de Herr Heine so schön uf baseldütsch z verspotte. Dorum het mis Chindli ekei chlini Ufgob gha, aber s het em nid Chumber gmacht, bsunderbar wil si gli gueti Musikante zueglo händ für em ufzspile, de Lauber und der Attehofer, de Hess und de Wehrli, und wie si nid alli heisse. Und es het nid lang duret, so isch es i sim grüene linige Röckli zäntume deheime gsi, i de Strauhütte so guet wie i de Herrehüsere, i der Fröndi as wie deheime. Mer hets ghöre singe uf der Gass und ufem Fäld und zu de Schuelhuspfeischtere us as wienes Vögeli abem Baum, und ekei Möntsch hätt meh dänkt a di säb jung Muetter, wo s erscht Mol alli di Gsätzli und Liedli ihrne eignige Chinde vorgsunge het vor vile vile Johre. S isch au nut as i der Ornig, di heiteren Auge und luteren Stimmli simmer Dankigott gnue.

Aber verzelle mues ech doch no, wer mer s erscht Briefli gschribe het und im Chindli isch cho d Zit abneh säbzmol uf siner erschte grosse Reis: Öppen en anderi liebi Muetter? – S isch keinere z Sinn cho. Oder en junge Vatter? – Die händ anders z tue gha. Oder öppe en Erschtklässleri? – Die glaube gottlob no, as d Liedli eifach i de Büechlene inne wachse wie d Blüemli uf de Matte. *Nei, aber zwe Grossvättere!* Der eint isch der alt

---

[1] Meinrad Lienert (1865–1933): Mundartschriftsteller aus Einsiedeln (SZ).
[2] Josef Reinhart (1875–1957): Kantonsschullehrer in Solothurn und Mundartschriftsteller.
[3] Paul Haller (1882–1920): Pfarrer, dann Mittelschullehrer in Schiers und Wettingen. Mundartdichtungen: Versepos «S Juramareili», Gedichte und Drama «Marie und Robert».
[4] Dominik Müller (1871–1953): Pseudonym für Dr. Paul Schmitz, Redaktor aus Basel und Mundartdichter mit satirischem Einschlag.

Oberscht Walo vo Greyerz gsi, i hanems nie vergässe, und der ander de gross Moler Hans Thoma z Karlsrueh unde, wo mer vor Freud a sim eignige Grosschind eis Hölgeli ums ander gmolet und gschickt und di lüschtigschte Gschichte gschribe het. Und underdesse hets mis Chindli gmacht wie anderi Chind au: es isch si eignig Wäg ggange und het weder der Muetter no im Götti meh vill derno gfrogt.

He nu, wenns nume si Sach rächt macht. Hani nid underdesse anstatt eim Chindli mängs tusig übercho? Und wills mer halt isch, alli Chind uf der ganze Wält ghöre es bitzeli mine, und i wett ene hälfe gsund und starch wärde a Lib und Seel und alles Glück i d Wält use träge, wo d Möntsche eso nötig händ, dorum isch mis Chindli iez eusers Chindli worde und sell immer das blibe, was es mir vom erschte Augeblick a bidütet het, wos uf d Wält cho isch, es Wunderbluescht am Läbesbaum:

«Du Wunderbluescht am Läbesbaum,
du bisch vom Paredis en Traum,
du bisch für d Ärde en Verspruch,
en grossi Rächnig ohni Bruch,
en Sunneschin, es grosses Plange,
en Punkt uf alles, was vergange,
es Morgerot vom neue Tag,
es Finkelied vom Schlehehag,
en Chumber, wo de Wind verweiht,
es Grüesse us der Ebigkeit.»

Anhang

Sophie Haemmerli-Marti – ein Lebensbild 299

Sophie Haemmerli-Marti – ihr Leben in Bildern 335

Briefe und Erinnerungen 372

Werke von Sophie Haemmerli-Marti 378

Vertonungen 379

Interpretationen auf Tonträgern 380

Bildnachweis 381

Wörterbuch 382

Afäng und Überschrifte 391

Inhaltsverzeichnis 398

Sophie Haemmerli-Marti – ein Lebensbild[1]

As wine churze Morgetraum
Sind Freud und Leid verbi,
Und alles Bluescht vom Läbesbaum
Isch us der Liebi gsi.

Kindheit

Diese Worte, mit denen Sophie Haemmerli-Marti auf ihr Leben zurückschaute, entsprangen dem Kern ihres Wesens: Liebe hatte es gestaltet von Jugend an, und bis zuletzt lag darauf die Frische des frühen Morgens. Solche Frische umgab auch ihre aargauische Heimat, das Tälchen der Bünz mit dem Dorf Othmarsingen, das damals noch versteckt zwischen Baumgärten und Kornäckern lag. Hier wurde sie am 18. Februar 1868 als jüngstes Kind des Ammanns Franz Marti und seiner Gattin Sophie Rüegger geboren. Mit zwei etwas älteren Brüdern wuchs sie in das Leben eines Hauses hinein, das seit langem zugleich Bauerngut und Amtssitz war. Von der Tätigkeit des Urgrossvaters her hiess ein Raum immer noch die Kreisstube. Jetzt waltete dort, geachtet und gefürchtet, der Grossvater als Friedensrichter. Der Vater aber versah so viele Ämter und war als Offizier so oft im Militärdienst, dass er seinem Heim fortwährend auch die Atmosphäre des öffentlichen Lebens zuführte. Dieses war noch von den Idealen der Vierzigerjahre getragen. General Dufour, der von den Soldaten gefordert hatte, in ihren Gegnern die Brüder zu achten, stand noch lebhaft im Volksbewusstsein, und Menschen vom Schlage Franz Martis wurden bewegt von Henri Dunants Gründung des Roten Kreuzes.
Des Vaters Schaffensdrang äusserte sich überall, sogar an häufigen Umbauten an seinem Haus. Als einst die anstossende Scheune abgerissen wurde, hing über einer klaffenden Lücke neben dem Bettchen der Jüngsten ein Vorhang. Daran knüpft sich Sophies erste Erinnerung: Die Zweijähri-

---

[1] Die Autorin Anna Kelterborn-Haemmerli (1896–1983) ist eine der vier Töchter von Sophie Haemmerli-Marti. Von ihr stammt diese hier vorliegende, leicht gekürzte eindrückliche Biografie ihrer Mutter. Der Text wurde erstmals in «Lenzburger Neujahrsblätter» (1950–1952) veröffentlicht und später publiziert in «Schweizer Heimatbücher», Band 79, Verlag Paul Haupt, Bern 1958.

ge wacht mitten in der Nacht auf, hebt den Vorhang und schaut, von jähem Glück übernommen, in die Pracht der Sterne hinein.
Ihre Spielkameraden sind die Brüder, vor allem der flinke, aufgeweckte Hektor. Franz, der ältere, ist stiller und mehr in sich gekehrt.
Unter dem tief herabhängenden Strohdach wohnt Anna, die erste Freundin. Ganze Tage lang sind die Kinder beisammen und zwischen Mutters hundertblätterigen Rosen und Goldlackrabatten geborgen. Aber es gibt noch eine andere Welt, jenseits dieser Geborgenheit, die Furcht und Grauen einflösst. Woher kommen die nächtlichen Gewitter, bei denen alle im Haus aufstehen, das Vieh losgebunden wird, und man ängstlich abwartet, ob das Himmelsgericht vorbeigehen oder sich über dem Dachfirst entladen wird? Und schlimmer noch als Blitz und Donner sind die Zornesausbrüche des Grossvaters Friedensrichter, die sich stündlich und mit der Macht einer Naturgewalt über jedem entladen können. Wie viel der hochaufgerichtete Mann für die Gemeinde bedeutet und wie mancher Bedrängte ihn am Abend aufsucht, das weiss Sophie noch nicht.
Licht und Friede in nie versiegendem Strom kommen ihr entgegen vom Grossvater mütterlicherseits, dem Luzerner Oberrichter Rüegger aus Büron. Obwohl sie bei seinem Tod erst sechs Jahre alt ist, verliert sie das Bewusstsein tiefster Verbundenheit mit ihm nie.
Anton Rüegger war als vierzehnjähriger Bauernknabe schon einer Schar Kinder als Schulmeister vorgestanden und einundzwanzigjährig Pestalozzi begegnet. Durch merkwürdige Fügungen gelangte er auf die Richterlaufbahn, und seine gereifte Persönlichkeit wirkte einflussreich als Grossrat und Gerichtspräsident. Obwohl Katholik und von jung an mit Beromünster Stiftsherren befreundet, nahm er an den Freischarenzügen teil und lag, als diese scheiterten, monatelang im Luzerner Käfigturm. Viele Stürme brachen über sein Leben herein, und doch war es in seinem Umkreis nach dem Glauben der Enkelin immer Sonntag. Als er hochbetagt starb, bemächtigte sich Sophies bei der Leichenfeier ein verzweifelter Schmerz und zugleich das Gefühl äusserster Verlassenheit, so dass man die fassungslos Weinende aus der Kirche hinaustragen musste. Jetzt sei niemand mehr auf der Welt, der sie kenne, dachte sie und behielt dieses Gefühl die ganze Jugend hindurch.
Bis zu diesem Ereignis hatten die Fahrten nach Büron, an deren Ende der lächelnde Grossvater stand, die Höhepunkte gebildet im Jahreslauf des Kindes. Es gab aber auch andere Ausfahrten im Pferdegespann. Sonntags

besuchten die Eltern oft den Gottesdienst in dem einsam hinter Waldhügeln liegenden Ammerswil. Sie nahmen Sophie mit und liessen sie in der Studierstube des befreundeten Pfarrers zurück. Dann huschte sie zum Schreibtisch und las neugierig die aufgeschlagene Predigt. Seit wann sie lesen konnte, wusste man nicht, darum gekümmert hatte sich nie jemand. Zu den Freuden eines Büroner Besuches gehörten auch Grossvaters «Kalender» und ein schmales braunes Bändchen mit Erzählungen aus dem Alten Testament. Doch gab es hier ein Ärgernis: Jede der sonst so geliebten Geschichten endete mit einem belehrenden: «Darum, liebe Kinder...», so dass Sophie diesen verabscheuten Schluss, sobald er in Sicht kam, schnell mit dem Händchen zudecken musste.

Ging die Fahrt talaufwärts ins Freiamt, so zeigten sich bald die Türme von Muri. Dass dieses Kloster im Mittelalter ein bedeutendes geistiges Zentrum war, dass in seinem Chor die frühesten uns bekannten geistlichen Spiele in deutscher Sprache ausgeführt wurden: dies wusste man nicht. Man freute sich auf Muri der Verwandten wegen, die mit ihrer grossen Bibliothek in die Lehrerwohnung dieser jetzt säkularisierten Abtei eingezogen waren. Es waren Sophies Paten, und sie behielten sie, bevor sie zur Schule musste, oft wochenlang bei sich. So kam es, dass das Kind gerade hier seinen ersten bewussten Eindruck von Poesie empfing. In einem Buche blätternd, blieb es stehen bei Hebbels Ballade vom Heideknaben, las laut und konnte die Strophen, die in so erschütternder Weise die Vorahnung eines grausamen Todes schildern, fast unmittelbar auswendig. Erstaunt hörte der Oheim zu, und abends stellte er die Kleine auf den Tisch, damit sie seinen Kollegen das Gedicht wiederhole.

Daheim wurde das Kind aber wieder vom tragenden Leben des Bauernhofs und des ganzen Dorfes aufgenommen. Es hatte seine Freunde bei Alten und Jungen, und fast jedes Dach war ihm vertraut. Das rührte nicht nur vom Spielen her. Nach jedem Mittagsmahl musste es mit den Brüdern unter den Armen des Dorfes die Speisekörbchen verteilen, die in der grossen Küche bereitstanden.

Denn der Tochter Anton Rüeggers blieb keine Not verborgen, und sie begegnete ihr mit der gleichen Selbstverständlichkeit wie der Vater, der verwahrloste Knaben in sein Haus aufnahm, statt sie Anstalten zu übergeben. Auch dass in seiner Scheune eine Zigeunerfamilie überwintere, fand der Ammann in Ordnung, und seine Kinder freuten sich im Herbst auf die Zigeuner wie im Frühjahr auf die Dudelsackpfeifer, die das Dorf mit ihrem Tanzbär durchzogen.

Die Schule beeinträchtigte die Fülle dieses bunten Lebens kaum. Da sie längst las und schrieb, nahm der freundliche alte Lehrer Sophie schon ein Jahr zu früh auf und lobte vor allem ihr Singen. Zum Singen lief die Kinderschar freudig auch am Sonntag ins Schulhaus, und sonntags wie am Werktag galt dieser Lehrer so viel, dass er ruhig auch einen krummen Strich ziehen durfte an der Tafel. Er sprach: «Wir wollen annehmen, er sei gerad», und jedes war einverstanden damit.

Das Glück, zu verehrungswürdigen Menschen aufzusehen, wurde Sophie überhaupt in reichem Masse zuteil. In dem jungen Pfarrer Jakob Heitz trat ein Erzieher in ihr Leben, der an Geist und Charakter, als Gelehrter und Kunstverständiger weit hervorragte. Sie betrachtete ihn mit scheuer Ehrfurcht und ahnte dabei nicht, dass daraus lebenslange Freundschaft entstand.

Sie war jetzt elf Jahre alt, und die Sonne schien jeden Tag heller. Was an Lebensdunkel blieb, lastete weniger schwer, und man konnte sogar sprechen davon. Mit Jakob nämlich, dem liebsten aller Altersgenossen. Jakob, dem sie auf der Heubühne das Tanzen beibrachte, mit dem sie unter einem Apfelbaum sämtliche «Bergkristall»-Romane der Dorfbibliothek las – ihm vertraute sie auch ihre Sorgen an. Sie bewegten sich immer wieder um das Rätsel des Todes. Warum war der Tod schrecklich, wenn man sich doch freute auf ihn? Denn weil es so glühend danach verlangte, zu erfahren, was «Drüben» sei, sehnte das Kind ihn herbei und war fest davon überzeugt, dass er an seinem zehnten Geburtstage eintrete. «Dann also am zwölften», war sein Schluss, als jenes Datum ereignislos vorbeiging.

Bis dahin wurde die Zeit ihm nicht lang. Unvermerkt glitt es aus dem Reich der dunkeln Fragen wieder in den Frühling seiner Kinderwelt hinein. Manche Laubhütte wurde gebaut im Wald über der Bünz, manches Lied gesungen, wenn es mit den Freundinnen in breiten Reihen Dorf auf und ab zog. Wenn es aber zu früh auf die Strasse entwich, erscholl Mutters Ruf «Erst noch zwölf Nadeln!» Denn dass die Strümpfe von Vater und Brüdern die Sache der jungen Schwester waren, verstand sich von selbst. Zeit zum Spielen blieb gleichwohl genug. Wie oft bei diesem Spiel Sophies Reden plötzlich in Verse überging, wusste sie selbst kaum. Aber Anna, die kleine Nachbarin, behielt es im Gedächtnis und ergötzte sich noch als Greisin daran.

Vieles änderte sich, als Sophie im zwölften Jahr in die Lenzburger Bezirksschule kam. Es war schön, mit den Brüdern früh um sechs Uhr daheim aufzubrechen und unter Singen und Rätsellösen dem Städtchen entgegen zu wandern. Hier aber war es mit der innern Sicherheit vorbei. Vor der allgewaltigen Französischlehrerin fand Sophie keine Gnade, und die Blicke der Stadtmädchen, die ihr rotes Halstuch musterten, verwirrten sie. Eine urbane Form kultivierten Lebens war in Lenzburg Tradition und machte sich bis in die Schulstube hinein geltend. Sophie nahm sich darin aus wie ein Wildling im gepflegten Garten, und es dauerte ein gutes Jahr, bis sie ihre Schüchternheit verlor. Zuerst waren es die Stunden eines Naturkundelehrers, die ihr das Selbstgefühl wieder stärkten. Sie vergass es dem stillen Mann nie, dass er das Wesen einer Pflanze zuletzt immer in einem Gedicht zusammenfasste, und behielt die Strophen an die «Nachtviole» zeitlebens im Gedächtnis. Dann bahnten sich Freundschaften an, nicht nur zu den Mitschülerinnen, sondern auch zu ihren feingebildeten Müttern. Jetzt führten die Mädchen Schillerdramen auf und wählten dazu als Bühne die granitene Kuppe eines Findlings, tief drinnen im Lindwald. Dass man an seinem Fuss römische Münzen fand und die Pracht versunkener Villen erahnen konnte, gab dem Stein Wert und Weihe. Vielleicht war es hier, dass Sophie, die bisher allein bei Pfarrer Heitz Latein gelernt hatte, die Freundinnen bewog, künftig gemeinsame Lateinstunden in Lenzburg zu nehmen. Der Plan gelang, und die Stunden wurden zu einem Quell von Freuden für alle. In Sophie aber entstand jetzt ihre starke und vorläufig noch ganz gefühlsmässige Beziehung zur antiken Welt.

Die biblischen Psalmen und viele Worte des Thomas a Kempis, die sie als Konfirmandin kennen lernte, begleiteten sie durchs Leben. Des a Kempis «Nachfolge Christi» hält die Fünfzehnjährige auch in Händen auf ihrem Konfirmationsbild. Dabei blickt sie so ernst und traurig in die Ferne, als wollte sie der Erde lieber entfliehen als darin ihrem Alter gemäss jetzt kräftige Wurzeln schlagen. Zu ihrem Glück war sie aber ein Landkind. Das Leben daheim ging im Wechsel der Jahreszeiten seinen geordneten Gang, und der Vater sorgte dafür, dass niemand den Boden unter den Füssen verlor. Mochten sie im Lenzburger Kränzchen lange auf sie warten: an manchem freien Nachmittag musste Sophie jätend der Pflugschar folgen oder in den Ackerfurchen Rüben stecken. Gerade weil er die Regsamkeit seiner Jüngsten erkannte, setzte der Vater seinen Stolz darein, eine Tochter zu haben, die «in jeden Schuh passe». Dabei hatte er seine eigenen Methoden und erschreckte nicht selten die zur Ausfahrt bereite Familie mit dem Machtspruch: «Sophie bleibt heut daheim». So dachte er die Lebensdurstige im Verzichten zu üben. Die Anhänglichkeit des Kindes verlor er dabei nie, denn seine ganze Persönlichkeit war danach beschaffen, in jungen Menschen Begeisterung zu wecken.

Franz Marti hatte die Glanzzeit seiner Jugend am Genfersee verbracht, in einem landwirtschaftlichen Institut, das auch in Musik und Literatur unterrichtete und die Zöglinge Corneille aufführen liess. Später war es an einer Urner Landsgemeinde, dass der Zwanzigjährige Oberrichter Rüeggers jüngste Tochter kennen lernte. Er gewann sie auf den ersten Blick lieb und führte sie trotz den Hindernissen, die sein Vater der Ehe mit einer Katholikin entgegensetzte, nach einigen Jahren heim. Zum Ammann gewählt, nahm er sich sofort des Armenwesens an, und als Lenzburger Bezirksamtmann führte er seine Verhöre so treffsicher und dabei warmherzig, dass sie bald sprichwörtlich wurden. Daneben galt sein Interesse dem Militär. Aufsteigend vom Trompeter bei den Schützen führte er noch in jungen Jahren eine Brigade, und im Verkehr mit der Truppe verfügte er über so viel Mutterwitz, dass darüber immer Anekdoten im Umlauf waren. Aber der Oberst und Grossrat kehrte jedesmal mit Freude in sein bäuerliches Heim zurück. Das Feld zu bestellen, war ihm eine Herzenssache, und wenn er abends Gerätschaften ausbesserte, hantierte er mit der Sattlerahle so geschickt wie mit dem Lötgerät oder dem Blasbalg seines Schmiedehammers. Dass der Tätige wissensdurstig blieb und an allem, was Sophie lernte, teilnahm, schuf jetzt ein neues Band zwischen den beiden. Wie über der frühen Kindheit der verklärte Geist von Grossvater Rüegger gestanden war, so leuchtete über Sophies Schulzeit das Bild ihres lebensprühenden Vaters.

Wachsen und Werden

Nur widerstrebend hatte der Vater die Erlaubnis zum Besuch des Lehrerinnenseminars gegeben, und als nach einigen Monaten bei dem aufgeschossenen Mädchen die Bleichsucht auftrat, handelte er rasch. Unverzüglich brachte er seine Tochter zu einem befreundeten Oberst, der im Rheintal eine Bierbrauerei betrieb, denn stärkende Bergluft und Hopfen und Malz schienen ihm jetzt wichtiger als Algebra und griechische Geschichte. Im Frühling konnte Sophie zu einem weiteren Bergaufenthalt verreisen, diesmal ins Urnerland zu einer Freundin der Mutter. Jetzt ging sie beglückt den Stätten Tells und Walter Fürsts nach, streifte den Bannwald empor und ins Schächental hinein, und dem Vater, der besorgt auf die Gefahren

so einsamen Wanderns hinwies, schickte sie eine Karte mit den einzigen Worten: «Die Erde ist des Herrn und was darinnen ist.»
Mit Blumen und Zweigen beladen kehrte sie abends in den Kreis ihrer Gastfamilie zurück, die wie ihre Mutter katholisch war. Dieser Umstand rief in der Zwingli-Begeisterten Frage um Frage hervor, und mit dem aufgeweckten Sohne des Hauses, der sie jetzt oft auf ihren Spaziergängen begleitete, kam sie darüber in immer eifrigere Gespräche. Mit der ganzen Gefühlswärme und allem Scharfsinn, über den die beiden verfügten, stand jedes für seine Weltanschauung ein.
Ein Jahr nach ihrem Austritt aus dem Seminar hoffte die Erkraftete sehnlich, dahin zurückkehren zu dürfen. Allein der Vater erlaubte es nicht mehr. Seinem Willen hatte sich noch immer jedes gefügt, bisher ohne Widerrede auch Sophie. Aber diesmal konnte sie nicht gehorchen. Am letzten Sonntag der Aarauer Sommerferien brachte sie ihr Anliegen schon am Morgen vor, als der Vater eben zum Gang um die Felder ins Freie trat. Aber am Abend war sie ihrem Ziel noch nicht näher. Keines ging jetzt zu Bett, sie setzten Rede und Gegenrede, Bitte und Versagen die ganze Nacht hindurch fort. Mochte beim Oberst auch die Freude an dramatischer Steigerung mit im Spiel sein: bei der Tochter war es bitterer Ernst. Jetzt dämmerte es, und vom Wald her drang der Pfiff des ersten Zuges: Der fuhr nach Aarau! Verzweifelt fiel die Aufschluchzende dem Vater um den Hals. «So geh!» erscholl es da – und ohne einen Augenblick Besinnens, ohne Hut und Tasche, Geld, Buch oder Schreibzeug flog die Befreite zum Waldrand hinauf. Den Zug erreichte sie nicht mehr, aber unverweilt machte sie sich zu Fuss auf den Weg, und kein verweintes und übernächtiges Kind, sondern ein Mensch, der glückstrahlend seine Zukunft erfasste, kam während der letzten Pause im Seminar an.
Jetzt gingen der Sechzehnjährigen Welten auf, die sie als ureigenste Heimat empfand. Was Rektor Keller in seinen Deutschstunden bot, und was die Geschichtslehrerin Elisabeth Flühmann vermittelte, das war ein Wissen, das weiterwirkte in ihrer Seele. Sieben Schülerinnen bildeten die ganze Klasse. Sie verstanden sich alle gut, aber bleibende Freundschaft verband Sophie mit Marie Heer, der späteren Zürcher Mittelschullehrerin, die schon jetzt eine hervorragende Lyrikerin war, und mit Erika Wedekind, die in wenigen Jahren eine hochgefeierte Sängerin sein sollte.
Weither und frei wie am Seminar wehte der Geist auch in der nahen Kantonsschule. Sie vermittelte die Kameradschaft mit manchen bedeutenden

Altersgenossen. Als aber einst am Schülerabend ein Unbekannter Beethovens C-dur-Konzert spielte, darauf Sophie zum Tanz holte und während der Polonaise den Sonnenaufgang aus dem Faust rezitierte: da war ihre Freundschaft mit Max Bircher geschlossen und zugleich tief ins Rosenlicht ihrer jugendlichen Gefühle getaucht. Was tat's, dass sie im Freund mehr den Träger ihrer eigenen Ideale sah als die Eigenart des bahnbrechenden künftigen Arztes erkannte? Das hemmte den Strom ihrer Gedichte nicht, und verhinderte ebensowenig, dass die Freundschaft lebenslang dauerte. Daheim in Othmarsingen war ihre Freundin Anna Mutter geworden, und ihr und ihrem Knäblein, dem sie Patin war, galt Sophies erster Gang, wenn sie abends von Aarau kam. Aber auch in andern Häusern wurde sie erwartet. Manchem Knechtlein hatte sie auf Geheiss des Vaters Schweizergeschichte beizubringen, und den apfelschälenden Frauen trug sie die Oden Klopstocks vor. Dass aber Jakob jetzt nach Amerika auswanderte, das vermochte sie lange nicht zu verschmerzen. Immer wieder, auch in späteren Jahren, sprach sie von ihm. Sie konnte niemand vergessen, der ihr einmal nahe gestanden war.

Zwischen Othmarsingen und Aarau lag Lenzburg, und über Lenzburg erhob sich auf steilem Berge das Schloss. Dort wehte Höhenluft, dort hatten alle Künste eine Heimstatt: Die Wedekinds wohnten dort, bei denen Sophie aufgenommen war wie eine der Ihren. Es gab kein Lebensproblem und keine Frage, die das politische oder künstlerische Zeitgeschehen betraf, die in ihrem Familienkreis nicht erörtert wurden. Meist war dieser Kreis noch erweitert durch Gäste aus Deutschland. Auch zu ihnen trat Sophie in Beziehung, und wenn auch eine einstige Gespielin längst polnische Gutsfrau, ein junger Mann Rostocker Universitätsprofessor geworden war, so blieb der briefliche Verkehr doch noch jahrzehntelang bestehen. Der alte Doktor Wedekind, einst Arzt in türkischen Diensten und später Mitbegründer von San Francisco, hatte Schloss Lenzburg erworben, um endlich Platz zu finden für seine prächtigen archäologischen Sammlungen, und es freute ihn, dass seine Frau, die geistvolle Sängerin, in den Burgsälen walten und seine hochbegabten Kinder in Gärten und Höfen sich tummeln konnten. Frank, der werdende Dichter, war Kantonsschüler, als Sophie mit seiner Schwester Erika das Seminar besuchte. Er bildete nach ihrem Empfinden die lebendige und ausgleichende Mitte dieser vielgestaltigen Familie. Mochte sein Kampfgeist auch zehnmal am Tag zum Angriff stürmen: er ruhte nicht, bis er einen entfachten Streit geschlichtet und die Menschen wieder zusammengeführt hatte. Mit Begeisterung führte er die zwei Freundinnen in die Kunst des Rezitierens ein, übte Balladen mit ihnen und öffnete auch etwa den alten Baukasten, wo er seine Gedichte und Dramen verbarg. Wenn er aber mit scharfsinnigen Gedanken die Welt verdammte und Gott verneinte, setzte Sophie sich zur Wehr. Sie war sich ihrer inneren Heimat so bewusst, dass kein Weltschmerz sie berühren und die materialistische Lehre sie gar nicht erreichen konnte. «Vater! Frank glaubt nicht an ein ewiges Leben!», rief sie einst ausser sich dem auf sie wartenden Amtmann zu, als Frank sie unter nicht zu beendenden Gesprächen spät in der Nacht noch nach Hause brachte. Marti musterte sie belustigt und meinte, zu seiner Zeit habe man anderes geredet beim Mondschein. In Frank aber formten sich in dieser Nacht Strophen über die Unsterblichkeit, die er noch vor Tagesanbruch aufschrieb und nach Othmarsingen schickte. Über das Sonett setzte er in hebräischer Schrift jenen Namen, deren Trägerin so feurig für die Realität der geistigen Welt eingestanden war:

Sophie Marti

Wohl hegt das Menschenherz ein heiss Verlangen
Nach einem Glück, das die Vernunft nicht kennet,
Nach einer Freude, die kein Name nennet,
Nach einem Stern, der noch nicht aufgegangen.

Und wenn auch längst schon die Propheten sangen,
dass einst der Tod nur Leib und Seele trennet,
Der Zweifel, der in meinem Innern brennet,
Wird noch verstärkt durch sehnsuchtsschweres Bangen.

Die einzge Bürgschaft für ein ewig Leben
Liegt in der Harmonie, im wahrhaft Schönen,
Im Wort, in Formen, Farben und in Tönen.

Weisst du, ob nicht die hohe Gottheit eben
Darin sich in die Schöpfung liess verweben,
In der Unsterblichkeit der neun Kamönen?
                                    Oktober 1884

Jumpfer Lehreri

Im Frühling 1887 bestanden die sieben Seminaristinnen das «Staatsexamen» und begannen ihren Flug in die Welt. Sophie reiste nach Paris, denn gerade dort fiel ihr das Amt der Hauslehrerin zu, das ihr vor Jahresfrist zu ihrem Bedauern noch entgangen war. Damals hatte sich im Othmarsinger Gasthof zum Rössli der schwedische Dichter Strindberg niedergelassen. (Wie mancher ungewöhnliche Lebensweg doch den Aargau kreuzte!) Oberst Marti holte den einsamen Fussgänger zuweilen ein und lud ihn neben sich auf sein Reitwägelein. Er plauderte gern mit ihm, aber dass dieser Fremde mit den unheimlich gespannten Gesichtszügen Sophie zur Lehrerin seiner Kinder ausersah, dies passte ihm nicht. Paris schien ihm vertrauenswürdiger, und so begann die Bauerntochter ihre Laufbahn in den Champs Elysées bei den kleinen Knaben eines Getreidemaklers. «La fille d'un colonel suisse», pflegte Madame sie vorzustellen, und das Zeremoniell jeder Mahlzeit vollzog sich feierlicher als auf Schloss Lenzburg an Festen. Was aber Sophie tun und geben wollte, zerrann alles in nichts: zwei Knaben in die Form einer Schablone zu zwingen, hatte sie nicht gelernt, und zuletzt war sie froh, als der Vater sie in Basel wieder abholte im Herbst. Jetzt traf eine andere Anfrage ein: Ob sie eine plötzlich verwaiste Schule von neunzig Kindern vorübergehend übernehmen könne? Da liess der Amtmann den Schimmel einspannen und fuhr noch am gleichen Abend mit seiner Tochter das Bünztal hinab und über die Aare nach Thalheim hinüber, ins abgelegene Juradorf hinter der Gislifluh. Zwar nahm die Lehrerin am nächsten Morgen einen Stock in die Hand, um sich Mut zu machen. Als aber die vielen auf sie gerichteten Augen erstrahlten, wurde ihr leicht zu Mut, und am Mittag wusste sie, dass sie ihren Beruf jetzt liebte wie nichts in der Welt. Doch entdeckte sie manches bleiche Gesicht und manchen zerrissenen Ärmel und Strumpf, und es ging nicht anders: sie musste wieder anfangen zu stricken; in den Pausen aber kochte sie Süpplein und Milch. Zu Weihnachten schrieb ihr dann eines ihrer vielen Jakoblein: «Libe Lererin, ich hoffe, wir wärden unserer Fröindschaft hinfort nie meer aufbieten», und diese Hoffnung sollte sich im Leben bewähren.

Am Neujahrstag führte der Vater Sophie ins Furttal, denn jetzt hatte die Gemeinde Oetlikon sie als Lehrerin für ihre Gesamtschule gewählt. Nur zehn Bauernhäuser und eine Mühle zählte das abgelegene Dörfchen, aber es beherbergte elf Familien, die in ruhigem Stolz darauf bestanden, eine eigene Schule zu haben und sie auch aus eigenen Mitteln zu unterhalten. Von Oetlikon erzählte Sophie in ihrem späteren Leben so viel und so beglückt, dass ihre Kinder meinten, sie habe jahrzehntelang in diesem Paradiesort verweilt.

Schon in ihrer singfrohen Kindheit, und erst recht, als Max Bircher sie für die Klaviermusik der Klassik begeisterte, hatte Sophie den Wunsch gehegt, Klavier spielen zu lernen. Doch der Vater war unerbittlich: entweder Latein oder Klavier – zwei solche Extravaganzen gestand er nicht zu. Jetzt aber nahm die Lehrerin diese Sache selbst an die Hand. Am freien Nachmittag suchte sie klopfenden Herzens den Musikdirektor des Lehrerseminars Wettingen auf. Der schaute sie an und prüfte ihre Hände. «Noch so weich und locker wie bei einem Kind!», rief er aus, «und am nächsten Samstag kommen Sie zu mir in die erste Stunde.»

So schleppten denn sechs Mannen ein Klavier in Sophies Stübchen im Mühleturm hinauf, und die Anfängerin vertraute auf den Mühlebach, dass er ihr Üben übertöne. Der blinde Urgrossvater im Haus freute sich aber doch daran. «In einem Jahr spielen Sie Mozart», verhiess nach ein paar Wochen der Lehrer, und er behielt Recht, denn eine nie erlahmende Willenskraft beseelte seine musikalische Schülerin.

Als Sophie in Oetlikon ihren zwanzigsten Geburtstag feierte, nachts noch dem Mühlebach lauschte und Verse niederschrieb, zeichnete sie unter ihr Gedicht einen Berg und hoch auf dessen Gipfel ein römisches XX. Denn mochten ihre Strophen auch wehmütig klingen, so glaubte sie doch, in dieser Stunde auf dem Gipfel des Lebens zu stehen, und war überzeugt, dass es jetzt nur noch bergab gehen könne. Nicht hinüber in den Tod, wie sie zehn- und zwölfjährig erwartet hatte, aber abwärts, in ein weniger strahlendes, graueres Land hinein. Da fiel ihr Blick auf die Goethe-Bände, die ihr der Vater geschenkt, und auf Epictets «Handbüchlein der Moral», das Frank Wedekind ihr zu diesem Tage geschickt hatte. Das war Wegzehrung, damit wollte sie den Niederstieg wagen!

Frank studierte jetzt in Zürich, und er wanderte mit seinem Freund, dem Lyriker Karl Henckell, gerne nach Oetlikon hinaus. Dann kam ein scharfer Wind ins Furttal. Die Werke von Ibsen und Tolstoi wurden ausgepackt, man las und disputierte und setzte die Gespräche in langen Briefen fort. Mit der gleichen Wärme und vielleicht am gleichen Tag erzählte Sophie aber unter einem Strohdach Märchen und traf ungezwungen den Ton, der den Müttern ihrer Kinder geläufig war: So leicht bewegte sie sich immer von einer Welt in die andere.

An den Abenden wartete der blinde Urgrossvater auf sie, und wenn er das Neueste aus der Schule vernommen hatte, sagte er um die Wette mit ihr alte Gedichte auf. Er war einst als Schlosser bis nach Konstantinopel gekommen und wusste Wunder zu berichten von blauen Moscheen und verschleierten Frauen. Wenn er aber still horchend die Gebärde des Klavierspielens machte und jene den Wink verstand, verklärte sich sein Gesicht in schon überirdischem Glanz. Einst sass die Lehrerin wieder bei ihm und erzählte von ihren Kindern. Da sprach der Greis plötzlich: «Hört doch die schöne Musik! Nein hört doch, hört!» Rasch eilte die Verstehende hinaus und bedeutete allen, herein zu kommen. Als sie um ihn versammelt waren, Müllersleute und Gesinde, Grosskinder und Urenkel, sagte der Sterbende kein weiteres Wort mehr, aber seine Augen begannen zu strahlen, als würden sie wieder sehend, und je leiser der Atem ging, desto heller breitete sich über seiner Stirne das Licht aus.

Es war das erste Mal, dass Sophie dem Tod ins Auge sah, und seine Nähe erfüllte sie mit Ehrfurcht und Frieden. Bald aber brachte er ihr bitteres Leid.

Daheim in Othmarsingen war die zarte Mutter seit Jahren leidend gewesen, aber immer mit der ihr eigenen Genauigkeit ihrer Arbeit nachgegangen. Jetzt erkrankte sie plötzlich schwer und starb, erst siebenundvierzigjährig, nach einer Operation, in Aarau. Am gleichen Tage stürzte der Vater vom Pferd und erlitt einen Schädelbruch, so dass die herbeigerufenen Kinder von einem Krankenbett zum anderen fuhren und es sich fügte, dass keines bei der Mutter war, als diese hinüberschlief. Einsam, wie sie durchs Leben gegangen war, traf sie auch der Tod. Denn trotz ihrer hingebenden Liebe zum Vater und ihrem tätigen Sorgen im Dorf, war sie in Othmarsingen eine Fremde geblieben. Ihre kleinen Freuden hatte sie sich allein suchen müssen: in einem Gang zur Bergmatte, die verborgen am Hang des «Maiengrün» lag, in einer feinen Handarbeit, die sie für den Feierabend aufsparte, oder in da und dort aufgefundenen Gedichten, die sie auf Zettelchen schrieb und in ihr Schmuckkästchen legte.

In tiefer Erschütterung wurde es Sophie bewusst, wie wenig auch sie am Leben ihrer Mutter teilgenommen hatte. Die viel strahlender in Erscheinung tretende Gestalt des Vaters war auch für sie stets im Mittelpunkt gestanden, und von der so oft über ihrer Arbeit still weinenden Mutter hatten ihr Tatendrang und ihr Frohmut sie ferngehalten. Aber Sophie Rüegger, die sich im Leben den Augen ihres Kindes fast entzogen hatte, war nach dem Tode ihrer Tochter um so gegenwärtiger, und diese neue Gegenwart – viele Gedichte bezeugen es – verblasste nie mehr.

Doktersfrau

Der Mutter Tod, der in Sophies einundzwanzigstes Jahr fiel, brachte eine scharfe Wendung in den Gang ihres Lebens.
Sie wusste, dass daheim Vater und Brüder, Haus und Hof sie jetzt nötig hatten. Mussten da ihre eigenen Wünsche nicht schweigen? Ohne Zögern suchte sie eine Stellvertretung für ihre Schule und kehrte nicht nach dem geliebten Oetlikon zurück. Wie vieles sich aber änderte mit diesem Schritt, kam als jähe Überraschung über sie.
Oberst Marti hatte immer mit Stolz auf seine Tochter geblickt und jede Gelegenheit, an ihrem Leben teilzunehmen, freudig erfasst. Jetzt vollzog sich eine plötzliche Wandlung in ihm. Sowie Sophie die Arbeit ihrer Mutter verrichtete, war sie in seinen Augen fast eine Untergebene, und jedes Zeichen einer auch geistigen Verbindung verschwand. Nur weil Pfarrer Heitz ihr in weiser Einsicht und fast wortlos half, vermochte die vor einem Rätsel Stehende diesen neuen Zustand zu ertragen.
Auf dem Hof arbeitete auch ihr Bruder Franz, der trotz seiner Begabung auf eigene Weiterbildung verzichtet hatte. So ermöglichte er des Vaters häufige Abwesenheit. Der feinfühlige Hektor wurde Apotheker. Ein Rückenleiden hatte ihn früher während langer Zeit zum Liegen gezwungen. Da war Pfarrer Heitz täglich an sein Bett gekommen, hatte den temperamentvollen Kranken unterhalten und später unterrichtet, so dass Hektor nach seiner Genesung mühelos die Maturität bestand, ohne eine Mittelschule besucht zu haben.
Der Lehrerin Gedanken waren bisher in die Höhe und Weite geflogen, am Nahen hatten sie selten gehaftet und mit den Verrichtungen des Alltags sich wenig befasst. Jetzt fühlte die Heimgekehrte sich mit hartem Ruck auf die Erde versetzt und vor Aufgaben gestellt, für die eine natürliche Begabung ihr fehlte. Doch packte sie entschlossen an, was zu tun war, und erstaunt blickten die Mägde und Knechte auf. Aber erst nach der Probe des ersten Brotbackens hatte sie bei ihnen gewonnen.

Mehr als ein Jahr verging. Da schien es Sophie immer öfter, sie könnte jetzt eine Haushälterin einführen daheim, und zugleich mit diesem Gedanken stand vor ihr selber ein neues Ziel. In der Seminarzeit hatte die Hoffnung auf ein Medizinstudium, wie einst ihren Vater, auch sie erfüllt. Oberst Marti hatte sein Nein davor gesetzt. Jetzt stieg dieser Wunsch von neuem empor, und er verband sich mit dem Plan, als Ärztin an der Missionsarbeit in Afrika teilzunehmen. Da trat das Schicksal dazwischen und entschied unvermutet anders.

Oft hatte in Oetlikon der blinde Urgrossvater prophezeit: «Jungfer Lehrerin, Ihr bleibt nicht lang allein. Ich könnt ihn Euch zeichnen, den Bräutigam, so deutlich seh ich ihn kommen!» Dann hatte die Lachende sich gewehrt. Und noch schwerer wurde es daheim der Mutter gemacht, wenn sie der Tochter die laut verteidigte Absicht, ledig zu bleiben, ausreden wollte. Noch in ihrer Sterbenacht mühte die Sorgende sich darum. Jetzt aber, anderthalb Jahre nach Mutters Tod, war Sophie eine vom Glück überraschte Braut. Wie durch höhere Fügung, sagte sie später oft, sei dieser Lebensbund entstanden, den sie in plötzlichem Entschluss eingegangen war.

Damals an Mutters Sterbetag, als der Vater bewusstlos vor seinem Pferde lag, hatte Franz mit einer an ihm ungewohnten Entschlossenheit es durchgesetzt, dass nicht der alte Hausarzt zu Hilfe gerufen wurde, sondern der neue Lenzburger Doktor Max Haemmerli, den Franz im Militärdienst kennen gelernt hatte. Damit führte er, ohne es zu ahnen, die Wendung im Leben seiner Schwester herbei.

Von den zwölf Kindern des Lenzburger Stadtammanns Johann Haemmerli war Max bei weitem das stillste. Heiter und freundlich, mit einer Denkkraft begabt, die jedes Lernen leicht machte, aber ohne Ehrgeiz, ging der Knabe selbständig seines Wegs. Der Genfer Student trat in ein so lebendiges Verhältnis zur französischen Sprache, dass noch der Mann manches Tagwerk mit der lauten und von belustigtem Lächeln begleiteten Lektüre von Molière beschloss. Nach einem Assistenzjahr in der psychiatrische Anstalt Königsfelden eröffnete Max Haemmerli seine rasch anwachsende Praxis. Bald darauf verheiratete er sich. Aber wie in Othmarsingen Pfarrer Heitz sich zuerst weigerte, die Nachricht von Sophies Verlobung zu glauben, so konnten es in Lenzburg kaum die Nächsten verstehen, dass der ganz nach innen gewandte Arzt sich die um sechs Jahre jüngere, impulsive Othmarsinger Oberstentochter zur Gattin auserwählte.

Ein Unglücksfall hatte die beiden zusammengeführt, und ein Unglücksfall sollte sie, zweiundvierzig Jahre später, wieder trennen. Aber die Zeit, die so dunkle Ereignisse begrenzten, lag vom ersten bis zum letzten Tag im Licht einer Liebe, die Freude und Leid verklärte.

Im Herbst 1890 bezog das Paar eine Wohnung im Erdgeschoss des hochragenden Haemmerli-Hauses, und Sophie trat zugleich mit ihrer Heirat in die grosse Familie ihres Gatten ein. Mit dessen jüngsten Geschwistern lernte und lachte sie, und dem erkrankten Stadtammann erhellte sie noch manche seiner gedankenvollen letzten Stunden. Ihrem Mann besorgte sie die Buchführung und half ihm in der Praxis, immer bemüht, nicht zu zittern, wenn der kühne Arzt Operationen unternahm, die weit über das Gebräuchliche hinausgingen. Abends aber führte ein lehrfreudiger Dozent seine Schülerin in die naturwissenschaftliche Literatur ein.

Mit dem hohen Glück der Mutterschaft trat auch ein Schatten in das Leben der jungen Frau. Ein innig geliebtes Töchterchen hielt seinen Einzug, aber die schwere Geburt zeitigte bei der Mutter ein Leiden, das zwölf Jahre lang getragen werden musste und zuletzt zu einer tief in den Organismus eingreifenden Operation führte.

Jetzt kostete es mehr Mühe als früher, allen Umständen gewachsen zu sein: Drinnen im Haus bei einer energischen Schwiegermutter und tatkräftigen Schwägerinnen, und draussen im Städtchen, wo eine Rangordnung herrschte, als gingen die alten Schlossgrafen noch um. Da war es unvermeidlich, dass ein empfindsames Gemüt manche Kränkung erlitt. In Othmarsingen war der Vater zugleich mit Sophie auch selbst wieder in die Ehe getreten. Er hatte den Familiensitz seiner zweiten Gattin, den prächtig über dem Hallwilersee liegenden Eichberg, erworben und den eigenen Hof einem Fremden verpachtet. Dass er seinem Sohn Franz damit die Lebensgrundlage entzog, schien ihn nicht zu berühren oder ihm gar nicht bewusst zu werden. Dieses Bruders wegen, für den sie immer wieder eintrat, hatte Sophie manchen Kampf zu bestehen mit dem schwer durchschaubaren Vater.

Der Amtmann fuhr fort, in seiner umfassenden und originellen Art im Bezirksgebäude zu walten, kam Morgens zu Pferd oder Wagen vom Eichberg herab und verbrachte die Mittagszeit bei Tochter und Schwiegersohn. Als seinem Erzählen bald auch entzückte Enkel zuhorchten, war er nicht mehr zu missen im Doktorhaus. Jubelnd folgten ihm die Kinder auf den herrlichen Eichberg mit seinen Wäldern und Rebgeländen, seinen Pferden und

Hunden, herumstolzierenden Truthähnen und eingezäumten Hirschen. Wie die Kinder Hektors dankten sie diesem Grossvater ungezählte Freuden.
Es war aber nicht Max Haemmerlis Absicht gewesen, in der Heimat zu bleiben. Er hatte von Anfang an nach einem Wirkungsfeld im Ausland ausgeschaut und sofort zugesagt, als im zweiten Jahr seiner Ehe ein Zürcher Studienfreund ihm seine Praxis in Davenport am Mississippi anbot. Schon nahte der Tag, da Sophie mit ihrem Töchterchen auf den Eichberg ziehen sollte, denn Max wollte die schwierige erste Zeit des Aufbauens ohne sie bewältigen. Da wurde es der liebenden und immer leidenden jungen Frau plötzlich unmöglich, in diese Trennung einzuwilligen, und die Auswanderung unterblieb. Als einige Jahre später ein zweiter Plan zur Übersiedelung nach Amerika ebenfalls im letzten Augenblick scheiterte, nahm man den Wink des Schicksals an: man blieb zu Hause und folgte dem Ruf der Ferne auf verinnerlichte Weise. Für Sophie erwies es sich bald, welches Neuland zu betreten ihr bestimmt war.

«Mis Chindli»

«I ha wider eis!» erschallte es an manchem Morgen auf dem Schulweg der Othmarsinger Kinder, und was eines dem andern jubelnd kundtat, war der Besitz eines neuen Kachelspruchs oder Abzählreims. So freudig wie die bunten Märbel und die Abziehbilder sammelte man sie. Am eifrigsten war Ammanns Sophie bei diesem Spiel, und dabei geschah es ihr leicht, dass sie auch in eigenen Versen sprach. Später schrieb sie ihre «Gedichte» auf und steckte sie auf dem Schulweg nach Lenzburg ins Astloch einer hundertjährigen Buche. Welche Freude, wenn am Abend der Zettel verschwunden war! Als im Seminar die mittelhochdeutsche Dichtung und die Werke der deutschen Klassiker in ihr einen mächtigen Widerhall weckten, entfaltete sich ihre Gabe vielseitiger. Auch Schwänke und lange Gedichte in Knittelversen entstanden. Ob fröhlich oder ernst, stets waren ihre Gedichte aber hochdeutsch, und oft gingen sie pathosgeladen in antikem Versmass einher.
Jetzt, wo die junge Mutter die Welt durch ihr Kind erlebte, stellten sich plötzlich volkstümliche schweizerdeutsche Verse ein. Erst geschah es vereinzelt. Als aber zum Gegenwartsglück sich der Schmerz der Entbehrung gesellte, brach ein Quell auf, der bis zum Tode der Dichterin nie mehr versiegte.

Ihr Leiden hatte den jungen Arzt veranlasst, sie zu einer Badekur nach Bex ins Rhonetal zu bringen. Sie fand Stärkung hier, wurde aber vom Heimweh nach ihrem zweijährigen Kind fast verzehrt. Da begann das Leben dieses Kindes im Erinnerungsglanz aufzuleuchten. In den schlaflosen Nächten reihte sich Bild an Bild, und jedes Bild erklang, wurde Wort und Rhythmus. Alles formte sich auf schweizerdeutsch, und die diese Gedichte aufschrieb, entdeckte mit Staunen, dass ihr neues Instrument über viel beweglichere Töne verfügte als ihr früheres Hochdeutsch. Als ihre Badezeit zu Ende ging, hatte sie einen ganzen Zyklus von Mutter- und Kinderliedern im Taschenkalender. In kindlicher Freude übertrug sie ihn auf die ausgezackten Blätter eines Büchleins von der Gestalt einer Seerose und überraschte zu Weihnachten den jungen Vater damit.

Nicht alles, was so spontan dem Gemüt entsprang, hielt aber dem Urteil der Prüfenden stand. Manches in seiner Unmittelbarkeit ansprechende Gedicht blieb für immer im Taschenkalender. In diesem machen sich nach der Heimkehr auch die Striche der Tochter bemerkbar, und man sieht, wie das Kind mehr als nur Buchstaben wünscht: ein Storch, ein Vergissmeinnicht, eine Sonne blicken zwischen den Zeilen hervor. Viel mehr ist es nie, was die willige Mutter aufs Blatt zaubern kann, denn zu ihrem Leidwesen gehorcht die Hand ihr beim Zeichnen nur schlecht. Umso rascher folgt dafür die Sprache ihrem Willen. In den Eintragungen von Bex stehen neben Mundartgedichten plötzlich auch lange französische und englische Abschnitte, oft sogar in gewandten Versen, sobald von den ausländischen Gästen die Rede ist.

Die gleiche Regsamkeit bezeugen die Taschenkalender und die mit Auszügen gefüllten Hefte aus den zwei folgenden Jahren. Schon die meist mit dem Gatten betriebene abendliche Lektüre umspannt einen weiten Bogen: neben westlicher Philosophie und Sozialanschauung, wie sie Renan und Ouwen vermitteln, steht die mitteleuropäische Abstraktion Feuerbachs und ragt die Oststimmung der Romane Tolstois herein. Und scheinbar unberührt von solcher Gedankenarbeit entstehen fortwährend neue Kinderlieder von grosser Innigkeit, Frische und Sangbarkeit.

Um ihrem fast unbewussten Schaffen die notwendige künstlerische Zucht zu verleihen, bedurfte es aber eines Ereignisses, dem entscheidende Bedeutung zukommt im Leben Sophie Haemmerli-Martis.

Der Achtundzwanzigjährigen, die kurz zuvor einer zweiten Tochter das Leben geschenkt hatte, brachte eine befreundete Lehrerin ein Heftchen, das

die Erziehungsdirektion jedem aargauischen Lehrer hatte zustellen lassen. «Über Volkslied und Mundart» war der Titel, und der Verfasser hiess Prof. Dr. Jost Winteler. «Ich las die Schrift in einem Zug durch», berichtete die Beschenkte später, «und erlebte eine jener Entscheidungsstunden, wie sie oft plötzlich den Gang unseres Lebens unterbrechen, um im Licht einer Offenbarung den Weg zu erhellen, den man zu gehen hat. An dieser Schrift erwachte mein künstlerisches Gewissen und das Bewusstsein einer besonderen Aufgabe. Denn waren nicht vor allem die Mütter berufen, den Kindern eine reine Mundart zu vermitteln und ihnen durch den Klang ihrer Muttersprache Freude und Poesie mit auf den Weg zu geben? Mit klopfendem Herzen holte ich die Seerose hervor, prüfte die Gedichte auf die Reinheit der Sprache und begann mit einem wahren Glücksgefühl den Kampf mit hochdeutschen Wendungen, Wörtern und Satzgefügen. Wie schwer es war, merkte ich erst an der Arbeit. Endlich war doch der ganze ‹Liederkranz für junge Mütter› von unechten oder überflüssigen Bestandteilen befreit und wurde zur Begutachtung dem Herrn Professor nach Aarau geschickt.» Winteler fand das ihm eingesandte Manuskript druckfähig und antwortete mit einem so eingehenden Brief über das Wesen der Volkspoesie, dass Sophie Haemmerli sich in ihrem innersten Streben verstanden und zugleich den Gesichtskreis ihres Wesens in ungeahnter Weise erweitert sah. Nun dauerte es nur wenige Wochen, und die Gedichte lagen, versehen mit einem Vorwort von Professor Winteler, im Druck vor: «Mis Chindli», ein Liederkranz für junge Mütter, Zürich und Leipzig 1896.
Der Glarner Jost Winteler, der an der Kantonsschule Griechisch, Geschichte und Religionsphilosophie unterrichtete, war der Verfasser eines grundlegenden Werkes über Mundartforschung und zahlreicher Schriften aus dem Gebiet der Vogelkunde. Vor allem aber hatte die Autorin der Kinderlieder ihn schon im Jahre zuvor als Dichter kennen gelernt. Ihr Mann hatte ihr zur letzten Weihnacht zwei gewichtige Bücher auf den Gabentisch gelegt: Haeckels «Natürliche Schöpfungsgeschichte» und Jost Wintelers «Tycho Pantander», die in Liedern dargestellte Geistesentwicklung eines faustisch strebenden Menschen.
«Aus der ‹Bibel des 19. Jahrhunderts›», erzählte sie später[1], «las mir mein für die Naturwissenschaften begeisterter junger Gemahl vor, bis ich aus Verzweiflung über diese entgötterte Welt in Tränen ausbrach und bei dem

---

[1] Ansprache in Aarau zur Feier von Jost Wintelers 80. Geburtstag.

grünen Gedichtband Trost und Erhebung fand. Auch im Pantander fehlte ein philosophisches System nicht, aber hier war alles durchseelt, aus innerstem Erleben gestaltet. Der Weg zu Gott war gefunden.»
Die Begegnung mit Winteler führte zur Freundschaft und leitete eine reiche Schaffensperiode ein. Dass Sophie Haemmerli-Marti bei aller Verehrung in unbefangener Weise ihre Selbständigkeit wahrte, zeigen Worte aus einem Brief vom August 1900:

«Aber nun erst Ihre väterliche Mahnung wegen der ‹Schriftstellerei›, hinsichtlich derer Sie bedenklich geworden sind meiner Familie wegen – wie Sie nun gar dazu kommen, begreife ich erst recht nicht. Hat Sie wohl mein dickes Päckchen Manuskripte so erschreckt? Aber das sind ja Sachen von einem ganzen Jahr, die alle zufällig, buchstäblich ‹unterwegs› – entstanden sind, und die ich alle an einem Abend aus den verschiedenen Carnets zusammengesucht habe. Extra ‹gemacht› habe ich noch nie etwas, und schon der blosse Name einer ‹Schriftstellerin› ist mir in der Seele zuwider. Wenn ich aber an der Sache selbst Freude habe und meine freie Zeit, die schliesslich jeder hat, statt zu Kaffeevisiten oder Spitzenhäkeln zum Vertiefen in meine geistigen Interessen verwende, so ist das ganz meine Sache und kommt schliesslich auch der Familie zu gut. Da denkt mein Mann zum Glück viel weniger pedantisch, der hat mir sogar im neuen Haus mit grosser Freude ein eigenes ‹Studierzimmer› eingerichtet, und wenn der Stube nun auch kein Mensch mehr diese ursprüngliche Bestimmung ansieht, so hat mich doch die gute Absicht sehr gefreut. Er hat auch zu Ihrem Brief nur gelächelt, in dem ruhigen Bewusstsein, von dieser Seite nichts fürchten zu müssen. Nun, die Hauptsache ist, dass Ihnen meine Sachen gefallen haben, und dass das, was Sie bis jetzt in mir so liebevoll geweckt und gefördert haben, fröhlich weiter gedeiht. Nur wenn das nicht der Fall wäre, wenn Sie fänden, dass ich hierin liederlich würde, dürften Sie reklamieren – auf dem andern Gebiet aber ist mein Gewissen allein Meister, und da lasse ich mich gar nicht schulmeistern. Aber so habens ja die Götter, ‹Ihr fährt ins Leben uns hinein› – dann hintendrein werden sie wieder bedenklich! Aber bitte, nehmen Sie mir die kleine Verteidigung nicht übel – leicht verletzlich sind wir ja alle, und ich anerkenne Ihre gute Absicht vollkommen. Nur meinte ich, Sie sollten mich besser kennen.»
Das im Brief erwähnte neue Haus stand ausserhalb des Städtchens in einem grossen Garten und wurde nun zu einem Heim, das jahrzehntelang

Licht und Wärme ausstrahlte. Von hier aus bewältigte der Arzt seine Praxis und viele Pflichten im öffentlichen Leben mit Einsicht und nie versagender Güte. Hier wuchsen die Kinder des Ehepaars auf, vier Mädchen, denen die Mutter wie eine kraftspendende Sonne war. In ihrer Erinnerung ist diese Mutter nie müde, verstimmt oder energielos gewesen. Immer ging etwas Befeuerndes von ihr aus, sogar in ihrem Tadel, der empört aufflammte und auf Wesentliches ging. Freude und Begeisterung schufen die Stimmung, die vorherrschte in diesem Haus.

Mit dem Grösserwerden der Kinder verwandelten sich auch die Kinderlieder der Mutter. Schon widerhallte darin jetzt der festere Schritt des Schulkindes. Früher hatte es getönt wie Gesang:

I weis mer schier nid z'hälfe	Wenn Ängel tete singe,
Vor luter Glück und Freud:	Es chönnt nid schöner si,
Hüt het mer eusers Chindli	As wenns vom chline Müli
S erscht Mol de Name gseit,	S erscht Mol tönt: «Muetterli!»

Jetzt heisst es:

«Ruess, Ruess,	«Ruess, Ruess,
Für en Batze Buess!»	Für en Batze Buess!»
Eusi Schlitte chöme z'flüge,	Zämeputscht und überschlage:
Lönd lo lädere, lönd lo stübe,	Nid go jommere, nid go chlage,
Über wissi Watte	Mir sind nid vo Side,
Suse mer dur d'Matte.	Möge s scho verlide.

Lebensmitte

Das spontane Denken in Rhythmen und Reimen, das Sophie Haemmerli eigen war, bediente sich aber auch weiterhin oft des Hochdeutschen. Nur die Kinderlieder wurden ausnahmslos schweizerdeutsch. Es kam hier ein tiefliegender Zusammenhang zwischen dem Wesen der Mundart, der Welt des Kindes und der Eigenart der Dichterin zum Ausdruck: Allen dreien ist der abstrakte Gedanke ursprünglich fremd.

Die Gewohnheit, abends in kurzen Notizen sich Rechenschaft zu geben über den Tageslauf, wurde nie aufgegeben. Aus diesen Notizen steigt für uns das Bild einer Doktorsfrau und Mutter, deren tätiges Helfen weit über den Familienkreis hinausreicht, und die doch immer noch Zeit findet für ihre durch Auszüge festgehaltene Lektüre. Hatte aber früher eine sprühende Schalkhaftigkeit sie erfüllt, so bleibt der Frohmut ihren Aufzeichnungen jetzt mehr und mehr fern. Man spürt, dass sie mit grossen Partien ihres Wesens im Schatten steht.

Schwer ist auch das physische Leiden, das an ihr zehrt. Es scheint, als könne die jetzt Fünfunddreissigjährige die Lebensmitte nicht überschreiten. Da entschliessen sich die Ärzte zu einer Operation, deren Ernst der Patientin bewusst ist. Sie lässt niemand fühlen, wie schwer ihr der Abschied fällt, wenn sie ihre Kinder zu Freunden in ein ländliches Pfarrhaus bringt. Im Spital schreibt sie die Anfangsworte der Gedichte auf, die sie von Jugend an begleitet haben: Strophen von Walther von der Vogelweide und Kürenbergs, von Klopstock und Rückert, Schillers «Ideale» und Goethes Harfner-Lieder sollen aufleuchten in ihr, wenn die Narkose Dunkelheit verbreitet. In der Nacht wird ein schmerzerfülltes schweizerdeutsches Gedicht aufs Papier geworfen, am nächsten Morgen jedoch, unmittelbar vor der Operation, auf dieselbe Kalenderseite ein hochdeutsches gesetzt, dessen Gedankenflug sich weit über Konventionelles erhebt:

Nun steh ich vor der dunklen Pforte
Und hebe meinen bangen Blick:
darf glauben ich dem Freundesworte,
Kehr lebend ich von hier zurück?

Ich glaube – komme was das wolle,
Zum Leben geh ich immer ein,
Ists nicht auf dieser grünen Scholle,
Wirds in den Ewigkeiten sein.

Sie kehrte zurück auf die geliebte grüne Scholle. Zwar dauerte es noch viele Jahre, bis der Organismus sich erholt und der Geist eine immer wieder herandrängende Schwermut zurückgedrängt hatte. Aber der Sieg wurde erkämpft, und statt fortan geschwächt zu sein, reagierte ihre Natur im Gegenteil mit einer Steigerung der geistig produktiven Kraft.

Nur knapp und sachlich geführte Tagebücher und sehr viele hochdeutsche Gedichte lassen die Krisen erkennen, durch welche die wieder tätig im Le-

ben Stehende jetzt hindurch ging. Im Rückblick darauf schrieb sie 1914 ihrem Gatten, der während der Grenzbesetzung eine Etappensanitätsanstalt leitete, auf den Jahrestag ihrer Hochzeit: «Wir kamen doch eigentlich als zwei ganz fremde Menschen zusammen, die sich durch die Liebe erst kennen lernen mussten. Und auch trotz der Liebe; denn sie hatte uns zuerst getäuscht: Jedes sah das andere gleich wie sich selbst, und erst nach und nach erkannten wir das Grundverschiedene unserer Anlagen und Neigungen. Es gab Jahre, wo ich versuchte, mich ganz auszumerzen, nur noch in Dir zu leben und alles verkümmern zu lassen, dessen Du nicht bedurftest. Ich wollte Einheit um jeden Preis, aber die unterdrückte Natur rächte sich. Denn das Lebensprinzip, der Gott in uns, will dass wir wachsen, und das ist nur möglich, wenn der Charakter sich aus dem Grundzug des Wesens entwickelt, wie der Stamm aus der Wurzel. Nun ist das überstanden, wir sind nicht ineinander aufgegangen, sondern stehen eng nebeneinander.»
Gestärkt und gereift war sie damals hervorgegangen aus einer Zeit, die ihr die Abgründigkeit des Lebens offenbart hatte. Dem Arzt, dem im Spital ihre Pflege obgelegen war, verdankte sie eine neue Erweiterung ihres Wesens durch die bildende Kunst. Von ihm dazu angeregt, drang sie mit der ihr eigenen Intensität in die Welt des Schönen ein, und wie immer, wenn etwas Grosses sie bewegte, gab sie es auch weiter an ihre Umgebung. Hatte sie ein Bildwerk erlebt, so war ihre Fähigkeit, es zu schildern, so gross, dass eines ihrer Kinder immer glaubte, es selber gesehen zu haben. Der Besuch von Schauspiel und Oper konnte später dieses Kind enttäuschen, denn noch hundertmal farbiger war das gespielte Stück ihm früher erschienen, wenn die Mutter es mit beschwingter Stimme und strahlenden Auges vor die Aufhorchenden hingezaubert hatte. Auch die Wanderungen, die sie alljährlich mit dem Vater unternahm, machte das Erzählen der Mutter zu einer Freude für alle. Max Haemmerli wusste in Jura und Alpen die Schönheit verborgenster Täler zu entdecken, und wie stark bei diesem Naturerleben die Seele seiner Begleiterin ins Schwingen kam, bezeugen ungezählte Gedichte in kleinen Notizbüchlein.
Man befand sich jetzt im Jahrzehnt, das dem Ausbruch des Ersten Weltkrieges vorausging, und Sophie Haemmerli-Marti gestaltete ihr Leben, als gälte es, die Früchte der sich neigenden Kultur zu sammeln und bei sich aufzuheben. Mit Elisabeth Flühmann, ihrer hochverehrten einstigen Geschichtslehrerin, las sie die ganze «Divina Comedia» Dantes, mit Emilie Schlatter, der intelligenten und originellen jungen Bezirkslehrerin in Lenz-

burg, Miltons «Paradise lost». An einem Wochennachmittag wurden Winterlers Philosophiestunden in Aarau oder Kollegien in Zürich besucht. Es ist fast unbegreiflich, was die körperlich Zarte, an chronischen Schmerzen und jahrelanger Schlaflosigkeit Leidende, jeden Tag in ihre Zeit hineinbrachte. Aber sie besass das Geheimnis, das sie später in einem ihrer Lebenssprüche aussprach.

Kei Liebi lo chalte,	Nüt Ungrads lide,
Kei Täubi lang bhalte,	Kei Ängel vertribe,
Kei Sunne vermure,	Und früe ufstoh,
Kei Freud lo versure,	Wemmer s Glück will foh.

Es brauchte schon Kraft und Geistesgegenwart, um einem Haus vorzustehen, das gastfrei und doch das unruhige Haus eines Arztes war. Eines von früh bis spät beanspruchten Arztes, dem seine Gattin im Beruf beistand und den sie fast täglich – anfangs noch im gemütlichen Pferdefuhrwerk – auf eine seiner Praxistouren auf die Dörfer hinaus begleitete. Vor allem aber waren es die Kinder, denen in selbstverständlicher Weise die Kraft der Mutter zufloss. Ein besonderer Umstand vertiefte noch ihre Beziehung zu ihnen: sie unterrichtete nämlich, ursprünglich durch eine Erkrankung der Ältesten dazu veranlasst, alle vier Mädchen während der ersten Schuljahre selbst. Bald in der Wohnstube, bald draussen im Garten, gab sie allmorgendlich eine «Stunde», deren Leitmotiv das Spitteler-Wort «Freudig und gern ist der Künste Kern» zu sein schien. Nachher lernten die Kinder noch eine Stunde allein, denn eine Arbeit ernst zu nehmen, waren sie gewöhnt. Als im Unterricht auch die jüngsten an die Reihe kamen, war ihre grosse Schwester schon Lateinerin und rezitierte ihre Hexameter Treppen auf und ab. Wie hätte da die Mutter zurück bleiben können, sie, die schon als Kind aus eigenem Willen den Zugang zu dieser Welt sich erschlossen hatte! Bald las der Lehrer ihrer Tochter mit ihr Catull, und abends schrieb sie Gedanken aus Seneca ins Merkbuch. Dass sie nicht griechisch konnte, bedauerte sie zeitlebens, aber umso eifriger verfolgte sie die Exkurse ihrer Kinder in die Welt Homers. Nie wurde sie müde, den Klang der griechischen Sprache zu hören und sich zu freuen daran. Ähnlich ging es ihr im Gebiet der bildenden Kunst. Ihre beseelten Hände, die so flink strickten, die auch jetzt während dem Unterrichten oder Lesen so oft hin und her huschten über dem Strickzeug, diese Hände waren nie imstande, etwas zu zeichnen oder zu malen. Um so lieber liess jedoch die Mutter ihre Kinder mit Pinsel und Stiften hantieren, mit einem befreundeten Bildhauer modellieren und ganze Schulhefte in Bilderbücher verwandeln. Schon jetzt, und ganz besonders, nachdem ihre jüngste Tochter den Malerberuf ergriffen hatte, wurde daher auch für sie die Welt der Farben und Formen immer vertrauter. Dies ist bezeichnend für das Verhältnis zu ihren Kindern, wie zu allen, denen sie nahestand: Selbst immer spendend, wollte sie unaufhörlich auch «lernen» von ihnen.

Begegnungen

Man komme vor lauter Besuchen zu keiner Arbeit, ertönte es etwa klagend im Doktorhause. Aber den unerwartet Eintretenden begrüsste ein Aufleuchten von grossen blauen Augen, und sie, der ein Besuch galt, hatte auch Zeit dafür. Mit raschen Bewegungen stand sie auf, kam zur Türe herein und nahm den stets bereiten Strumpfkorb zur Hand; aber nie redete der Patient, der aus der Sprechstunde heraufkam, oder der Lehrer, der gerade eine Zwischenstunde hatte, zu einer Überbeschäftigten oder Gehetzten. Betrachtet man ihren Freundeskreis, so überrascht vor allem dessen Reichtum an Gegensätzen. Neben jungen Künstlern und Wissenschaftern stehen die alten Lehrer, neben Professoren die Dorforiginale der Umgebung, neben Lenzburger Jugendfreundinnen Angehörige fremder Nationen.
Immer wieder tritt in diesem Kreis die Fähigkeit zur Treue hervor, nicht nur bei ihr, die sein Mittelpunkt war, sondern auch bei denen, die mit ihr zusammengeführt wurden. Pfarrer Heitz, der einst an der reichen Begabung des Kindes nichts bewundert, sondern in unbestechlicher Pflichterfüllung die Aneignung klaren Denkens gefordert hatte, begleitete sie in der Folge durch sechs Jahrzehnte hindurch. Wer in ihr eine Seelenkraft weckte, dem blieb sie zeitlebens verbunden. Ihre Dankbarkeit gegenüber Professor Winteler, der sie die Wege zu den Geheimnissen der Muttersprache gewiesen hatte, erlöschte nie und befähigte sie, auch diese Beziehung, sie wandelnd und an ihr wachsend, unversehrt zu bewahren bis zum Tode des genialen Forschers. Die meisten der später in der Sammlung «Im Bluescht» herausgegebenen Gedichte waren ursprünglich an Winteler gerichtet und ihm in Briefen oder auf Postkarten, oft als kurze, helle Antwort auf lange, tiefsinnig pessimistische Auseinandersetzungen zugeschickt worden.

In Bex war die junge Frau dem englischen Geistlichen Elwin begegnet, der soeben gleichzeitig mit dem theologischen ein vollständiges medizinisches und mathematisches Studium abgeschlossen hatte. Nur so glaubte er, in segensreicher Weise beitragen zu können zur Christianisierung Chinas, worin er sein Lebensziel sah. Er blieb von China aus mit der Schweizerin in Verbindung und besuchte sie später mehrmals mit seiner Familie in Lenzburg. Zwar führten seine Glaubenssätze zu mancher fruchtlosen Diskussion, aber sein Christuserleben war stärker als Dogmen und verhinderte die Entzweiung. Elwin vermittelte seiner Bekannten vieles aus den Schätzen östlicher Weisheit und Kunst. Nie trat jedoch in Sophie Haemmerlis Leben etwas einseitig auf. So berührten auch jetzt gleichzeitige Impulse aus dem Westen das Doktorhaus: Alljährlich erwartete man den festlichen Besuch dreier Cousinen Rüegger, die als anerkannte Künstlerinnen im Musikleben der Vereinigten Staaten standen. Dass neben dem Calvinforscher Heitz und dem Methodisten Elwin auch ein bedeutender Katholik, der Stanser Pfarrer und Historiker Constantin Vockinger, zum Freundeskreis der Dichterin gehörte, charakterisiert ihre Geisteshaltung ebenfalls.

Eine «Psyche» genannte Sammlung hochdeutscher Gedichte wurde in diesem Jahrzehnt stets von neuem vorgenommen. Nie war die Schaffende von ihrer Gestaltung ganz befriedigt, immer wieder vermisste sie darin die Frische, die ihrem Mundartwort eignete. Aber diese Gedichte, die ein Spiegel ihrer persönlichen Entwicklung sind, führten nun zur wichtigsten Lebensbegegnung: zu der Begegnung und Freundschaft mit Carl Spitteler. Spitteler lernte jene Sammlung durch eine gemeinsame Bekannte kennen und fand «ein ungewöhnliches Gefallen» daran. «Ich bitte Sie, mein Urteil als etwas Ernsthaftes und Wohlüberlegtes aufzufassen», schrieb er im September 1906 an die Verfasserin, empfahl ihr strengere Form, häufigere Verwendung des Sonetts und ausserdem die Lektüre von Schopenhauer und Burckhardt, Ariosts und Tassos. Bald darauf hatte ein Brief über Spittelers soeben erschienenen Roman «Imago», in welchem Sophie Haemmerli-Marti nicht ohne Erschütterung die Behandlung eines auch von ihr durchlittenen Konfliktes erkannte, ihre Einladung in Spittelers Luzerner Heim zur Folge. «En höchi Zit het ire Afang gno», schreibt sie von diesem Ereignis drei Jahrzehnte später in der Schilderung «Mi erscht Spittelervisite».

Von Spitteler wurde diese Freundschaft ausschliesslich aus den Voraussetzungen der beiden Individualitäten aufgebaut. Dass schon früher eine Beziehung des jungen Dichters zur Familie von Sophie Martis Mutter bestanden hatte, war dafür ohne Belang. Erst kurz vor seinem Tod, dann allerdings mit grosser Innigkeit, begann Spitteler von dieser Beziehung zur Familie Rüegger zu sprechen. Ebenso beharrlich lehnte er es anfangs ab, Sophie Haemmerlis eigene Familie kennen zu lernen. Mit höflichem Bedauern schob er jede Einladung nach Lenzburg hinaus. Vier Jahre nach der ersten Begegnung stand er jedoch in der Frühe eines strahlenden Junitages unangemeldet im Garten des Doktorhauses und nahm schon bei der Begrüssung die ganze Familie in seine Freundschaft auf. «Ich möchte, dass Sie den Tag rot anstreichen, an dem ich zum erstenmal bei Ihnen war», schrieb er darüber noch in seiner letzten Lebenszeit.

Den Schulungsgang durch die Schriftsprache, den Spitteler anregte, vollzog Sophie Haemmerli-Marti mit Ernst und Hingabe. Dass sie Kritik annehmen könne, erweise gerade ihre Reife, hatte ihr einst schon Winteler geschrieben. Als Spitteler aber 1907 die ausführliche Besprechung einiger Sonette mit den Worten begann: «Hochgeehrte Frau, lieber Collega. Fast, aber nicht ganz. Nie ganz», erreichte ihn unter dem gleichen Datum aus Lenzburg eine Karte des Inhalts:

«Nie wird es ganz», tönt dein Bericht,
«Denn du bist viel zu klein dazu» –
Da hob ich auf mein Angesicht
Und sah dem Abendsterne zu.
Der weiss: «Die Sonne bin ich nicht»,
Doch geht er seine Bahn in Ruh
Und gibt der Nacht sein klares Licht.
Und in mir sprach's: «So tu auch du».

Dieses im Innersten auf sich selber Beruhen schützte vor Leid und Schmerz aber nicht, und es musste stündlich erkämpft werden. Im Jahr zuvor hiess es in einem Brief an Spitteler: «Hilfe findet man nur, wo Verständnis ist, und nur der Dichter kann verstehen, wie es möglich ist, neben dem äusseren ein Phantasieleben zu führen, so gross und schmerzvoll, dass es oft die schwache Hülle zu sprengen droht. Und nur wer diesen Kampf gegen die Melancholie, herrührend vom Kontrast zwischen Erreichbarem und Erreichtem, auch schon gekämpft hat, weiss, was auf dem Spiel steht.» Dann wird die soeben erschienene 3. Auflage von «Mis Chindli» erwähnt und beigefügt: «Wie glücklich könnte ich sein, wenn diese Seite meines Wesens die vorherrschende wäre.» Tatsächlich durchdringen sich aber ihre gegensätzlichen Seelengebiete jetzt mehr und mehr. Dass übrigens die Schwermut, die sie bekämpft, kaum je nach aussen in Erscheinung trat, ist nur erklärlich durch ihre ausserordentliche, aber ganz ungezwungen ihrer innersten Persönlichkeit entspringende Willenskraft.

Ernte

«Wir aber schaffen und stehen weit über dem Nebel», schrieb ihr Spitteler 1915. Sie hatte zu Beginn der grossen Kriege drei Bändchen Mundartgedichte herausgegeben, von denen viele bald vertont und andere schon nach kurzer Zeit ins anonyme Volksgut übergegangen waren.
Das «Wienechtsbuech» gestaltet die kindlichen Erlebnisse der winterlichen Festzeit.
«Im Bluescht» erfasst den Lebensfrühling draussen und drinnen in seiner kristallklaren Frische, ohne die Gefühle durch die geringste Sentimentalität trüben zu lassen.
Die «Grossvatterliedli» sind Hans Thoma gewidmet. Sie enthalten ausser dem Zyklus, der den Gesamttitel ergab, viele ganz besonders frische und humorvolle Kinderverse.

Der deutsche Malerpoet und die schweizerische Mundartdichterin standen in einem oft alemannisch geführten Briefwechsel, lange bevor die Einladung des Lenzburger Arztehepaars zur Ehrung des Siebzigjährigen in Karlsruhe die persönliche Bekanntschaft herbeigeführt hatte. Von «Mis Chindli» schrieb Thoma: «'s sind Liebeslieder, so schön wi die vom Salomo.»
Bei allen drei Sammlungen handelt es sich um Gedichte, die vor Jahren oder Jahrzehnten entstanden waren, aber in nie aussetzendem Ringen um den echten schweizerdeutschen Ausdruck mehrmals umgeschmolzen wurden. Vor der letzten Läuterung kam eine Veröffentlichung nie in Betracht.
Der Herausgeber einer Anthologie bat 1918 um eine biografische Skizze und erhielt «Öppis vo Othmissinge», das lichtgetränkte Bild von Sophie Martis Jugendzeit. Von nun an ruhte das Bestreben, auch mundartliche Prosa zu gestalten, nie mehr, und es entstanden nach und nach alle Teile des späteren Sammelbandes «Mis Aargäu».

Unter den jetzt veröffentlichten Essays in der Schriftsprache befassten sich die eingehendsten mit dem Werk Spittelers. Auch eine Schilderung seiner Persönlichkeit hatte der Dichter angeregt – «weil Sie manches besser wissen als viele, die es schlechter wissen» – doch blieb die Schrift «Carl Spitteler in Lenzburg» wie vieles andere zum Leidwesen der Verfasserin Fragment.

Denn die in Haus und Garten Beschäftigte und von Haushaltsorgen Bedrängte sucht oft umsonst nach einem Refugium, glaubt es bald unter dem Dach, bald in einem Gartenversteck gefunden zu haben, aber immer umsonst: das Telefon und die Kinderrufe erreichen sie überall! «Zum Ganzen strebt mein Geist, und muss sich nun in Kleinigkeiten täglich neu verzehren», hatte sie einst ausgerufen. Heute trägt sie mit humorvoll geäusserter Verzweiflung, aber ohne Auflehnung, ihre Manuskripte im Wäschekorb Treppen auf und ab. Wenn ein Strassenunfall sie in Lebensgefahr bringt, schreibt sie nachher: «Neben dem Gedanken an Mann und Kinder plagte mich vor allem die unvollendete Lebensaufgabe.» Nie würde sie aber dieser Aufgabe zulieb die Ansprüche des äussern Lebens vernachlässigen. Für ihre Umgebung da zu sein, bleibt von allen Forderungen die nächste. Deshalb muss sie mit allem, was geschieht, mitleben und mitleiden, mithandelnd an allem Anteil nehmen. Nur das Kleinliche übergeht sie.

Rasch niedergeschriebene Zeitungsartikel nehmen Stellung zu Gemeinde-, Schul- und Frauenfragen und zeugen immer von Mut und Gerechtigkeitssinn. Am schönsten wird die Sprache, wenn es um die Ehrung eines Menschen geht, sei es nun ein Gelehrter oder eine mit Wind und Wetter vertraute alte Frau, wie die Badmeisterin am Aabach. Zuweilen sind solche Einsendungen auch gereimt und dann oft leicht satirisch, nie jedoch bitter: Etwas sieghaft Lachendes behält die Oberhand.

Damit wird ein Gebiet berührt, das im literarischen Werk der Dichterin nicht zum Ausdruck kommt, für ihr Leben aber umso bezeichnender ist: die unübersehbare Fülle ihrer Gelegenheitsgedichte. Hervorspriessend wie das Laub an den Bäumen und nur für die Stunde bestimmt, geht die letzte Formung ihnen ab; die Keimkraft echter Poesie durchpulst sie aber alle. Inhaltlich offenbaren sie wieder die Fülle von Beziehungen, in deren Mittelpunkt die Tätige stand. *«Nie erlahme, nie erchalte, Euses Härz het tusig Gstalte»* – damit sprach dieses Herz sich selber aus.

Meist wurden solche Gelegenheitssprüche während des Tages rasch auf Zettel oder Briefumschläge geschrieben, oft neben den Ausspruch eines Kindes oder eines Patienten, oder im Kalender neben die Notizen für die laufende Arbeit im Haus, neben den Arbeitsplan für einen Tag oder eine Woche. Ihre Zeit bewusst zu überschauen und einzuteilen, gehörte gleichsam zur Natur dieser Frau, die doch den Eindruck grösster Unmittelbarkeit machte. Auch ganze Reihen schweizerdeutscher Wörter wurden fortwährend vermerkt oder hochdeutsche mit der Frage nach einer mundartlichen Entsprechung versehen, denn wie ein nie aussetzender Unterton ging die Beschäftigung mit der Sprache durch alle Tage mit.

Das Bedürfnis, vieles aufzuschreiben, war ein Wesenszug von Sophie Haemmerli-Marti. Was sie bewegte, musste sie «durch die Hand gehen lassen», auch wenn sie wusste, dass sie die vielen kleinen Notizbüchlein später nie mehr las.

Solche Notizen wiesen erstaunlicherweise nie ein verschwommenes oder verzerrtes Schriftbild auf. In der Jugend wie im Alter, ob schnell oder langsam oder im Dunkeln zu Papier gebracht – und die meisten Gedichte entstanden in der Nacht und wurden ohne Licht aufgeschrieben – stets bewahrte diese Schrift ihre nie getrübte Klarheit. In leichten, aber gross und kühn geformten Zügen gelangte jeder Buchstabe zur Entfaltung, wirkte sicher und persönlich, und doch schienen die ansteigenden Zeilen nur zu schweben auf dem Papier. So war auch die Schreibende selbst bei aller Daseinsfreude nie an die Erde gefesselt. Immer strebte sie danach, den gewohnten Horizont zu erweitern oder zu verändern. Im äussern Leben stand damit wohl ihre Freude am Reisen in Zusammenhang.

Es waren ihr in ihrer zweiten Lebenshälfte viele Reisen vergönnt, und jede brachte etwas Bestimmtes in ihr zur Reife und führte sie mit bedeutenden Menschen zusammen. Die Bläue der Riviera und die Kunstschätze von Florenz, wo sie nach ihrer Operation Erholung fand, eröffneten die Reihe dieser grossen Eindrücke. Deutsche Städte, in denen Max Haemmerli Ärztekongresse besuchte, erweiterten sie. Aufenthalte in Paris, Rom und Wien waren durch die medizinischen Ferienkurse des Gatten oder die Studien der Töchter bedingt. In Triest und Venedig verbrachte Herbstwochen hatten die Freundschaft mit dem ungarischen Schriftsteller Gyergyai zur Folge und wirkten im Rückblick wie die Vorstufe für ein noch östlicheres Ziel: Nach einem Besuch in Budapest fuhr die im 60. Lebensjahr Stehende auf der Donau durch Jugoslawien nach Rumänien, um in den Karpaten ihr erstes Enkelkind zu begrüssen.

Nach innen gewandt, erzeugte diese Freude an neuen Gegenden eine Bereitschaft, sich über das Sichtbare hinaus in die Weiten des Geistes zu erheben. Hier galten die Schranken von Raum und Zeit nicht mehr, und hier wurde auch die Scheidewand zwischen Lebenden und Toten als durchlässig erlebt.

Es ist auffallend, dass dieser Dichterin des Frühlings auch der Tod von Jugend an zur Seite ging. Nicht nur, dass sie ihn als Kind mit solcher Bestimmtheit erwartet hatte. Von ihren Jugendgedichten waren die schönsten und persönlichsten dem Schmerz um Verstorbene entsprungen. Immer fühlte sie sich den Hinübergegangenen nahe, und doch wühlte jeder Todesfall sie im Innersten auf. Später waren es sogar oft persönlich Unbekannte, deren Abberufung sie so bewegte, dass Gefühl und Gedanke das geformte Wort suchten. Hatten die Scheidenden ihrem Bekanntenkreis angehört, so drängte es sie, ihr Wesen nochmals vor Augen zu stellen durch trefflich charakterisierende Nekrologe. Vor allem aber entstanden im Erleben des Todesrätsels immer wieder Gedichte. Die hochdeutschen wurden unter dem Titel «Requiem» zu einer Sammlung vereinigt, aber nicht herausgegeben. Die vom Ernst der Todesnähe durchdrungenen Mundartgedichte erschienen 1928 unter dem Titel «Allerseele». In ihnen erreicht die streng geraffte Sprache eine Gewalt und Grösse, wie man sie früher den Möglichkeiten des Dialekts nicht zugetraut hatte.

Vollendung

In gleichmässigen Intervallen begann der Tod auch in den persönlichen Kreis der Dichterin einzugreifen. Ihr Bruder Franz starb 1917, der «Schattemöntsch» der Allerseelengedichte, dem sie durch die Schwere seines Schicksals ganz besonders verbunden war. Der Tod von Carl Spitteler, 1924, ging ihr so nahe wie einst sein Hereintreten in ihr Leben. Der härteste Schlag traf sie jedoch 1931, als an einem Maisonntag, der zugleich ihrer beider Verlobungstag war, Max Haemmerli in Erfüllung der Arztpflicht durch einen Autounfall sein Leben verlor. Es war der Schlag, der ins Mark traf. Von nun an kehrte die innerste Lebensfreude nie mehr zurück. Ohne Unterlass war früher Geben und Empfangen vom einen zum andern geströmt in diesem Lebensbund. Die Atmosphäre überlegener Ruhe, die der Arzt verbreitete, seine lebendige Güte und, was alles durchstrahlte: seine rückhaltlose und auch freudig geäusserte Liebe hatten dem Dasein seiner Gattin Frieden und Sicherheit verliehen. Jetzt war es, als

stürze eine sie schützende Mauer ein. Stündlich empfand sie, was sie später im Lebensbild des Gatten schrieb: «Max Haemmerli besass das Geheimnis, in allem Wesentlichen sich selber zu bleiben und doch alles Andersgeartete in seiner Nähe sich entfalten zu lassen und mit männlicher Kraft zu schützen. Dieser Grosszügigkeit ist es zu verdanken, wenn ich den Menschen etwas habe geben können mit meiner Poesie, und wenn die vier Töchter das schönste Geschenk aus dem Vaterhaus ins Leben hinaus nehmen konnten: eine glückliche Jugend.»
Die Dreiundsechzigjährige wurde heimatlos. Sie verliess ihr mit so viel Liebe aufgebautes Heim und zog nach Zürich, wo die Nähe treuer Jugendfreunde Trost versprach. Aber sie konnte nicht Wurzel fassen. Mitten im Winter reiste sie nach Venedig zu ihrer ältesten Tochter und deren Gatten. Die Sonnenaufgänge über dem Meer kamen ihr zu Hilfe, und der Widerschein frühchristlichen Geistes, der aus den Mosaiken von Ravenna spricht, weckte etwas Neues in ihr. Als sie im folgenden Frühling mit ihren Kindern in Sizilien vor dem einsamen Tempel von Segesta stand und seine Ewigkeitsnähe empfand, wich die Qual der Verlassenheit zum ersten Mal von ihr. Im folgenden Sommer weilte sie in der Familie einer anderen Tochter an der holländischen Küste, erlebte nach dem Süden Europas dessen Norden, und dann gelang es ihr, heimkehrend auch innerlich die Mitte zu finden.
Sie belegte in Zürich sogleich historische und philosophische Vorlesungen und versuchte mit grosser Willensanstrengung aufzunehmen, was die Menschheitsführer in die Welt gebracht haben. Sie vertiefte sich wieder in Dante und in die Propheten des Alten Testaments, um eine Brücke zu schlagen über den Abgrund vor ihr. Aber das Herz wehrte sich immer wieder gegen das Unabänderliche, und die Trauer um den entrissenen Lebensgefährten schwächte sich nie ab.
Aber auch in diesen schwersten Jahren begleitete sie San Francescos Sonnengesang, wenn sie früh morgens, auf einen Stock gestützt, aber kräftig ausschreitend, den Zürichberg hinan zu Matten und Wäldern wanderte. Im Schmerz um ein früh verstorbenes Kind erlebte sie, dass auch das Leid zu den Lebensgnaden gehört:

Du hesch vo allem no nüt gha,
Kei Sunneschin, kei Räge,
Bisch nie im Freudetanz vora,
Hesch kei Schmärz dörffe träge.

Mit grosser Dankbarkeit erlebte sie die Gegenwart ihrer jüngsten Tochter, der Malerin, die früher ihre Zeit zwischen Zürich und Paris geteilt hatte, jetzt aber ihre Abwesenheit immer kürzer werden liess. Dass eine andere Tochter mit ihrer Familie in der Umgebung von Zürich wohnte, war ein weiteres Schicksalsgeschenk. Denn alles, was ihre Kinder berührte, nahm sie so tief in sich hinein wie damals, als ihre ersten Mutterverse entstanden. Ihrem Schwiegersohn Friedrich Häusler stand sie so nah, dass sie ihren geistigen Nachlass von ihm betreut wissen wollte. Seine geschichtlichen Werke[1] veranlassten sie, auch selbst in vermehrtem Masse geschichtlichen Symptomen nachzugehen. Im Erleben der Gegenwart weckte alles, was der ursprünglichen Schweizerart entsprang, ein freudiges Echo in ihr. Aber mit empörter Auflehnung bemerkte sie die Anzeichen von Vermassung und Tyrannei. «De Bundesbrief het Schimel agsetzt» heisst es in einem scharf abrechnenden Gelegenheitsgedicht, das mit den Worten schliesst: «D Gränzmur stoht scho bidänkli schief,/Was hilft is do no de Bundesbrief?»
Der Quell ihres Schaffens versiegte nie, und bis zuletzt setzte sie seinem Strömen auch die bewusste Arbeit entgegen. Im Jahre 1938 erschien «Mis Aargäu», ihre kernhafte, aber immer von Anmut und Schalkhaftigkeit umleuchtete Prosa; 1939 folgten die «Läbessprüch», die so bildhaft und naturverbunden und oft so träf und witzig sind, als wären sie dem Urgrund des Volkstums entstiegen.

E Chappe isch kei Huet,
Wasser isch keis Bluet,
E Chratte isch kei Zeine.
D Fröndi isch nid deheime.

Diese Vierzeiler wurden aus einer grossen Anzahl von Varianten ausgewählt. «Hundert Skizzen zum fertigen Bild, hundert unwesentliche Sprüche bis zur Urkraft des Wesentlichen», lautet eine Tagebuchnotiz. Die meisten dieser Entwürfe enthalten aber so Wesentliches wie der Folgende:

---

[1] Das Antlitz von Venedig; Die Geburt der Eidgenossenschaft aus der geistigen Urschweiz; Brot und Wein (Verlag Paul Haupt).

s Eländ übernimmt mi fascht,
Herrgott, hol mi Ärdelascht!
«Si isch gwoge, bschtellt und zellt.
Träg si – ine höcheri Wält.»

Der Schmerz um den Tod des Gatten fand nur langsam den Weg in die Poesie. Hochdeutsche Gedichte in antiken Versmassen entstanden zuerst. Es dauerte Jahre, bis das Schweizerdeutsch auch in diesen am dunkelsten verhängten Seelenbereich drang, bis die Gewissheit, die vor dem Tempel von Segesta blitzartig aufgeleuchtet war, das innerste Herz durchdrang und aus der Herzenstiefe zurückklang:

Suech dini Totne nid dunde im Grab,
Suech si bi Sunne und Stärne.
Wüsch dine Auge de Ärdestaub ab,
So gsehscht i di ebige Färne.

Die zu Pfingsten 1941 unter dem Titel «Rägeboge» erschienenen Gedichte betrachten das Todesereignis schon von jener «höchere Wält» her.
Das Bild des Hier und Dort verbindenden Regenbogens wurde erst kurz vor der Herausgabe der Sammlung vorangestellt. Wie viel aber dieses Symbol für die Verfasserin schon früher bedeutete, zeigt ein Brief von 1936[1]:
«An jenem Morgen war ich früh durch ein glühendes Morgenrot geweckt werden, dessen Glanz mir durchs Fenster leuchtete. Und als ich dann auf dem Sonnenberg das himmlische Schauspiel der jagenden Morgenwolken im Föhn geniessen wollte, überraschte mich ein herrlicher Regenbogen, in einer Vollkommenheit der Farben und der Form vom Berg zum See gespannt, wie ich ihn noch nie erlebt habe. Was hier zu der Seele sprach, waren nicht Luftspiegelungen, sondern geistige Wesenheiten, mit denen wir verbunden sind und zu denen nun auch unsere Toten gehören. Das spürte ich stark schon als Kind, auch in den Sternen und Blumen. Diese Verbindungen müssen wir bewusst suchen.»
Oft wurde die Dichterin jetzt aufgefordert, aus ihren Werken vorzulesen. Sie tat es gern, denn wer sich wie sie mit den Menschen verbunden fühlte, musste auch das Verlangen nach einem Echo empfinden. Bei der Unmittel-

---

[1] An den Musiker Werner Wehrli.

barkeit, mit der ihre Seele im Wort lebte, aber auch im Leuchten der Augen und im Klang der weittragenden und klaren Stimme zum Ausdruck kam, wurden solche Abende zu einem Erlebnis, das über die Stunde hinauswuchs. Schon beim ersten Wort war der Kontakt mit den Zuhörern hergestellt, und auch die vorgetragenen Lieder, oft von jubelnden Kinderchören gesungen, fanden freudigen Widerhall im Saal. Es bestanden jetzt schon über zweihundert Vertonungen nach Gedichten von Sophie Haemmerli-Marti.

Alles rundete sich in ihrem Leben, und mehr und mehr begannen Anfang und Ende sich zu berühren. Dies kam auch in den kleineren Zügen des Schicksals zum Ausdruck: Jakob, der verschollene Freund aus der Kinderzeit, wurde jetzt von einer ihrer Töchter als rüstiger Farmer und Holzschnitzer am Golf von Mexico aufgefunden, so dass noch ein freudiger Briefwechsel zwischen den Siebzigjährigen entstand. Jener Urner, mit dem Sophie Marti einst so feurige Glaubensgespräche geführt hatte, war der Vater ihres Freundes Heinrich Danioth geworden, des Malers, der ihr von seinem sechzehnten Jahre an innere Förderung dankte, und von dem auch sie eine Fülle geistiger Anregungen empfing. Ein Fabrikdirektor aus Chicago schrieb ihr, er habe im Schweizerverein aus ihren Werken vorlesen hören. Er gibt sich als jenes Büblein zu erkennen, dem sie nach dem Abschied von Thalheim «noch ein Paar Strümpfe voll Chrömli und einen Brief», geschickt habe. «Und diese Freude begleitete mich stets, und diese gute Frau hinterlässt neben meiner Mutter die süssesten Erinnerungen meiner Jugend.» Als Knabe hatte er ihr das Wort von der nie mehr aufzubietenden Freundschaft geschrieben. Jetzt suchte er sie auf einer Europafahrt mit seiner Gattin auf.

Trotz ihren abnehmenden Kräften machte die Unermüdliche auch jetzt noch grössere Reisen, kam nach Italien, wo sie vor allem Assisi wiedersehen wollte, und mehrmals nach Holland, zuletzt 1938. Damals erlebte sie auf ihren Wanderungen dem Strand entlang aufs intensivste den zweiten Teil von Goethes Faust, wozu die entsprechenden Vortragszyklen von Rudolf Steiner sie angeregt hatten. Sonnenuntergänge an der Nordsee beschlossen ihre grossen Reiseeindrücke.

In steigendem Mass beschäftigte und beunruhigte sie das Zeitgeschehen. Immer häufiger legte sie in ihre Tagebücher auch Zeitungsausschnitte, Teile aus Leitartikeln und Bildnisse der im Guten oder Bösen führenden Staatsmänner und Generäle. Mit Grauen verfolgte sie die Ereignisse, die einen kommenden Krieg anzeigten, und als dieser Tatsache wurde, litt sie nicht nur an allem Furchtbaren mit, sondern sorgte sich auch unaufhörlich um das Geschick von Kindern und Enkeln im besetzten Holland. An einen Jugendfreund schrieb sie: «Wir werden das Ende dieses Krieges nicht mehr erleben, und nachher wird alle Kultur vernichtet sein. Dennoch heisst es: arbeiten, bis zuletzt, und die Fackel hochhalten.»

Das erwähnte Arbeiten wandte sich mehr und mehr nach innen. Zwar wurden, meist durch die Tragik der Zeitereignisse angeregt, fortwährend neue Gedichte aufgezeichnet, auch Vortragsabende abgehalten und eine weitverzweigte Korrespondenz geführt. Worauf sich aber die tiefste Gedankenarbeit konzentrierte, zeigt das Tagebuch: Die Propheten und die Psalmen, die theologischen Schriften des Paracelsus, die Werke Solovieffs, eine Mysteriengeschichte von Rudolf Steiner, Dichtungen von Albert Steffen und als letztes die Geschichte des Urchristentums von Emil Bock wurden durchgearbeitet. Auf diesem Wege erwachte in der Dichterin das Bedürfnis, sich in die Passionsgeschichten der Evangelien zu versenken. Sie tat es mit der feurigen Innerlichkeit, deren ihre zur Verehrung des Hohen so bereite Seele fähig war, und so aktiv, dass ihr Erleben eine eigene Formung suchte. Nacht für Nacht – sie schlief nur noch wenige Stunden – schrieb sie die Sprüche auf, die in ihrer Seele jetzt aufblühten. Diese «Passionssprüch», in denen das Mundartwort dazu erhoben wird, den höchsten geistigen Inhalt aufzunehmen, begleiteten die Dichterin noch über den Tod hinaus, denn sie erreichten die letzte Vollendung im Irdischen nicht mehr.

Am Schluss der Aufzeichnungen über ihren letzten Geburtstag schrieb die Vierundsiebzigjährige: «Aufs Innigste dankte ich Gott für die geschenkte Gnade: das Glück einer behüteten Kindheit unter verehrungswürdigen Eltern, den Segen einer vierzigjährigen Ehe, die im Geiste fortdauert und die ihre Krönung in Kindern und Enkeln gefunden hat, für das teure Geschenk treuer Freunde und für die Himmelsgabe der Poesie, die alles verklärte über den Tod hinaus, *der mich erwartet.*»

Die letzten Worte unterstrich sie bedeutungsvoll, aber ihr Tageslauf verriet die Todesnähe nicht. Mit Freuden erwartete und empfing sie ihre Tochter aus Holland, die wegen ihres erkrankten Kindes gerade jetzt eine Ausreisebewilligung nach der Schweiz erhalten hatte. Eifrig arbeitete sie an der Neuauflage der «Grossvatterliedli». Vers um Vers wurde gesichtet, vieles umgeschmolzen, das Ganze unter einen neuen Titel gebracht und zuletzt ein Vorwort geschrieben. Dieses befand sich noch im Entwurf, als der Tod

unvermittelt herantrat. Eine Embolie führte zur Agonie, vermochte den Glanz aber nicht auszulöschen, den das hoheitsvolle, und später in hingebendem Glück sanft verklärte Antlitz widerstrahlte. Sonntag, den 19. April 1942, als eben die Sonne untergegangen war, zum offenen Fenster herein Glocken läuteten und eine Amsel sang, ging die von grossen Bildern erfüllte Seele über die Schwelle.
Am Ende ihrer Erdenzeit hat Sophie Haemmerli-Marti, froh erschüttert, aber auch wie von Schauern durchbebt, die Osterzeit erlebt. Das letzte Wort jedoch, das ihre beseelte und noch im Tode von frühlingshaftem Glanz erhellte Hand niedergeschrieben hat, lautet «Pfingschtwunder». In freiem Zug unterstrichen und von einem Doppelpunkt gefolgt, deutet es den Inhalt ihres letzten Gedichtes an. Sein sieghafter Klang trug sie hinüber. So erfüllte sich an ihr selbst, was sie vor Jahren einst einer andern Schaffenden zugerufen hatte:

Dis Läbe lang, dis Läbe lang
Schaff witers, tue verzelle,
Und gang no miteme früsche Gsang
Uf d Himelstüreselle.

Eleigge bisch is Läbe cho,
Elei muesch wider use goh.
Du treisch di Seel vo Stärn zu Stärn,
Wohär? Wohi? – Mer wüsstes gärn!
Und zmitzt inn vo Giburt und Tod
Lit alli Säligkeit und Not.

Im grüene Gras, im rote Chlee,
Do isch mi Wiege gstande;
Mer het de Himel chönne gseh
Höch über allne Lande,

Und s isch so still und heiter gsi
Wi inere Chile inne;
Emole tönt es Glöggli dri,
Und öppe ghört mers singe.

Im grüene Gras mis Vatters Hus,
Und vorem Hus en Brunne,
Rose zu allne Pfeischtere us,
I allne Stube d Sunne:

So stohts mit heitere Auge do
Uf euser Heimetärde
Und seit: «I lonech nid lo go,
Bis dass er öppis wärde!»

Geburtshaus an der Lenzburgerstrasse in Othmarsingen
Text der Gedenktafel (eingeweiht am 27. September 1953):

I dem Hus isch d Dichteri
Sophie Haemmerli-Marti
am 18. Horner 1868 uf d Wält cho,
und gli het afo chime und blüeie,
was spöter i ihrem Wärch grifnet isch.

«Wenn de Grossvater vo Büre derhär z rite cho isch usem Luzärnerbiet i sim Scharebank, het d Wält es neus Gsicht übercho. ... A siner Hand isch mer so sicher durs Läbe gloffe wi mitem Liebgott sälber.»

«I weis woll, wini ame dranume gsinnet ha, worum as au eusi Muetter eso ganz andersch useluegi as d Burefraue im Dorf ume. ... Si isch mer vorcho wie abeme andere Stärn, i has ned chönne heiwise.»

«Und Gschichte het er chönne verzelle, mi Vatter, as eim gsi isch, mer seig sälber derbi gsi. ... Mer händ denn ufpasst wie d Häftlimacher, wenn er so rächt im Zug gsi isch.»

Grossvater mütterlicherseits, Oberrichter Anton Rüegger aus Büron (LU)

Mutter Sophie Marti-Rüegger

Vater Franz Marti: Landwirt, Gemeindeammann, Bezirksamtmann, Grossrat, Oberst

Kinder Franz, Sophie und Hektor Marti

«Und mer händ d Chind, eusi gröscht Freud und eusi bescht Hoffnig. ... Es Wunder isches, wenn es Chind zum erschte Mol d Auge uftuet uf der Wält obe. Es luegt eim a, ganz verstunet, wi wenns abeme frönde Stärn abechiem.»

Kirche und ehemaliges Schulhaus in Othmarsingen

«D Schuel het eim au nid vill Moläscht gmacht, mer het öppe en Klass überhüpft, wenn s eim z langwilig worde isch, und de Schuelmeischter het akkerat so vill gulte wi hüttigstags de Gäneral.»

Familie Marti im Jahre 1887, dem vorletzten Lebensjahr der Mutter
Oben: Franz, Sophie und Hektor

«Mit zwei etwas älteren Brüdern wuchs Sophie in das Leben eines Hauses hinein, das seit langem zugleich Bauerngut und Amtssitz war. ... Der Vater versah so viele Ämter und war als Offizier so oft im Militärdienst, dass er seinem Heim fortwährend auch die Atmosphäre des öffentlichen Lebens zuführte.» (Anna Kelterborn-Haemmerli)

Sophie Marti als Seminaristin (1887)

«Und d Aarauerzit isch di schönscht gsi vo miner Juget, s Härz goht mer iez no uf, woni dra dänke. All Morge früe uf und i di schön Wält use, all Tag öppis Neus z lehre, Lehrer as mer si hätt selle vergulde und en Schar Meitli um eim ume, wo eis gschiter und hübscher gsi isch as s ander!»

Erika Wedekind und Sophie Marti im Garten von Schloss Lenzburg (1890)

«Und zwüschem Schloss und eusem Othmissinger Burewäse a der alte Bärnerstross isch mer hin und här gange wi ufeme sunnige Mattegleus, wo en alti Gwonet zwägtrampet het.»

Frank Wedekind zwischen seinem Bruder Armin (rechts) und seinem künftigen Schwager Walter Oschwald (links)

«Für de Franklin isch jez di säb Zit aggange, wo im ‹Früeligserwache› ibschlosse isch wi de Chärne i der Nuss. Nume het mer do nonig durewägs chönne errote, wos use wott mitem, und was das Blüeschtli für Frucht asetzi.»

Mühle in Oetlikon aus dem Jahre 1658, deren «Turmstübli» von Sophie Marti bewohnt wurde.

«Alli Vierteljohr isch de Seckelmeischter agruckt und het mi Quartalzapfe zunere alte Säublotteren us gchnüblet. ... Wenns mer jo nume glängt het für mis Turmstübli z zahle i der Mühli bi der Urgrossmuetter, wo so dicki Ankeballe uftischet het.»

Bogenbrücke in Oetlikon (heute Gemeinde Würenlos), wo Sophie Marti 1888 als Lehrerin wirkte und in acht Klassen sechzehn Kinder betreute.

«Übers steinig Bogebrüggli chunt mer zum Lindebrunne. ... Und i das versticknig und verlornig Lägerenäschtli ie ... isch di neu Jumpfer Lehreri amene schöne Morge igmarschiert so aller Freude und Gwunder voll, wi wenn si gradewägs abem Mon abe chem.»

Dorfbild aus dem alten Oetlikon

«I de sibete Klass sind zwe Buebe ghocket, wo s Züg gha hätte für einisch is Bundeshus z cho, wenn s Gält zum Studiere glangt hätt.»

«Mis Gheimnis», vertontes Gedicht von Werner Wehrli (Zyklus «Im Bluescht»)

«Hani es Birchli gfrogt:
Hesch du mis Schätzeli gseh?
Schüttlets de Chruselchopf,
Luegt näbehe.

Hani es Bächli gfrogt:
Hets mer es Schmützli gge?
Lachets und rönnt dervo,
Weidlig i See.»

Sophie Marti und Max Haemmerli als junges Paar (1890)

«Zletscht hani welle uf Kamerun abe ane Negerschuel. Aber do isch mer juscht de neu Länzbiger Dokter übere Wäg gloffe, wo ne Frau gsuecht het. ... I hanem weiss Gott nid chönne absäge, er het mer vill z guet gfalle!»

Sophie Haemmerli-Marti (1895)

«S Wort, das isch ebe eusi heilig Möntscheseel sälber, wo i der Muettersproch ibschlossen isch. ... Und juschtamänd i euse hüttige Zite, ..., do chunnts drufa, as mer is bsinne, was für ne Chraft as i euser Muettersproch isch, und as bärgab goht mitis, wemmer si nid z Ehre ziend.»

Titelblatt «Mis Chindli» (Erstauflage 1896)

Ausschnitt aus einem Brief an Jost Winteler:
«Vor einer Stunde bekam ich das erste Exemplar meines Büchleins zugeschickt, das so wunderschön ausgestattet ist, dass ich mich darüber freue wie ein Kind über ein neues Kleidchen, in dem es sich selber fast nicht mehr erkennt.»

Haus des Stadtammanns Johann Haemmerli in Lenzburg. Erstes Heim von Bezirksarzt Max Haemmerli und Sophie Haemmerli-Marti.

Dis Läbe: Tag und Nacht es Müeie,
Es Wehre gäge Not und Tod.
Dis Gheile: Usem Schnee es Blüeie
Und us der Nacht es Morgerot.

Sophie Haemmerli-Marti mit den Kindern am Lenzburger Jugendfest 1901

«Jo gälled, s isch früener au luschtig gsi?
Mer isch no chli eifacher gsi derbi,
Het all Johr en Ufschlag am Rock abeglo,
Het s Buggehpapier schön uf d Site to,
Het s Chränzli i Sidepapier ine bettet
Und de Franke no fascht bis a d Wienacht grettet.»

Doktorhaus an der Niederlenzerstrasse in Lenzburg

«Das neue Haus stand ausserhalb des Städtchens in einem grossen Garten und wurde zu einem Heim, das jahrzehntelang Licht und Wärme ausstrahlte. ... Freude und Begeisterung schufen eine Stimmung, die vorherrschte in diesem Haus.» (Anna Kelterborn-Haemmerli)

Wohnstube im Doktorhaus

«Zobe het mer no derzit gha, zäme z brichte und z studiere. Di dickschte Dokterbüecher hani dozmol ghulfe vermuschtere… und wenn eim de Chopf sturm gsi isch, so het mer s Klavier ufto und s Flötechäschtli und no eis ufgspillt vorem is Bett goh.»

Ecke aus dem Arbeitszimmer von Sophie Haemmerli-Marti in Lenzburg

«Derbi bini nie müed worde, a mim liebe Othmissinger-Tütsch ume z fiele und z putze, bis s mer gsi isch, es heig iez de rächt Glanz übercho.»

Faksimile eines Gedichtes von Sophie Haemmerli-Marti

«Liebi» – hets tönt dur d Wältenacht
und d Ärdenot,
Liebi het d Möntsche sälig gmacht,
und liecht de Tod.

Sophie Haemmerli-Marti mit den Kindern (Sommer 1903)

«S Härz und d Seel vo eusne Chinde, de Müettere sind si i d Hand gge i den erschte, wichtigschte Johre.»

Vier Töchter Haemmerli: Elisabeth, Margrit, Ruth und Anna (1910)

«Wemmer Buebe und Meitli us allne feuf Ärdteile ufne abgraseti Matte stellti, ... so fiengi si undereinisch a Ringelreihe mache und es Värsli singe derzuc.»

Familie Haemmerli (1913)

«Nie gnueg cha mers de junge Eltere as Härz legge, as ihri Arbet a de Chinde nüt anders darf si as Gärtnerarbet, und as si vo chli uf das gsehnd inene, wo vom erschte Augeblick a scho do gsi isch und wo weder ihres Eige darf usmache no ihri Gvättelisach: Di ebig, unstärblech Möntscheseel.»

Sauerländer-Ausgabe 1953: Umschlag von «Mis Aargäu» (Prosatexte), gestaltet von Felix Hoffmann

«Und das isch ebig wohr, und s lot si keis Mäseli dervo lo abmärte: eusers Läbe isch nume sövel wärt, as d Möntsche, wo mer mitene zämechunt.»

«An dieser Schrift erwachte mein künstlerisches Gewissen und das Bewusstsein einer besondern Aufgabe».
«Und ebe eusi junge Müettere, die seige jez wi gmacht derzue, für de Schatz vo euser Mundart z hüete, mer säg ere jo nid vergäbe ‹Muettersproch›.»

«Wenn er scho s Züg hätt für en Profässer abzge, wi si nid mänge händ z Züri usse, so wott er doch siner Läbtig z Othmissinge blibe, will er dänkt, es mües dert au rächt Lüt ha, und es gäb jo gnueg, wo nume ufe Schin luege und im Chatzeguld nolaufe.»

Aus einem Brief an Carl Spitteler: «Hilfe findet man nur, wo Verständnis ist, und nur der Dichter kann verstehen, wie es möglich ist, neben dem äusseren ein Phantasieleben zu führen, so gross und schmerzvoll, dass es oft die schwache Hülle zu sprengen droht.»

*Dr. Jost Winteler
(1846–1929): Kantonsschulleh-
rer in Aarau, Verfasser des
Aufsatzes «Über Volkslied und
Mundart»*

*Dr. h.c. Jakob Heitz
(1850–1930): Pfarrer in
Othmarsingen*

*Carl Spitteler (1845–1924):
Schriftsteller in Luzern,
Literatur-Nobelpreisträger*

Carl Spitteler mit Sophie Haemmerli-Marti und den beiden ältesten Töchtern Elisabeth und Anna in Lenzburg (1916)

«Vier Jahre nach der ersten Begegnung stand er in der Frühe eines strahlenden Junitages unangemeldet im Garten des Doktorhauses und nahm schon bei der Begrüssung die ganze Familie in seine Freundschaft auf. (Anna Kelterborn-Haemmerli) «Wenn d Lenzbiger wüsste, was das het z bedüte, Si tete mit allne Glogge lüte.» (Notiz von Sophie Haemmerli-Marti)

Vater Franz Marti mit den beiden Enkelinnen: Ruth und Margrit (1913)

«Wer weis mer es Gschichtli,   Vo Hase und Füchse,
Gits öppe hüt keis?   Vo Marder und Reh,
O liebe Grosätti   Vo böse Wildsäune
Verzell mer doch eis: Und Ferte im Schnee!»

Faksimile des Gedichtes «Blüeiet» (aus dem Zyklus «Im Bluescht»)

Wones Blätzli Schnee vergoht,
Gschwind es Blüemli härestoht.
Fallt ufs Is en Sunnestrahl,
Gumpet scho de Bach is Tal.

Het de Fink sis Liedli gsunge,
Sind am Chriesbaum d Bolle gsprunge,
Aber gisch mer du di Hand,
Singt und blüeit alls mitenand.

Sophie und Max Haemmerli-Marti am 60. Geburtstag der Dichterin (18. Februar 1928)

Briefausschnitt von 1914: «Wir kamen doch eigentlich als zwei ganz fremde Menschen zusammen, die sich durch die Liebe erst kennen lernen mussten. ... Ich wollte Einheit um jeden Preis, aber die unterdrückte Natur rächte sich. ... Nun ist das überstanden, wir sind nicht ineinander aufgegangen, sondern stehen eng nebeneinander.»

Sophie Haemmerli-Marti mit Enkelkindern in Zürich, 1938.
Peter 1928 und Maja Kelterborn, 1926

I weis es Vögeli,   Es singt am Morge scho
S het keini Fäcke,   Und singt bis zobe.
Es Schnäbeli roserot,   Wer hets di Liedli glehrt?
Das tuet gärn schläcke.   Mer wänds go froge.

Sophie Haemmerli-Marti mit jüngstem Enkelkind (1936)

Pfingschte

Pfingschte – Wunder, wo Läbe heisst!
Alles wott wachsen und wärde.
Übere Tod use günnts de Geischt,
Er weiht wine Sturm über d Ärde!

Das Lebensmotto der Dichterin lautete:

Dis Läbe lang, dis Läbe lang
Schaff witers, tue verzelle,
Und gang no miteme früsche Gsang
Uf d Himmelstüreselle.

Sophie Haemmerli-Marti an ihrem 74. Geburtstag (18. Februar 1942)

Es git es Wort, wo d i der treischt,
Und wonis d Woret seit:
Mir sind vom Geischt und göhnd zum Geischt,
Ringsum isch Ebigkeit.

Briefe[1], und Erinnerungen

Brief an den Kantonsschullehrer Prof. Dr. Jost Winteler von Anfang September 1896:

Hochgeehrter Herr,
Im Vertrauen auf Ihre Güte und Freundlichkeit wage ich es, Ihnen beiliegendes Büchlein[2] zu übersenden mit der grossen Bitte, dasselbe zu lesen und auf seinen Inhalt zu prüfen. Es ist mir sehr daran gelegen, Ihr Urteil darüber zu hören, da mich Ihre Broschüre «Volkslied und Mundart» gelehrt hat, wie hoch Sie unsre Muttersprache halten. Die Gedichtchen sind alle zufällig und unmittelbar im Verkehr mit meinen Kinderchen entstanden, ich habe sie zu einer Sammlung geordnet in der Hoffnung, auch andern Müttern und Kinderfreunden damit zu Weihnachten eine Freude zu bereiten, um so mehr, da unsre Literatur in dieser Hinsicht gar nicht reichhaltig ist. Glauben Sie, dass die Gedichtchen diese Aufgabe erfüllen könnten, resp. würdig sind, herausgegeben zu werden?
Ich hoffe von Herzen, dass ihr sachliches, vielmehr sprachliches Interesse mir die Mühe verzeihen wird, die ich Ihnen da auf den Hals lade, und sehe Ihrem Urteil gerne entgegen.
Zum Voraus dankend, bleibe ich indessen mit Hochachtung
Ihre ergebene
           Frau Dr. Haemmerli, Lenzburg

Brief an Prof. Dr. Jost Winteler vom 10. Dezember 1896

Verehrter Herr Professor,
«Hans im Glück» – nennt mich diesen Morgen mein Mann, und hat auch allen Grund dazu. Vor einer Stunde etwa bekam ich von Herrn Henckel das erste Exemplar meines Büchleins[3] zugeschickt, das so wunderschön ausgestattet ist, dass ich mich darüber freue wie ein Kind über ein neues Kleidchen, in dem es sich selber fast nicht mehr erkennt. Elly[4] ist besonders

---
[1] Die Briefe stammen aus dem Nachlass der Dichterin im Stadtarchiv Lenzburg
[2] «Mis Chindli»
[3] «Mis Chindli»
[4] älteste Tochter

entzückt von den kleinen Blümchen und sonstigen «Hölgeli» darin, und klein Ännchen drückte ihre Bewunderung so stürmisch aus, dass ich schleunigst dazwischen treten und meinen frischgedruckten Singsang vor gefährlichen Liebkosungen retten musste. Wäre nicht heute der grosse Samichlaustag und somit die Mama zu Hause unentbehrlich, so wäre ich am liebsten schnell mit dem Büchlein und Herrn Henckells Brief zu Ihnen gekommen, hoffe aber, dass es mir nächste Woche einmal möglich sein wird. Ohne Sie wäre ja Alles überhaupt nicht zu Stande gekommen, und das Beste daran, die gereinigte und geläuterte Sprache, habe ich Ihnen zu verdanken. Deshalb konnte ich auch nicht anders, als Ihnen schnell meine Freude sagen. Alles Nähere dann mündlich. In Eile mit den besten Grüssen an Sie und die Ihrigen

Ihre Sophie Haemmerli

Brief an den Schweizer Dichter und späteren Nobelpreisträger Carl Spitteler zu seinem 70. Geburtstag, nachdem er am 14. Dezember 1914 vor der Neuen Helvetischen Gesellschaft seine berühmte Rede «Unser Schweizer Standpunkt» gehalten hatte, die massgeblich dazu beitrug, den Graben zwischen der Deutschschweiz und der Welschschweiz im Ersten Weltkrieg zu überwinden.

Lenzburg, den 23. April 1915

Hochverehrter, lieber Herr Spitteler,

Es ist mir ja immer andächtig zu Mute, wenn ich Ihnen schreiben darf, aber heute doch ganz besonders. Was ich Ihnen danke und für Sie fühle, habe ich Ihnen, so gut es mir möglich war, im «Schweizerland» gesagt, das Sie wohl schon bekommen haben. Aber es ist ja viel zu wenig; das Glück, Sie persönlich kennen gelernt zu haben, kann ich wohl empfinden, aber nicht mitteilen.

Was mich aber am morgigen Tag am meisten freut, ist seine Bedeutung für unser Heimatland. Nicht nur, dass jetzt Ihre Freunde auf der ganzen Welt Gelegenheit haben, sich zu offenbaren, sondern vor Allem, dass ein guter «Spitteler» heisst ein guter Schweizer sein, ist so wichtig. Bovet[1] hat in «Eine Befreiungstat» ausgesprochen, was wir alle fühlen, es ist uns warm geworden in der Heimat, seit Sie sie uns gleichsam neu geschenkt haben.

---

[1] Joseph Bovet (1879–1951). Westschweizer Komponist.

Winteler[1] lässt Ihnen durch mich sagen, er gratuliere Ihnen in seiner Person recht herzlich: ein gleichaltriger, unverständiger Graukopf, seitdem durch Umwertung aller Werte Sie ein «Ober-Unanständiger» geworden[2].
Unsre Kinder feiern den hohen Tag mit uns, die Jüngste[3] malt eben an Ihrer Geburtstagskerze.
Darf ich Sie bitten, Ihrer verehrten Familie ebenfalls meine innigsten Glückwünsche zu sagen?
In Treue und Ergebenheit
                        Ihre Sophie Haemmerli-Marti

Ausschnitt aus einem Brief aus den letzten Lebensjahren der Dichterin:

«Während ich schreibe, tönen aus dem Ilgenschulhaus[4] Liedli aus dem ‹Vögeli ab em Baum›[5] zum offenen Fenster herein: De Sundig, de Sundig, wie freue mi druf! – ist das nicht hübsch? Und im Sonnenbergwald sah ich schon am frühen Morgen einen Zitronenfalter fliegen. Möge er seinen Sonnenglauben nicht bereuen.»

Im gleichen Brief findet sich ein bezeichnender Ausspruch über ihre künstlerische Arbeit:
«Reifen lassen, das ist alles in der Kunst. In meinem ‹Aargäu›[6] sind Stücke, an denen ich zehn und zwanzig Jahre immer wieder poliert und gefeilt habe, bis Sprache und Inhalt sich deckten und jeder Satz, ja jedes Wort seine eigene Leuchtkraft hatte. Was das Warten nicht verträgt, ist nicht viel wert.»

---

[1] Prof. Dr. Jost Winteler, Kantonsschullehrer in Aarau, Förderer und Freund.
[2] In Deutschland wurde Spitteler nach seiner Rede als deutschsprachiger Dichter verfemt.
[3] Margrit Haemmerli (1900–1979): Malerin.
[4] Die Dichterin wohnte in den letzten Lebensjahren bei ihrer jüngsten Tochter Margrit in Zürich.
[5] Liederzyklus von Carl Hess mit vertonten Kindergedichten der Briefschreiberin.
[6] Lebenserinnerungen der Dichterin in Prosa, gesammelt unter dem Titel «Mis Aargäu».

Würdigung der Hauslehrerinnentätigkeit ihrer Mutter von Anna Kelterborn-Haemmerli in: «Von Lenzburg nach Rumänien». Lenzburger Druck, 1971. S. 24/25

Für meine Kindheit war einst die Mutter wie eine lebenspendende Sonne gewesen, ganz gleich, ob ich mich daheim oder für kürzere oder längere Zeit auswärts befand. Seit ich in der eigenen Familie stand, streifte unsre Beziehung die Bande zwischen Mutter und Kind ab, und unsre innere Verbundenheit trat umso klarer hervor. Wenn ich jetzt zurückschaute und mir überlegte, wofür ich ihr heute noch am meisten dankte, tat mir die Wahl zwar weh. Zuletzt aber sagte ich mir: Für die Wärme ihrer Anteilnahme an allem in unserer Welt, für ihr waches Interesse an Menschen und Ereignissen, an allem, was uns im Garten, im Wald und auf Wanderungen begegnete. Für ihre spontane Begeisterung für das Schöne und Grosse, der doch nie etwas blass Ästhetisierendes anhaftete, denn ihr Wesen war feuriger und willensstarker Natur.
Begeisterung für den Stoff bildete auch den Grundzug ihres Unterrichtens, denn sie war ihren vier Kindern auch jahrelang die Lehrerin. Als wäre es gestern gewesen, sah ich sie wieder vor mir, auf der Ofenbank oder draussen im Garten, während der einen Morgenstunde von acht bis neun Uhr, die sie mir täglich erteilte. Aufs intensivste mir zugewandt, strickte sie dabei doch ganze Kleidungsstücke, ohne dass ihr Blick auf ihre Hände fiel. Aber diese lichten und lebhaft bewegten Hände wirkten so anregend wie der muntere Wellengang eines Bächleins auf mich.
Das Wesentliche diese Stunde war gewiss die Aktivität, die von der Mutter ausging und uns ansteckte. Die Stimmung eines frohen Entdeckens und Eroberns erfüllte uns, mochte es um eine neue Rechnungsart gehen oder gar um das dornige Gestrüpp der Orthographie. Noten oder Zeugnisse sahen wir nie. Als ich später das Pestalozziwort las: «Ein Unterricht ist keinen Pfifferling wert, wenn er nicht Freude und Mut erzeugt» stand unwillkürlich das Bild meiner mütterlichen Lehrerin vor mir. Sie lebte mir vor, ohne ein Wort darüber zu verlieren, dass lernen etwas Herrliches ist, etwas unvergleichlich Schönes, das Freude schafft und Lebensmut spendet.

Ausschnitt aus der Lenzburger Jugendfestrede (13. Juli 1928) in der Erinnerung ihrer Tochter
aus: Anna Kelterborn-Haemmerli, «Von Lenzburg nach Rumänien», Lenzburger Druck, 1971:

Es war Hochsommer, und Lenzburgs Gassen prangten in ihrem schönsten Schmuck, den grünen Mooskränzen, die frisch und duftend von einer Häuserfront zur anderen hingen. So war es schon immer gewesen am Vorabend eines Jugendfests. Heuer aber geschah auch etwas, das noch in keiner Tradition verankert lag. Zum ersten Mal sollte die Kanzelrede in der Stadtkirche einem Laien übertragen werden, und dazu aufgefordert wurde unsere Mutter, deren sechzigster Geburtstag vor kurzem gefeiert worden war. Wie gut konnte ich mir im stillen Aarauer Spitalzimmer (Die Autorin stand kurz vor der Geburt ihres zweiten Kindes) ihr Strahlen vorstellen und den Klang ihrer Stimme hören – einer bei allem innern Mitschwingen klar bleibenden und weittragenden Stimme –, während sie die Gemeinde mit den Worten begrüsste:

Ihr Pfarrherre, Lehrer und Jugedfeschtlüt,
Tüend nid verschräcke und zürned nüt,
Wil hüt zum erschte Mol d'Mueter und d'Frau
Es Wort darf rede. Ihr merked jo au,
Das het fürs Städtli nid wenig z'bidüte,
Das rüert alti Vorurteil uf d'Site,
Das rumet en mächtige Stei vom Platz,
Das schribt is s'Gmeinbuech en neue Satz
Und loht is no hoffe i ändlose Wite
Uf anderi Rächti und besseri Zite!
Denn dörfemer nid nume bache und brote,
Nei au i dr Schuel- und Chilepfleg rote,
Met euse Manne de Stimmzedel mache,
Mithälfe i Chinde-n und Armesache,
Denn stöhmer zäntume am rächte-n Ort,
Wo's en Frauehand brucht und es Mueterwort.

Doch halt: Het nid der Aposchtel gschribe,
En Frau, die heig i der Chile z'schwige?
Si wärde halt do no derno gsi si!
Jez sind di säbe Zite verbi,
De Stadtrot vo Länzburg het anderscht dänkt,
Het en neue Fahne vom Gibel ghänkt,
Druff isch es gstande: Hüt d'Mueter vora!
Wer wett uf d'Chinde meh Arächt ha?

Die Schlussverse wiesen dann über unsere Grenzen hinaus und auf eine Zukunft, die heute leider noch ferner liegt, als es 1928 scheinen konnte.

Mer gseht s'Glück glänze us allne Auge
Und chönnt fascht an ebige Fride glaube.
An en ebige Fride, en Wältfeschttag!
Tuets nid scho wätterleine im Hag?
Gänd acht, es chunnt no en Zit voller Adel,
Wo de Geischt tuet regiere und nid de Sabel,
Wo eis Land darf im andere troue,
Wo mer cha ungsorget si Acher boue.
O löhnd is di Hoffnig hüt useträge
Wine heilige Schin usem Jugedfeschtsäge!

Werke von Sophie Haemmerli-Marti

1896   Mis Chindli

1913   Grossvatterliedli

1913   Wiehnechtsbuech

1914   Im Bluescht

1928   Allerseele

1933   Is Stärneland, Versbilderbuch

1933   Gaggaggah und Güggerüggüh, Tierbilderbuch

1937   Silhouette. Ein Jugendbild von Max Bircher-Benner, In der Festschrift zu seinem 70. Geburtstag

1938   Mis Aargäu

1939   Läbessprüch

1941   Rägeboge

1942   Franklin Wedekind auf der Kantonsschule. Aarauer Neujahrsblätter 1942

1942   Passionssprüch, posthum

1953   Gesamtausgabe. Im Auftrag der Regierung des Kantons Aargau, herausgegeben von Carl Günther. Verlag Sauerländer, Aarau. 1. Band: Chindeliedli. 2. Band: Zit und Ebigkeit. 3. Band: Mis Aargäu.

Vertonungen

Attenhofer, Carl: (1837–1914)	Vier Lieder in Schweizer Mundart op. 147, Gesang und Klavier (Verlag Hug)
Bébié, Seline	Liedli us der Heimet, Gesang und Klavier (Verlag Hug)
Broechin, Ernst (1894–1965)	De Früelig zündt sis Ampeli a (Verlag Hug)
Campbell Allen, Anthony (1925–1995)	Das Lenzburger Liederbuch op. 7 für Tenor, Schlagzeug, Harfe und Kontrabass
	Schneeglöggli lüt, 11 Lieder op. 9, Gesang und Klavier
	Passionssprüch op. 24, Gesang und Klavier
Escher, Peter (*1915)	4 Lieder, SV, Basel, Gesang und Klavier
Füglistaller, Carl	Us dr Heimet: Lieder in Schweizer Mundart op. 31, E. Vogel, Basel; o.J.
Hasler, Alfred	2 Dialekt-Liedli. Hüni (ZH); o.J.
Hess, Carl (1859–1912)	Es singt es Vögeli abem Baum, 25 Lieder/Gesang und Klavier (Verlag Sauerländer, Aarau)
Hindemith, Paul (1895–1963)	Lustige Lieder in Aargauer Mundart op. 5, Gesang und Klavier (Sämtl. Werke, Band VI, I/Schott-Verlag)
Hörler, Ernst (1897–1960)	«Neui Schue»/«Heiligabig» in: Di chline Manne (Pelikan-Verlag, 1962)
Hoffmann, Emil Adolf (1879–1963)	15 schweizerdeutsche Kinder-Weihnachtslieder («Bethlehem»), Hüni (ZH); o.J.
Lauber, Joseph (1864–1952)	Mis Chindli (5 Hefte) op. 31, Gesang und Klavier, (Verlag Hug)
Leuenberger, Hans (1900–1975)	Heiligobe (Manuskript)
Levaillant, Irma (1886–1968)	(5) Lieder in Schweizer Mundart, Gesang und Klavier, KV Hug, Basel (1932)
Müller-Blum, Otto (1905–1995)	2 Kanons zu 4 Stimmen (Ebigs Für; Wunder)
	«I weis es chlises Dörfli» (Aarg. Schulblatt-Liederbeilage 1969)
Weber, Karl	«Schneeglöggli lüüt»/«Eusi zwöi Chätzli» in: Chömed Chinde, mir wänd singe (Verlag Hug)
Wehrli, Werner (1892–1944)	Mis Chindli, 8 Lieder (1908/1909), Gesang und Klavier
	Im Bluescht I/II op. 2, je 6 Lieder für Singstimme und Klavier (1914/1918), BA 2778, Basel 1954
	Allerseele, für mittlere Stimme, Frauenchor, 2 Trompeten und Klavier (1932) op. 30 (Verlag Hug)
	Widerschin, 7 Lieder aus dem Zyklus «Rägeboge» op. 57 (1942), Gesang und Klavier, BA 2778, Basel (1954)

Interpretationen auf Tonträgern

Rezitation

Lyrik- und Prosatexte, gesprochen von Hansrudolf Twerenbold (musikalische Umrahmung: Martin Pirktl, Gitarre). – Tonkassette (mit teilweise gleicher Auswahl wie auf der diesem Buch beigefügten CD). – Pro Argovia, 1989 (zusammen mit Gedichten von Paul Haller). – vergriffen

Schweizer Mundart. Aargau, Luzern. Tonkassette Ex Libris, 1977

Gesang

Chinde, mir tüend singe. 47 Kinderlieder zum Mitsingen. Phonag, 1998 (CD)

Chömed Chinde, mir wänd singe: Di schönschte Chinderliedli us em bekannte farbige Maggi-Liederbuch. – Hug, 1994 (CD/PSD 250011)

Sabina Schneebeli und Joachim Bettermann: Ja, öisi zwäi Chätzli. – TUDOR, 1999 (CD)

Ja, eusi zwei Chätzli. Chinde singed di schönschte Tierliedli. TUDOR, 1993 (MC)

Alban Roetschi: Mis Chindli, Reinhart-Lieder, Röselichranz. – MAGNON, 1984 (MC)

10 Gedichte aus dem Zyklus «Im Bluescht», vertont von Werner Wehrli, gesungen von Rosmarie Hoffmann und Regina Jakobi. – Jecklin LP (1988). – vergriffen

10 Gedichte aus den Zyklen «Im Bluescht» und «Mis Chindli», vertont von Werner Wehrli auf CD: Lieder von Schweizer Komponisten, gesungen von Hanna Matti (Mezzosopran) und begleitet von Christoph Demarmels (Klavier). – CD Nr. 6118 des MGB, erschienen in der Reihe «Musikszene Schweiz» (1994)

BILDNACHWEIS

Nachlass Sophie Haemmerli-Marti, Stadtarchiv Lenzburg

Seite 337, 345, 356 (Porträt Pfarrer Heitz, gemalt von Margrit Haemmerli),
    358, 360, 364, 365, 367, 368

Seite 339: oben: Foto Christian Meyer, Luzern (Visitkarte)
           mitte: Foto F. Bosshard, Lenzburg
           unten: Foto Julius Rüegger, Luzern
Seite 340: Foto Gysi+Co., Aarau (Visitkarte)
Seite 342: Foto Rob. Fehlmann, Lenzburg
Seite 343: Foto Gysi+Co., Aarau, Fotoplatte Nr. 499186 (Visitkarte)
Seite 344: Stempel Rückseite: Eugène Perré
Seite 349: Stempel Rückseite: Eugène Perré
Seite 350: Foto Gysi+Co., Aarau, Fotoplatte Nr. 58918 (Cabinet)
Seite 353: Foto F. Bosshard, Lenzburg
Seite 355: Foto G. Schnurrenberger, Lenzburg
Seite 363: oben: Foto G. Wolfsgruber, Aarau, 1900
Seite 371: Foto Photopress AG, Zürich

Aus Buch «Sophie Haemmerli-Marti» von Anna Kelterborn-Haemmerli (Haupt Verlag, Bern 1958)

Seite 341, 352, 354, 357, 363 Mitte/unten, 366

Staatsarchiv Aargau

Seite 348: Nr. StAAG NL.A-0180/0003

Gemeindearchiv Würenlos

Seite 346, 347

Aus Privatbesitz

Seite 359: Christine Salm, Othmarsingen; Foto Rohr, Lenzburg
Seite 368: Elisabeth Suter Mozos Múgica, Scherz

Wörterbuch[1]

A

Aareluft: Windzug von der Aare her
abbäte: um Verzeihung bitten
ab der Chetti: losgelassen
abelo: herunterlassen
Aberwille: Widerwille
abetue: heruntermachen, schmälen
abgänt: schlecht geworden, verdorben
abgschosse: verblichen
abluschtere: ablauschen
ächt: etwa, wohl (in der Frage)
Äckte: Nacken
Afflikat: für Advokat
afig, auch «efange»: nachgerade
agattige: geschickt anpacken, bewerkstelligen
Ägerschte: Elster
äke: anhaltend bitten
akkerat: genau, präzis
Äli: eine Liebkosung
allewil: immer, immerzu
allpott: jeden Augenblick
allwäg: wahrscheinlich, wohl, jedenfalls
Altane: Balkon
ame: ehemals, jeweilen
Ampeli: Lämpchen
änedra: auf der anderen Seite, jenseits
Anke: Butter
apartig: (< frz. à part) besonders, eigenartig
Apizeh: (= ABC) Alphabet
areise: d Abstimmig: ansagen; zu Streichen a.: anstiften, ermuntern
Arfel: Armvoll, Umarmung
Ärfeli: Umarmung
Ärn: Ernte
Artillerieverchalchig: Arterienverkalkung

as: dass
Aschtände: Schwierigkeiten
Ätter: eingezäuntes Landstück bei den Germanen; usem Ä. cho: aus den Fugen kommen
Augewasser: Tränen
Augsbrome: Augenbrauen
aweusche: anwünschen (mittels Zauberei)

B

Babuschi: Bois-de-Bouchy
Bachbumbele: Sumpfdotterblume
balge: schelten
Bällez: Bellinzona
bambele: baumeln
Bändeljud: mit Bändern hausierender Jude
Bäredräckmixtürli: Hustenmedizin aus Süssholzsaft
Bärlisgrueb: Volksausdruck für das Amphitheater in Vindonissa (Windisch bei Brugg)
bas, z bas cho: zugute kommen
batte, es battet nüt: es nützt nichts
beite: warten, ausruhen
belände: beelenden
berze: kriechen, sich durchzwängen
Beuel: Beinwil am See
bhäng (bernisches Lehnwort): bald
bhebe: halten, festhalten
Bhebigi: Selbstbeherrschung (Geiz)
bhüetis trüli: Ausruf des mitleidigen Erstaunens
Biecht: Rauhreif
bige: aufstapeln
Bigger: Gaul (Nebenbegriff des Feurigen, Mutigen)

Birchli: junge Birke
bis: (auch) sei
Bisiwätter, wi s B.: schnell wie der Sturmwind (die Bise)
Bisluft: Nordwind
Blätz: Stoffresten, Stückchen Land (Pflanzblätz, Bohneblätz); öpperem de B. mache: jemandem Vorwürfe machen
Blätzab: Hautschürfung
blätzet: geflickt
Blei: hier Senkblei; is B. cho: in Ordnung kommen
Bluescht: Baumblüte
blutt: bloss, nackt
Bluttmüseli: näcktes Mäuschen
Bögli, is B. cho: übermütig werden
Bohnebartzite: Epoche des Kaisers Napoleon Bonaparte
Bolle: Knospen
Bort, as äner B. cho: ans jenseitige Ufer, den jenseitigen Hang kommen; a keis B. cho: an kein Ende, kein Ziel kommen
bösdings: unverrichteter Dinge
Bott, es B. tue: ein Angebot machen (besonders bei Versteigerungen)
brägle, abebrägle, zämebrägle: in Massen herab-, zusammenstürzen
Bränte: langes, am Rücken getragenes Blech- oder Holzgefäss (Milchbränte)
Brästhe: Gebresten, Übel, Ungemach
breiche, es breicht si: es trifft sich
Breusi: Bratkartoffeln, Rösti
briegge: weinen
Bröche: Brotbrocken in der Milch

---

[1] Das Wörterbuch enthält die von der Dichterin aufgenommenen Wörter mit den von ihr gegebenen Erklärungen und ist von den Herausgebern dieser Auswahl ergänzt worden.

Brochmonet: Juli
Brügi: Heuboden
Bründlig («brennender Mann»): Irrlicht
Brunnstube: in «Stube», Steingehäuse gefasste Quelle
bschüsse: weit genug reichen
bstoh: stillstehen
Bucheli: Blesshuhn
Bücki «im Bücken zu leeren»: wie Bränte, aber aus Holz; im Weinberg zum Transport der Trauben
bueche: aufzeichnen, notieren, eintragen
büeze: nähen
Bumpel: Tasche
Bungart: Baumgarten
Burdlef: Burgdorf
büschele (s Müli): das Mündchen spitzen

C

Chäbertrülli: aufgeregtes, ruheloses Wesen
Chacheli: Tongeschirr, Tasse
Chambe («Kamm»): Hahnenkamm; de Ch. stelle: hochmütig machen; de Ch. abetue: demütigen
chäre: verdrossen immer wieder bitten
Chatzeguld: unechtes G.; Mineral mit Goldglanz (Glimmer)
chausch: kannst
Chefene, i de Ch.: in den Käfigen, Gefängnissen
Cher, de Cher mache: ringsum gehen
Chib: Gekeife
chibe: keifen
Chilbi: Kirchweih, jedes fröhliche Tanzfest
chime: keimen
Chini: Kinn
chitig, nur chirigi Nacht: stockfinstere Nacht
chlöne: jammern
chlöpfe: knallen

chneule: knien
Chnusse: Eiterbeule
Chouscht: Ofensitz
Chrabälle: Wiesenkerbel
Chrache: Erdschrund; enges, tiefes Tälchen
chrächelig: gebrechlich, schwächlich
Chralle: Glasperle
chräsme: kriechen
Chratte: kleiner Weidenkorb
chreie: krähen, jauchzen
Chrom («Kram»): Geschenk
Chrömli: kleines Bachwerk, Geschenk
chrose, es chroset: Geräusch beim Zermalmen von hart auf hart
chrotte: niedlich (von Kröte)
Chrüpf: Krippe
Chruselbeeri: Stachelbeeren
Chruselchöpfli: Krausköpfchen
chrüsele: kitzeln
Chrutnägelimeie: Levkojenstrauss
Chuder: Werg (Abgang beim Hecheln von Hanf und Flachs)
chüderle: die Kur machen, schön tun
Chudertitti: spöttisch für auf geputztes Jüngferlein
Chuderwältsch: Kauderwelsch
chumlig: bequem
Chummerzhülf: Helfer in der Not
chündig: unschuldig fragend (kundig), sprechend, vielsagend, schelmisch
Chunkle: Kunkel, am Spinnrad
chuschte: eine Speise kosten
chute: brausen, sausen (vom Wind)
chuum: kaum
Coenaculum: letztes Abendmal Jesu
Consilium abeundi: (lat.) Beratung über Ausschluss von der Schule

D

d Stange halte: für jemanden einstehen
d Zit abneh: grüssen
däderle: plappern
Dank heigisch: du sollst Dank haben
de Ghörndlet: der Gehörnte, Deckname für Teufel
derdur: hindurch
dere: solche
dervo: davon
derwil ha: Zeit haben
Deschwande: bezieht sich auf den süsslich frömmelnden Malstil von Melchior Paul von Deschwanden (1811–1881)
Ditti: Puppe
Doggeli: Alpdruck
Doggle: Crétins
dösele: trippelnd einhergehen; eim d.: sich um einen geschäftig bemühen
drang: schwierig
durehaue: durchschlagen, durchbrechen, Meister werden
Düreli, es Düreli mache: das Gesichtchen zum Weinen verziehen
duremache: erleiden, leiden
durneuse: flüchtig durchsuchen
düssele: sachte, leise gehen
düte: deuten

E

e Blütti: eine nackte, kahle Stelle
ebesomer: genauso, ebensosehr, ebensogut
Eichertrülli: Drahtkäfig, in dem ein Eichhörnchen ununterbrochen ein Rad zu drehen hat (SchaustellerAttraktion)
eigelig: eigentümlich, seltsam
eis wärde: sich einigen
eisder: immer
Eisse: Eiterbeule
eiswägs: sofort, im Nu

Eländ, is Eländ goh: in die Fremde gehn
emel: jedenfalls
enandernoh: sofort
enzig: einzig
erbhebe (verstärktes bhebe): mit aller Kraft festhalten
erlange: ersehnen
erlickt ha: erspäht haben, plötzlich gemerkt, begriffen haben
Eschterig: Estrich
eschtimiere (estimer): achten

F
Fäcke: Flügel
Fäckli: Tuchfetzen
Fadezeindli: Nähkörbchen
fänderle: müssig umherstreifen
färn: voriges Jahr; färndrig: letztjährig
Felläde: Fensterladen
fergge: befördern
Ferte: Wildspuren
figge: reiben
flädere: flattern
Flattierbüsi: Schmeichelkätzchen
flisme: flüstern; es glänzigs Flisme: ein lichtes Flimmern
Flismerstimm: Fistelstimme
flotsche: im Wasser platschen
Fluezagg: Bergzacke, Felsspitze
főzzele: gutmütig verspotten
frei erschrocken: förmlich erschrocken
frei, auch: gutartig, sanft; als Adverb: sehr, durchaus
frei: brav
Fuertern: Futtertenne
Fulket: Faulheit
Füllipferch: Fohlengatter
fund: fände man
Fürbusch: Sidonie
Fure: Furche
futtere: schimpfen

G
gäb wi lützel: wie wenig auch
gäb wi: wie auch
gable: hastig und unsicher nach etwas greifen
Gälämez: Goldammer
gänd: geben (3. Person Plural)
gang: geh
Gappöttli: Kapotte, kleiner Hut, unterm Kinn zu binden
Gatschuballe: Gummiball («Kautschuk)
Gatter: Umzäunung; im Gatter: in Sicherheit
Gattig, es het e Gattig: es hat eine gute Art
gattig: artig, geschickt; von Gegenständen: handlich
gauze: kleffen
ge: geben (Infinitiv)
Geissegiseli: Massliebchen, Gänseblümchen
G'escht: Geäst, Astwerk
geusse: aufschreien
Gfell: glücklicher Zufall, Glück
Gfresli: Gesichtchen
Ghabi: Benehmen
Ghüs: Schmetterlingspuppe (Gehäuse)
ghüslet: kariert
gigampfe: schaukeln
girpse: knarren, von Schuhen
Gischpel (von gischple): ziellos herumfahren
glarig: gleissend hell, durchsichtig
Glascht: Himmelsschein, Glanz
Glasseehändsche: glänzende Handschuhe aus feinstem Leder (<frz. glacé)
Gleich: Gelenk
gleitig: behende, rasch
glemmt: gelähmt
glette: bügeln
Gleus: Geleise
glimpfig, g. abgloffe: gelinde abgelaufen, g. von der Sprache: geschmeidig
glisse: glitzern, glänzen
Glisserli: Hahnenfussblüte
gmein: allgemein; inere gmeine Sach: für das allgemeine Wohl
Gmöl: Molch
gmule: gemolken
gnot: genau
Gofe: Stecknadeln
goferiert = guferiert: in Fältchen gebügelt (bei Trachten)
goge: gehen um zu
goppel: wills Gott
Gotte: Patin
Götti: Pate
Gottert: Gotthard
Gottonerröckli: Katunkleidchen
gottsig, keis gottsigs Wörtli: nicht das kleinste Wörtchen
Gräbel: Menschengewühl
Gräbt = Grebt: Begräbnis
grad: sofort, soeben (auch genau so)
graglet: gänzlich
Grätsch: Gerede, Schwätzerei
grediuse: unverblümt, direkt
groblächt: gröblich, ungeschlacht
gruchse: ächzen
grueie: ruhen
gruene: grün werden, sich erholen
grumpfig: verrunzelt
grümsele: wimmern
Gruscht: Gewand, Kleidung
gruse: grauen
grüsli: sehr
Grütz: Verstand, Witz
Gsätzli: Spruch, Verslein, Liedchen
gsatzlig: geordnet
gschägget: gefleckt, zweifarbig
Gschär: Schererei
Gschir: Essgeschirr
Gschmeus: allerlei Kleinigkeiten
Gschmeus: Geschmeisse (allerlei Verächtliches)
gschmuslig: leicht beschmutzt
gschnäderfresig: naschhaft, voreilig, wählerisch
gschnellt, ufeschnelle: hinaufschwingen
gschweige: ein kleines Kind

warten, zum Schweigen bringen
gspässig: sonderbar, seltsam
Gspeichter: Gespenster
Gstaat: Ausstattung, Kleidung
gstächelt: gestählt
gstacket voll: gestossen voll
Gstrütt: Gestrüpp
Gsüchti: Gliedersucht
gsurig: mürrisch
güde: vergeuden
Güdöpari (cul de Paris): unterm Kleid im Kreuz getragenes Pölsterchen
guene: gelüsten
Güezi: kleines Zuckerwerk
Gugelfuer: Spass, eigentl.: wacklige Wagenladung
Gugelhopf: Napfkuchen
gugge, güggle: spähen, gucken
Güllemügger: Frosch im Teich eigentl. Stinkkäfer in der Jauche
gumpe: hüpfen
Gumpi: grosse Wasserlache
günne: gewinnen, pflücken
guschle: undeutlich sprechen
Gusel: Aufregung, Verwirrung
Güsel: der beim Reinigen des Getreides entfallende Staub, d.h. Minderwertiges
gusle: jagen, antreiben
gusse: spähen
Gutscherbock: Kutscher-Sitzbank
Guttere (goutte): Flasche, Medizinflasche
Gütterli: Fläschchen
gvätterle («Gevatter spielen»): spielen
gwahre: inne werden, merken, erfahren
Gwaschel: lustiges Geschwätz
gwirbe: tätig sein
gwixtisch: redegewandt, überlegen
gwünd (bernisches Lehnwort): gewiss

H

Habersack: alt für Schulsack
Häfelischuel: Kindergarten
Hälfebei: Elfenbein
Hälsig: Strick
hämmers: haben wir's
Hampfle: Handvoll
Händsche: Handschuhe
Härd: Erde, Sand
Haschberg: Habsburg
Haschpel: Garnwinder, hier lebhaftes Kind
Hätzle: Elster
haupthöchlige: so laut man kann, sehr
hebe: festhalten
Hebi: Gehalt
Hefti: hier abgelegenes Dörfchen
heidruff: mit Halloh, schnell
Heinimüggel: Heimchen, Grille
heiterlacht: strahlend
Heiterliecht: Öffnung gegen die Helle, Dachluke
heiwiese: nachweisen
Helgeli = Hölgeli: Bildchen
Heumüetterli: Ausdruck für Masken im Freiamt
heusche: um etwas bitten
Heuströffel: Heuschrecke
higne: verhalten schluchzen
hischt: siehst du
Hitze: Fieber
höhn: wütend, erbost
Holderihoh: Sausewind
Holdermanndlene: Stehaufmännchen aus Holunderastteilen (ohne Mark) und Nägeln (mit dicken Köpfen) hergestellt (Kinderspielzeug)
Holz: (auch) Wald
Holzbort: Waldrand
Honigsügerli: Taubnessel
Hübel: Anhöhe
hubete: johlen
hübscheli: sachte
Hüendliweih: Mäusebussard
Hültsche: Hülle, Schale
Humbeli: Hummel

Hungereland: Ungarnland
Hurlibueb: Kreisel
hürsche: etwas hastig und unordentlich verrichten
Hustage: Frühling

I

Idiotikum (=Idiotikon): Mundart-Wörterbuch
igfeschet: eingewickelt; Fesche: Wickelband
Ille: Lilie
im Schwick: im Nu
Imb: Bienenschwarm
Imbeli: Bienen
irne: ihren
is: uns
Ise: hier Hufeisen

J

Jascht: Hast
jäse: in Alkohol übergehen
jeuke: herumjagen
Jufel: aufgeregte Eile
jufle: hastig arbeiten
Jumpfere: unverheiratete, ledige Frau
Jüppe: bäuerlicher Trachtenrock
Jüppsack: Tasche im Frauenrock
juschtamänd (justement): gerade, eben, genau

K

Kamönen: Musen
Kanonechrischtetum: streng nach Kanon geregeltes Christentum
Karfunkel: Eiterbeule
ke, kei: keiner
keis Glid verrüere: kein Glied rühren
kölderle: schmollen
Komedifride: Scheinfrieden
kunterbiere: sich unterziehen, gehorchen
Kunterfei: Porträt
Küntli: Rechnung (<frz. compte)

Kunträri: Gegenteil (frz.)
kurlig: eigentümlich, lustig

L

Läbeswupp: Lebensgewebe, Lebensarbeit
Läbtig, siner L.: sein Lebtag; e. L.: ein lebhafter Betrieb
lach: alt für lass
lach: alte Form für lass
lädere lo: (den Schlitten) flott dahinsausen lassen
lädere: lodern, schiessen lassen
lämidiere: lamentieren
Ländiwürz: gefürchtetes Unkraut
länge: hinreichen
Latärndli: Samenkugel des Löwenzahns
Lätschli: Schleife
lätz: falsch, verkehrt; de Lätz: der Unrechte
Läufterli: Fensterflügelchen
Lauis: Locarno
lemmen: lähmen
Libermänts (librement), alls L.: alles nur Mögliche
libermänts alls: alles zusammen
Liebeli: Liebkosung
Liechtlilöscher: kleiner Nachtfalter
Liechtmis: Lichtmess (2. Februar)
Ligerwinampeli: mit Leinöl gespeiste kleine Ampel
Lilache: Leintuch
lisme: stricken
lit: liegt
lo: lassen
lödig: lauter, ganz und gar; lödigs Gold, e lödige Ängel
losch: lässest du
lost: horcht
lugg ge: nachlassen
lugg hebe: leicht, nachlässig halten
lugg: locker
Lumpegschir: Nichtsnutz
Lur, lure: Lauer, lauern
luschtere: lauschend spähen

luter: klar, lauter
luter: nur, alles
Lüti: Hausglocke
lützel: locker

M

Madänneli («Madonnenblümchen»): Bergprimeln
Maierisli («Maienreislein»): Maiglöckchen
Mälchtere: grösseres Holzgefäss, in das hinein gemelkt wird
Manna: Brot, das vom Himmel kommt (bibl.)
Manzelblueme: Osterglocken
March: Grenze
Marchholz: Kernholz
Märtchrömli: Geschenklein vom Jahrmarkt
Mäseli, ekes M., etwa: kein Quentchen
masleidig: verdriesslich
Meie: Blumen, Blumenstrauss
meint si, es: es ist stolz
meischterlosig: übermütig
mer: wir und man
Meuschter: Beromünster
Meusi: Meise
miech: würde machen
Mies: Moos; miese: M. suchen
Milchbeckeli: Tasse
Moläscht mache: Sorgen bereiten (< lat.: molestia = Beschwerde, Beschwerlichkeit)
möltsch: weich und bräunlich als Vorstadium von faul (bei Obst und Holz)
Mondur: Kleidung, bes. Uniform
More Brot: grosses Stück Brot
Möre, M. Späck, M. Brot: grosse Bissen, Stücke
morndrig: morgig
Mösch: Messing
Möse: Flecken
müede: anhaltend bitten
Müedi: Müdigkeit

müeie: sich abmühen
Muggs, ekei M. tue: keinen Laut von sich geben, sich nicht rühren
Mul, Müli: Mund, Mündchen
Mumpfle: Mundvoll
munzig: winzig, niedlich
murb: mürbe
mürde: morden
mürde: sich krampfhaft bemühen
Müschterli: Anekdoten
mutte: rauchend unter der Asche fortglimmen
mützerle: lächeln

N

Nägelimeie: Nelkenstrauss
Näpper: Bohrer
Näppi: Napoleon, Zwanzigfrankenstück
Narde: wohlriechende Pflanze
narochtig: närrisch
neie: nähen
neuse: feiner als schneugge, suchend durchstöbern
Nidel: Rahm
njedere, enjedere: ein jeder; nieders, es: jedes
niene: nirgends
niggele, an öppissem: an etwas herumdifteln; es niggelet mi: es lässt mich nicht in Ruh, beunruhigt mich
no ha: nachstreichen
nochet: naht
nodere, vüre n.: hervorgrübeln
nonig: noch nicht
nosüechig, es nosüechigs Wäse ha: eine kritische Ader haben
notlig tue: zeigen, dass man «Not an Zeit» hat; es paar ganz Notligi: denen es besonders eilt
nüechtelig: feucht, nach Moder riechend
nuefer: munter
nüele: wühlen
nüträchzig: nichtsnutzig, mutwillig

O

Obig: Abend
Obs: Obst
öppe, öppis, öpper: etwa, etwas, jemand
Ordinäri: das Übliche
ordlig: ordentlich, brav
Ote: Atem
Othmissinge: Othmarsingen

P

pächiere: davonrennen, fliehen
parat: bereit
pärse (per se): beteuernde Interjektion
passe: warten
Petscheft: Bittschrift
Pfeischte: alte Form für Pfingsten
Pfeischter: Fenster
Pfifferkönig: Meinrad Lienert
pfuse: brutzeln
Pickelhube: deutsche Soldaten mit Helm (=Pickelhaube)
plange: sich sehnen
Plunder: Kram
Pomeranze: Orange
pretzis: genau
pring: gering, schmächtig
Probänder: Brabantertaler
puckt: rasch, bestimmt
(ufs) Puntenöri (neh); etwas in Ehren halten (<frz. point d'honneur)
Puteheieli: Wickelkindchen

Q

Quadrätlichaschte: mit Fächern unterteiltes Regal (zum Ordnen)

R

Rabischwil: Rupperswil
Räckholder: Wacholder
Räf: von Sennen am Rücken getragenes Holzgestell zum Transportieren von Lasten
Raggerischeer: abgenutzte Schere
rahn: schlank gewachsen; mager, aber sehnig
rangge: hin und her rutschen
Rank: Krümmung, Umweg
ränke: wenden (mit dem Rad)
räs: scharf, barsch
rätsche: klatschen, ausschwatzen
Rätscheli: Plaudertasche
Rauft: Brotrinde, hier für Brot
Rebe: weisse Rüben
Resedat: alt für Reseda
Reuft: (<Rauft=Brotrinde): Reifen, Pneus
Rinderstore: Stare
ring: leicht
Ringelblume: Löwenzahnblüte
Risblei: Bleistift
Rischte: Werg vom Flachs
rischtig: flächsern
rite: (hier) ausfahren im Wagen
rode: bewegen, rühren
Rodel: Verzeichnisrolle
rüere: werfen
Rugel: Knäuel
rugele: sich kugeln
Rüscheli: eine Garnitur (franz. ruche)
Ruschtig, e neui R.: eine neue Kleidung; e glehrti R.: gelehrtes Rüstzeug
Rüschtig: Werkzeug, Ausrüstung
rutere, umerütere: herumtollen

S

säbe: jener; säb: jenes
Saches gnue: Vorrat genug
Sächli: wichtige Geschichte
Sack: (hier) Tasche
Sägisse: Sense
Sagmähl: Sägemehl
Sappermänter: Tausendsassa, Ausnahmetalent
Sappernänt!: (<Sakrament) Ausdruck freudiger Überraschung
Sarbache: Pappeln
särble: kränkeln; von Pflanzen: absterben, welken
satteli: sachte
schäbis: schief
Schaggo: militärische Mütze
Schalisiläde: Jalousieladen, Fensterladen
Schällehus: Zuchthaus
Schampelise: Champs Elysées
Schäppeli: Kränzchen
Schärbe: Scherben
Scharebank (char à banc): ländliche kleine Droschke
Schärme: Schutzdach
Schärmus: Maulwurf
Schartegge: dickes Buch, Wälzer
Scheube: Schürze
Schib: Fensterscheibe
schier: fast; schiergar: fast ganz
Schiggereewasser: mit Zichorie verdünnter Kaffee
Schinhüetli: breitrandiger, flacher Strohhut
schirb und schitter: vertrocknet und gebrechlich
schitterig: runzlig, rissig
Schlänggerli: Verzierung
schleike, vüre schleike: hervorzerren
schletze: Türe zuschlagen
Schlick: Schlinge
schlo: schlagen
Schlüferli: Fasnachtsgebäck
schmirze: wehtun
schmöcke: riechen
schmürzele: knausern
Schmutz: Fett, Kuss
Schmützli: Kuss
Schnäggeturn: Turm mit Wendeltreppe
schneugge: naschen
Schnuf: Atemzug
schnufe: atmen
schnürpfe: nähen
Schnurrantestücklene: Possen, Schwänke
Schöche: Heuhaufen
Schöchli: Heuhaufen
schöne: klären (vom Most)
Schoppe: gefülltes Milchfläschchen
Schorniggel: unreife, noch grüne Kirsche

Schotte: Nachmolke
schröckli: schrecklich
Schtanli: Stanley (Afrikaforscher 1841–1904)
schwable: schwadern
Schwadronniere: wortreiche Schwafelei, prahlerisches Gerede
schwänke: Wäsche durchs Wasser ziehen
schwänzle: baumeln, herunterhängen
Schwetti: Flut, Überschwemmung
schwine: schwinden, abnehmen
se, do se: da nimm, da sieh
seig: sei
Selle: Schwelle
Sentüre: Gürtel, Schlaufe (< frz. ceinture)
sett: sollte
settigi: solche
Sichellösi: Erntefest; Sichlete, berndeutsch dasselbe
sorg ha: Sorge tragen
spacke: spähen
Sparre: Balken
Spatzig (spatium): Raum, Spielraum
Speuzbazille (färbe): Speichel (untersuchen)
Spiegelmeusi: Kohlmeise
spienzle, öppis sp.: etwas vorzeigen, um darauf begierig zu machen
Spinnhuppe: Spinngewebe
Spöndli: Splitter
spore: strampeln
Spränzlig, settigi Sp.: solche Mägerlinge
Stabälle: spreizbeiniger, altertümlicher Holzstuhl
stächle: zu Stahl härten, stählen
staggele: stottern
Stämpeneie: Possen
Stämpfeli: Trampeltierchen
Stäpfli: schmaler Dorffussweg
staregangs («stehenden Fusses»): sofort sich aufmachend

Starmatze: Stare
Steizunge: Versteinerung
steuke: fortscheuchen, fortjagen
stifelsinnig, hier: schwermütig
stift: steif
Stighogge: Steighaken (von der Tenne zum Heuboden), Steilbalken mit Sprossen zu beiden Seiten
Storeheini: Storch
streuig: aus Stroh
Stromer: Vagabund
Strussehandel: Im Jahre 1839 entstand der liberal gesinnten Zürcher Regierung Opposition durch konservative Kreise, als sie den deutschen Theologen David Friedrich Strauss an die Universität berief. Strauss verkörperte den Typus des aufklärerischen Theologen.
Stubete: ländlicher Besuch
stürme: heraufbeschwören, ohne Unterlass bitten
Summervogel: Schmetterling
Sunneredli: goldene Herbstblumen
surre: summen
suscht: sonst
Synhedrium: Gerichtsversammlung

T

Taffärre: Taverne, Wirtschaft
targge: herumkneten
Tätsch: Schläge
tätschle: klatschen
Täubi: Aufgebrachtheit, Wut
Tern: Tenne
teuf: tief
Thalemer Chlöbi: ungehobelte Knaben aus Thalheim
tifig: rasch
tischgeriere: diskutieren, plaudern
tischpidiere: diskutieren, streiten
Titti: Puppe
Tölgge: Tintenkleckse

Totebaum: Sarg
Träf («Treffer»): Verweis
Trämpeli, von trämpele, trotten
treisch: trägst
treusse: zwängen
tribe: sprossen
trischagge: misshandeln
trole: fallen; umetrole: sich herumtreiben
Tröschtle: Drossel
troschtlig: treuherzig, zutraulich
trouts (mit Dativ): jemand getraut sich
Truscheli: beschränktes Weiblein
Tuberos: Pfingstrose
Tuedium, es gschliffnigs T.: eine feine Lebensart; es fröndländisches T.: fremdartiges Gehabe
Tüfelsnodle, s Tüfels Nodle: Libelle
Tügli: schmale Latten des hölzernen Gartenzauns
Tulipa: Tulpe
tünkle: eintauchen
tüpfe: die Ostereier gegeneinander schlagen, tupfen (Volksbrauch)
Türfalle: Klinke
Turn: Turm
Türselle: Schwelle

U

übercho: bekommen
überchunnt: bekommt
übersünig: überschwänglich
überue: in den obern Stock
ue: hinauf
uflädere: auffahren
Uflöt: Unflate, Nichtsnutze
ufstrüble: heraus(auf-)putzen
umedinge: hin und her werfen, plagen
umege: zurückgeben, erwidern
umerangge: hin und her rutschen
umeschnogge: auf dem Boden kriechen

umetätsche: herumtrampeln (im Morast)
undereinisch: auf einmal, plötzlich
underwäge lo: unterlassen
underwise: konfirmiert
unehrlig: unehelich
ungchamblet («ungekämmt»): ungeschlacht, ungelenk
Ungfell: Unfall
ungschore: unbehelligt
ungsinnet: unverhofft
unkamblet: ungebärdig
Untöteli: Fehltritt
unzweiht («ungepfropft»), es unzweihts Schoss: ein wildgewachsener Schössling
usdänkt: intellektuell
usege: sich wehren, zurückschlagen
usegrütscht: herausgerutscht
usghaunigs Eichegstüel: geschnitzte eichene Kirchenbänke
usglächerig: ironisch
Uslueg: Aussichtspunkt
usöd: launisch, unwillig

V

Välte: Veltheim
verbibäbbele: verwöhnen, verweichlichen
verchoschtgälte: Kind in Obhut geben für Kost und Logis
verchosle: beschmutzen
verchramänsle: verschnörkeln, beschönigend umschreiben
verchrügle: zerknüllen
Verdingchind: siehe: verchoschtgälte
verehre: schenken
verfärbe: verwelken
vergelschtere: verängstigen, erschrecken
vergremme («in Gram versetzen»); erbittern, vertreiben
verhebe: zuschliessen, halten
verheit: zerbrochen
verhöne: abstumpfen (vom Eisen)
verhüdere («verhudeln»): verwirren
verlächne: vertrocknen
Verlag: ausgebreitete Sachen, Unordnung
verlandtage: verleumden, verschreien
verlire: verwickeln
verloffe: zerflossen, ausgelaufen
vermuschtere: unterteilen, ordnen
vernetze: nass machen
vernüele: zerwühlen
verräble: verkrüppeln, verkommen
verrammle: verriegeln
verrisse: zerreissen
verrode: bewegen
verschameriere: einen feierlichen Anstrich geben
verschmorre: einschmoren
verschnäpfe: sich verreden, ungewollt ein Geheimnis ausbringen
verschoppe: in etwas hinein stopfen, verstecken
verschwelle: anschwellen, d.h. verheilen
versorge: (auch) verschlucken
verstrupft: zerzaust
verstuunet: erstaunt
vertörle: die Zeit vertreiben, spielen
verträle: sich verweilen
vertrösche: zerschlagen, zerdreschen
vertrüllet: verworren, verwickelt, durcheinander, aus der Ordnung
vertrünne: entrinnen
vertue: ausbreiten
veruse: hinaus
veruss: draussen
verwärre: verwerken, durchführen, verarbeiten
verwiche (adv.): unlängst
verwifle: verweben, flicken, stopfen
verwirfle: verstechen, flicken

verworge: erwürgen, in den Konkurs treiben
verwütsche: erwischen
verzüttere: verzetteln, auseinandertreiben
viere, mit alle viere: mit Armen und Beinen
Viöndli: Veilchen
vörig: übrig
vorig: vorhin
vorus: voran
vürlo: verschonen

W

währschaft: behäbig, stattlich
Walz: Wanderschaft der Handwerksburschen
wämmer: wollen wir
Wank, es tuet kei Wank: es bewegt sich nicht
Wärch a der Chunkle ha: Werg an der Kunkel, Hanf an der Spindel, Arbeit unter den Händen haben
wärche: werken, schaffen
Wärchodere: von einem, dem das «Werken», das Schaffen, im Blut liegt
waschle: plappern
Wäse, es Wäses mache: eine grosse Geschichte machen
Wase: Rasen, Wiesengrund
Waseblätz: Rasenstück, Mattenstück
wäsemli: gekonnt, sorgfältig
Wätsche: Ohrfeigen
Wätschge: Zwetschgen
Wätterleich, wine W.: wie der Blitz
Wätterleich: Blitz
wätterleine: wetterleuchten
wätters Chind: Tausendsassa
weder: aber (weder iez isch es gnueg!); als (besser ich weder er; eh weder nid)
wehbere: wehklagen
Wehli, d W. ha: die Wahl haben
weidli (adv.): flink, rasch, schnell

Weidlig: Kahn
Weier: kleiner See
weihe: wehen
Wepfi: richtunggebende Gabel am Hinterwagen (zum Führen von Langholz)
werweise: hin und her raten, unentschieden sein
werweise: zaudern
wetti: möchte ich
Wi-länger-wi-lieber: Geissblatt
Wid: Weidenrute
Wienechtschindli: Christkind
Wigeischtampeli: Spirituslaterne
Wiggle: Käuzchen
willwänkisch: wankelmütig
wise: zeigen
wisele: geschwind wie ein Wiesel dahineilen
witt: willst
wöible: für eine Sache werben
wolfelschte (am): am billigsten
Wollangröckli: luftiges Stufenkleid (< frz. volant)
worbe: Gras verzetteln
wotsch: willst
wott: will
Wuescht i d Milch mache: die Milch verunreinigen, die Sache verderben

Z

z grächtem: gründlich, gültig
z gündlige: um Gewinn, im Ernst
z Schlag cho: (mit etwas) fertig werden, einem Ding Meister werden, zurechtkommen damit
Z tratz: zum Trotz
zäberle: trippeln
zable: zappeln
zächen: zehn
Zäck: Zecke, Schaflaus
zämebiget: aufgestapelt
zämethaft: zusammen, alles in allem
Zänd: Zähne
zangge: sich zanken
zänne («die Zähne zeigen»): grinsen
zänne: Zähne blecken
Zantehanstrübeli: Johannisbeeren
zäntume: überall
zänzle: necken
zarggge: hin und her zerren, zaudern
Zeie: Zeichen, Bildchen
Zeihe: Buchzeichen
Zeine: grosser Weidenkorb
Zeine: Korb, Korbwagen
zelle: erzählen, plaudern
zemme: zähmen
zerscht: zuerst
zeusle: mit dem Feuer spielen
zhindevür: drunter und drüber, aus dem Häuschen
Ziggi: Überbleibsel
zimbere: zimmern
zimberet: wohlgezimmert, wohlgebaut
Zimpferli: überempfindliches Mädchen
Zinggli: Hyazinthen
Zit: (Wand-)Uhr
zit inere Halbstund: innert einer halben Stunde
zitig: zeitig, früh
zobe: am Abend
Zobig: Vieruhrbrot
zuetue: schliessen, zumachen
Züg: si is Z. legge: sich ins Geschirr legen, tüchtig zupacken bei einer Sache
zwäg: (hier) bereit (sonst auch: gesund)
Zwick: Bindfadenstrick
zwitzere: schnell hin und her fahren

Afäng und Überschrifte

A
Abschid 102
Abschid 161
Advänstliecht 58
Allerseele 126
Allerseele – heiligi Chlag! 126
Alli Gschpändli zringselume 30
Am Beuelersee 160
Am erschte warme Früeligstag 14
Änet der Aare bim uralte Schloss 159
Ärdbebe 149
Armi Seele 111

B
Bächli, chlises Bächli 34
Balge 39
Barri 33
Bethlihem 61
Bhüet ech Gott im Ehestand 132
Bim Eggschuelmeischter z Grüenematt 273
Bim Holderbusch 93
Bis Wedekinds uf em Schloss 235
Bisch au scho gläge i der Nacht 141
Blüeiet 94
Blueme und Meitli 98
Blüemli uf de Matte 35
Bluttmüsli 16
Bösi Nacht 109
Brüeder Tod 108
Buebe und Meitli 49
Büseli Büseli Sametfäl 79

C
Chlag 104
Chlausbrunne 74
Chlauschlöpfe 55
Chline teufe See im Wald 95
Chlini Mus i der Falle 35
Chöchele 48
Chömed au und lueged gschwind 16
Chreihe 121
Chrieset 96
Chuderwältsch 14
Chuderwältsch 25
Chumm au, mis Schätzeli, gschwind 20
Chumm los 57
Chumm roll 56

Chuum bisch verwachet 114
Chuum isch de Möntsch uf d Ärde cho 81
Coenaculum 152

D
D Amsle ufem düre Ascht 85
D Bäsi 40
D Chruselbeeri föhnd a tribe 84
D Flügeli 114
D Frau deheim und dusse 165
D Gatschuballe 49
D Grosmuetter singt 44
D Härdmanndli 81
D Jumpfer Lehreri 217
D Kanone 122
D Kanone chrache vom Elsiss här 122
D Liebi 91
D Liebi 106
D Liebi 139
D Liebi isch es Achertür 131
D Magdalena, gschüttlet a jedem Glid 156
D Maiebrut 87
D Maria stoht am Gartetor 155
D Marie troue nid Aug und Ohr 156
D Muetter 102
D Muetter 117
D Neieri 79
D Ros 90
D Schneebärge stöhnd wine feischteri Mur 141
D Schneeglöggli lüte, de Früelig wott cho 78
D Sichle gwetzt, isch nonig gmeiht 133
D Stärndliwisite 68
D Summerhäx 112
D Summervögel 42
D Sunne isch es Himelsgschänk 135
D Sunnesite 106
D Uhr 81
D Wält leit e wisse Brutchranz a 87
D Wienechtsgschicht 61
Das git en luschtigi Gugelfuer 96
Das isch en trüebe Näbeltag 162
Das isch es Wunder, mächtig vor allne 135
De Amerikajoggi 201
De Bärgbach 80
De Bärgbach gumpet über d Stei 80
De Barri, de Barri 33

De Brunne 111
De Chemifäger 33
De Chemifäger isch im Hus 33
De Chrieg 121
De erscht Schritt 21
De erscht Schritt eleigge 21
De erscht Spaziergang 14
De Franklin 247
De freinischt Gschpane, woni ha 32
De Früelig zündt sis Ampeli a 84
De Früelig, de Früelig 41
De Gheiler 146
De Götti 37
De Götti het mer en Geisle gmacht 55
De Güggel foht a chreihe 109
De Hans het gseit zum Heiri 167
De Hansli Mohr 32
De Hansli will uf Reise goh 77
De Heiland bättet is Morgerot 153
De Heiland bricht de Jüngere s Brot 152
De Heiland chneulet i sim Weh 153
De Heiland löst jez sis Obergwand 152
De Heiland rüschtet zum Obigmohl 152
De Herrgott 104
De Himel isch verhänkt vom Schnee 111
De Hirt überzellt sini müede Schof 153
De Lätz 50
De Laubchäber 88
De letscht Schnuf het de Heiland to 155
De Meitlistorch 46
De Näbel 119
De Näbel geischteret uf der Wält 124
De Nachtzug 122
De Nachtzug rollet übere Damm 122
De Petrus und d Zebedäussöhn 153
De Schattemöntsch 115
De Schleier 62
De Schuelerbank 50
De Schuelsack a Rügge 25
De Staufbärg stoht im Oberot 116
De Stei 53
De Summervogel flügt um d Gloggebluem 89
De Sundig 38
De Sundig, de Sundig 38
De Sundigmorge 148
De Sunneschin 47
De Sunnestrahl 24
De Totebaum 113
De Weier 95
De Wind stricht über d Chrabälle 100

De Wüeschtewind weiht übers Land 151
Denn het mer s Augewasser lo verrünne 146
Denn wird er mit Seilere zämegschnüert 154
Der Oschterhas 85
Di ganz Wält voll Blueme 98
Di grosse Lüt sind lieb und guet 51
Di heilig Stund 116
Di schöne Tage sind verbi 163
Di Seel 149
Di Seel isch e lutere Diamant 149
Dis Härz 117
Dis Härz isch gschmidet us Ise und Stahl 140
Dis Härz isch gsi as wine Sunne 146
Dis Läbe füllt e Wältestund 150
Dis schneewiss Chüssi
  underem stillne Chopf 147
Dittiwösch 48
Do lits as wines Roseblatt 13
Doktersfraue 260
Drei Stärne 158
Drei Stärne 158
Drü Ängeli 58
Drü Ängeli gänd enandere d Hand 58
Du 125
Du bisch halt immer no de glich 90
Du bisch scho nümme binis 113
Du hesch nid möge gwarte 160
Du hesch nüt gwüsst vo früe bis spot 116
Du liebe Herr Maie 51
Du schneewisses Chindli 15
Du Wunderbluescht am Läbesbaum 125
Dur d Schibe zündt de Morgestärn 149
Dur Nacht und Näbel und Schnee und
  Wind 117
Dur Schnee und Näbel
  und glisserigs Biecht 58
Dusse 110

E

E Frog 37
E liebe Ma, das isch er gsi 74
Ebigs Für 125
Ebigslangi neui Gschichte 14
Ebs lütet 60
Eis ums ander 148
Elei 147
Eleigge bisch is Läbe cho 135
En Arbet, wo eim freut 129
En Bott 94
En frommi Frau, wo a Heiland glaubt 152

En grosse Stei lit ufem Wäg 53
En guldige Schin lit über der Wält 160
En Maie, wos nid abeschneit 136
En Troured 288
Er chunnt 54
Er chunnt, er chunnt, wo schlüfi he 54
Errot 17
Es blost e Wind dur d Chamertür 109
Es blüeit i de Matte 89
Es Brüederli 30
Es brünnt, es brünnt, wott niemer cho 104
Es chunnt e Riter gritte 52
Es chutet und hudlet, was abe mag 142
Es donneret us der Felseschluchr 149
Es fahrt es wisses Wülkli 96
Es fallt e wisse Schleier 62
Es git doch im Läbe 31
Es git es Wort, wo d i der treischt 135
Es Glöggli 56
Es guldigs Nüteli und es Nienewägeli 285
Es Heilandswort i böser Zit 149
Es het en dicke Näbel gha 123
Es het mer traumt, du seigisch mine 119
Es Hus stoht überem Davidsgrab 152
Es isch erbärmli, chlagt is d Büsi 40
Es isch mer wine Zäntnerstei 104
Es isch mer, d Wält seig ganz verchehrt 101
Es isch so schön wi im Paredis 160
Es isch so wiss wi Hälfebei 17
Es rägelet, es rägelet 102
Es schloft 22
Es schneit verusse lis und lind 59
Es singt es Vögeli abem Baum 43
Es taget überem Kidronstäg 155
Es tauet 105
Es tönt dur d Zit und d Ebigkeit 139
Es trämpelet uf de Steine 20
Es tref es einzigs Trittli a 96
Es weis kei Möntsch, wi weh as s tuet 161
Es Wort 149
Es wott und wott nid tage 109
Es Wunder 21
Eusi Chind 267
Eusi zwöi Chätzli 46

F

Feuf Finger hämmer a der Hand 75
Flattierbüsi 23
Flattiere cha mis Meiteli 23
Früeligstaufi 41

Fuesswäschig 152
Füroobe 116
Fürwärch 49

G

Ganz lislig isch jez über Nacht 86
Gärtner, chumm cho d Schössli bschnide 90
Gethsemane 153
Gfangenah 154
Ghörsch donnere ab der Gisliflue 121
Gibätt 166
Giburtstag 43
Gischpel 16
Glogge 114
Gloggespil 142
Glück und Säge 128
Golgatha 155
Gott grüess di deheime 169
Gottgrüesdi 94
Gottlob, es tauet wider 105
Grableggig 155
Grosmüetterli im Himel 79
Grossi, guldigi Summervögel 40
Grosvatter, Grosatti 28
Gschichtli 30
Gstürm 169
Guete Rot 86
Gumped, ir Fülli, und juchsed druf los 95
Gvätterle 17

H

Ha mis Meiteli müesse balge 39
Hagros a de Wäge 77
Hagrösli 99
Hagrösli früsch und tusigsnätt 99
Händ Sorg 166
Händ Sorg zu euem Wärli 166
Händer di schwarze Vögel gseh 121
Hane Baum voll Chriesi gha 98
Hani es Birchli gfrogt 92
Hans, du muesch di nid so bsinne 97
Heb Sorg 120
Heb Sorg zum alte Porzellan 120
Hei 160
Heiligoobe 59
Herbschtfür 257
Herbschtlaub 40
Herr Maie 51
Herrgott 121
Herrgott, jez lach es Wunder gscheh 166

Hesch ghört 167
Heuerliedli 159
Holderihoh 48
Höred uf mit Schnädere 49
Hornig 142
Hüt am Morge: Holderihoh 48
Hüt bini so froh, so froh 23
Hüt göhmmer am zwölfi uf d Gisliflue 72
Hüt isch Silväschter 72
Hüt isch Silväschter,
   und morn isch Neujohr 72

I

I bi verwachet vorem Tag 144
I chas und chas nid glaube 117
I d Fröndi 162
I d Schuel 25
I d Stube chunnt e Sunnestrahl 24
I d Wält use 210
I di feischterschte Chräche 130
I dim heitere Summergruscht 148
I euse zwölf heilige Nächte 74
I Gotts Name ufstoh und schlofe und ässe 133
I ha mer fascht de Chopf verheit 104
I ha nid chönne bi der si 145
I weis es chlises Dörfli 61
I weis es Meiteli, s goht i d Schuel 50
I weis es Wort, s isch nume chli 31
I weis mer schier nid z hälfe 24
I weis nid, wer vom Ärdeleid 169
I weiss nid, eb i wache 22
I wett 91
I wett, es wer scho Obe 60
I wett, i chönnt singe 91
I wett, i wer e Königin 36
I wünsch ech Glück zum neue Johr 73
Ifersucht 87
Im Aargäu sind zwöi Liebi 175
Im Bad 17
Im Gras, im bluemige Maiegras 145
Im grüene Gras, im rote Chlee 103
Im Gusel 57
Im Maiegras 145
Im Scharebank 286
Im Schatte hani müesse stoh 115
Im Summer 35
Im Traum 119
Im Traum 26
Im Winter 36
Im Winter 41

Im Winter 59
Im Winter, im Winter 36
Imene Chind 125
Inestäche, umeschlo 34
Is Felsegrab vom riche Ma 155
Isch d Wält usem Ätter 130

J

Jaget au nid eso unerchant! 169
Jede Adler findt si Horscht 130
Jede Morge früsche Muet 134
Jede Wildbach het sis Bort 129
Jez bini niene meh deheime 162
Jez föhnd am drü scho d Vögel a 99
Jez isch er verbi, euse Wienechtstraum 62
Jez isch mer alles, alles glich 118
Jo eusi zwöi Chätzli 46
Jugetfeschttag 160
Juhe, e Gugelhupf 43

K

Kaiphas 154
Kei Freud dunkt mi schöner 15
Kei Liebi lo chalte 129
Keis Eggeli gits meh uf der Wält 121
Kölderli 97

L

Lächle 51
Lehre laufe 20
Lehre schribe 32
Liebgottchäberli, flüg mer gschwind 94
Liebgottchäberli, flüg nid us 41
Liebha – vergässe 118
Liebi hilft träge 131
Lisme 34
Lue di Bärge 81
Lueg ufs Holz, wenn d wibe wotsch 133
Lueged au do eusem Chindli zue 16
Lueged, wine grosse Fisch 17
Lueget au dert, eusers Schätzli 17
Luter wine Bärgkristall 132

M

Maiebluescht 19
Mängisch ischs eim, weis nid wie 123
Mängs Chimli lit no zobe do 21
Mängs Gärtli het en Egge 105
Märli 36
Mattechilbi 100

Mattenängeli, Summervögel 79
Meh wache as schlofe 130
Meiteli, los, tue nid so lätz 97
Meiteli, wenn d früe früe 93
Mer ghörts so eige lüte 114
Mer hänkt em en Purpurmantel um 154
Mer sind hüt alli zhindevür 57
Mi erscht Spittelerwisite 278
Mi Götti isch e grosse Ma 37
Mi Grosätti 28
Mim Chind sini Äugli 18
Mir händ nid Leue und Bäre 158
Mis Änneli, mis Änneli 48
Mis Chindli 293
Mis Chindli het sis Ditti verheit 53
Mis Chindli lächlet im Schlof 26
Mis Chindli wott jez schlofe 37
Mis Ditti 27
Mis Ditti heisst Lisi 27
Mis Gheimnis 92
Mis Härz isch e Brunne 129
Mis Muetterli het brieggt 26
Mit Kölderle und mir Chibe 133
Mit rote Bägglene schloft mis Chind 22
Mitem chline Händli 13
Morge 109
Morge 141
Morgestärn 149
Muesch nid alli Spöndli zämeläse 130
Muetterfreud 15
Muetterli 24
Müeui, fadle d Nodle i 29
Müsli Müsli i der Falle 79

N
Näbeltag 162
Narde 152
Nei Vatter, Muetter, lueged do 68
Neui Schue 23
Neujohrsspruch 74
Nid übernacht isch s Unglück cho 110
Nie sis heilig Für lo chalte 130
Niemer weiss, was noche chunnt 134
Niggi Näggi 55
Njeders Wort wird witers treit 133
No einisch stoht de Heiland im Glascht 154
No öppis lo 62
Noch allem tuets gable 16
Noli me tangere 156
Nüt goht verlore 131

O
O Gritli, lueg de Wienechtsbaum 63
O Härz, du ebige Bändeljud 140
O je, i hanes Loch im Sack 27
O läg i no im Bettli 88
Obenabe chunnt is d Hülf 135
Oberot 96
Obestärn 29
Obigschatte 143
Obsi ha, de Flüene zue! 128
Obsi langsam, nidsi gschwind 135
Ölbärg 153
Öppis vo Othmissinge 189
Oschtere 126
Oschtere, das heisst uferstoh 126
Oschteremorge 155

P
Pfingschte 370
Pfingschtrose im Garte, Steifriesli ums Hus 111
Plange 13
Plange 60

Q
Quäcksilberfüessli und Rubelchopf 76

R
Räge 102
Rägeboge 138
Ragete flügen obsi 49
Rible, rible, rible 48
Ringelblueme und Chrabälle 100
Ritirössli 76
Ritirössli, Ritirössli 76
Roseroti Tulipa 143
Ruess, Ruess 52

S
S alt Johr chunnt müed am Obe hei 73
S alt Schuelhus 170
S Ärdeleid 169
S Bächli 34
S Bluescht verweiht, und d Zit verrünnt 125
S bös Wort 31
S Chind het e Gatschuballe 49
S Chüzli 112
S Finkli 88
S Finkli het sis Schnäbeli gwetzt 88
S Fürli 104
S gaxet es Hüendli 47

S Geischterross 108
S Geissegiseli 86
S git öppis, s isch finer 91
S git uf der Wält no Träne gnue 106
S Glück 89
S het Tage gge, mer nehm si nümme zrugg 120
S isch eine verbi ufem schneewisse Ross 108
S isch eis ums ander ggange 148
S isch keis Wort so arm und chli 131
S Läbe 123
S liebscht Täli 163
S Loch im Sack 27
S Möntschehärz 140
S Müsli 35
S Nachtmohl 144
S rumplet i der Chindestube 45
S Unglück 110
S Vatterli 31
S Wälttheater 164
Säg jo 141
Sagmähl 53
Sämichlaus 54
Sämichlaus, chumm los no gschwind 57
Sämichlaus, chumm roll, roll, roll 56
Sämichlaus, du liebe Ma 54
Sämichläusli Niggi Näggi 55
Schatte 105
Schätzeli, bis nid gschnäderfresig 133
Schätzeli, bis nid gschnäderfresig 98
Schiergar 96
Schlitte 52
Schlof, schlof, mis Chind 82
Schlofliedli 43
Schlofliedli 82
Schnägge Schnägge Chringelihus 78
Schneeglöggli lüt 39
Schneewisses Maierisli 86
Scho mängisch bini znacht verwachet 102
Scho wit 113
Schöne Aargau, Burgeland 158
Schössli bschnide 47
Schössli bschnide 90
Schössli bschnide, Schössli bschnide 47
Si chöme zum Ölbärg, de Heiland seit 153
Si händ e packt. Er isch elei 154
Si het mi härgno jedesmol 144
Si schmücked e mit der Dornechron 154
Silväschter 1941 124
Silväschterfür 72
Silväschterobe 73

Singprob 85
Sis Loblied het er no fertig gmacht 153
Sis Maiebluescht tribt e njedere Baum 131
So gross 18
So hälf is Gott eus beide 118
So simmer hüt zum letschte Mol 170
Spinn, spinn, Redli spinn 44
Spitz uf Gupf und Ei ewägg 75
Spotherbscht 163
Stärbe 115
Staubwulche verdecke s Morgerot 155
Storch Storch Schnibel Schnabel 78
Store Storeheini 28
Storeheini 28
Suech dini Totne nid dunde im Grab 135
Summermorge 99
Summervogel, Summervogel 87
Sundigmorge 22
Sunnechind 19
Sunneundergang 101
Synhedrium 154

T
Tag und Nacht föhnd d Sorge a 134
Tag und Nacht hesch gschöpft
  vom lutere Quell 147
Taufi 15
Totni Liebi 118
Troscht 123
Troscht 26
Tröschtle 145
Tulipa 143

U
Über d Ringelbluememmatte 143
Über d Stei und über d Matte 93
Übere 120
Überem See de Rägeboge 138
Ue – abe – ue 32
Uf alli Bärge wetti stige 139
Uf d Stör 109
Uf der Weid 95
Uf dine Bägglene lit en Schin 113
Ufe Wäg 12
Ufe Wäg 44
Uffert 156
Und eb d Gethsemanenacht vergange 154
Und jez i der Fröndi 157
Und weni alli Fädeli hätt 92
Und wenn i einisch gstorbe bi 106

Und wider isch de Früelig cho 85
Und wo mi Schatz i d Fröndi ggange isch 101
Under alle Brichte 138
Underem Wienechtsbaum 63
Ungsinnet 97
Urständ 150
Urzite 283

V

Vatterli, gäll du bisch zfride 46
Verchehrti Wält 101
Vergäbe 110
Verwache 144
Vierzg Tag lang isch er no Ärdegascht 156
Vill Schöns und Guets 12
Vo diner Seel zu miner Seel 142
Vo Othmissinge uf Mörke 163
Vom Himel rislet Schnee um Schnee 125

W

Wältschmärz 168
Wältundergang 45
Wandered, mini Liedli 44
Wärche 139
Warnig 98
Was dänkt ächt eusers Chindli 20
Was dänkts 20
Was e Frau im Hus sell gälte 165
Was ghöri dusse i der Nacht 112
Was trämpelet veruss im Gang 47
Weisch no 118
Weiss keine, was em s Schicksal wäbt 135
Wemmer chönnte Zeiche düte 150
Wemmer wott d Hushaltig mache 132
Wenn d Nacht stockärdefeischter isch 123
Wenn d Tür ufgange isch
    i d Chrankestube 146
Wenn der s Bluescht verstickt im Räge 168
Wenn mir mi Schatz Gottgrüesdi seit 94
Wenn nume d Sunne wider chem 119
Wenn s Hüendli rif zum Läbe isch 134

Wenn s Laub wott ab de Bäume lo 135
Wenn znacht de Räge
    gäge d Pfeischter prätscht 110
Wenns numen au scho Obe wer 60
Wer chlopfet a mi Chamerwand 108
Wer hätt i junge Johre dänkt 115
Wer isches 20
Wer lütet veruss 56
Wer stricht übers Fäld i der brüetige Hitz 112
Wer tuet so fin mole 19
Wer weis mer es Gschichtli 30
Wer weiss, wo s Schiffli ländet 135
Wer wett noch Johr und Tag und Stund 118
Wer wett so Auge mache 50
Wi gross isch s Chindli 18
Wi schint is hütt d Sunne 19
Wi wers doch au im Winter 59
Widerschin 138
Wie s Läbe erneue 129
Wiegechind 13
Witume wird de Schrei verno 155
Wo chömmemer här? Wo gölimer he 168
Wo mer fascht isch s Härz versprunge 145
Wone Freud durs Läbe goht 102
Wones Blätzli Schnee vergoht 94
Wunder 123
Wunsch 136

Z

Z Bethlihem, am Heiligobe 61
Z Eisidle vor der Chile 164
Z spot 98
Z Välte übers Ammes Hus 45
Zeiche 150
Zfride 16
Zletscht 145
Zum feufte Giburtstag 75
Zum Himel rüef i: Gib es Pfand 110
Zum neue Johr 73
Zwöi chlini Beindli zäberle 25
Zwöi jungi Summervögeli sind 42

INHALTSVERZEICHNIS

VORWORT 6

GEDICHTE 9

Chindeliedli 11

Im Bluescht 83

Allerseele 107

Läbessprüch 127

Rägeboge 137

Passionssprüch 151

Deheim und dusse 157

PROSA 173

Im Aargäu sind zwöi Liebi 175

Öppis vo Othmissinge 189

De Amerikajoggi 201

I d Wält use 210

D Jumpfer Lehreri 217

Bis Wedekinds ufem Schloss 235

De Franklin 247

Herbschtfür 257

Doktersfraue 260

Eusi Chind 267

Bim Eggschuelmeischter z Grüenematt 273

Mi erscht Spittelerwisite 278

Urzite 283

Es guldigs Nüteli und es Nienewägeli 285

Im Scharebank 286

En Troured 288

Mis Chindli 293

ANHANG 297

Sophie Haemmerli-Marti – ein Lebensbild 299

Sophie Haemmerli-Marti – ihr Leben in Bildern 335

Briefe und Erinnerungen 372

Werke von Sophie Haemmerli-Marti 378

Vertonungen 379

Interpretationen auf Tonträgern 380

Bildnachweis 381

Wörterbuch 382

Afäng und Überschrifte 391

Inhaltsverzeichnis 398